무경칠서

上

무경칠서 上

옮긴이 · 이충렬
발행인 · 김윤태
발행처 · 도서출판 선
내지디자인 · 디자인이즈 정승연

등록번호 · 제15-201호
등록일자 · 1995년 3월 27일
초판 1쇄 발행 · 2010년 11월 6일

주소 · 서울시 종로구 낙원동 58-1 종로오피스텔 1409호
전화 · 02-762-3335
전송 · 02-762-3371

값 20,000원
ISBN 978-89-6312-034 8 03890
전2권 978-89-6312-033 1 03890

兵法의 原典

上

강태공 | 손무 | 오기 | 사마양저 | 울료자 | 이정 지음
이충렬 옮김

병법兵法에 대하여

중국 천하를 다스린 통치자들의 기본 목표는 〈백성의 마음을 어떻게 얻을 것이냐〉하는 문제였다. 백성의 마음을 얻기 위하여 통치자들은 병법을 활용했고, 그 실천 방법으로 전쟁을 이용했다. 전쟁이야말로 광대한 중국천하를 얻을 수 있는 유일한 방법이었다. 이런 전쟁에는 두 가지 중요한 측면이 있다. 하나는 백성의 마음을 사로잡는 명분이었고, 다른 하나는 전쟁에서 승리하는 실전적인 기술이었다. 병법은 바로 그 두 가지를 모두 실현시키는 지혜다.

　　일반적인 방법으로 병법이란 군사학軍事學 즉, 전투의 방법이나 용병술用兵術이며, 더 좁은 뜻으로는 검도나 검술 개인적인 호신술을 말한다. 수천 년 전 병법의 실천가로는 강태공 즉 태공망太公望 여상呂商이다. 그는 기원전 12세기경 주周나라 창건에 큰 역할을 수행한 사람으로 알려져 있다.

　　여상은 가난한 집안에서 태어나 어렵게 살았지만 성품이 조용하고 소리小利를 탐하지 않는 인물이었다. 그는 낚시를 즐기면서 서두르지 않는 끈기를 배웠으며 오랫동안 위수에서 생활해온 탓으로 일기변화에서 물고기의 생태에 이르기까지 오묘한 진리를 터득하고 있었다. 그는 언제나 위수에 낚시를 드리우고 세월을 보냈다.

　　어느 날 주나라 서백西佰이 위수에 사냥을 나왔다가 여상을 만나 인품을 알아보고 크게 감복하여 일거에 스승을 삼게 되었다. 여상은 서백이 죽고 그의 아들 발(發: 무왕武王)이 은殷나라를 정벌하여 주나라 국력을 반석 위에 올려놓았을 뿐만 아니라 제齊나라의 기틀을 마련한 사람이었다.

태공의 병법은 〈육도, 삼략〉에서 보았듯이 실천가로서 이후 모든 병법
의 모태가 되었다고 할 수 있다. 그 후 중국을 지배하는 통치자들에 의하여
병법은 보완되고 완성되었다. 그것은 중국천하를 다스리는 지혜와 명분으로
서의 병법이다. 어떤 사람은 병법을 천하 쟁패의 수단으로 보지만, 실제로 중
국에서 역사적으로 이루어진 병법의 흐름은 천하를 보는 안목과 경륜의 대상
이었고 지배윤리支配倫理를 정당하게 만들어주는 논리이기도 했던 것이다. 오
자나 조조, 제갈량 등은 정치와 연결된 병법의 대가들이다. 그들은 병법을 정
치에 활용함으로써 성공을 거둔 것은 물론이려니와 병법을 완성시킨 사람들
이다.

중국 병법의 요체는 〈백성의 마음을 어떻게 얻을 것인가〉라는 것으로
집약된다고 말해온다. 그것은 중국의 사회 구조에서 비롯된 것으로 춘추전국
시대의 배경과 자연 재해가 빈발한 시기였다. 과로한 전쟁 부담과 폐해로 백
성들은 도탄에 빠져 신음을 하고 있었다. 이런 측면에서 병법은 단순한 기술
이 아니라 시대에 대한 안목에서 비롯된 경륜과 정치의 요결이었던 것이다.

병법은 국가를 유지하는 가장 중요한 위치가 되었다. 전쟁에서 이기면
나라가 흥하고 전쟁에서 패하면 나라가 망하는 입장이었으므로 최고 통치자
들도 병법에서 통치이상을 찾을 수밖에 없었던 것이다.

1. 육도

문도 文韜

2. 손자병법

3. 오자병법

1 육도六韜

문왕文王에
대하여

문왕文王은 BC 12세기 중국 주(周, B.C 1111-256/255)의 창건자인 무왕武王의 아버지.(서백西伯이라고도 한다.) 유교 역사가들이 칭송하는 성군聖君 가운데 한 사람이다. 문왕은 중국 서부에 위치한 주周의 통치자였는데, 이 나라는 오랫동안 문명화된 중국과 유목 침략자들 사이의 전쟁터가 되어 왔다. B.C 1114년에 그는 서백이라는 칭호를 갖게 되었으며 은나라(殷, B.C.350 12세기-18세기)를 위협하기 시작했다. 1144년에는 은의 마지막 왕인 주왕紂王에게 잡혀 유리에 귀향 보내졌다. 3년간 유리에 귀양을 살면서 유교의 고전인 〈역경易經〉의 괘사卦辭를 지었는데, 〈역경〉의 점占에 기반이 되는 8괘卦는 이미 오래전부터 있었던 것으로 보인다. 문왕은 주나라 굉요, 산의생, 강태공 등이 미녀와 좋은 말, 4대의 전차를 주왕에게 바치고 풀려났다. 그는 주나라에 돌아와 그 시대의 진인함과 타락상에 대하여 비판하였다. 그의 사망 후 아들인 발發-武王이 은殷을 멸망시켰다.

서백은 정치의 근본을 후직, 공유, 고공, 공계 같은 선군에게서 찾아 노인이나 어린아이들을 귀중히 하고 현자를 정중하게 접대하여 뛰어난 사람과 이야기하기 위해서는 식사 때도 가리지 않았다. 그래서 서백 밑에는 인재들이 점점 모여들었다.

尊后稷. 公劉之業, 則古公. 公季之法, 篤仁, 敬老. 慈小. 禮下. 賢者, 日中不暇食. 以待士, 士以此多歸之.

백이, 숙제 두 형제는 서백이 노인에 대한 사려가 깊다는 소문을 듣고 멀리 고죽나라에서 서백을 찾아왔다. 태전, 굉요, 산의생. 육자, 신갑대부 등도 마찬가지로 서백을 동경해서 주周나라로 이주해 왔다.

伯夷, 叔齊在孤竹, 聞西伯善養老, 盍往歸之. 太顚, 宏夭, 散宜生, 鬻子. 辛甲大夫之徒皆往歸之.

제후들 가운데는 이것을 시기하는 자도 있었다. 그중의 한 사람인 숭후崇侯 호虎가 은왕殷王 주紂에게 고자질했다.

崇侯虎譖西佰於殷紂曰,

"서백은 열심히 덕을 쌓아 제후들의 인기를 몰고 있습니다. 그대로 방치해 두면 은殷의 화가 됩니다."

西佰積善累德, 諸侯皆嚮之. 將不利於帝.

이 중상으로 서백은 유리에 유폐되고 말았다. 서백을 염려하던 신하 굉요 등이 유신국의 미녀를 비롯하여 이융국의 문마, 여융 지방의 준마 36마리, 그 밖의 진귀한 많은 물건을 조달하여 주왕의 총신인 비충을 통해 바쳤다. 주왕은 갑자기 얼굴 표정을 바꾸며,

帝紂乃因西佰於羑里. 宏夭之徒患之, 乃求有莘氏美女, 驪戎之文馬, 有能九駟, 他奇怪物, 因殷嬖臣費仲而獻之紂, 紂大悅曰,

문마(文馬) 말의 목뒤에 난 털이 빨갛고 몸에는 줄무늬가 있고 황금색 눈을 가진 말이라고 전해지고 있다.

"여자만으로도 서백을 용서하고도 남는다. 그런데 이 얼마나 귀한 선물인가."하고 좋아했다.

此一物足以釋西佰, 況其多乎.

주왕은 서백을 사면했을 뿐만 아니라 활과 화살 그리고 부월을 하사하고 정이대장군 자격을 주며 이렇게 변명했다.
"사실 숭후 호가 중상했기 때문에 그랬다."

乃赦西佰, 賜之弓矢斧鉞, 使西佰得征伐. 曰, 譖西佰者, 崇侯虎也.

그러나 서백은 화를 내는 대신 이 기회에 주왕에게 낙서의 땅을 바칠 것을 간청하고, 그 교환 조건으로 포락의 형을 폐지하도록 청원하여 이것을 허락받았다.

西佰乃獻洛西之地, 以請紂去炮烙之刑, 紂許之.

포락지형(炮烙之刑) 숯불을 피워놓고 그 위에 기름을 바른 둥근 구리 기둥을 건너지르고 죄인에게 걸어가게 하는 벌. 죄인은 발이 미끄러져 불속으로 떨어져 불에 타서 죽는다.

은殷나라와
주왕紂王

　　주紂는 중국 은殷나라 마지막 왕이다.(BC 18-12) 제신帝辛, 제신수帝辛受라고도 한다. 지나친 방탕으로 애첩 달기를 즐겁게 해주기 위하여 술로 가득 채운 연못酒池을 만들고, 그 주변에 벌거벗은 남녀들이 서로 잡으러 다니는 놀이를 하게 했다. 또 대단히 잔혹해서 호수변의 나무에 사람고기를 걸어 놓았다고 한다肉林. 게다가 7년에 걸쳐 건축한 호화로운 궁전 녹대鹿臺의 공사를 위해 무거운 세금을 부과하여 백성들의 원성을 샀다. 그 궁전은 높이가 1백80미터, 둘레가 약 8백 미터에 이르고 정교한 돌로 만들어 졌다고 한다. 중국이 성군聖君으로 일컫는 은殷나라의 시조인 탕왕이 폭군 걸(傑-하夏나라 마지막 임금. 이름은 제리계帝履癸. 주紂왕과 꼭 같은 폭정을 일삼았다. 걸桀왕도 궁전을 호화롭게 꾸미고 주지육림을 즐겼으며 포악한 정치를 하여 국가의 멸망을 초래한 폭군의 전형이 되었다.)을 정벌하였다. 폭군을 벌하였던 무왕의 후손이 걸桀과 같은 상황을 만들어 비참한 멸망의 길을 가는 것은 역사의 모순이 아닐 수 없다.

　　은殷나라 왕 주紂는 태어 날 때부터 말재주가 좋고 머리가 빨리 돌았다. 게다가 맹수를 맨손으로 때려잡는 무서운 힘을 가진 사람이기도 했다. 머리가 좋아서 신하의 서툰 충고 같은 것은 조금도 효과가 없었으며, 이론理論이 서기 때문에 어떤 잘못이라도 정당화正當化시키고 만다. 천하에 자기 이상의 사람은 없다고 큰소리치며 신하를 무능하다고 평하고 오로지 자기의 위세威勢만을 자랑하였다.

帝紂資辯捷疾, 聞見甚敏. 材力過人, 手格猛獸. 知足以拒諫, 言足以飾非. 矜人臣以能, 高天下以聲. 以爲皆出己之下.

또한 술을 좋아하여 술에 빠질 정도로 마셨다. 여자에게도 푹 빠졌다. 더욱이 달기姐己라고 하는 미녀를 총애하여 그녀의 말이라면 무엇이든지 들었다.

好酒淫樂, 嬖於婦人, 愛姐己, 姐己之言是從.

▬

폐어부인(嬖於婦人) 부인을 총애함.

달기가 시키는 대로 악사 사연에게 명령해서 '북리北里의 춤과 미미靡靡의 악樂'이라는 관능적인 음악을 만들게 했다. 그리고 가혹한 세금을 부과해서 녹대의 부府에 재화를 축적하고 거교鉅橋의 창고에 식량을 가득 채웠다.

於是使師涓作新淫聲, 北里之舞. 靡靡之樂. 厚賦稅, 以實鹿臺之錢, 而盈鉅橋之栗.

왕궁은 진귀한 품종의 개와 말과 그밖에 멋진 물품이 많이 쌓여졌다. 또한 사丘의 이궁을 확상해서 정원과 누각을 만들고 온갖 종류의 새를 놓아 길렀다.

益收狗馬奇物, 充仞宮室. 益廣沙丘苑臺, 多取野獸蜚鳥置其中.

처음부터 신神을 위한다는 생각은 추호도 없이, 많은 신하를 이궁에 모아 놓고 노는 데 정신을 팔았다. 연못에 술을 채우고 주위의 나무에 고기를 매달아 그 사이를 남녀가 알몸으로 뒤쫓게 했다. 이런 연회가 밤낮없이 계속되었다. 이쯤 되면 폭정을 비난하는 백성의 소리가 높아지며 배반하는 제후도 생긴다. 그러면 주왕은 도리어 가혹한 형벌을 주었고, 포락지형炮烙之刑이라는 잔학殘虐한 처형을 행했다.

慢於鬼神. 大最樂戲於沙丘, 以酒爲池, 縣肉爲林, 使男女裸相逐其間, 爲長夜之飮. 百姓怨望, 而諸侯有畔者於是紂乃重刑, 有炮烙之法.

그 당시 가장 중요한 자리인 삼공三公에는 서백 창과 구후, 악후 세 사람이 있었다. 구후에게는 아름다운 딸이 있었는데, 주왕에게 소실로 보내게 되었다. 그런데 구후의 딸은 주왕의 말을 좀처럼 듣지를 않았다.

以西佰昌, 九侯, 鄂侯爲三公. 九侯有好女, 入之紂, 九侯女不憙淫.

화가 난 주왕은 처녀를 죽이고 또 구후까지도 죽여 소금에 절였다. 너무 지나친 처사에 악후가 심한 말로 충고하자, 이번에는 악후를 죽여 포육을 만들어 버렸다.

紂怒殺之, 而醢九侯, 顎侯爭之彊辨之疾, 井脯顎侯.

서백 창은 이 소식을 듣고 남몰래 한숨을 쉬었다. 그런데 숭후 호의 밀고로 서백은 유리에 유폐되고 말았다.

西佰聞之, 歎息, 崇侯虎知之, 以告紂, 紂囚西佰羑里,

폭군 주紂와
충신忠臣

미자微子 계啓는 은나라 제을帝乙의 큰 아들이며, 주왕의 이복형이다. 주왕이 즉위한 이래 지나치게 이성을 잃고 무도한 정치를 하기 때문에 미자가 몇 번이나 충고를 했으나 한 번도 들은 적이 없었다.

微子啓者, 殷帝乙首者而帝紂之庶兄也, 紂旣立, 不明, 淫亂於政.
微子數諫, 紂不聽.

그 당시 주의 서백 창은 신망을 얻어 기 나라를 멸망시키고, 차츰 그 세력을 펴나가고 있었다. 이것을 본 조이는 이대로 가면 곧 은나라의 위협이 될 것이라고 주왕에게 경고를 했다.

乃祖伊以周西佰昌之修德, 滅起國, 懼禍至, 以告紂.

"나는 천명을 받고 이 세상에 있는 것이다. 서백 같은 것이 무엇을 할 수 있겠느냐."

紂曰, 我生不有命在天乎. 是何能爲.

이렇게 되자 미자는 마침내 주왕에 간하는 것을 단념하고 말았다. 그러나 죽음으로 항의를 할 것이냐, 아니면 나라를 떠나야 하느냐 망설이다가 그는 궁정의 악관에게 물었다.

於是微子度紂終不可諫, 欲死之, 及去, 微能自決. 乃問於太師.

"은나라의 정치는 극단에 이르렀고, 천하의 지지를 잃었다. 그 옛날 시조 탕왕이 애써 이루어놓은 기반도 왕이 주색에 빠져 정신을 잃었기 때문에 마침내 무로 돌아가고 말았다. 지금이야말로 은나라의 조정은 어지럽고 문란하다.

少師曰, 殷不有治政, 不治四方, 我祖逐陳於上, 紂沈湎於酒, 婦人是用, 亂敗湯德於下. 殷旣小大好草竊姦宄.

모범이 되어야할 경대부까지도 다투어 법도를 어기고, 부끄러워하는 기색이 없다. 이것을 따라 백성들도 서로 적대시하여 싸울 뿐 벌써 은나라의 예로부터 내려온 아름다운 풍속은 이 땅에서 사라졌다. 이제 강을 건너려 해도 배가 없다. 멸망의 날이 눈앞에 이르러 있다. 나는 지금 곧 나라를 떠나 가족을 멸망에서 구하려 하는데 그것이 잘못된 것일까. 서슴지 말고 말해 달라. 내가 옳은 길을 가기위해 어떻게 하면 좋겠는가."

卿士師師非度, 皆有罪辜, 乃無維獲, 小民乃竝興, 相爲敵讐.
今殷其典喪. 若涉水無津涯殷逐喪. 越至于今, 曰, 太師, 小師,
我其發出往. 吾家保于喪. 今女無故告, 予顚躋如之何其.

악관의 장은 이렇게 대답하였다. "지금 하늘이 은나라에 재앙을 내려 나라를 멸망시키려 합니다. 그런데도 주왕은 하늘을 무서워하지 않고 장로의 말에 귀를 기울이지 않습니다. 더욱이 백성들은 신의 재사를 경멸하고 있습니다. 이런 현상을 바로잡는다면 비록 목숨을 버린다 해도 아깝지 않을 겁니다. 그러나 그것을 기대할 수 없다면 나라를 떠나는 수밖에 별 도리가 없습니다."

太師若日, 王子, 天篤下菑亡殷國, 乃母畏畏, 不用老長, 今殷民乃, 陋淫神之祀, 今誠得治國, 國治身死不恨, 爲死, 終不得治, 不如去, 遂亡.

이 말대로 미자는 은나라를 떠날 길을 택한 것이다. 주왕에게는 기자라는 숙부가 있었다. 주왕은 상아 젓가락을 주문할 때 기자는 한숨을 쉬며 이렇게 말했다. "상아 젓가락은 다음엔 옥으로 만든 술잔을 만들 것이며 그 다음은 보다 더 한층 진귀한 보물을 탐내게 될 것이다. 나아가서는 타고 다니는 것을 장식하고 궁전을 장식하는 등 그칠 줄을 모를 것이다."

箕子者, 紂親叔也. 紂始爲象箸, 箕子歎曰, 彼爲象箸, 必爲玉桮, 爲桮, 則必思遠方珍怪之物而御之矣與馬宮室之漸自此始, 不可振也.

주왕의 방탕은 기자의 말대로 갈수록 심해졌다. 그러자 기자는 다음과 같이 말하는 것이었다. "내 의견을 들어주지 않는다고 해서 나라를 떠나버린다면 신하로서 주군의 부끄러움을 천하에 알리는 것뿐만 아니라 책임을 회피하는 것도 된다. 나로서는 도저히 그럴 수 없다."

紂爲淫泆, 箕子諫, 不聽, 人或曰, 可以去矣. 箕子曰, 爲人臣諫不聽而去, 是彰君之惡, 而自說於民. 吾不忍爲也.

음일(淫泆) 음탕한 짓이 도에 넘침.

그래서 기자가 택한 길은 광인의 옷차림을 하고 노예의 신분으로 전락해 버리는 것이었다.

乃被髮佯狂而爲奴.

마침내 그는 은둔생활을 하며 거문고로 남 모르는 슬픔을 달랬다. 후세에 사람들은 이 가락을 기자조라고 하였다.

遂隱而鼓琴以自悲, 故傳之曰箕子操.

그리고 왕자 비간도 주왕의 지친인 숙부였다. 기자의 충고가 받아들여지지 않자 노예의 몸으로 전락한 것을 보고 이렇게 말했다. "주군에게 잘못이 있을 때 죽음을 무릅쓰고 진언하는 것이 우리의 할 일이고, 그렇지 못하다면 어찌 군신의 도리라고 할 수 있겠습니까."

王子比干者, 亦紂至親叔也. 見箕子諫不聽而爲奴, 則曰, 君有過,
而不以死爭, 則百姓何辜.

비간은 바른말로 주왕에게 간했다. 주왕은 화를 내며 말했다. "그대가 성인聖人인가. 성인의 심장에는 일곱 개의 구멍이 있다고 하였는데 사실인지 아닌지 보여 달라." 그 자리에서 비간을 죽이고 심장을 도려내었다.

乃直言諫紂. 紂怒曰, 吾聞, 聖人之心有七竅. 信有諸乎. 乃遂殺王子比干,
剖視其心

───

칠규(七竅) 일곱 개의 구멍.
고시기심(剖視其心) 심장을 도려내 보이다.

미자는 참을 수 없었다. "아버지와 아들 사이는 골육의 정으로 묶여져 있다. 아버지에게 잘못이 있을 때 아무리 말을 해도 소용이 없을 경우에는 아들의 입장으로서 눈물을 머금고 아버지를 따라야 한다. 이에 반해 주군과 신하는 의로 묶여 있다. 신하로서 아무리 진언을 해도 그것이 받아드려지지 않는다면 주군을 돌보지 않는 것도 허용된다."

微子曰, 父子有骨肉, 而臣主二儀屬, 故父有過, 子三諫不聽, 則隨而號之.
人臣三諫不聽, 則其義可以去矣. 於是太師, 少師乃勸微子去, 遂行.

서백은 나타나지 않게 덕행을 계속했다. 언제나 제후는 분쟁이 있을 때는 서백에게 그 판정을 구하곤 했다. 때마침 우와 예 두 나라 사이에 분쟁이 일어 났는데, 좀처럼 해결이 나지 않아 그 판결은 주周에게서 얻기로 했다.

西佰陰行善. 諸侯皆來決平.
於是虞, 芮之人有獄不能決, 乃如周, 人界.

그래서 두 나라의 군주가 주나라를 방문하였다. 정작 주나라의 땅에 방문 해보니 농민은 논두렁을 서로 양보하고 있고, 백성들의 기풍은 연장자에게 양 보하는 것으로 넘쳐 있었다.

耕者皆讓畔, 民俗皆讓長.

두 군주는 자신이 부끄러워졌다. "우리의 싸움 같은 것은 이 나라에서 웃 음거리다. 이래서는 스스로 창피를 당하러 가는 것이 아닌가." 두 군주는 곧바 로 돌아서면서 서로 양보하고 화해한 후 자기 나라로 돌아갔다.

虞. 芮之人未見西佰, 皆漸, 相謂日, 吾所爭, 周人所恥, 何往爲.
柢取辱耳. 遂還, 俱讓而去.

이 이야기가 전해지자, "서백이야말로 천하의 왕이며, 천명을 받은 인물 이다."

諸侯聞之, 日, 西佰蓋受命之君.

다음 해에 서백은 견융을 토벌하였다. 그 이듬해에는 밀수국을 토벌하고 그 다음 해에는 기국을 토벌하였다. 서백의 활약이 은나라에 있어서는 위험한 존재 가 되었다. 이것을 염려한 조이가 왕에게 경고할 것을 말했으나 주왕은, "내 지위 는 천명으로 정해져 있다. 제아무리 서백이라 한들 나를 어쩔 것이냐."하며 전혀 받아들여지지 않았다.

明年, 伐太戎. 明年, 伐密須. 明年, 敗耆國. 殷之祖伊聞之,
懼以告帝紂. 紂曰, 不有天命乎, 是何能爲.

서백은 계속해서 다음 해에 한국을, 그 다음 해에는 숭후국을 토벌하여 풍
읍을 건설하고, 도읍을 기산의 산기슭에서 풍읍으로 옮겼다. 서백이 세상을
떠난 것은 도읍을 옮긴 다음 해였다. 서백의 태자 발이 그 뒤를 이었는데, 그
사람이 바로 무왕이다.

明年, 伐邗, 伐崇侯虎, 而作豊邑, 自岐下而都豊, 明年, 西伯崩.
太子發立是爲武王.

무왕은 즉위하자 군사軍師에는 태공망을 ,왕의 보좌역에는 동생 주공周公
단旦을 임명하고, 소공과 필공에게는 군무軍務를 담당케 하여 모두 함께 문왕
文王의 사업을 계승하는데 힘썼다.

武王卽位, 太空望爲師, 周公旦爲輔, 召公. 畢公之徒左右王師,
修文王緖業.

즉위한 지 9년에 무왕은 문왕을 모신 필 땅에 가서 그 영을 빌었다. 그 뒤
무위를 떨쳐 진로를 동으로 잡고 맹진까지 행진했다. 그때 무왕은 사령관이
위치하는 중군에 문왕의 위패를 안치하고, 스스로 태자 발이라고 칭했다. 결
국 이번 출병은 문왕의 뜻이지 결코 자기의 독단이 아니라는 것을 보여주는
것이다.

九年, 武王上祭于畢, 東觀兵, 至于盟津. 爲文王木主, 載以車, 中軍.
武王自稱太子發, 言奉文王以伐, 不敢自專.

출발에 앞서 무왕은 사마, 사도, 사공 그리고 그밖에 여러 관원들을 모아
놓고 이렇게 말했다. "잘 듣거라, 나는 아직 미숙한 몸이면서 선군의 유덕遺德

을 입어 그 유업을 이어받게 되었다. 그대들은 나와 함께 힘이 미치는 한 선善을 권장하여 악惡을 없애고, 선군先君의 공업을 대성시킬 것을 맹세하라."

乃告司馬, 司徒, 司空諸節, 齊栗, 信哉, 子無知. 以先祖有德臣,
小子受先功. 畢立賞罰, 以定其功.

이윽고 출정할 때가 되어 태공망 여상이 지휘를 맡고 산하의 대장들에게 명령을 내렸다. "그대들은 장병과 선박 모두를 가지고 출정하라 늦은 자는 목을 베리라." 황하를 건널 때였다. 강 중간쯤 와서 무왕의 배에 흰 물고기가 뛰어 들었다. 무왕은 고기를 잡아 신에게 제를 지냈다.

遂與師. 師尙父號曰, 總爾衆庶, 興爾舟楫, 後至者斬. 武王渡河.
中流, 白魚躍入王舟中. 武王俯取以祭. 旣渡.

상륙한 다음 이번에는 하류 쪽에서 불의 구슬 같은 것이 날아들었다. 한 번 지나고 나서 다시 방향을 바꾸어 무왕이 앉은 가까이에 멎었다. 그것을 보니 몸이 새빨간 까마귀다. 그 우는 소리는 정말 유창했다. 이때 사전에 약속이 없었는데도 차례로 맹진으로 달려와 뵙는 제후의 수가 8백에 달했다. 이들은 모두 입을 모아 "지금이야말로 주왕을 칠 때입니다." 하고 말했다. "서두르지 마라. 천명은 아직 은나라를 떠나지 않았다." 하고 무왕은 일단 철군하고 말았다.

有火自上復于下, 至于王屋, 流爲鳥, 其赤色, 其聲魄云.
是時, 諸侯不期而會盟津者八百諸侯.
諸侯皆曰, 紂可伐矣. 武王曰, 女未知天命, 未可也. 乃還師歸.

━━━

백어적색조(白魚赤色) 흰고기(白魚). 새빨간 새(赤色鳥). 왕조 마다 하나의 색을 정하고, 정색(正色)으로 받들었다. 흰 것은 은 왕조의 정색이고, 빨간색은 주왕조의 정색이다. 흰 고기가 주왕에게 잡히고 빨간 새가 주의 진영으로 날아든 것으로 양국의 운명을 암시한다.

무왕武王의
주紂 토벌

    2년이 지났다. 주왕의 난폭과 탈선은 그칠 줄을 몰랐다. 숙부인 비간을 죽이고 충신 기자를 유폐시켰다. 은나라의 악관들도 제사 때 쓰는 악기를 가지고 주나라로 도망해 버렸다. 사태가 이쯤 되자 무왕은 드디어 제후를 향해 선언을 하고 궐기를 재촉했다.

居二年, 聞紂昏亂暴虐滋甚, 殺王子比干, 囚箕子. 太師疵,
小師强抱其樂器而犇周, 於是武王徧告諸侯曰,

    "은의 왕 주의 죄는 더는 용서할 수가 없다. 이젠 토벌만이 남았을 뿐이다." 그래서 무왕은 문왕의 위패를 받들고 병거 3백대, 사관 3천 명, 무장한 병사 4,500명을 이끌고 주왕을 공격하기 위해 동쪽으로 출발하였다.

殷有重罪, 不可以不畢伐. 乃遵文王, 遂率戎車三百乘, 虎賁三千人,
甲士四萬五千人, 以東伐紂.

    무왕 11년 12월 무오戊午날 전군全軍은 맹진으로 갔다. 제후들도 모두 모여 의견들을 바쳤다. "이번만은 용서해서는 안 됩니다." 무왕은 제후의 기대에 따라 태서太誓의 1편을 만들어 전군에게 포고했다.

十一年十二月戊午, 師畢渡盟津. 諸侯咸會. 曰, 孳孳無怠. 武王作太誓, 告于衆庶.

"은나라 왕 주는 달기에 빠져 천명을 어기고 법도를 짓밟으며, 혈연을 멀리하기에 이르렀다. 더욱이 조정 때부터 이어오던 음악을 버리고 음란한 음악을 만들어 세상의 아름다운 풍속을 타락시키면서까지 달기에 놀아나고 있다. 이제 나는 천명을 받들어 천벌을 단행한다. 제군들의 분투를 빈다. 기회는 두 번 다시 없음을 명심하라."

今殷王紂乃用其婦人之言, 自節于天, 毀壞其三正, 離逷其王父母弟, 乃斷棄其先祖之樂, 乃爲淫聲, 用變亂正聲怡說婦人. 故今予發維共行天罰. 勉哉夫子, 不可再, 不可三.

2월 갑자甲子날 이른 아침에 무왕은 은나라 수도인 상교商郊 목야에 병사들을 모아놓고 다시 한 번 결의를 환기시켰다. 무왕은 왼손에 황금으로 만든 도끼를 들고 왼손에는 흰 쇠꼬리를 장식한 기를 들고 장병을 지휘하였다.

二月甲子昧爽, 武王朝至于商郊牧野, 乃誓, 武王左杖黃鉞, 右秉白旄,

"옛사람은 이렇게 말했다. 암탉이 울어서는 안 된다. 암탉이 울면 집안이 망한다고 했다. 그런데도 은나라 주왕은 달기의 말만을 받아들여 선조의 제사를 잊었으며, 제후를 무시하며, 혈연을 멀리하고, 여러 나라에서 도망 온 악한 자들을 믿고 등용시켜서 백성을 괴롭히고 나라를 위태롭게 했다. 나는 이제 하늘의 명을 받들어 천벌을 단행한다. 오늘의 싸움에 있어서는 이를 좇아 깊이 들어가지 말라. 조급히 서둘러 대오를 이탈하지 말라. 호랑이와 같이 용맹하게 여기 이 목야에서 싸워라. 도망하는 자는 죽이지 말고 살려서 우리나라 일군으로 만들어라. 분투 노력하라. 게을리 하는 일이 있으면 엄벌이 내려질

것이니 명심하라." 선언이 끝나자 모여든 제후들의 전차 4천 대를 중심으로
전 병력이 목야牧野에 진을 쳤다.

王曰. 古人有言, 牝雞無晨, 牝雞之晨, 惟家之索, 今殷王紂維婦人言是用,
自其先祖肆祀不答, 昏其家國, 遺其王母兄弟不用.
乃維四方之多罪逋逃是崇是長, 是臣是使, 俾暴虐于百姓,
以姦軌于商國, 今予發維共行天之罰. 今日之事, 不過六步七步,
乃止齊焉. 夫子勉哉, 不過於四伐五伐六伐七伐, 勉哉父子.
商桓桓, 如虎如熊, 如豺如離, 于商郊不禦克奔, 以役西土. 勉哉父子.
爾所不勉, 其于爾身有戮. 誓已, 諸侯兵會者車四千乘, 陳師牧野.

폭군의
말로 末路

　무왕이 쳐들어 왔다는 소식을 듣자 은나라 주왕도 70만 대군을 이끌고 항전하러 나왔다. 무왕은 먼저 태공망에게 명령하여 용사 백 명으로 선제공격을 시켰다.

　帝紂聞武王來, 亦發兵七十滿人距武王. 武王使師尙父與百夫致師.

　이렇게 하여 전군의 사기를 높인 뒤 근위병을 이끌고 단숨에 주왕의 군진으로 쳐들어갔다. 주왕의 군대가 수數적으로 많았으나 싸울 전의는 하나도 없었다. 오히려 무왕이 쳐들어오기를 기다리고 있을 정도였다. 때문에 일제히 반란을 일으켜 무왕을 맞아들였다.

　以大卒馳帝紂師. 紂師雖衆, 皆無戰之心, 心慾武王亟入.
　紂師皆倒兵以戰, 以開武王,

　무왕이 쳐들어가자 은나라 병사들은 주왕을 버리고 모두 흩어져버렸다. 왕궁으로 간신히 도망해 온 주왕은 녹대에 올라가 주옥을 몸에 걸치고 스스로 분신자살하고 말았다.

武王馳之, 紂兵皆崩畔紂. 紂走. 反人登于鹿臺之上, 蒙衣其殊玉,
自燔于火而死.

무왕은 대백기大白旗를 흔들어 제후를 집합시켰다. 제후는 모든 신하의 예를 지켜 무왕의 승리를 축하하고 무왕도 왕자다운 인사로 여기에 답하였다.

武王持大白旗以麾諸侯. 諸侯畢拜武王. 武王乃揖諸侯. 諸侯畢從.

그리고 무왕은 전군을 거느리고 은나라의 수도 조가에 입성하였다. 은나라 군신은 모두 밖에 나와서 무왕을 맞아들였다. 무왕은 신하를 통하여 이렇게 말했다. "지금이야말로 하늘이 은혜를 내리시리라."

武王之至商國. 商國百姓咸待於郊. 於是武王使群臣告於商百姓曰,
上天降休.

은나라 군신은 모두 다 머리를 조아리며 공손히 감사의 뜻을 표시하였다. 무왕은 주왕이 죽은 곳에 가서 먼저 그 시체에 화살 세 개를 꽂고, 마차에서 내려 다시 칼로 치고 황금으로 만든 도끼로 주왕의 목을 잘라 대백기의 끝에 매달았다.

商人皆再拜稽首, 武王亦答拜. 遂人, 至紂死所. 武王自射之,
三發而後下車, 以輕劍擊之, 以黃斧鉞斬紂頭, 縣大白之旗.

다음 주왕이 사랑하던 두 첩을 찾았으나 이미 목을 매어 죽은 뒤였다. 무왕은 여기서도 시체에 세 개의 화살을 쏘고 칼로 치고 이번에는 쇠로 만든 도끼로 목을 떨어뜨린 다음 소백기小白旗 끝에 걸었다. 이처럼 성패를 가리고 난 후에 무왕은 진중에 들어갔다.

已而至紂之嬖妾二女. 二女皆經自殺. 武王又射三發,
擊以劍斬以玄鉞, 縣旗頭小白之旗. 武王已乃出復軍.

제齊나라의
성장

무왕은 은殷나라를 평정하고 천하의 왕이 되자 태공망에게 제齊의 영구營丘땅을 다스리는 제후로 봉했다. 태공망은 동방의 영지領地로 가는 도중에 조금 가다가는 여관에 숙박하는 등 먼 길을 서둘러 가지 않았다. 그것을 보다 못한 한 여관 주인이 말했다. "때란 얻기는 어려우나 잃기는 쉽다고 말합니다. 이렇게 늑장을 부리시다니 큰일을 하러 나선 분이 아닌 것 같군요." 태공망은 주인의 말을 듣자 한밤중인데도 부하들에게 출발 명령을 내리고 길을 서둘러 달려가도록 하였다. 날이 샐 무렵 태공망 일행이 영구에 막 들어설까 말까 하는데, 느닷없이 내후의 내萊라는 군사들이 습격해 왔다. 영구 땅 주변에 사는 만족들이다. 그래서 영구 땅의 장악 문제로 격심한 공방전이 벌어졌다.

於是武王已平商而王天下, 封師尙父於齊營丘. 東就國, 道宿行遲.
逆旅之人曰, 吾聞, 時難得而易失. 客寢甚安, 殆非就國者也. 太公聞之,
夜衣而行, 黎明至國. 萊侯來伐, 與之爭營丘. 營丘邊萊人夷也.

그들이 태공망과 영지문제로 다투게 된 것은 당시 주周나라가 다만 은나라만을 평정했을 뿐, 아직도 멀리 떨어진 변두리 지역까지는 통치권이 미치지 못했다는 뜻이다. 태공망은 부임한 영구 땅에서 정치제도를 정비하면서 그 고장의 풍습을 존중했고, 예절을 간소화시켰다.

會周之難而周初定, 未能集遠方. 是以與太公爭國. 太公至國, 修政, 因其俗, 簡其禮.

또한 상공업을 장려하여 그 고장 특산물인 소금과 생선으로 산업을 크게 일으켰다. 때문에 제나라를 동경하여 수많은 백성들이 자꾸 모여들어 제는 차츰 대국으로 뻗어나갔다.

通商工之業, 便魚鹽之利, 而人民多歸齊, 齊爲大國.

주나라의 성왕이 아직 어렸을 때의 일이다. 관管 채蔡와 더불어 회이까지도 주나라에 반기를 들게 되자 성왕은 소강공을 통해서 태공망에게 명령을 내렸다. "동해東海로부터 서쪽 황하黃河까지, 남쪽 목릉으로부터 북의 무태에 이르기까지 이 모든 지역의 제후들은 각자의 판단대로 반란군을 정벌해도 좋다." 이 명령을 받자 제齊는 주변의 무리들을 정벌하게 되었고 마침내 대국이되어 영구營丘에 도읍을 정하게 되었다. 태공망이 죽었을 때, 그의 나이는 이미 1백 세가 넘어 있었다.

乃周成王, 小時, 管. 蔡作亂, 淮夷畔周. 乃使召康公命太公曰, 東至海, 西至河, 南至穆陵, 北至無棣, 五侯九伯. 實得征之. 齊由此得征伐. 爲大國, 都營丘. 蓋太公之卒百有餘年.

무경칠서武經七書에 대하여

고대 중국古代中國의 병법兵法에 관한 저서著書는 대단히 많다. 춘추전국시대 春秋戰國時代에 전술戰術, 전략戰略, 무기운용武器運用 등 여러 방면의 저서들로서 지금까지 전해오는 것도 있지만 그렇지 못한 것들은 한서 예문지漢書藝文志에 그 서명書名과 저자명著者名이 기재되어 있는데, 크게 넷으로 구분되어 있다.

1. 병권모가兵權謀家는 전쟁의 전반적인 고려考慮, 규획規劃을 설명한 13가家 359편이 있고,

2. 병형세가兵形勢家는 행군行軍의 법칙을 주로 설명한 11가가 있으며,

3. 음양가陰陽家로 오행五行, 참위讖緯의 미신迷信에 관한 설명을 한 16가가 있고,

4. 병기교가兵技巧家로 군인의 체력과 무기운용에 관한 13가가 있다.

무경칠서武經七書는 송宋나라 원풍년간(元豊年間 1078-1085년)에 정부에서 육도 六韜, 삼략三略, 손자병법孫子兵法, 오자병법吳子兵法, 사마법司馬法, 울료자蔚繚子, 이위공문대李衛公問對를 무경칠서武經七書로 반포한 무학武學의 경전經典이다.

육도六韜에 대하여

육도六韜는 중국의 병법서兵法書로서 주周나라의 태공망太空望이 지은 것이다. 책명冊名이 육도六韜라 하는 것은 이 책 속에 문도文韜, 무도武韜, 호도虎韜, 용도龍韜, 표도豹韜, 견도犬韜의 여섯 권이 있기 때문이다.

도韜는 활, 검 등을 싸는 주머니라는 뜻이다. 이 말이 전해져서 깊이 감추다. 또는 들어내지 않는다는 뜻이 되고, 다시 또 전하여져서 비결이라는 뜻이 되었다. 육도는 군사軍事에 있어 여섯 가지 비결秘訣이라는 것이다.

육도는 6권 60장으로 되어 있으며, 문왕이 태공망을 만나서 군사軍師로 삼고 문왕이 스승이 된 태공망에게 물으면 그에 답하는 것으로 되어 있다.

문도와 무도 17장에서는 나라를 다스리는 군주의 몸가짐과 백성을 이끄는 덕德과 예禮를 논하였고, 무엇보다도 천하는 만백성의 천하라는 것을 강조하는 치세治世의 대도大道를 논하였다. 용도에서 견도까지 43장은 용감무쌍하고 날렵한 동물의 이름을 제목으로 하여 군사를 다루는 용병用兵과 전술戰術과 병기兵器 등 군사의 전반적인 것을 논하였다.

손자孫子, 오자吳子, 울료자蔚繚子, 사마양저司馬穰苴 등 중국의 대병법가들이 모두 이 육도를 토대로 병서를 썼다는 것을 알 수 있는 대목이 본문에 자주 보인다.

이 육도는 중국 병법서의 모태인 것이다.

태공망에
대하여

위수渭水가에는 가난한 낚시꾼인 여상呂尙이라는 노인이 있었다. 여상은 80이 넘도록 지독하게 가난하게 살았다. 여상의 아내는 책만 읽으며 돈벌이를 하지 못하는 그를 들볶다 못해 집을 나가버렸다. 여상에게는 가난함도 아내의 가출도 초연하게 받아들이며 위수에 낚시를 드리우고 있었다. 사람들은 그를 〈세월을 낚는 낚시꾼〉이라고 했다. 그가 세상에 굶주린 얼굴을 보이고 어려운 현실을 타개하기 위해서 평범한 사람으로 전락하기에는 그의 가슴에 품은 뜻이 너무 원대했다.

위수는 여상에게 있어 삶의 수련장修練場이었다. 낚시는 인내忍耐를, 위수의 일기변화는 천기를 읽는 지혜를, 그리고 세상을 넓게 보는 안목을 얻는 도장道場이었다. 그는 위수에 낚시를 드리우고 기다리는 것은 큰 물고기가 아니었다. 천하를 호령할 수 있는 기회를 기다리는 것이었다. 그 꿈을 이루기 위해서는 그의 지혜와 연륜과 그가 가지고 있는 모든 역량을 알아주고 채택해 주는 큰 인물을 만나야 했다. 종국에까지 이루지 못한다면 그저 가난한 한 사람의 낚시꾼이었다는 것까지 감수한다는 마음이었을 것이다. 그러나 그는 언제인가는 자신에게 닥칠 커다란 운명의 변화에 확신이 있었다. 세상은 현자를 그냥 버리지는 않을 것이라는 확신이었다.

여상은 동쪽 끝 해안지대의 사람이었다. 성은 강姜씨 었다. 그의 선조는 하夏나라의 사악(四嶽-상고시대에 사방의 제후를 통괄하는 벼슬이었다고 함)중의 한 사람이었다. 그는 우禹를 보좌해서 치수에 큰 공을 세웠으며 우가 순舜으로부터 천하를 이어받았을 때 여呂와 신申에 봉해졌다.

하나라가 망하고 은殷나라가 일어났을 때 신과 여, 강씨 자손 중에는 방계傍系이면서 영지領地에 봉해진 자가 나왔는가 하면 서민이 되어야 하는 비운을 맞아야 했다.

상尙은 그 후자에 속한 마지막 자손이다. 본래의 성씨는 강이었으나 선조가 봉해진 여의 성을 따라 여상呂尙이라 불렀다. 몰락한 귀족의 자손이었다. 일개 낚시꾼인 그에게 보통 사람이라면 인생의 종말의 시점에서 천하를 호령할 수 있는 기회가 찾아온 것이었다. 그 변화를 몰고 온 사람은 다름 아닌 주周나라 문왕(文王-西佰)이었다. 문왕이 사냥을 나가려고 할 때 태사가 〈이번 사냥에서는 패왕을 보필할 신하를 얻을 것〉이라는 점괘를 문왕에게 말했다. 문왕은 "그런가." 하고 사냥을 나갔는데 위수渭水 북쪽 가에서 띠풀을 깔고 앉아 낚시를 하는 여상을 만났다. 문왕은 여상에게 말을 걸었는데 묻는 말마다 지극히 현명한 대답만을 하는지라 "선군先君인 태공太公 때부터 장래에 성인이 나타나서 주나라를 융성하게 이끌 것이라는 말이 전해오고 있는데 당신이야말로 그 사람임에 틀림이 없습니다." 라고 문왕은 여상에게 태공망(太公望-주나라의 태공이 고대하던 사람)이라는 호號를 주고 사냥수레에 같이 타고 궁에 돌아온후 그를 문왕 자신의 군사軍師에 임명했다.

일설에는 여상은 식견이 풍부한 인물로, 이전에는 은나라 폭군 주紂를 섬기고 있었는데 주왕이 너무 도리에 벗어난 사람이었기 때문에 주의 곁을 떠나여러 제후를 찾아다니며 유세遊說했지만 인정을 받지 못했다고 한다. 또 일설에는 여상은 야인野人이었으며 동쪽 끝의 해안지대에서 은거생활을 하고 있다가 주周 나라 서백(西佰-문왕)이 유리에 유폐되었을 때 신하인 산의생散宜生과

굉요閎夭가 여상에게 문왕의 석방을 도와달라고 요청했을 때 여상이 "서백이 어질고 또 사람됨이 착하여 노인을 귀중히 섬긴다고 이미 들어서 마음이 끌리고 있는 터요. 즐거이 힘을 다해 서백을 돕겠소."

그래서 세 사람은 미인과 진귀한 보물을 모아 은나라 주紂왕에게 바치자 주왕은 그 뇌물에 좋아서 서백을 유폐에서 풀어주게 되었다.

이와같이 여상이 주를 섬긴 경위에 대해서 여러 설이 있으나 중요한 것은 여상이 문왕과 무왕(武王-發)의 군사軍師가 되었다는 점이다.

태공망 여상이 내놓은 계책은 주로 군사軍事와 모략이었다. 후세 사람들이 병법兵法이며 주周의 권모술수에 말할 때 태공망이 그 시조始祖라고 말하고 있다.

문왕은 숭崇, 밀수密須, 견이犬夷를 무찌르고 위대한 도시 풍읍豊邑을 이루고 천하를 셋으로 나누어 그 둘은 주周에게 소속되었다. 문왕의 이러한 업적은 태공망의 계략에 힘입은 것이었다.

문왕의 뒤를 이은 태자 발(發-武王)이 폭군 주의 은殷나라를 정벌하여 천하의 왕天子이 되자 태공망에게 제齊의 영구營丘 땅을 다스리는 제후로 봉封했다. 제齊나라의 기틀이 마련된 것이다. 초라한 일개 낚시꾼 노인은 때를 얻어 문왕과 무왕의 스승이 되었고, 은殷나라를 정벌하여 악정을 일삼는 폭군 주를 멸망시켰으며 제齊에 봉해지자 주변국을 정벌하여 대국이 되어 영구營丘에 도읍하였다.

태공망은 1백 세를 넘고 생을 마감하였다.

태사공이 말했다.

"나는 제나라를 편력했더니 그 고장 백성들은 활달하였으며, 그 중에는 슬기로운 사람들이 많았다. 제나라는 앞날이 양양하여 실로 대국大國의 기풍을 갖추고 있다. 위정자爲政者들의 위대한 개성이 정치에도 반영되어 이러한 대국의 기풍을 키우게 된 것이다."

문도 文韜

나라를 다스리는 데는 문文과 무武로써 한다.

문을 사람의 오른쪽으로 친다면, 무는 왼쪽이다.

나라를 운영해 가는 것은 문무의 어느 한쪽에 치우쳐서는 안 된다.

평화롭고 풍요한 국가운영은 문사로서 구사해 나가고

국가의 평화를 유지하는 것은 강력한 힘을 항시 준비하고 있어야 한다.

즉 무비武備가 있어야한다.

부강한 국가를 위해서는 그 중에서도 먼저 들 것을 정한다면,

문사가 앞이라고 해야 할 것이다.

문사가 무비보다 앞선다는 뜻에서 이 육도六韜에도 문도文韜가 앞에 있는 것이다.

문치文治란 인의仁義를 배풀어서 만민을 사랑하는 것이며,

정사政事를 너그러이 펴고 후하게 다스림으로써 나라를 부강하게 하는 것이다.

01

문사 文師

문사文師란 문왕의 스승이라는 뜻이다. 주周 나라의 문文왕은 위수渭水 북쪽에 사냥을 나갔다가 태공망을 만나 함께 이야기를 나누고 크게 기뻐하여 함께 수레를 타고 돌아와 스승으로 삼았다.

❉ 하늘의 계시啓示

하루는 문왕文王이 사냥을 나가려 하였다. 사관史官 편編이 점을 쳐 보고 말하였다. "위수의 양지에서 사냥을 하시면, 큰 수확이 있겠습니다. 그것은 용龍도 아니고, 이무기도 아니고, 범도 아니며, 곰도 아닙니다. 장차 공작. 후작이 될 만한 큰 인물을 얻을 징조입니다. 하늘이 당신에게 스승을 보내어 보필토록 하고, 이어 삼대를 돕게 될 것입니다."

文王將田, 史編布卜曰, 田於渭楊, 將大得焉, 非龍, 非彲, 非虎, 非羆, 兆得公侯, 天遺汝師, 以之佐昌, 施乃三王,

문왕이 물었다. "점괘가 그토록 나왔는가?"

文王曰, 兆致是呼,

사관이 대답하였다. "저의 조상인 사관 주嚋가 순 임금을 위하여 점을 쳐 고요를 얻었다 합니다."

史編曰, 編之太祖史嚋, 爲舜占得皐陶, 兆比於此.

문왕(文王) 농업 신으로 숭앙받는 후직(后稷)의 2대손. 주(周)의 서백(西伯), 성은 희(姬), 이름은 창(昌)으로 문왕은 시호임. 죽은 후 그의 아들 무왕(武王)이 천자의 위에 올라 왕으로 추존(追尊)하여 씀.

전(田) 수렵의 총칭. 봄 사냥은 수(蒐), 가을은 선(獮) 등 갖가지 사냥의 종류가 있는데, 전은 그런 사냥들의 총칭임.

복(卜) 귀갑(龜甲)을 구어 그 갈라진 금으로 길흉을 점치는 것.

위양(渭揚) 위수(渭水)의 북쪽. 위는 강(江)이름.

용(龍) 인충(鱗蟲)의 장으로서 능히 구름과 비를 일으키며, 만물을 이롭게 하므로 사령(四靈)의 하나로 침.

리(彲) 용과 같으나 황색이며, 뿔이 없음.

비(羆) 곰과 같으며, 털빛이 황백이며, 목과 다리가 길고, 힘이 세어 나무를 뽑으며, 사람을 만나면 사람처럼 일어서서 사람을 잡는다고 함.

조(兆) 귀갑을 구웠을 때 나타나는 금.

삼왕(三王) 문왕과 그의 아들 무왕(武王), 또 손자 성왕(成王)의 3대를 말함.

순(舜) 오제(五帝)의 한 사람, 요(堯)다음의 천자.

고요(皐陶) 순임금의 어진 신하. 도(陶)는 이름일 때는 요로 읽음.

�֎ 천하를 낚을 전주곡

문왕은 이에 사흘 동안 목욕재계를 한 다음 사냥수레에 사냥말을 매어타고, 위수의 양지쪽으로 사냥을 나갔다. 마침내 그곳 에서 태공이 띠 풀을 깔고 앉아서 낚시질을 하는 것을 보았다. 문왕은 "수고 합니다" 하며 물었다. "낚시를 즐기는가 봅니다."

文王乃齊三日, 乘田車, 駕田馬, 田於渭陽, 卒見太公坐芽以漁. 文王勞而問之曰, 子樂漁那,

태공이 말하였다. "신이 듣기에, 군자는 제 뜻이 이루어짐을 즐기고 소인은 눈앞의 일이 이루어짐을 즐긴다고 합니다. 지금 제가 낚시질을 하는 것은 그와 흡사합니다. 낚시 자체를 즐기는 것이 아닙니다."

太公曰, 君子樂得其志, 小人樂得其事. 今吾漁, 甚有似也.

———

전차(田車) 수렵에 쓰는 수레.

가(駕) 수레 멍에에 말을 매는 것.

노(勞) 위로함. 피곤함을 위로하는 말

✖ 낚시에 숨은 이치

문왕이 말하였다. "그 흡사하다는 것은 무엇을 말하는 것입니까?"

文王曰, 何謂其有似也,

태공이 말하였다. "낚시에는 세 가지 권도權道가 있습니다. 미끼로 물고기를 취하는 것은, 녹봉祿峰을 주어 인제를 취하는 것, 좋은 미끼로 큰 고기를 취하는 것은, 후한 녹봉을 내리면 목숨을 아끼지 않는 충신이 나오는 것과 같으며, 물고기가 크기에 따라 쓰임새가 차이 있는 것은, 인물에 따라 벼슬이 다른 것과 같습니다. 그러나 그 이치가 매우 깊어, 그로 하여 큰 것을 볼 수 있는 것입니다."

太公曰, 釣有三權, 祿等以權, 死等以權, 官等以權, 夫釣以求得也, 其情深, 可以觀大矣.

─────

권(權) 권도를 말함. 권은 원래 저울추로서 사물의 경중을 다는 것임. 이로부터 전하여 적절히 조처함을 권이라고 하며, 권선(權宣)또는 권도라고 함.

녹등이권(祿等以權) 녹을 주어 사람을 취하는 권도는 미끼를 주어 고기를 낚는 것과 같음을 말함.

사등이권(死等以權) 후한 녹 밑에는 반드시 죽음을 아끼지 않는 선비가 있음은, 좋은 미끼 밑에는 반드시 죽은 고기가 있는(香餌之下必有死魚) 권도와 같음을 말함.

관등이권(官等以權) 인재의 대소에 의하여 그 임무를 달리하는 권도는 고기의 대소에 의하여 그 쓰이는 권도와 같음을 말함.

정(情) 진정, 이치, 진실한 사정.

가이관대(可以觀大) 이로써 황제를 낚고, 임금을 낚고, 천하를 낚고, 만세(萬歲)를 낚는 따위의 대사업을 볼 수 있음을 말함.

✖ 군신간君臣間은 화합해야

문왕이 물었다. "바라건데 그 이치를 들려주십시오."

文王曰, 願問其情.

태공이 대답했다. "근원이 깊어야 물이 흐르며, 물이 흘러야 물고기가 생긴다는 이치입니다. 뿌리가 깊어야 나무가 잘 자라며, 나무가 자라야 열매가 맺는다는 것이 이치입니다. 군자는 군주와 뜻이 맞아야 가깝게 화합하며, 마음이 화합해야 일을 이룩한다는 이치입니다. 말로써 응대하는 것은 진정을 꾸며서 나타내는 것입니다. 진정을 말한다는 것은 일의 지극한 것입니다. 지금 신이 진정을 거리낌 없이 말하겠습니다만 군주께서는 그것을 싫어하시겠습니까?"

太公曰, 源深而水流水流而漁生之, 情也. 根深而木長, 木長而實生之, 情也. 君子情同而親合, 親合而事生之, 情也. 言語應對者, 情之節對也. 言至情者. 事之極也. 今臣言至情不諱, 君其惡之乎.

문왕이 말하였다. "오직 어진 이는 바른 간언을 받아들이어 지극한 이치를 싫어하지 않습니다. 어찌 진정을 싫어할 수 있겠습니까."

文王曰, 唯仁能受正諫, 不惡至情, 何爲其然.

——

휘(諱) 꺼리어 피함.
오(惡) 미워함. 이런 뜻일 때는 오로 읽음.
정간(正諫) 시비. 선악을 분명히 하여 간함

✻ 녹祿으로 인재人才를 부른다

태공이 말하였다. "낚싯줄이 가늘고 미끼가 또렷이 보이면 작은 고기가 이것을 물고, 낚싯줄이 톡톡하고 그 미끼가 향기로우면 중치의 고기가 이것을 물고, 낚싯줄이 굵고 그 미끼가 풍성하면 큰 고기가 이것을 무는 것입니다.

太公曰, 緡微餌明, 小魚食之, 緡綢餌香, 中魚食之, 緡隆餌豊, 大魚食之,

대저 고기는 그 미끼를 먹고 이에 낚싯줄에 끌리고, 사람은 그 녹을 먹고 이에 임금에게 복종하는 것입니다. 그러므로 미끼로서 고기를 낚으면 고기를 낚을 수 있고, 녹으로서 인재를 모으면 천하 인재를 남김없이 모을 수 있는 것입니다.

夫魚食其餌, 乃牽於緡, 人食其錄, 乃服於君, 故以餌取魚, 魚可殺,
以錄取人.

사대부로서 나라諸侯를 취하면 쉬이 나라를 뽑아낼 수 있고 제후로서 천하를 취하면 쉬이 천하사를 다 마칠 수 있는 것입니다.”

人可竭. 以家取國, 國可拔. 以國取天下, 天下可畢.

“아아, 무성한 숲과 같다. 하지만 그 모임은 반드시 흩어질 것이요, 말이 없고 희미하다 하지만 그 빛은 반드시 멀리까지 비출 것이다. 성인의 덕이란 실로 미묘한 것으로써 그것은 성인 스스로는 볼 수 있지만, 남에게는 가량하여 헤아릴 수 없을 만큼 깊고 그윽한 것입니다.

嗚呼, 蔓蔓縣縣, 其聚必散, 漂漂昧昧, 其光必遠, 微哉聖人之德,

그러므로 성인의 마음은 천하 백성이 각자가 처해 있는 위치에서 편히 살도록 인심을 배양하고, 나라를 올바르게 다스릴 법을 세우는 것으로 그 즐거움을 삼는 것이다.”

誘乎獨見, 樂哉聖人之盧, 各歸其次, 而立歛焉,

──
민(緡) 낚싯줄.
주(綢) 올이 뱀. 톡톡함.

융(隆) 큼.

가(家) 선비를 기용하여 대부 삼음을 말함.

이가취국국가발(以家取國國可拔) 선비를 기용하여 대부 삼아서 남의 나라를 취한다면 나라가 모두 고락될 것임.

국(國) 어진 이를 봉하여 제후로 삼음.

이국취천하천하가필(以國取天下天下可必) 어진 이를 봉하여 제후로 삼아 천하를 취하면 천하가 모두 나에게로 돌아올 것임.

만만면면(曼蔓緜緜) 나무의 가지와 잎이 길고 넓게 뻗는 모양. 부하 사람이 많고 성함을 말함.

흑흑매매(溽溽昧昧) 희미하고 작아서 보이지 않는 모양. 덕을 감싸고 빛을 가리는 것을 이름.

미(微) 미묘함.

유호(誘乎) 아름다운 모양. 회남자의 무칭훈(繆稱訓)에 유(誘)는 아름다움을 이름이라 하였음.

독견(獨見) 성인만이 홀로 스스로 보며, 남이 이를 볼 수 없음을 말함.

차(次) 새(舍)와 같음. 돌아가 머물 곳.

각귀기차(各歸其次) 사람이 각기 그 돌아갈 바가 있음을 말함.

입감(立斂) 인심을 거두는 법을 세워 민심이 흩어지지 않게 함을 말함.

✖ 천하를 잃게 하는 것

"어떻게 민심을 배양하고 나라를 다스리면, 천하 만민이 귀속하여 복종하겠습니까?" 하고 문왕이 물었다.

文王曰, 立斂何若, 而天下歸之.

태공은 말하기를, "천하는 군주 한 사람의 천하가 아니라 천하에 삶을 이어받은 만민의 천하입니다. 그러한 천하의 이득을 천하 만민과 함께 나누려는 마음을 가진 군주는 천하를 얻을 수 있습니다.

太公曰, 天下非一人之天下, 乃天下之天下也, 同天下之利者, 則得天下,

그러나 이와는 반대로 천하의 이득을 자기 혼자 독점하려는 자는 반드시 천하를 잃게 됩니다."

檀天下之利者, 則失天下.

───

천하비일인천하, 내천하지천하야(天下非一人天下, 乃天乃天下之天下也) 천하는 군주 한사람의 천하가 아니라 천하 사람의 천하임.

동천하지이자득 천하(同天下之利者得天下) 사람과 더불어 천하의 이득을 같이 하는 자는 반드시 천하를 얻음.

천(擅) 제멋대로 함.

❈ 사심이 없는 곳에 인심이 돌아간다

"하늘에 춘하추동 네 계절이 있어 음과 양이 순환하고, 그로 말미암아 대지에 생산이 이루어져 재보가 있습니다. 이 하늘의 시時와 땅의 재財를 사람들과 함께 나누어 조금도 사심이 없는 것을 인仁이라 합니다. 인이 있는 곳에 천하인심이 돌아가는 것입니다.

天有時, 地有財, 能與人共之者, 仁也, 仁之所在, 天下歸之.

사람이 죽게 된 것을 건져주고, 재난을 당한 사람을 도와 주며, 사람의 환난을 구해주고, 위급한 사람을 구해주는 것은 덕德입니다. 덕이 있는 곳에 천하 인심이 돌아갑니다."

免人之死, 解人之難, 救人之患, 濟人之急者, 德也. 德之所在, 天下歸之.

───

천유시(天有時) 時는 세시(歲時)임. 곧 춘하추동의 사시(四時)임. 사시의 변화가 있어 만물은 생성 화육함.

지유재(地有財) 財는 재화(財貨)임. 오곡, 초목, 금수, 충어(虫魚), 광물, 주옥 등의 재물은 모두가 땅에서 남.

해인지난(解人之難) 재난을 해결함.

구인지환(救人之患) 사람의 환난에서 구함.
재인지급(濟人之急) 사람을 위급에서 구함.

✳ 근심을 같이 해 주면 인심이 쏠린다

"뭇 백성들과 시름을 같이하고, 뭇 백성들과 즐거움을 같이하며, 그들이 좋아하는 것을 좋아하고, 그들이 미워하는 것을 미워하면, 이것이 의義입니다. 의義가 있는 곳에 천하天下의 인심人心은 쏠리게 됩니다.

與人同憂, 同樂, 民好同惡者, 義也, 義之所在, 天下赴之.

모든 사람은 죽는 것을 싫어하고, 사는 것을 즐거워하며, 덕을 좋아하고 이득을 따릅니다. 애써 사람을 살리며, 사람을 부하게 하려고 꽤하는 것을 도道라고 합니다."

凡人惡死而樂生, 好德而歸利, 能生利者, 道也, 德之所在, 天下歸之,

문왕은 경의를 표하고 절을 하며 이렇게 말했다. "참으로 그렇습니다. 복점에 나타났던 말을 생각하면 당신은 곧 하늘이 나에게 내려준 분입니다. 내 어찌 이 하늘이 내려주신 명령을 받들지 않겠습니까?"

文王再拜曰, 允哉, 散不受天之詔命呼,

그리하여 문왕은 태공을 자기 수레에 태워 함께 들어가서 그를 스승으로 모시었다.

乃載與俱歸, 立爲師.

———

능생리자(能生利者) 생(生)과 이(利)를 모두 잘 하는 자.
윤재(允哉) 진실로 그러합니다.
천지조명(天之詔命) 태공을 만나리라는 것이 이미 귀갑의 복점에 있었음을 회고하여 하는 말임.

02

영허 盈虛

영盈이란 흥興하고 잘 다스려진다는 것이요, 허虛란 쇠하고 어지러워지는 것이다. 그래서 영허란 나라의 편안히 다스려짐과 어지러움, 흥興함과 쇠衰함을 뜻하는 것으로 여기서는 군주의 어짊과 똑똑치 못함에 따라 그것이 결정된다는 것을 논하고 있다.

❈ 국가 흥망의 열쇠를 쥔 사람

문왕이 태공에게 물었다. "이 세상은 넓고 아득하여, 한번 흥하면 한번 성하고, 한번 잘 다스려지면 한번 어지러워지는데, 그렇게 되는 까닭은 무엇입니까. 그 임금이 똑똑치 못함이 같지 않아서입니까, 운의 변화로 저절로 되는 것입니까"

文王問太公曰, 天下熙熙, 一盈一虛, 一治一亂, 所以然者何也, 其君賢不肖不等乎, 其天時變化自然乎,

태공이 대답하였다. "임금이 똑똑치 못하면 곧 나라는 위태롭고 백성은 혼란하며, 임금이 어질고 훌륭하면 나라는 편안하고 백성은 잘 다스려지는 것입니다, 화와 복은 임금에게 달려있지, 하늘의 시운時運에 달려있는 것이 아닙니다."

太公曰, 君不肖, 則國危而民亂, 君賢聖, 則國安而民治, 禍福在君, 不在天時.

문왕이 물었다. "옛 성현의 이야기를 들려주시겠습니까."

文王曰, 古之聖賢, 可得聞乎,

태공이 대답하였다. "요 임금이 천하 임금의 천하에 왕 됨은, 과연 상고上

古의 어진 임금이라 할 수 있습니다."

太公曰, 昔者帝堯之王天下, 上世所謂賢君也,

문왕이 물었다. "그 다스림은 어떠하였습니까."

文王曰, 其治如何,

태공이 대답하였다. "요 임금이 천하에 임금노릇을 하실 적에는, 금과 은이며, 주옥으로 장식하지 않았고, 비단이며 수놓은 것이며 무늬 있는 비단은 입지 않았고,

太公曰, 帝堯王天下時, 金銀珠玉不飾, 錦繡文綺不衣.

이상야릇하고 유별난 것은 보지 않고, 가지고 놀 기물을 보배롭게 여기지 않고, 음탕한 음악을 듣지 않고, 궁의 담이며 벽을 백토 칠하지 않고, 수키와며 서까래며 기둥은 조각하지 않고,

奇怪珍異不視, 玩好之器不寶, 淫佚之樂不聽, 宮桓屋室不堊, 甍桷椽楹不斵.

띠 풀이 우거져도 깎지 않고, 사슴가죽으로 만든 옷으로 추위를 막고, 소박한 옷으로 몸을 가리며, 궂은쌀과 기장밥이며 명아주 콩잎 국을 먹었습니다."

芽茨徧庭不剪, 鹿裘禦寒, 布衣掩形, 糲粱之飯, 黎藿之羹.

희희(熙熙) 광대한 모양.
천시(天時) 운명과 같은 뜻임.
제요(帝堯) 요 임금.
왕(王) 몸으로써 천하에 임함을 말함.
상세(上世) 상고(上古)의 세상.
주(珠) 물속에서 나는 보옥.
옥(玉) 산속에서 나는 보옥.

금수(錦繡) 비단과 수를 놓은 직물.

문기(文綺) 무늬를 놓은 비단.

음일지락(淫佚之樂) 음란하고 외설스러운 음악.

악(堊) 백토로 벽을 바름.

맹(甍) 대마루에 얹는 수키와.

각(桷) 서까래.

영(楹) 기둥.

록구(鹿裘) 사슴가죽으로 만든 옷.

여량(糲粱) 궂은쌀과 기장. 조악한 밥을 이름.

갱(羹) 국.

✖ 무위라는 것과 권선징악 勸善懲惡

"부역을 시킴으로써 백성의 밭 갈고 배 짜는 시간을 해하지 않았습니다. 마음을 다듬으며 뜻을 제약하여 백성의 일에 일절 간섭하지 않고, 천하가 저절로 다스려지는 무위無爲로 정치하셨습니다.

不以役作之故, 害民耕織之時, 削心約志, 從事乎無爲.

관리가 충성되고 정직하며 법률을 잘 받드는 자는 그 직위를 높여 주고, 청렴결백하고 백성을 사랑하는 자는 그 녹을 두터이 했습니다.

吏忠正奉法者, 尊其位, 廉潔愛人者, 厚其祿.

백성 중에 효도하며 자애로운 자는 이를 공경하고 사랑합니다. 농사하며 누에치기에 힘을 다하는 자는 이를 위로하여 힘쓰게 했습니다.

民有孝慈者, 愛敬之, 盡力農柔者, 慰勉之,

선과 악을 분명하게 구별하여 마을 입구의 문에 그것을 나타냈습니다."

旌別淑慝, 表其門閭.

___

역작(役作) 가옥을 짓는 따위의 부역.

삭심(削心) 마음을 다듬어 작게 함. 곧 근신함을 이름.

약지(約志) 뜻을 간략히 함. 곧 욕망을 줄이고 사치를 억제하는 마음.

여(閭) 마을 입구의 문.

진력농유자(盡力農柔者) 농사하며 누에치기에 힘을 다 하는 자.

정별(旌別) 분명히 구별함.

숙특(淑慝) 정과 부정, 선인과 악인.

정병숙특(旌別淑慝) 선과 악을 분명히 구분함.

✻ 미워하는 사람일지라도

"마음을 평온하게 하고, 예절을 바르게 하며, 법도로써 간사함과 거짓됨을 금합니다. 미워하는 바의 사람도 공이 있으면 반드시 상 주며, 사랑하는 사람도 죄 있으면 반드시 벌합니다. 세상의 홀아비며 홀어미며 홀로된 노인을 보호하고 양육합니다. 재화며 초상난 집은 물건을 주어 도와줍니다."

平心正節, 以法度禁訏僞, 所憎者, 有功必賞, 所愛者有罪必罰,
存養天下鰥寡孤獨, 賑膽禍亡之家.

___

평심정절(平心正節) 마음을 평온히 하고 예절을 바르게 함.

소증자(所憎者) 미워하는 사람.

유공필상(有功必賞) 공있는 자에게 반드시 상을 줌.

유죄필벌(有罪必罰) 죄있으면 반드시 벌함.

환(鰥) 늙어서 아내가 없는 홀아비.

과(寡) 늙어서 지아비가 없는 과부.

고(孤) 어버이 없는 고아.

독(獨) 늙어서 자식 없이 의지할 곳 없는 사람.

존양천하환과(存養天下鰥寡) 천하의 홀아비와 과부를 돌봄.

화망지사(禍亡之家) 화망(禍患)과 상망(喪亡)이 있는 집.

진섬(賑贍) 어려운 사람에게 물건을 주어서 도와줌.

❈ 임금을 어버이처럼

"스스로 봉양함은 심히 박하고, 그 부역은 심히 적습니다.

其自奉也甚薄, 其賦役也甚寡,

그러므로 만백성이 넉넉하고 즐거우며, 굶주리고 떠는 기색이 없으며, 백성이 그 임금을 해와 달처럼 받들며 그 임금을 어버이처럼 가까이합니다."

故萬民富樂, 而無饑寒之色, 百性載其君如日月, 親其君如父母,

문왕이 말하였다. "위대할손 현군의 덕이여."

文王曰, 大哉, 賢君之德也,

국무國務

나라를 다스리는 요체要諦는 곧 백성을 사랑하는 데 있음을 논하였다.

※ 백성을 사랑하라

문왕이 태공에게 물었다. "원컨대 나라 다스리는 데 크게 힘써야 할 일들을 들려주십시오, 임금을 존엄케 하고 백성이 편안케 하고자 합니다."

文王問, 願聞爲國之大務, 慾使主尊之安, 爲之奈何.

태공이 대답했다. "백성을 사랑하면 그만입니다."

太公曰, 愛民而己.

문왕이 물었다. "백성을 사랑하려면 어떻게 해야 됩니까."

文王曰, 愛民奈何.

태공이 대답하였다. "이롭게 하고 해롭게 하지 말며, 이루게 하고 실패하지 않게 하며, 주어야 하고 뺏지 말아야 하며, 살리되 죽이지 말며, 즐겁게 하고 괴롭게 하지 말며, 기쁘게 하고 노하게 하지 말아야 합니다."

太公曰, 利而勿害, 成而勿敗, 子而勿奪, 生而勿殺, 樂而勿苦, 喜而勿怒.

문왕이 물었다. "감히 청합니다. 그 까닭을 알려 주십시오."

文王曰, 敢請釋其故.

태공이 말하였다. "백성이 힘쓸 곳을 잃지 않으면 곧 이롭게 됩니다. 농사하는 데 때를 잃지 않으면 이루게 됩니다.

太公曰, 民不失務, 則利之, 農不失時, 則成之.

죄 없는 자를 벌주지 않으면 곧 살게 됩니다. 세금 걷는 것을 엷게 하여주면 주는 게 됩니다.

不罰無罪, 則生之, 薄賦斂, 則與之,

궁과 전망대가 검소하면 즐겁게 됩니다. 관리가 결백하고 번거롭게 하지 않으면 곧 기쁘게 됩니다."

儉宮室臺榭, 則樂之, 吏淸不苛擾, 則喜之.

대사(臺榭) 흙을 높이 쌓아올린 위에 지어서 먼 곳을 바라 볼 수 있게 한 건축물.
청(淸) 청렴결백.
가요(苛擾) 가혹
가혹번요(苛酷煩擾) 곧 가혹하고 번거로이 소란함.

※ 과중한 징세는 약탈이다

"백성이 그 힘쓸 곳을 잃게 함은, 곧 이를 해하게 하는 것입니다. 농사의 그 때를 잃게 함은 곧 이를 실패하게 합니다.

民失其務, 則害之, 農失其時, 則敗之,

죄 없이 벌하면 곧 이를 죽게 합니다. 세금을 과중하게 거두면, 곧 뺏는 것이 됩니다.

無罪而罰, 則殺之, 重賦歛, 則奪之.

궁실이나 전망대를 많이 지어 그로 하여 민력을 피폐하게 하면 곧 괴롭히는 것입니다. 관리가 더럽고 가혹하게 하며 번거롭게 하면 곧 노하게 하는 것이 됩니다.

多營宮室臺榭, 以疲民力, 則苦之, 吏濁苛擾, 則怒之.

그러므로 나라를 다스리는 군주는 백성 부리기를 꼭 아비가 자식 사랑함과 같이 하며, 형이 아우를 사랑함과 같이 합니다.

故善爲國者, 馭民如父母之愛者, 如兄之愛弟,

그 굶주림과 추위에 시달림을 보고는 곧 그를 위해 근심하고, 그 수고로움과 괴로움을 보고는 곧 그를 위하여 슬퍼합니다.

見其饑寒, 則爲之憂, 見其努苦, 則爲之悲,

상과 벌은 그 몸에 가함과 같이 하며, 세금 거두는 것은 그 몸에서 취함과 같이 합니다. 이것이 백성을 사랑하는 길입니다."

賞罰如加於身, 賦歛如取於己, 此愛民之道也.

대례 大禮

군신君臣간의 예절을 논한 것인데, 군신간君臣間의 예절은 하늘, 땅과 같으므로 대례大禮라 한다.

※ 군신간君臣間의 예절

문왕이 태공에게 물었다. "임금과 신하의 예는 어떠해야 합니까."

文王問, 君臣之禮如何,

태공이 대답하였다. "임금이 되거든 오직 굽어볼 따름이요, 신하 되거든 오직 침착할 따름입니다. 굽어보되 멀리함이 없으며, 침착하되 숨김이 없어야 합니다. 임금이 되거든 오직 두루 할 따름이며, 신하 되거든 오직 머무를 뿐입니다. 두루함은 하늘을 본받음이요, 머무름은 땅을 본받음이니, 하나는 하늘이요, 하나는 땅이니 즉 대례大禮는 이루어집니다."

太公曰, 爲上惟臨, 爲下惟沈, 臨而無遠, 沈而無隱, 爲上惟周, 爲下惟定. 周則天也, 定則地也, 或天或地, 大禮乃成.

――

임(臨) 높은데 있어 낮은 곳을 굽어 봄.
조림(照臨) 즉 군왕의 통치를 말함.
침(沈) 스스로를 억제하여 낮춤.
임이무원(臨而無遠) 백성을 굽어보는 자는 오만하지 말아야 하며, 백성과 멀어지지 말아야한다.
침이무은(沈而無隱) 스스로 겸손하고 억제 하는 자. 곧 신하는 속이지 말아야하며, 숨기지 말아야 한다.
주(周) 두루 미침.
정(定) 머무름 안정함.

🎖 군주君主의 몸가짐

문왕이 물었다. "임금의 몸가짐은 어떠해야합니까?"

文王曰, 主位如何,

태공이 대답하였다. "편안하고 찬찬하며, 조용하고 부드러우며, 절제 있어 먼저 안정되어야 합니다. 잘 베풀고 다투지 말며, 마음을 비우고 뜻을 고르고, 사람을 대함에 바르게 해야 합니다."

太公曰, 安徐而靜, 柔節先定, 善與而不爭, 虛心平志, 待物以正.

———

위(位) 몸가짐을 말함.

안서(安徐) 평안하고 찬찬함.

유절(柔節) 유화하고 절제 있음.

선정(先正) 먼저 자신이 안정하여 모범을 보임.

선여이부쟁(善與而不爭) 잘 은혜를 베풀고 남과 이익을 다투지 않음.

허심(虛心) 허심탄회하여 남의 의견을 존중함.

평지(平志) 공정하여 사곡(邪曲)이 없음.

대물이정(待物以正) 물은 사람을 말함이니 사람을 정함에 있어 치우치지 아니함.

🎖 군주의 귀

문왕이 물었다. "임금의 들음은 어떠해야 합니까?"

文王曰, 主聽如何,

태공이 대답하였다. "망녕되게 허하지 말며, 거스르고 막지 말아야 합니다. 이를 허하면 곧 지킴을 잃고, 이를 막으면 곧 닫혀 막힙니다. 높은 산은 이를 우러러도 정복할 수 없으며, 깊은 물은 이를 헤아려도 잴 수 없습니다. 신통하고 맑은 덕은 바르고 조용하여 그의 지극함입니다."

太公曰, 勿妄而許, 勿逆而拒, 許之則失守, 拒之則閉塞, 高山仰之,
不可極也, 深淵度之, 不可測也, 神明之德, 正靜其極.

———

망이허(妄而許) 시비를 가리지 않고 경솔하게 받아들임.

역이거(逆而拒) 미리 그 말이 취할 바 없다 생각하고 그 말을 듣지도 않고 이를 거절함.

신명지덕(神明之德) 마음의 지극히 신통하고 지극히 밝은 덕. 사람의 마음은 본디 공허하고 형체가 없지만 그 기능은 맑고 환하며 거울이 물건을 반사하는 것과 같으며 조용하고 동하지 않으니, 감촉되면 천하의 이치에 통하며, 지극히 신묘하며, 지극히 영명(靈明)한 것이지만 사람의 욕심이 가리는 바 되어 그 덕을 충분히 발휘하지 못 한다. 그러므로 이 욕심은 사사로움을 버리고 하늘의 이치를 좇아, 올바르고 치우치지 않으며, 조용히 꺼리는 바와 시름하는 바를 없이 할 때 에 마음이 지극히 신묘하고 영명한 덕은 그 극치에 이른다는 뜻.

❇ 군주의 눈

문왕이 물었다. "임금의 밝음은 어떠해야합니까?"

文王曰, 主明如何.

태공이 대답하였다. "눈은 눈 밝음을 귀히 여기고, 귀는 귀 밝음을 귀히 여기고, 마음은 지혜로움을 귀히 여깁니다. 천하의 눈으로서 보면 보이지 않음이 없고, 천하의 귀로서 들으면 들리지 않음이 없고, 천하의 마음으로서 생각하면 알지 못하는 것이 없습니다. 한 데 쏠려 나란히 나간다면 곧 밝음이 가려지지 않습니다."

太公曰, 目貴明, 耳貴聰, 心貴智, 以天下之目視, 則無不見也,
以天下之耳聽, 則無不聞也, 以天下之心慮, 則無不知也, 輻輳立進,
則明不蔽矣.

명(明) 눈이 잘 보이는 것.

총(聰) 귀가 잘 들리는 것

명불폐의(明不蔽矣) 밝음이 가려지지 않음.

지(智) 도리와 정의에 밝아 시비를 분별하는 것.

이천하지목시(以天下之目視) 천하의 눈으로 보면.

즉무불문야(則無不聞也) 들리지 않음이 없음.

폭주(輻輳) 수레바퀴에 바퀴살(輻)이 바퀴 통으로 모이듯이(輳) 많은 사물이 한 곳으로 모이는 것을 이름.

05

명전 明傳

문왕이 임종臨終 시에 지극한 도리를 분명히 자손에게 전傳하는 내용이 담겨있다. 그래서 명전이라 한다.

❈ 기회를 잘 포착하라

문왕이 병상에 누워 태공망을 부르고, 태자 발이 옆에 있는데 말하였다. "아아, 하늘이 장차 나를 버리려 한다. 주나라 사직이 장차 너에게 속하려 한다. 이제 내 지극한 도의 말씀을 스승 삼아서 분명히 이를 자손에게 전하고자 한다."

文王寢疾, 召太公望, 太子發在側, 曰, 嗚呼天將棄子, 周之社稷, 將以屬汝, 今予慾師至道之言, 以明傳之子孫,

태공이 말하였다. "임금께서 물으시는 바가 무엇입니까."

太公曰, 王何所問,

문왕이 말하였다. "옛 성현의 도의가 그치는 바가 무엇입니까."

文王曰, 先賢之道, 其所止, 其所起, 可得問乎.

태공이 답하였다. "선함을 보며 게을리 하고, 때가 이르러도 의심하며, 그름을 알고도 가만히 있습니다. 이 세 가지는 도가 그치는 것입니다."

太公曰, 見善而怠, 時至而疑, 知非而處, 此三者道之所止也.

───

천장기여(天將棄予) 바야흐로 죽게 됨을 이름.

토지의 주신으로 오곡의 신. 옛날에 천자와 제후는 반드시 사직제단을 세우고 국가와 그 존망을 같이 하였으므로 전하여 국가라는 뜻으로 쓰임.

처(處) 머물러 떠나지 않음을 이름.

⚝ 강하면서도 약하게

"부드러우면서도 조용하고, 공손하면서도 존경하고, 강하면서도 약하고 참으면서도 억셉니다. 이 네 가지는 도道가 일어나는 것입니다."

柔而靜, 恭而敬, 强而弱, 認而剛, 此四者, 道之所起也.

――

공(恭) 용모에 대해서 공손한 것을 말한 것임.

경(敬) 마음에 대하여 존경함을 말하는 것임.

강이약(强而弱) 너무 강하면 부러진다. 그러므로 강함을 구제하는 데는 약함으로써 한다.

인이강(認而强) 너무 참으면 나약해진다. 그러므로 참음을 구제하는 데는 강으로써 한다.

⚝ 나라가 흥하고 망하는 까닭

"그러므로 의로움이 욕심을 이기면 곧 창성하고, 욕심이 의로움을 이기면 곧 망합니다. 공경함이 게으름을 이기면 곧 길하고, 게으름이 공경함을 이기면 곧 망합니다."

故義勝慾則昌, 慾勝義則亡, 敬勝怠則吉, 怠勝敬則亡,

――

의승욕(義勝欲) 의로움이 욕심을 이김.

06

육수 六守

신하로서 지켜야할 인仁, 의義, 충忠, 신信, 용勇, 모謀 의 여섯 가지와 이러한 신하를 능히 보고 알며 지키게 하여 나라를 다스리도록 해야 한다는 것을 설명한다.

✖ 왜 실각失脚을 하나

문왕이 태공에게 물었다. "나라에 임금 되고 백성의 주인 된 자가 이를 잃는 것은 무슨 까닭입니까."

文王曰, 君國主民者, 其所而失之者, 何也.

태공이 대답하였다, "더불어 하는 바를 삼가지 않는 까닭입니다. 군주에게는 여섯 가지 지킴과 세 보배가 있습니다."

太公曰, 不槿所輿也, 人君有六守三寶.

소여(所與) 나와함께 나라를 지키는 사람.
육수(六守) 나라를 지키는 여섯 가지 종류의 사람. 즉 본문에 나오는 인 (仁), 의(義), 충(忠), 신(信), 용(勇), 모(謀)의 사람. 이들은 나와 함께 나라를 지키는 중요한 사람들임.
삼보(三寶) 나라의 보배로 할 세 가지의 사람. 곧 농(農), 공(工), 상 (商)임.

✖ 육수六守란 무엇인가

문왕이 물었다. "육수라 함은 무엇입니까."

文王曰, 六守者, 何也.

태공이 대답하였다. "첫째 어짊이며, 둘째 의로움이며, 셋째 충성심이며,

太公曰, 一曰仁, 二曰義, 三曰忠,

넷째 믿음이며, 다섯째 용맹스러움이며, 여섯째 지모입니다."

四曰信, 五曰勇, 六曰謀. 是謂六守.

인물 고사법考查法

문왕이 물었다. "삼가 육수를 가려내려면 어찌해야 합니까."

文王曰, 謹擇六守者何,

태공이 대답하였다. "이를 넉넉히 하여 예절을 범하지 않는가를 보고, 이를 귀하게 하여 교만하지 않는가를 보고, 이를 관직에 두어 옮김이 없는가를 보고, 이를 부리며 숨김이 없는가를 보고, 이를 위태롭게 하여 두려움이 없는가를 보고, 이에 일을 시키어 그 궁함이 없는가를 봅니다.

太公曰, 富之而觀無犯, 貴之而觀其無驕, 付之而觀其無轉,
使之而觀其無隱, 危之而觀其無恐, 事之而觀其無窮.

이를 넉넉하게 하여 범치 않는 자는 인仁입니다. 이를 귀하게 하여 교만치 않는 자는 의義입니다.

富之而不犯者仁也, 貴之而不驕者義也,

이를 관직에 두어 옮기지 않는 자는 충忠입니다. 이를 부리어 숨김이 없는 자는 신信입니다.

付之而不轉者忠也, 使之而不隱者信也,

이를 위태롭게 하여 두려워하지 않는 자는 용勇입니다. 이에 일을 시켜 궁하지 않는 자는 모謀입니다."

危之而觀其無恐, 勇也, 事之而不窮者謀也.

———

지(之) 여기에서는 모두 신(臣)을 가리킴.

❖ 세 가지의 보배

"인군은 세 보배를 남에게 빌려주면 안 됩니다. 남에게 빌려주면 임금은 그 위력을 잃습니다."

人君無以三寶借人, 借人則君失其威.

문왕이 말하였다. "감히 세 보배를 묻습니다."

文王曰, 敢問三寶.

태공이 대답하였다. "농업과 공업, 상업, 이를 세 보배라 합니다."

太公曰, 大農, 大工, 大商, 謂之三寶.

❖ 농農, 공工, 상商이 번영하면

"농업은 그 마을에 있어 이를 오로지하면 곡식이 풍족하고, 공업은 그 마을에 있어 이를 오로지하면 기물이 풍족하고, 상업은 그 마을에 있어 이를 오로지하면 재화가 풍족합니다. 세 보배가 각각 있을 곳에 안존하면, 백성은 이에 근심이 없고 그 마을이 어지러움이 없으며, 그 씨족이 어지러움이 없습니다."

農一其鄕, 則穀足, 工一其鄕, 則器足, 商一其鄕, 則貨足, 三寶. 各安其處, 民乃不慮, 無亂其鄕, 無亂其族.

일기향(一其鄕) 한 고장에 모여 오로지 자기들의 업에만 정진함을 이름. 농, 공, 상은 각기 그 고장을 만들어 잡거하지 않음.

불려(不慮) 오로지 자기의 생업에 노력하여 다른 업을 생각하지 않음을 이름.

❄ 군주보다 부富한 신하는 없다

"신하가 임금보다 부富할 리 없고, 도읍이 국도國都보다 클 리 없습니다. 육수 성장하면 임금이 창성昌盛하고, 삼보 온전하면 나라가 편안합니다."

臣無富於君, 都無大於國, 六守長則君昌, 三寶全則國安.

07

수토 守土

나라의 강토를 지킨다는 뜻이다. 자기 강토를 굳건하게 지키는 방법은 무엇일까.

❈ 권력을 빌려주면 잃는다

문왕이 태공에게 물었다. "강토를 지키려면 어찌해야 좋겠습니까."

文王曰, 守土奈何.

태공이 말하였다. "그 친척을 멀리하지 말며, 그 민중을 게으르게 하지 말며, 그 좌우를 쓰다듬으며, 그 사방(국경)을 어거하며, 사람에게 나라를 빌려주지 말아야 합니다. 남에게 나라 권력을 빌려주면 그 권력을 잃게 됩니다."

太公曰, 無疏其親, 無怠其衆, 撫其左右, 禦其四旁, 無借人國柄, 借人國柄, 則失其權.

───

소(疏) 멀리함.

좌우 (左右) 여기서는 곁에서 가까이 모시는 신하를 말함.

❈ 기회를 놓치지 말라

"골짜기를 파서 언덕에 붙이지 말아야 합니다. 근본을 버리고 끝머리를 다스려서는 안 됩니다. 한낮에 빨래를 말려야 합니다. 칼을 잡거든 반드시 갈라야합니다. 도끼를 잡거든 반드시 베어야 합니다. 한낮에 말리지 않음은 이것의 때를 잃는다 이릅니다. 도끼를 잡고도 베지 않으면 적이 장차 올 것입니다."

無掘壑而附丘, 無舍本而治末, 日中必彗, 操刀必割, 執斧必伐,
日中不彗, 是謂失時, 操力不割, 失利之期, 執斧不伐, 賊人將來.

학(壑) 골짜기. 두 산 사이의 오목한 곳.
사(舍) 버림. 사(捨)와 뜻이 같음.
혜(彗) 빨래를 삶아서 말림.

✵ 큰 둑도 개미구멍으로부터

"졸졸 흐를 때 막지 않으면 장차 강하를 이룹니다. 반짝반짝할 때 구하지
않으면 활활 타는 걸 어찌 하렵니까. 떡잎 때 따내지 않으면 장차는 도끼를 써
야 됩니다.

涓涓不塞, 將爲江河, 熒熒不救, 炎奈何, 兩葉不去將用斧柯,

이러므로 인군은 반드시 일마다 부副를 따라야 합니다. 부하지 못하면 그
로인하여 인仁을 이루지 못합니다. 베풀지 못하면 그로 인해 친족을 모두지 못
합니다. 그 친족을 멀리하면 해로우며, 그 무리를 잃으면 패하게 됩니다."

是故人君必從事於副, 不副無以爲仁, 不施無以合親, 疏其親則害,
失其衆則敗.

연연(涓涓) 물이 졸졸 흐르는 모양.
형형(熒熒) 조그마한 불빛이 반짝반짝하는 모양.
염염(炎炎) 불이 활활 타는 모양.
가(柯) 도낏자루.
소기친(疏其親) 그 친척을 멀리함.

칼자루는 내가

“사람에게 이기利器를 빌리지 말아야 합니다. 사람에게 빌려주면 사람으로 하여금 해를 입는 바가 되며 그 누리를 마치지 못하게 됩니다.”

無借人利器, 借人利器, 則爲人所害, 而不終其世.

이기(利器) 위에서 말한 국병(國柄)이라는 것과 같은 뜻으로, 정권을 말함. 곧 현대의 행정, 사법, 입법의 삼권을 말한다.

존경은 화합의 첩경捷徑

문왕이 물었다. “무엇을 인의仁義라 합니까.”

文王曰, 可謂仁義.

태공이 대답하였다. “그 무리를 공경하고, 그 친족을 모두어야 합니다. 그 무리群를 공경하면 화합하고, 그 친족을 모두면 기뻐하는 것입니다. 이를 인의의 기강이라 합니다. 사람으로 하여금 당신의 위엄을 빼앗도록 하지 마십시오. 그로 말미암아 그 상도常道에 따라야 합니다. 따르는 자는 이를 맡김에 덕으로써 하고, 거스르는 자는 이를 끊음에 힘으로써 해야 합니다. 이를 공경하고 의심치 않으면, 천하가 화합하고 복종할 것입니다.”

太公曰, 敬其衆, 合其親, 敬其衆則和, 合其親則喜, 是謂仁義之紀,
無使人奪汝威, 因其明順其常, 順者任之以德, 逆者絕之以力,
敬之勿疑, 天下和服.

기(紀) 기강(紀綱)을 말함.

순기상(順其常) 천도(天道)의 상규(常規)에 순응함.

08

수국 守國

국가를 보호하고 지키는 일에 대하여 논하였다 하여 수국이라 하였다. 그 도道로써는 백성을 보배로 여기고 백성을 공경하며 이를 다스려야 한다는 것이다.

❈ 춘하추동의 이치

문왕이 태공에게 물었다. "나라 지킴은 어찌해야 합니까."

文王曰, 守國奈何.

태공이 대답하였다. "재계하십시오. 임금에게 정치의 이치와, 사시의 생生하는 바와, 인성의仁聖의 도道와, 백성의 마음 움직이는 정상을 말하고자 합니다."

太公曰, 齋, 將語君天之經, 四時之所生, 仁聖之道, 民機之情,

임금이 재계하기를 이레(7일)동안 하고, 스승에게 절하며 이를 물었다.

王齋七日, 北面再拜而問之.

태공이 말하였다. "하늘은 사시를 낳고, 땅은 만물을 낳습니다. 천하엔 백성이 있으며, 어진 성인이 이를 다스립니다. 그러므로 봄의 도는 생하여 만물이 성하며, 여름의 도는 자라서 만물을 이루며, 가을의 도는 거두어 만물이 가득차며, 겨울의 도는 감추어 만물이 고요하게 됩니다."

太公曰, 天生四時, 地生萬物, 天下有民, 仁聖牧之. 故春道生, 萬物榮, 夏道長, 萬物成, 秋道斂, 萬物盈, 冬道藏, 萬物靜.

경(經) 항상 있고 언제까지나 불변하는 원리를 말함.
사시소생(四時所生) 춘하추동 나고 자라고 거두며 저장함을 말함.

기(機) 발동의 계기. 마음이 움직여 욕망의 싹틈을 말함.

민기지정(民機之情) 민심이 발동하는 참다운 상태.

북면제배(北面再拜) 스승에 대한 절을 행함을 말함.

목(牧) 기름(養). 키우다.

영(盈) 거둠. 가을에 추수함을 이름.

장(藏) 추수한 것을 저장함.

🎏 성인聖人의 정치와 천리天理

"차면 곧 감추고, 감추면 곧 일어납니다. 그 그치는 바를 알지 못하며, 그 비롯된 바를 알지 못합니다. 성인이 이를 짝지워 천지의 경과 기로 삼았습니다.

盈則藏, 藏則復起, 莫知所終, 莫知所始. 聖人配之, 以爲天地經紀.

그러므로 천하가 잘 다스려지면 어진 성인은 감추어지고, 천하가 어지러우면 어진 성인이 나타납니다. 지극한 도는 그러한 것입니다. 성인이 천지 사이에 있으면, 그 보배로움은 진실로 큽니다. 그 상도常道를 따라서 이政治를 본다면, 백성은 편안합니다.

故天下治, 人聖藏, 天下亂, 仁聖昌, 至道其然也. 聖人之在天地間也, 其寶固大矣, 因其常而視之則民安.

대저 백성들을 움직여 기틀을 이루고, 기틀이 움직여 득과 실을 다투게 됩니다.

夫民動而爲機, 機動而得失爭矣.

그러므로 이를 행함에 그 힘陰으로써 하고, 이를 모둠에 그 덕陽으로써 해야 합니다. 이를 위하여 먼저 부르면 천하가 이에 화하게 됩니다.

故發之以其陰, 會之以其陽, 爲之先唱而天下和之.

지극하면 그 상도로 되돌아갑니다. 나아가면 다투지 말아야 하고, 물러나며 사양치 말아야 합니다. 나라 지킴이 이와 같으면, 천지와 더불어 빛을 함께할 것입니다."

極反其常, 莫進而爭, 莫退而遜. 守國如此, 與天地同光.

───

경기(經紀) 경은 일정하여 변치 않는 것. 기는 정연하여 조리가 있는 것. 곧 일정하여 변하지 않는 조리(條理)를 말함.

기보고대의(其寶固大矣) 기는 천지, 성인은 천지의 큰 보배임을 말함.

기상(其常) 천지의 상구(常久)한 도를 말함.

수국여차(守國如此) 나라 지킴이 이와 같음.

여천지동광(與天地同光) 천지와 더불어 빛을 함께함.

09

상현 上賢

현명賢命한 자를 위로 모시고 불초不肖한 자는 아래로 내리침으로써 어짊을 숭상하는 정신을 말하였고, 육적六賊과 칠해七害를 풀이했다.

※ 성신誠信을 취取하고 거짓을 버려라

문왕이 태공에게 물었다. "백성의 임금 되는 자는 누구를 위로 하고 누구를 아래로 하며 무엇을 취하고 무엇을 버리며, 어떠함을 금하고 어떠함을 그치게 해야 합니까."

文王曰, 王人者, 何上何下, 何取何去, 何禁何止.

태공이 대답하였다. "어진 이를 위로 하고 불초한 자를 아래로 하며, 성실됨과 믿음을 취하고 거짓됨을 버리며, 난폭하고 어지러움을 금하며 사치를 그쳐야 합니다. 그러므로 인군 된 자에게는 여섯 적과 일곱 해로움이 있습니다."

太公曰, 上賢下不肖, 取誠信去詐僞, 禁暴亂止奢侈.
故王人者, 有六賊七害.

상현(上賢) 현자를 위로함.
왕인자(王人者) 사람의 임금 된 자.

※ 여섯 가지 적

문왕이 말하였다. "원컨대 그 도리를 듣고자 합니다."

文王曰, 願聞其道.

태공이 말하였다. "대저 육적이라 하는 것은, 신하로서 크게 호화로운 저택과 연못에 정자를 지으며, 놀며 구경하며, 기생들과 즐기는 자가 있으면, 왕의 덕을 상하게 하는 것입니다.

太公曰, 夫六賊者, 一曰, 臣有大作宮室, 池榭, 遊觀, 倡樂者, 傷王之德.

둘째로, 백성으로서 농사와 누에치기를 힘쓰지 않고, 기운에 맡겨 놀며 유협하며, 법과 금함을 범하고 문란케 하며, 관리의 가르침에 좇지 않는 자는, 왕의 교화를 상하게 하는 것입니다.

二曰, 民有不事農柔, 任氣游俠, 犯歷法禁, 不從吏敎者, 傷王之化.

셋째로, 신하로서 당파를 맺으며, 어짊과 지혜로움을 가리며, 임금의 밝음을 장애하는 자 있으면, 왕의 권위를 상하게 하는 것입니다.

三曰, 臣有結朋黨, 蔽賢智, 障主明者, 傷王之權.

넷째로, 선비로서 뜻을 거르며, 결의를 뽐내며, 그로 기세를 이뤄 밖으로 제후와 사귀고 그 임금을 소중히 여기지 않는 자 있으면, 왕의 위엄을 상하게 하는 것입니다.

四曰, 士有抗志, 高節, 以爲氣勢, 外交諸侯, 不重其主者, 傷王之威.

다섯째로는, 신하로서 벼슬과 지위를 가벼이 여기며, 직무를 낮추 보며, 임금을 위하여 난에 뛰어듦을 부끄러이 여기는 자 있으면, 공신의 노고를 상하게 하는 것입니다.

五曰, 臣有輕爵位, 賤有司, 焉爲上犯亂者, 傷功臣之勞,

여섯째, 강한 문벌門閥로써 가난하고 약한 자있으면 침범하고 빼앗으며 깔보고 업신여기는 자는, 서민의 생업을 상하게 하는 것입니다."

六日, 强宗寢奪陵侮貧弱, 傷庶民之業.

지사(池榭) 못가에 있는 정자.
유협(遊俠) 협기.
역(歷) 문란케 한다는 뜻.
화(化) 교화, 정화(政化), 덕화(德化).

✖ 일곱 가지 해害

"칠 해라는 것은 첫째로, 지략智略이나 권모權謀가 없는데도 그에게 상을 후히 내리고 벼슬을 높여 주는 것입니다.

七害者, 一曰, 無知略權謀, 而重賞尊爵之

이렇게 하면은 강하고 용기 있으며, 전쟁을 가벼이 여기는 자는 밖에서 이利를 구하게 됩니다. 임금은 이러한 자를 삼가하여 장군으로 삼지 말아야 합니다.

故强勇輕戰, 俺倖於外, 王者謹勿吏爲將.

둘째, 이름은 있으나 실지는 없으며, 나가고 들어옴에 말을 달리하여, 착함을 가리고 악惡을 들어, 나아가고 물러남에 기교를 부리는 자와는 임금은 삼가 하여 더불어 꾀하지 말아야 합니다.

二曰, 有名無實, 出入異言, 掩善揚惡, 進退爲巧, 王者謹勿與謀,

셋째, 그 몸을 순박하게 하며, 그 옷을 나쁘게 하며, 일없다 이야기하면서 이름名을 구하며, 욕심 없다 말하면서 이利를 구하는 자 있으니 이는 거짓된 자입니다. 임금은 이를 삼가하여 그를 가까이 하지 말아야 합니다.

三曰, 朴其身躬, 惡其衣服, 語無爲以求名, 言無慾以求利.
此爲人也. 王者謹勿近,

넷째, 그 관과 띠를 기괴하게 하며, 그 의복을 훌륭하게 하며, 널리 아는
체 말하며, 헛되고 뽐내는 의논을 하여 모양을 꾸미며, 조용한 곳에 숨어 있으
면서 시속時俗을 비방하는 자 있으니, 이는 간사한 사람입니다. 임금은 삼가하
여 이를 총애하지 말아야 합니다.

四曰, 奇其冠帶, 偉其衣服, 博聞辨辭, 虛論高議, 以爲容美, 窮居靜處,
而誹時俗, 此奸人也, 王者謹勿寵.

다섯째, 아첨하고 참소하여 구차히 얻고자 하며, 관작官爵을 구하며, 과감
하여 죽음을 가벼이 여기는 체하며, 녹봉祿俸을 탐내면서도 큰일을 도모하지
못합니다. 이로움을 탐내어 움직이며, 거짓되고 뽐내는 말로써 임금을 기쁘게
하는 자는, 이를 삼가 부리지 말아야합니다.

五曰, 讒佞苟得, 以求官爵, 果敢輕死, 以貪祿秩, 不圖大事, 貪利而動,
以高談虛論, 設於人主, 王者謹勿使.

여섯째, 무늬를 세기고 조각을 박으며, 솜씨 있는 세공을 하며, 농사일을
방해하는 자는 반드시 금해야 합니다.

六曰, 爲雕文刻鏤, 技巧華飾, 而傷農事, 王者必禁,

일곱째, 거짓된 방술方術과 기괴한 기예技藝며, 무당이나 박수, 부정된 도
道, 불길한 예언들은 양민을 현혹하는 것입니다. 임금은 반드시 이를 금해야
합니다. 화려한 장식을 하여 농사를 방해하는 따위의 일, 임금은 이를 반드시
금해야 합니다."

七日, 僞方異技, 巫蠱左道, 不詳之言, 幻惑良民, 王者必止之.

박(朴) 질박함을 이름.
위방이기(僞方異技) 기만하고 속이는 행위와 수상한 기예.
무고좌도(巫蠱左道) 점, 주술 등의 부정한 도.

✖ 충간忠諫을 않는 자는 신하가 아니다

"그러므로 백성의 힘을 다하지 않는 자는 나의 참된 백성이 아닙니다. 선비로서 성실과 신의 없는 자는 나의 선비가 아닙니다.

故民不盡力, 非吾民也, 士不誠信, 非吾士也,

신하로서 충성되게 간하지 않는 자는 참된 신하가 아닙니다. 관리로서 공평하고 결백하지 않은 사람은 참된 나의 관리가 아닙니다.

臣不忠諫, 非吾臣也, 吏不平潔愛人, 非吾吏也

재상으로서 나라를 넉넉하게 하고 군대를 강하게 하며, 음양을 조화시키어 만승의 천자를 편안케 하며, 상벌을 분명히 하며, 만민을 안락하게 하지 못하는 자는 참된 재상이 아닙니다."

相不能富國强兵, 調和陰陽, 以安萬乘之主, 正群臣, 定明實, 明賞罰, 樂萬民, 非吾相也.

만승(萬乘) 중국의 주(周)나라 때 천자는 그 영토 안에서 병차(兵車) 일만 양(輛)을 내는 제도가 있었으므로 천자나 천자의 위를 이름.

✖ 모습은 보이되 감정은 숨겨라

"대저 왕자의 도道는 용龍의 머리와 같습니다. 높게 있어 멀리 바라보며, 깊게 보고 자상히 들으며, 그 모습을 보이며, 그 감정을 숨깁니다.

夫王者之道, 如龍首, 高居而遠望, 深視而審聽, 示其形, 隱其情,

하늘이 높아 극極할 수 없음과 같으며, 못이 깊어 측량할 수 없음과 같습니다.

若天之高, 不可極也, 若淵之深, 不可測也,

그러므로 노해야 될 일을 노하지 않으면 간신히 일어납니다. 죽여야 될 것을 죽이지 않으면 대적大賊이 일어납니다.

故可怒而不怒, 姦臣乃作, 可殺而不殺, 大賊乃發,

병마의 세력을 떨치지 않으면 적국이 강성해집니다."

兵勢不行, 敵國乃强.

문왕이 말하였다. "정말 그렇습니다."

文王曰, 善哉

10

거현 擧賢

현명賢明한 인재人材를 거용擧用한다는 뜻에서 거현擧賢이라고 하였다. 이편에서는 인재를 등용하는 도道를 논하였다.

※ 왕王의 눈이 어두우면 인재를 몰라본다

문왕이 태공에게 물었다. "군왕이 어진 이를 등용하려 힘써도 그 공을 얻을 수 없으며, 세상 어지러움이 점차 심해져서 드디어 위급하여 멸망하게 됨은 어찌하여 그러는 것입니까."

文王曰, 君務擧賢, 而不能獲其功, 世亂愈甚, 以治危亡者, 何也.

태공이 대답하였다. "어진 이를 들여도 쓰지 못함은, 어진 이를 등용한 명분은 있어도, 어진 이를 실속 있게 쓰지 못하는 것입니다."

太公曰, 擧賢而不用, 是有擧賢之名, 而無用賢之實也.

문왕이 말하였다. "그 과실의 원인은 어디에 있습니까."

文王曰, 其失安在.

태공이 대답하였다. "그 과실은 임금이 세속사람들이 칭찬하는 자를 등용하기를 좋아하며, 진정 어진 이를 얻지 못하는 데 있습니다."

太公曰, 其實在君, 好用世俗之所譽, 而不得其賢也.

무(務) 힘씀.
유심(愈甚) 더욱더 심함.
안재(安在) 어디에 있는가.

숙맥菽麥을 불변不辨하는 왕

문왕이 물었다. "그건 어떤 뜻입니까."

文王曰, 如何.

태공이 대답하였다. "임금이 세속사람들이 칭찬하는 자를 어진이라 하고, 세속사람들이 헐뜯는 자를 똑똑치 못한 이라 하면, 당파 많은 사람이 승진하며, 당파 적은 사람은 배척당합니다. 이렇게 되면 사악한 무리들이 패를 지어 어진 이를 덮어 가리고, 충신은 죄 없이 살해되고, 간신은 거짓된 명예로써 벼슬자리를 얻게 됩니다. 그리하여 세상 어지러움은 점차 심해지고, 나라는 위태하고 멸망을 면치 못하게 되는 것입니다."

太公曰, 君以世俗之所譽者爲賢, 以世俗之所毁者爲不肖, 則多黨者進, 小黨者退. 若是則群邪比周, 而蔽賢, 忠臣死於無罪, 姦臣以虛譽取爵位, 是以世亂愈甚, 則國不免於危亡.

당(黨) 무리, 당파, 패거리.

군사(群邪) 많은 사악한 무리들.

비주(比周) 비는 가깝다는 뜻. 주는 밀접하다는 뜻. 곧 악당들이 서로 친근하게 패를 짓는 것을 말함.

허예(虛譽) 실(實)이 없는 거짓명예. 혹은 헛된 칭찬.

명실상부한 관도확립官道確立

문왕이 물었다. "어진 이를 들여 쓰려면 어떻게 해야 됩니까."

文王曰, 擧賢奈何.

태공이 대답하였다. "장군과 재상은 그 직무를 나누어서, 각각 관명으로 사람을 천거하고, 임금은 그 관명에 비추어 그 실제를 감독하고, 인재를 가려 쓰고 능력을 고사하여, 실제가 그 판명과 마땅케 하고, 그 관명이 실제와 마땅케 하면, 어진 이를 들어 쓰는 도를 얻는 것입니다."

太公曰, 將相分織, 而名以官名擧人, 按名督實, 選才考能, 令實當其名, 名當其實, 則得擧賢之道也.

———

장상(將相) 장군과 재상.
접명독실(接名督實) 관명을 살펴서 그 실력을 감독함.
선재고능(選才考能) 인재를 골라 그 능력을 시험함.

11

상벌 賞罰

공 있는 자에게 상주고, 죄 있는 자에게 벌 줄 것을 논하였다. 따라서 상벌은 나라의 권병權柄이므로 명군名君 현장 賢將들은 마땅히 이를 중시해야 할 것이다.

신상필벌

문왕이 태공에게 물었다. "상은 권장하기 위한 것이며, 벌은 징계하기 위한 것입니다. 나는 하나를 상 주어 백을 권장하고, 하나를 벌주어 대중을 징계하려고 합니다. 이를 하려면 어떻게 하면 되겠습니까."

文王問太公曰, 賞所以存勸, 罰所以示懲, 吾慾賞一以勸百. 罰一以懲衆, 爲之奈何.

태공이 대답하였다. "무릇 상을 내리려면 바르게 함을 귀히 여기고, 벌을 주려면 용서 없음을 귀히 여깁니다. 상을 바르게 하고 벌을 반듯하게 함을 귀와 눈으로 직접 보고 듣는 곳에서 행하면, 듣고 보지 못하는 바의 사람도 암암리에 감화되지 않은 바 없을 것입니다. 대저 성심은 천지에 사무치고 신명에게 통하는 것입니다. 하물며 사람에게 있어서는 말할 나위도 없는 것입니다."

太公曰, 凡用賞者貴信, 用罰者貴必, 賞信罰必, 於耳目之所聞見, 則所不聞見者, 莫不陰化矣. 夫誠暢於天地, 通於神明, 而況於人乎.

벌소이시징(罰所以示懲) 벌은 징계하기 위한 것.

일이권백(一以權百) 하나를 상 주어 백을 권장함.

신(信) 속이지 않음을 이름.

필(必) 용서하지 않음을 이름

막불음화(莫不陰化) 암암리에 감화되지 않은 자 없음.

창어천지(暢於天地) 천지에 창달됨.

통어신명(通於神明) 신에게 통함.

12

병도 兵道

용병의 도 곧 병兵을 쓰는 근본원칙이 논하여지는데, 과연 육도 중에 압권이라 할만하다.

❊ 용병의 도道는 오직 일원一元이라야 된다

문왕이 태공에게 물었다. "용병用兵의 도道는 어떻게 해야 됩니까."

文王曰, 兵道如何.

태공이 대답하였다. "대저 용병의 도는 일원一元보다 나은 게 없습니다. 일원적인 것은 능히 혼자 가며 혼자 올 수 있는 것입니다."

太公曰, 凡兵之道, 莫過於一, 一者能獨往獨來.

▬

막과어일(莫過於一) 일의 지나침이 없음.

❊ 신에 미치는 가까운 길

"황제께서도 일이란 도로 나가는 계단이며, 신에 미치는 가까운 길이라 하였습니다."

皇帝曰, 一者階於道, 機於神.

▬

계(階) 계제. 단계.
기(機) 가까움.

※ 일사불난 군軍 체제 갖추는 조건

"一을 쓰려면 기회를 잘 타야 하며,

一을 나타내려면 기세를 올려야 하며,

一을 성취하려면 임금의 신임이 있어야 합니다."

用之在於機, 顯之在於勢, 成之在於君.

기(機) 기회, 시기, 기틀.
세(勢) 기세, 형세, 힘이 움직이는 태세.

※ 군대는 흉기다

"그러므로 성왕은 군대를 일컬어 흉기라 하였으며, 부득이한 때에만 이를
썼습니다."

故聖王號兵爲凶器, 不得己而用之.

호병위흉기(號兵爲凶器) 군대를 일컬어 흉기라고 함.

※ 행복한 중에도 재앙을 생각하라

"지금 상(殷의紂王)은 나라가 편안함만 알며 멸망할 줄은 모르며, 즐거움만
알고 재앙이 있을 줄은 모릅니다.

今商王知存, 而不知亡, 知樂而不知殃,

무릇 편안함은 절로 편안한 게 아니고, 멸망을 염려하기 때문에 편안합니

다. 즐거움은 절로 즐거운 게 아니고, 재앙을 염려하기 때문에 즐길 수 있는 것입니다.

夫存者非存, 在於慮亡, 樂者非樂, 在於慮殃,

지금 임금은 그 근원을 염려하시니, 어찌 그 끝을 근심하시겠습니까."

今王已慮其源, 豈憂其流乎,

———

존자비존(存者非存), 재어려망(在於慮亡) 무릇 존재하는 것이 그냥 존재하는 것이 아니라, 망할 것을 염려하기 때문에 존재함.

기우기류호(豈憂其流乎) 그 근원을 걱정하니 어찌 그 흐름 곧 결과를 걱정하랴.

주왕(紂王) 은(殷)나라 마지막 왕. 폭군. 달기(妲己)를 총애하여 달기의 말이면 무엇이든 들어주었고, 사구(砂丘)에 수많은 악공과 광대를 불러들여 고기를 빽빽하게 나무처럼 매달아놓고, 나체의 남녀들이 그 안에서 서로 다니면서 밤새워 술을 마셨다. 주지육림(酒池肉林)이라는 말은 이때의 일에 비롯되었다. 또 백성들의 원성이 높아지자 형벌을 강화시켜 포락(炮烙之法)이라는 형벌의 법을 만드는 등 폭정을 일삼았다.

※ 적의 허를 찔러라

문왕이 물었다. "두 군대가 서로 만나 그도 오지 못하고 나도 가지 못하며, 서로 굳게 방비를 차려 감히 먼저 조발치 못할 때 나는 이를 습격코자 하여도 이를 얻지 못할 경우 이를 어찌하면 좋겠습니까."

文王曰, 兩軍相遇, 彼不可來, 此不可往, 各設固備, 未敢先發, 我慾襲之, 不得其利, 爲之奈何,

태공이 대답하였다. "겉으로는 어지러우며 속은 정비되고, 굶주림을 보이며 실은 배부르고, 안으론 정병이면서 밖으로는 둔병인 체하고, 혹은 합하고 혹은 떨어지게 하고, 혹은 집합하고 혹은 분산시키고, 그 꾀하는 것을 숨기고,

그 기밀을 지키고, 그 보루를 높게하고, 그 정예부대를 잠복시키고 고요케 하여 소리없는 듯이 하면, 적은 나의 방비하는 곳을 모를 것입니다. 서쪽을 치려거든 그 동쪽을 습격하십시오."

太公曰, 外亂而內整, 示饑而實飽, 內整而外鈍, 一合一離, 一聚一散, 陰其謀, 密其機, 高其壘, 伏其銳士, 寂若無聲, 敵不知我所備, 慾其西, 襲其東.

▬

음기모밀기기(陰其謀密其機) 그 계모(計謀)를 감추고 그 기밀을 숨김.
복기예사(伏其銳士) 정예를 잠복시킴.
욕기서격기동(欲其西擊其東) 서쪽을 취하려면 동쪽을 공격함.

✻ 기회를 포착하여 뒤통수를 쳐라

문왕이 말하였다. "적군이 아군의 사정을 탐지하고, 아군의 꾀를 안다면, 이를 어찌하면 좋습니까."

文王曰, 敵知我情, 通我謀, 爲之奈何.

태공이 대답하였다. "군대가 승리하는 방법은 적군의 기밀을 몰래 살피며, 속히 그 이로움을 타며, 또 급히 그 불의를 쳐야 합니다."

太公曰, 兵勝之術, 密察敵人之機, 而速乘其利, 復疾擊其不意.

▬

통아모(通我謀) 우리의 계모(計謀)에 정통함.
복질격기불의(復疾擊其不意) 또한 뜻하지 않은 바를 습격함.

무도 武韜

무武는 위威이며, 단斷이고, 용勇이며, 강剛이다.

그리고 무武에는 칠덕七德이 있다. 그러므로 무도武韜라 하였다.

전쟁은 나라와 나라 간에 무력으로서 흥망을 다투는 대사大事이다.

따라서 전쟁은 무기의 위력도 중요하지만

장수의 지략과 적과 마주 대하여 싸우는 병사들의 용기와 사기로써 승패가 결정된다.

그리고 전쟁을 수행하는 국가는 국민의 단결이 그 뒷받침이 절대적으로 필요하다.

국민과 군이 합심하여 뭉쳤을 때 전쟁을 승리로 이끌 수 있는 것이다.

전일즉승專一則勝, 이산즉패離散則敗라고 하였다.

하나로 뭉쳤을 때 승리하고, 흩어지면 패한다는 것이다.

물론 전쟁이 발발하기 전에 강력한 국방을 준비함 보다는 좋은 방법이 없을 것이다.

무력을 이용한 나라나 개인은 성공을 하지 못한다.

무력은 적국에서 넘볼 수가 없도록 항시 보유하고 있어야 하는 것이다.

무비武備의 목적은 자국민의 평화유지와 생활의 안온安穩에 있다.

13

발계發啓

대명大明이 발하면 만물을 두고 비추며, 대의大義가 발하면 만물을 이롭게 하며, 대병大兵이 발發하면 만물이 이에 복종한다. 천하를 의義롭게 하는 자 발發하면 천하가 그를 위해 길을 연다啓. 그래서 발계發啓라 한다.

군사를 일으키려면 시의時宜를 얻어라

문왕이 풍읍에 있어 태공을 불러 물었다. "아아 상왕(은殷 나라 주紂왕)이 포악하기 그지없어 죄 없는 이를 죄 주어 죽입니다. 선생님께서는 저를 도와 백성을 근심하시되, 이를 어찌하면 좋습니까." 태공이 대답하였다. "임금님은 그도를 닦아 어진 이를 받드시며, 백성에게 은혜를 베풀며 천도를 살피십시오, 천도의 모습에 재앙 내리심이 없거든 부르짖지 마십시오. 사람의 도리에 재난이 없거든, 먼저 치기를 도모하지 마십시오.

文王在酆, 召太公曰, 嗚呼, 商王虐極, 罪殺不辜, 公尙助予憂民, 如何. 太公曰, 王其修德以下賢. 蕙民以觀天道, 天道無殃, 不可先倡,

반드시 상上에 하늘이 재앙을 내리심을 보고 또 사람의 재난의 일으킴을 보고 도모해야 됩니다. 반드시 겉으로 보고, 또 그 속을 보아서 그 마음을 알 수 있습니다.

人道無災, 不可先謀, 必見天殃, 又見人災, 乃可以謀. 必見其陽, 又見其陰, 乃知其心,

반드시 그 밖에서 하는 일을 보고, 또 그 안에서 하는 일을 보아서 그 뜻을 알 수 있습니다. 반드시 멀리하는 이를 보고 또 가까이하는 이를 보아서 그 진정을 알 수 있습니다."

必見其外, 又見其內, 乃知其意. 必見其疎, 又見其親, 乃知其情.

상왕(上王) 은나라 주왕(紂王). 상(上)은 은(殷)나라를 말함.

풍(酆) 주(周)나라 문왕의 도읍.

공상(公尙) 태공망을 존경하여 부름.

천앙(天殃) 해와 달이 그 빛을 잃고 별의 운행이 역행하며, 여름에 서리 내리고 겨울에 천둥하며, 봄에 이울고 가을에 꽃이 피는 따위를 이름.

인재(人災) 오곡이 여물지 않고, 기근이 빈번히 들며, 도적이 성하고, 안팎으로 악한 무리가 성행하는 따위를 이름.

양(陽) 겉으로 들어난 땅.

음(隱) 깊고 어두운 곳.

※ 옳은 길로 가면 성공한다

"그 바른길로 가면 길에 이를 수 있습니다. 그 바른 문으로 들어가면 들어갈 수 있습니다. 그 바른 예를 새우면 예는 이룰 수 있습니다. 그 정의로 강强 다투면, 강적强敵을 이길 수 있습니다."

行其道, 道可致也, 從其門, 門可入也, 立其禮, 禮可成也, 爭其强,
强可勝也,

※ 싸우지 않고 이겨라

"전승全勝이란 싸우지 않고 이기는 것이며, 대병大兵은 서로 상하지 않습니다. 귀신과 더불어 상통相通하는 것이며, 정말로 미묘한 것입니다."

全勝不鬪, 大兵無創, 與鬼神通, 微哉微哉.

전승(全勝) 온전히 이긴다는 뜻.

대병(大兵) 왕자(王者)의 병(兵)이라는 뜻. 왕자가 횡포를 정벌하고 포악을 제거하며, 백성을 재
난으로부터 구하는 병(兵)을 존중하여 대병(大兵)이라 함. 여기서는 수많은 병(兵)의 뜻이 아님.

✖ 무기 없이 이기는 길

"같은 병자끼리 서로 구하며, 뜻이 같은 자끼리 서로 이루며, 같이 미워하
는 자끼리 서로 도우며, 같이 좋아하는 자끼리 서로 달려갑니다.

與人同病相救, 同情相成, 同惡相助, 同好相趨,

그러므로 갑주나 병기 없이 싸워 이길 수 있으며, 충차나 쇠뇌 없이도 공
격할 수 있으며, 참호 없이도 능히 지킬 수 있습니다."

故無甲兵而勝, 無衝機而攻, 無溝塹而守.

충(衝) 충차, 적진을 충격하는 수레.

기(機) 쇠뇌를 발사하는 장치.

✖ 천하는 만민의 천하

"큰 지혜는 혼자만의 지혜가 아니며, 큰 꾀는 혼자만의 꾀가 아니며, 큰 용
기는 혼자만의 용기가 아니며, 큰 이익은 혼자만의 이익이 아닙니다.

大知不知, 大謀不謀, 大勇不勇, 大利不利.

천하를 이롭게 하는 자는 천하가 그 길을 열어주며, 천하를 해치는 자는

천하가 이를 막습니다."

利天下者, 天下啓知, 害天下者, 天下閉之.

천하는 한 사람의 천하가 아니며, 만민의 천하인 것입니다.

天下者, 非一人之天下, 乃天下之天下也.

이利를 함께 할 때에 길을 열어준다

"천하를 좇는 자는 들짐승을 쫓는 것 같은 것으로써, 천하 만민이 두루 그 고기를 나눠 받을 마음이 있는 것입니다.

取天下者, 若逐野獸, 而天下皆有分肉之心,

배를 함께 타고 건너는 것처럼, 건너게 되면 모두 그 이익을 함께 하지만, 깨지게 되면 그 해를 모두 함께 합니다. 그러므로 모두가 길을 열어 주는 것은 있어도 길을 막음은 없는 것입니다."

若同舟而濟, 濟則皆同其利, 敗則皆同其害, 然則皆有以啓之,
無有以閉之也.

사람은 이롭게 하는 자의 편을 든다

"백성에게서 취하지 않는 자는 백성을 취하는 자입니다. 백성을 취하지 않는 자는 백성이 이를 이롭다 여겨 편을 듭니다.

無取於民者, 取民者也, 無取民者, 民利之,

나라를 취하지 않는 자는 온 나라가 이를 이롭다 여겨 편을 듭니다.
천하를 취하지 않는 자는 온 천하가 이를 이롭다 여겨 편을 듭니다."

無取國者, 國利之, 無取天下者, 天下利者.

—

무취천하자(無聚天下者) 천하를 취하지 않는 자.

※ 정말 미묘한 성공에의 길

"그러므로 길은 사람이 볼 수 없는 곳에 있습니다. 일은 사람이 들을 수 없는 곳에 있습니다. 승리는 사람이 알 수 없는 곳에 있습니다. 정말 미묘한 이치입니다."

故道在不可見, 事在不可聞, 勝在不可知, 微哉微哉.

—

재불가견(在不可見) 그 자취를 감추어 만인이 알 수 없는 곳에 있음을 말함.
재불가문(在不可聞) 그 일이 은밀하여 사람이 듣지 못하는 데 있음을 말함.

※ 장차 덮치려 할 때는 엎드린다

"사나운 새가 장차 치려 할 때에는 낮게 날으며 날개를 거둡니다. 사나운 짐승이 장차 덮치려 할 때에는, 귀를 드리우고 엎드립니다. 성인이 장차 움직이려 할 때에는 반드시 어리석은 체 합니다."

鷙鳥將擊, 卑飛斂翼, 猛獸將搏, 弭耳俯伏, 聖人將動, 必有愚色.

—

지조(鷙鳥) 매, 수리와 같은 사나운 새.

✕ 부정不正이 정正을 누르는 세상世上

"지금 저 상(殷나라)나라는 백성은 말이 많아서 서로 마음을 흩뜨리고, 매우 어지러우며, 행실이 문란하기 그지없습니다.

今彼有商, 衆口相惑, 紛紛渺渺, 好色無極, 此亡國之證也,

내가 상나라의 들판을 보건데 잡초는 곡식보다 더 우거져 있고, 내가 그 민중을 보건데 바르지 못한 자가 정직한 자를 누르고, 내가 그 관리를 보건데 포악하며 백성을 해치고, 법을 깨치며 형벌을 어지럽히고, 상하가 이를 깨닫지 못하니, 이것 은殷나라가 망할 때가 이름을 말하는 것입니다.

吾觀其野, 草管勝穀. 吾觀其衆, 邪曲勝直, 吾觀其吏, 暴處殘賊, 敗法亂刑, 上下不覺, 此亡國之時也.

해가 뜨면 만물이 다 비추이며, 대의大義가 발동하면 만물이 다 이롭게 되며, 대병大兵이 발동하면 만물이 다 복종합니다. 성인의 덕은 진실로 위대한 것입니다. 홀로 듣고 홀로 보며 아무도 엿듣고 볼 수가 없는 것입니다. 정말 즐거운 것입니다."

大明發而萬物皆熙, 大義發而萬物皆利. 大兵發而萬物皆服, 大哉聖人之德, 獨聞獨見, 樂哉.

——

유상(有商) 은나라를 말함. 유(有)는 조사로서 뜻이 없음.
분분(紛紛) 어지러운 모습의 형용.
묘묘(渺渺) 끝없는 모습의 형용.
초관(草管) 잡초.
대명(大明) 크게 밝은 것. 태양.

14

문계文啓

문덕文德으로써 백성을 계몽啓蒙하고 이끄는 것을 말한다. 그리하여 여기에서는 대기大紀와 대정大定과 대실大失에 대하여 언급함으로써 백성을 계몽하는 도를 논하였다.

✖ 인색하지 않아도 얻어지는 도道

문왕이 태공에게 물었다. "군주 될 성인은 무엇을 지켜야합니까."

文王曰, 聖人何守.

태공이 대답했다. "무엇을 근심하며 무엇을 인색하겠습니까, 만물은 저절로 다 얻어집니다. 또 무엇을 근심하며 무엇을 인색하겠습니까, 만물은 스스로 다 모여듭니다."

太公曰, 何憂何嗇, 萬物皆得. 何嗇何憂, 萬物皆遒.

✖ 끝나면 다시 시작 된다

"성인이 정치를 베푸는 바 그 감화됨을(저절로 되므로) 알지 못하며, 일 년에 사시가 있는 바 그 바뀜을(저절로 되므로) 알지 못합니다. 성인은 이를 지킴으로써 만물이 감화되는 것입니다. 어찌 끝이 있겠습니까. 끝나면 다시 시작되는 것입니다."

政之所施, 莫知其化, 時之所在, 莫知其移, 聖人守此, 而萬物化, 何窮之有, 終而復始.

✳️ 성공을 자랑하지 말라

"여유 있으며 이를 한가로이 하고, 되풀이하여 이를 구합니다. 구해서 얻어지거든 간직하지 않으면 안 됩니다. 이미 이를 간직하였으면 이를 실행하지 않으면 안 됩니다.

優而游之, 展轉求之, 求而得之, 不可不藏, 旣以藏之, 不可不行,
旣以行之, 勿復明之.

이미 이를 실행하였으면 또 이를 세상에 밝히어 자랑하지 말아야 됩니다. 대저 천지는 스스로 밝히어 자랑하지 않음으로써 만물이 길이 자라며, 성인은 스스로 밝히어 자랑하지 않음으로써 능히 그 이름이 나타나는 것입니다."

夫天地不自明, 故能長生, 聖人不自明, 故能名彰.

───

우유(優游) 유연한 모양.
전(전) 반전(半轉)
전(轉) 회전.
전전(展轉) 반복함을 이름.

✳️ 대기大紀란

"옛 성인들은 사람들을 모아 집을 이룩하고, 집을 모아 나라를 이룩하고, 나라를 모아 천하를 이룩하여, 이를 나누어 어진 이에게 봉하여 열 나라를 이룩하였습니다. 이를 일러 대기라 합니다."

古之聖人, 聚人而爲家, 聚家而爲國, 聚國而爲天下, 分封賢人以爲萬國,
命之曰大紀.

❈ 대정大定이란

"그 정치와 교육을 펴는데, 그 민속을 좇으면 뭇 굽은 이는 곧게 되며, 모습도 바꾸게 되며,

陳其政教, 順其民俗, 群曲化直, 變於形容.

만국이 서로 넘나들지 않고, 각각 있는 곳을 즐기게 되며, 사람들은 그 위를 사랑합니다. 이를 이름하여 대정大定이라 합니다."

萬國不通, 各樂其所, 人愛其上, 命之曰, 大定.

대정(大定) 크게 안정됨.

❈ 대실大失이란

"아아, 성인이란 이를 조용케 하고자 힘쓰며, 현인은 이를 바르게 하고자 힘씁니다. 어리석은 자는 바로 잡을 수가 없으므로 사람과 더불어 다투게 됩니다.

鳴呼, 聖人務靜之, 賢人務正之, 愚人務能正, 故與人爭.

윗사람이 수고로우면 형벌이 성하게 되고, 형벌이 성하면 곧 백성들이 근심하게 되고, 백성이 근심하게 되면 곧 유랑하여 망하게 됩니다. 상하가 삶이 불안하며, 대를 이어 그치지 않습니다."

上勞則刑繁, 刑繁則民憂, 民愛則流亡, 上下不安其生, 累世不休,
名之曰, 大失.

———

무정지(務靜之) 무위로써 다스려 세상이 안정(安靜)케 함.
무정지(務正之) 자기를 올바르게 하고 백성을 이끌어가고자 힘씀.
대실(大失) 커다란 실정(失政).

※ 막으면 머무르는 것이 인정

"천하 사람은 흐르는 물과 같아 이를 막으면 곧 머무르며, 이를 고요케 하
면 곧 맑아집니다. 아아, 정말 신묘합니다. 성인은 그 처음을 보고, 그 끝을 아
는 것입니다."

天下之人如流水, 障之則止, 啓之則行, 靜之則淸, 嗚呼神哉.
聖人見其始, 則知其終.

※ 무위無爲로 다스리는 것이 으뜸

문왕이 물었다. "이를 고요케 하려면 어떻게 합니까."

文王曰, 靜之奈何.

태공이 말했다. "하늘에는 일상 형체가 있으며, 백성에게는 일상 삶이 있
습니다. 천하와 더불어 그 삶을 함께 하면, 천하는 고요하게 됩니다. 가장 으
뜸은 이를 말미암으며, 그 다음은 이를 교화 합니다.

太公曰, 天有常形, 民有常生, 與天下共其生, 而天下靜矣. 太上因之,

其次化之,

백성을 교화하여 정치에 따르게 합니다. 이러므로 하늘은 하지 않아도 일을 이루며, 백성은 주지 않아도 절로 넉넉해지는 것입니다. 이것이 성인의 덕입니다."

夫民化而從政, 是以天無爲而成事, 民無與而自富, 此聖人之德也.

문왕이 말하였다.

"선생님의 말씀은 나의 소견과 화합합니다. 아침저녁으로 이를 생각하며 잊지 않고 사용하여 일상 법규로 삼겠습니다."

文王曰, 公言乃協予懷, 夙夜念之不忘, 以用爲常.

천유상형(天有常形) 하늘에는 일상 변치 않는 형체가 있음. 곧 하늘은 만물 위에 있어 사사로움이 없이 네 계절을 운행하며, 봄에는 비롯하고, 여름에는 자라고, 가을엔 거두며, 겨울에는 저장하는 따위를 말함.

민유상생(民有常生) 백성에게는 일상 불변의 생활이 있음. 이를테면 농사에 있어 봄에는 밭 갈고, 여름에는 김매며, 가을에는 추수하며, 겨울에는 쉬는 따위를 말함.

여천하공기생(與天下共其生) 군주는 하늘엔 사사로움이 없음을 본떠, 만인의 생활이 방해되는 점이 없이 각각 그 생을 이룩하게 함을 말함.

태상(太上) 최상에 있는 자.

인지(因之) 백성의 있는 대로의 상태에 따라 통치하며 인위를 가하지 않음을 이름. 곧 이를 평온케 하는 것임.

화지(化之) 교화로써 이를 통치함을 이름. 곧 이를 바로 잡는 일.

15

문벌 文伐

무력武力을 쓰지 않고, 지모智謀로서 승리를 기하는 법 열두 가지를 논하고 있다. 그러나 논하는 바가 태공의 말이라고 믿기 어렵다고들 한다.

❈ 적을 오만하게 하라

문왕이 태공에게 물었다. "문으로 적을 치는 법은 어떠합니까."

文王曰, 文伐之法奈何.

태공이 대답하였다. "문으로 적을 치는 데는 열두 마디節가 있습니다.

太公曰, 凡文伐有十二節.

첫째는, 그 기뻐하는 바에 따라 그 뜻에 좇습니다. 그는 거만한 마음이 생길 것이며, 반드시 간사한 일이 있을 것입니다. 따라서 이를 반드시 제거할 수 있을 것입니다."

一曰, 因其所喜, 以順其志, 彼將生驕, 必有奸事, 苟能因之, 必能去之.

❈ 적의 중신重臣을 꾀어라

"둘째는, 그 임금이 사랑하는 바의 신하와 가까이 하여 그 위엄을 나눕니다. 한 사람이 두 마음을 갖게 되면, 그런 가운데 반드시 쇠할 것입니다. 조정에 충신이 없으면, 사직은 반드시 위태로워질 것입니다."

二曰, 親其所愛, 以分其威, 一人兩心, 其中必衰, 廷無忠臣, 社稷必危.

✵ 적국 신하에게 뇌물을 주라

"셋째는, 음으로 좌우신하에 뇌물을 보내어 그 뜻 얻기를 심히 깊게 한다면, 몸은 비록 안內에 있지만 뜻은 밖에 있게 되니, 나라는 장차 해가 될 것입니다."

三曰, 陰賂左右, 得情甚探, 身內情外, 國將生害.

✵ 미인계美人計를 써라

"넷째는, 그 음탕하게 즐김을 돕고, 그 뜻을 높게 하며, 후히 주옥을 뇌물하고, 말씀을 낮추어서 자상히 듣고, 명령에 수종하여 화합하면, 그는 싸우지 않아도 간사한 행실로 그 운명이 정해질 것입니다."

四曰, 輔其淫樂, 以廣其志, 厚賂珠玉, 娛以美人, 卑辭委聽, 順命而合, 彼將不爭, 奸節乃定.

✵ 적의 사신使臣을 이용하라

"다섯째는, 적국의 충신을 공경하고, 적국에 보내는 뇌물을 박하게 하며, 그 사자를 지체시켜 머무르게 하고, 그의 말을 듣지 말며, 빨리 다른 사자를 대신 두게 하여 성실한 체 일러 보내고, 가까이하여 이를 믿으면, 적국의 임금은 다시 그를 합당하다 할 것입니다. 진실로 이를 공경하면 적국을 가히 도모할 수 있을 것입니다."

五曰, 嚴其忠臣, 而薄其賂, 稽留其使, 勿聽其事, 亟爲置代, 遺以誠事, 親而信之, 其君將復合之, 苟能嚴之, 國乃可謀.

━━

엄(嚴) 공경함을 말함.

✖ 적의 조정朝廷 안內을 엿 보아라

"여섯째는, 그 안을 거두며 밖을 이간하고, 재간 있는 신하로 하여 밖을 돕게 하여 적국 안으로 침범하면 나라가 망하지 않을 수 없을 것입니다."

六曰, 收其內, 間其外, 才臣外相, 敵國內侵, 國鮮不亡.

▬

내(內) 궁중에 있는 신하를 말함.
외(外) 외조(外朝). 즉 조정에 있는 신하를 말함.

✖ 적국의 창고를 비우게 하라

"일곱째는, 그 마음을 막고자 하거든 반드시 후히 이에 뇌물을 주고, 그 좌우충신과 총애하는 이를 거두고, 음으로 이利로써 보이며, 이로 하여금 업業을 가벼이 여기게 하여, 지축해둠이 비도록 합니다."

七曰, 慾錮其心, 必厚賂之, 收其左右忠愛, 陰示以利, 令之輕業,
而蓄積空虛.

▬

고(錮) 가리어 막음.

✖ 적에게 나를 믿도록 하라

"여덟째는, 뇌물을 줌에 중한 보배로써 하며, 인하여 그와 더불어 꾀하며, 꾀하여 그를 이롭게 하고, 그를 이롭게 하면 꼭 믿을 겁니다. 이를 중친重親이라 합니다."

八曰, 賂以重寶, 因與之謀, 謀而利之, 利之必信, 是爲重親, 重親之積, 必爲我用, 有國而外, 其地必敗.

중친(重親) 중하게 친교를 맺음을 말함.

✖ 적을 우쭐하게 하라

"아홉째, 이를 존중함에 명성으로써 하고, 그 몸을 어렵지 않게 하며, 보임에 대세大勢로써 하며, 이를 따른다면 반드시 믿을 겁니다. 크게 존귀케 이르게 하고, 먼저 명예로써 이를 삼고, 은밀히 성인으로 꾸미면, 나라는 크게 구차하게 될 것입니다."

九曰, 尊之以名, 無難其信, 示以大勢, 從之必信, 致其大尊, 先爲之榮, 微飾聖人, 國乃大偸.

투(偸) 일시의 안락을 탐하여 정치를 구차하게 함.

✖ 적 속으로 파고 들어가라

"열째, 이제 낮추어 섬김에 반드시 믿게 하여서 그 정분을 얻으며, 뜻을 이어 일에 따르고, 더불어 삶을 함께 하는 것처럼 합니다. 이미 이를 얻거든 은밀히 이를 거둬두어야 합니다. 때가 이르고자 함에 미쳐서는, 마치 하늘이 이를 망치는 것처럼 해야 합니다."

十曰, 下之必信, 利得其情, 承意應事, 如與同生, 旣以得之, 乃微收之, 時及將至, 若天喪之.

※ 적의 조정 안으로 간첩을

"열한째, 이를 막음에 방법으로써 합니다. 남의 신하는 귀함과 넉넉함과를 중히 여기지 않을 리 없으며, 위태함과 허물을 미워하지 않을 리 없습니다. 은밀히 크게 존숭함을 나타내며, 은밀히 중한 보배를 보내어, 그 호걸을 거둡니다. 안에 쌓음이 심히 두터우며, 밖으론 모자란 체 합니다. 은밀히 지혜로운 선비를 보내어서 그 계획을 도모케 하고, 용기 있는 선비를 보내어서 그 기세를 높이게 합니다. 부富가 심히 족하며, 항시 성하고 불음이 있으면 도당徒黨은 이미 갖추어집니다. 이를 색지塞之라 합니다. 나라를 가져도 막히면 어찌 나라를 가졌다 할 것입니까."

十一日, 塞之以道. 人臣無不重貴與富, 惡危與咎, 陰示大尊, 而微輸重寶, 收其豪傑, 內積甚厚, 而外爲之, 陰內智士, 使圖其計, 內勇士使高其氣. 富貴甚足, 而常有繁滋, 徒黨已具, 是謂塞之, 有國而塞, 安能有國.

※ 미녀와 음탕한 음악을

"열두째, 그 어지러운 신하를 길러서 방황케 하고, 미녀와 음탕한 음악을 권하여 이를 미혹케 하며, 좋은 개와 말을 보내어서 이를 피로케 하고, 때로 대세大勢를 주어서 이를 유혹하며, 위를 살펴 천하와 더불어 이를 꾀합니다. 열두 가지가 갖추어져 이제 무사武事를 이룹니다. 소위 위로 하늘을 살피고 아래로 땅을 살피어 징후 나타나거든 이를 칠 것입니다."

十二日, 養其亂臣以迷之, 進美女陰聲以惑之, 遺良犬馬以勞之, 時與大勢以誘之, 上察以而與天下圖之. 十二節備, 乃成武事, 所謂上察天, 下察之, 徵已見, 乃伐之.

16

순계|順啓

천하의 인심에 순종順從하여 천하를 계발啓發하는 방법을 논하였다.

✕ 천하를 다스리는 여섯 가지 덕德

문왕이 태공에게 물었다. "어떻게 천하를 다스려야 합니까."

文王曰, 何如而可爲天下.

태공이 대답하였다. "큼이 천하를 덮어야 다음에 능히 천하를 받아들일 수 있으며, 신용이 천하를 덮어야 다음에 능히 천하를 묶을 수 있으며, 어짊이 천하를 덮어야 다음에 능히 천하를 편안히 할 수 있으며, 은혜가 천하를 덮어야 다음에 능히 천하를 보전할 수 있으며, 권력이 천하를 덮어야 다음에 능히 천하를 잃지 않으며, 일함에 의심치 않으면 하늘의 운행도 옳지 않으며, 때며 때의 변화도 옳지 않은 것입니다. 이 여섯 가지를 갖추어야 다음에 천하의 정치를 할 수 있는 것입니다."

太公曰, 大蓋天下, 然後能容天下, 信蓋天下, 然後能約天下, 仁蓋天下, 然後能懷天下, 恩蓋天下, 然後能保天下, 權蓋天下, 然後能不失天下, 事而不疑, 則天運不能移, 時變不能遷. 此六者備, 然後可以爲天下政.

─────

신개천하(信蓋天下) 신용이 천하를 덮다.

※ 천하는 만백성의 천하

"그러므로 천하를 이롭게 하는 자는 천하가 이를 열어주며, 천하를 해치는 자는 이를 닫습니다. 천하를 살게 하는 자는 천하가 이를 덕이라 이르고, 천하를 죽이는 자는 천하가 이를 적으로 합니다.

故利千下者, 天下啓之, 害天下者, 天下閉之, 生天下者, 天下德之, 殺天下者, 天下賊之,

천하를 통케하는 자는 천하가 이를 통하게 하고, 천하를 궁하게하는 자는 천하가 이를 원수로 여깁니다.

撤天下者, 天下通之, 窮天下者, 天下仇之,

천하를 편안케하는 자는 천하는 이를 믿으며, 천하를 위태케하는 자는 천하는 이를 재앙으로 여깁니다.

安天下者, 天下恃之, 危天下者, 天下災之,

천하는 한 사람의 천하가 아닙니다. 오직 도道 있는 자만이 이를 머무를 수 있는 것입니다."

天下者非一人天下, 唯有道者處之.

___

대(大).신(信).인(仁).은(恩).권(權).사(事) 이를 갖추면 능히 천하를 다스릴 수 있다 함.

17

삼의三疑

삼의란 강적을 공격하여도 파악하지 못하고, 적 내부의 친밀과 신뢰를 이간시키려 해도 이간시키지 못하고, 적의 대중을 흩트리려 해도 성공하지 못할 것을 두려워하고, 이를 의심함을 이른다. 여기서부터는 문왕이 죽고, 그의 아들 발, 즉 무왕과의 대화이다.

강적은 강强으로 쳐라

무왕이 태공에게 물었다. "내가 공을 세우고자 하여도 세 가지 의심이 있습니다. 힘이 강함을 치며, 가까움을 떼어내며, 무리를 흩뜨릴 수 없음을 두려워합니다. 이를 하려면 어찌면 됩니까."

武王曰, 予慾立功有三疑, 恐力不能攻强, 離親, 散衆, 爲之奈何.

태공이 대답하였다. "그로 말미암아야 합니다. 꾀를 삼가고 재물을 써야합니다. 대저 강함을 치려면 반드시 이를 길러 강하게 하며, 이를 더불어 부풀게 합니다. 크게 강하면 반드시 꺾이며, 크게 부풀면 반드시 어지러집니다. 강하면 강으로써 하고, 가까움을 떼려거든 가까움으로써 하며, 무리를 흐뜨리려거든 무리로써 합니다."

太公曰, 因之, 愼謀用財, 夫攻强必之養之使强, 益之使張, 太强必析, 太張必缺, 攻强以强, 離親離親, 散衆以衆.

계략은 주밀하게 하라

"대저 일을 꾀하는 법은 주밀周密함을 보배로 삼습니다. 이를 베품에 일로써 하며, 이를 익숙케함에 이利로써 하면 다툴 마음이 반드시 일어날 것입니다."

凡謀之道, 周密爲寶, 設之以事. 玩之以利, 爭心必起.

───

쟁심필기(爭心必起) 다툴 마음이 반드시 일어남.

❊ 먼저 측근자를 유인誘引하라

"그들의 친밀함을 떼어놓고자 하거든 그 임금이 사랑하는 이와 총애하는 사람과 인연하여 그들에게 바라는 것을 주고, 그들에게 이롭다는 것을 보이고, 이로 인하여 그들 사이를 멀어지게 하며, 뜻을 얻지 못하게 합니다. 그들이 이를 탐내어 매우 기뻐하거든 의심을 버리고 거기서 그쳐야 합니다."

慾離其親, 因其所愛與其寵人, 與之所欲, 示之所利, 因以疏止,
無使得志, 彼貪利甚喜, 遺疑乃至.

───

기친(其親) 친밀함.
총인(寵人) 사랑하는 사람.

❊ 적국 군주君主의 총명을 가려라

"무릇 적을 치는 법은 반드시 먼저 그 임금의 총명을 가리고, 그런 다음에 적의 강한 힘을 치고, 그 강한 세력을 무너뜨려야 백성의 해를 제거합니다. 여색으로 임금을 음탕하게 하며, 이익을 가지고 꾀며, 맛있는 것을 가지고 배부르게 하며, 음악을 가지고 즐겁게 합니다."

凡攻之道, 必先塞其明, 而後攻其强, 毀其大, 除民之害, 淫之以色,
陷之以利, 養之以味, 娛之以樂.

✣ 민심을 선동하라

"이미 그들의 가까움을 떼놓으면 백성은 멀어지게 됩니다. 꾀를 알리지 마십시오. 부추겨서 이런 꾀를 받아들이도록 해야 됩니다. 이편의 꾀하는 뜻을 짐작하게 하지 마십시오. 그런 뒤라야 성취되는 것입니다.

旣離其親, 必使遠民. 勿使知謀, 扶而納之. 莫覺其意, 然後可成.

백성에게 은혜를 베푸는 데는 반드시 재물을 아끼지 말아야 합니다. 백성은 소와 말과 같아 종종 그들에게 먹을 것을 주고, 그리고 그들을 사랑해야 합니다."

惠施於民, 必無愛財, 民如牛馬, 數餧食之, 從而愛之.

위사(餧食) 음식물을 줌.

✣ 민중 속에 현인賢人이 있다

"마음에서 지혜가 열리며, 지혜에서 재물이 열리며, 대중에서 어진 이를 엽니다. 어진 이의 열음이 있어야 그로써 천하의 왕이 될 수 있습니다."

心以啓智, 智以啓財, 財以啓衆, 衆以啓賢. 賢之有啓, 以王天下.

용도龍韜

용龍은 전설상으로 변화가 무쌍하고 구름을 몰고 뇌성벽력雷聲霹靂을 일으키며
비바람을 마음대로 조화하는 상상의 동물이다.
이 용만한 힘을 가진 실체가 없다. 그래서 〈용도龍韜〉라 하였을 것이다.
병법도 이와 마찬가지로 그 예기銳氣와 정력을 축적하여
안개나 구름 속에 감추듯 드러내지 않다가,
적절한 기회에 임기응변으로 발휘하고 사용해야 할 것이다.
용도는 거의가 역리易理에 따른 전법이다.
길흉吉凶을 득실得失로하고, 음양陰陽을 기정奇正으로 하며,
진화進化를 진퇴進退나 승패勝敗로 보는 것들은
이 모두가 주역周易에서 나온 이치理致들이다.
용도에서는 군軍의 편성偏性을 구체적으로 논하였고,
이를 통수統帥하는 장수의 임명에 관한 것과,
실전實戰에 있어서의 기본적인 몇 가지를 들어 설명하였다.

18

왕익王翼

왕의 날개, 즉 왕을 보좌하는 참모와 관방 등 참모기관의 여러 기관의 조직을 설명하고 있다.

❊ 고굉지신股肱之臣

무왕이 태공에게 물었다, "왕이 군사를 거느리면 반드시 팔다리와 새의 날개가 있어야 신통한 위력을 이루게 됩니다. 이렇게 하려면 어찌해야 좋겠습니까."

文王曰, 王者師師, 必有股肱羽翼, 以成威神, 爲之奈何.

태공이 대답하였다. "무릇 병兵을 일으키려면 장수로 하여 부리게 합니다. 부리면 두루 통해야 하는 것입니다. 하나의 수법만 지켜서는 안 됩니다. 능력에 따라 관직을 주며, 각기의 장점을 취하며, 때에 따라 변화하며, 규율로 삼습니다."

太公曰, 凡擧兵師, 以將爲命, 命在通達, 不守一術, 因能授職,
各取所長, 隨時變化, 以爲綱紀.

―

통달(通達) 막힘이 없이 자유자재며 한 일에 고집하지 않음.
명(命) 사령(司命). 즉 전군의 목숨 을 맡는 자.
강기(綱紀) 규율. 큰 곳은 강, 작은 것은 기 라 함.

❊ 각자 기능에 따라 일을 시켜라

"그러므로 장수에게 팔다리와 새의 날개 같은 72명을 두어서 하늘의 도에 응합니다. 수를 갖춤에 법대로 하고, 하늘의 분부와 사람의 이치를 자상히 살펴며, 각자의 기능에 따라 하게하면 모든 일을 다 마치는 것입니다."

故將有肱服右翼七十二人, 以應天道,備數如法, 審知命理, 殊能異技, 萬事擧矣.

이응천도(以應天道) 1년 360일을 나누어서 후(候)로 삼는다. 장수의 부하 72명을 두어 천도 운행의 72후에 해당함을 이름.

✖✖ 복심腹心

무왕이 말하였다. "그 조목을 들어 듣고자 합니다."

武王曰, 請問其目,

태공이 대답하였다. "배나 가슴속으로부터 믿는 한 사람으로 하여 꾀를 돕고 졸연한 일에 응하며, 천기天氣를 헤아리게 하고 변괴를 없애며, 계책과 모략을 모두 보게 하고, 백성의 목숨을 보전하는 것을 주관하도록 합니다."

太公曰, 腹心一人, 主贊謀, 應卒, 揆天, 消變, 總覽計謀, 保全民命.

✖✖ 모사 5인謀士五人

"꾀 있는 선비 다섯 명으로 평안함과 위태함을 헤아리고, 싹트기 전을 생각하며, 행동과 능력을 논하고, 상과 벌을 밝히어 관직을 주며 혐의를 판결하고, 옳고 그름을 정하는 것을 주관하도록 합니다."

謀士五人, 主圖安危, 慮末萌, 論行能, 明賞罰, 授官位, 決嫌疑, 定可否.

✳ 천문 3인 天文三人

"하늘의 형상을 알아보는 사람 세 명으로 하여금 역법曆法을 관리하고 바람과 기후를 염탐하며, 때와 날을 비추어 헤아리고, 날씨의 징험徵驗을 상고하며, 재해를 저울질하고, 하늘의 마음이 거동하는 기미를 알아내는 것을 주관하도록 합니다."

天文三人, 主可星曆, 候豊氣, 推時日, 考符驗, 校災異,
知天心法就之機.

풍기(風氣) 바람의 방향, 구름기의 모양.
부험(符驗) 길흉(吉凶)의 나타냄.

✳ 지리 3인 地利三人

"지리를 잘하는 사람 세 명으로 하여, 군사의 가며 머무르는 형세와, 이해의 변화와 멀며 가까우며 험하고 평탄함과, 물이 마르며 산이 막힌 것을 살펴 지리의 이점을 잃지 않도록 주관하게 합니다."

地理三人, 主三軍行止形勢, 利害消息, 遠近險易, 水涸山阻, 不失地理

삼군(三軍) 현재는 육, 해, 공군의 삼군을 말하나 옛날에는 좌익, 우익, 중군을 말함.

✳ 병가 9인 兵家九人

"병법에 능한 사람 9명으로 하여 적과 아군의 차이를 토론하고, 성패成敗에 대하여 연구하고, 무기를 선택하고, 연습하여 법에 위반됨을 검거하는 일을 주관토록 합니다."

兵法九人, 主講論異同, 行事成敗, 簡鍊兵器, 刺擧非法.

군량 수송직 4인四人

"양곡을 수송하는 자 네 명으로 하여금 음식의 양을 헤아리고, 많이 모아 쌓아 대비하며, 양곡 수송하는 길을 터서 양곡을 풍부하게 하여, 3군으로 하여금 곤궁치 않도록 하는 일을 주관하게 합니다."

通糧四人, 主度飮食, 備蓄積, 通糧道, 致五穀, 令三軍不因乏.

무용 떨치는 4인四人

"위세를 떨치는 자 네 명으로 하여, 재치 있고 힘 있는 자를 택하고, 무기를 논케하며, 바람처럼 달리며 벽력과 번개처럼 행동하여, 말미암은 바를 모르게 하는 것을 주관하도록 합니다."

奮威四人, 主擇才力, 論兵革, 豊馳雷掣, 不知所由.

복기고伏旗鼓 3인三人

"기와 북을 숨기는 자 3명으로 하여 기旗와 북을 숨기면서도 귀와 눈을 밝게 하여, 왕래를 홀연히 하며, 증명과 도장 등을 속여 쓰며, 호령을 속여 하며, 나들이를 귀신처럼 하는 것을 주관하게 합니다."

伏旗鼓三人, 主伏旗鼓, 明耳目, 詭符印, 謬號令, 闇忽往來, 出入若神.

──────

부인(符印) 부절(符節). 증명과 도장.

암흘(闇忽) 홀연히.

🔆 고굉股肱 같은 사람

"팔다리 역할을 할 사람 네 명으로 하여 무거움을 맡기며 어려움을 지탱케 하고, 참호를 닦게 하여, 성벽과 보루를 다스리게 하여 수비를 온전케하는 것을 주관하게 합니다."

股肱四人, 主任重, 持難, 修溝塹, 治壁壘, 以備守禦.

🔆 통재 2인通才二人 권사 3인權士三人

"재주가 통한 자 이인으로 하여 빠짐을 줍게 하며 허물을 때우게 하여, 외국손님을 응하고 만나 논의하고 이야기하게 하여 재앙을 없애고 맺힌 것을 풀게 하는 것을 주관하게 합니다.

通才二人, 主拾遺, 補過, 應遇賓客, 論議談語, 消患解結,

권모權謀에 능한 자 세 사람으로 하여 거짓을 행하며 특이한 것을 꾸미고, 사람이 구실하는 바가 아니게 하여 무궁한 변법을 행하는 것을 주관하도록 합니다."

權士三人, 主行奇譎, 設殊異, 非人所識, 行無窮之變.

통재(通才) 지변(智辯), 재각(才覺)이 있는 자.

권사(權士) 모사를 잘하는 자.

수이(殊異) 특이한 것.

기휼(奇譎) 기계(奇計). 거짓.

✸ 이목 7인耳目七人 조아 5인爪牙五人

"귀와 눈이 될 사람 7명으로 하여 왕래하며 하는 말을 듣고, 변화함을 보며, 사방의 일과 군중의 정세를 보살피는 것을 주관하도록 합니다.

耳目七人, 主往來聽言, 視變, 覽四方之事, 軍中之情,

손톱과 어금니 될 사람 5명으로 하여 군사의 위세를 드높이게 하며, 3군을 격려하고 어려움을 무릅쓰며, 날램을 쳐서 의심되고 염려되는 바가 없게 하는 것을 주관하도록 합니다."

爪牙五人, 主楊威武, 激勵三軍, 使冒難軍說, 無所疑慮.

조아(爪牙) 손톱, 어금니. 병사들의 사기를 진작시키는 자.

이목(耳目) 보고 듣는 자, 정보원.

✸ 우익 4인羽翼四人 유사 8인游士八人

"날개가 될 사람 4명으로 하여 명성을 드높이어 먼 곳을 떨게하며, 네 경계를 흔들어서 적의 마음을 약하게하는 것을 주관하게 합니다.

羽翼四人, 主揚明譽, 震遠方, 動四境, 以弱敵心,

유세하는 선비 8명으로 하여 간사함을 엿보며 변화함을 염탐하고, 사람의 뜻을 염탐하고 사람의 뜻을 열고 닫으며, 적의 뜻을 보게 하여 간첩노릇을 하는 것을 주관하도록 합니다."

游士八人, 主伺姦, 候變開闔人情, 觀敵之意, 以爲間牒.

우익(羽翼) 군주의 날개가 되어주는 사람.

유사(游士) 유세하는 선비로서 말재주가 능한 사람.

술사 2인 방사 3인 법산 3인

"술법하는 선비 두 사람으로 하여 거짓을 하고 귀신을 핑계대어 민심을 미혹시키는 것을 주하도록 합니다.

術士二人, 主爲譎詐, 依托鬼神, 以惑衆心.

의술하는 선비 삼명으로 하여 백 가지 약으로서 쇠붙이에 다친 상처를 치료하고 만병을 고치는 것을 주관토록 합니다.

方士三人, 主百藥以治金瘡, 以痊萬病,

셈하는 자 두 명으로 하여 삼군의 짓고 쌓음과 양식, 재화 등의 들고 남을 회계하는 것을 주관하도록 합니다."

法算二人, 主會計三軍營壘, 糧食, 財用出入.

방사(方士) 의사 즉 의무감.

법산(法算) 재무관.

휼사(譎士) 주문(呪文)의 술(術).

19

논증論證

장수로서 쓰일 인물의 자질의 가可 부否를 논 하였다.

❖ 현장賢將 의 5재五材

무왕이 태공에게 물었다. "장수를 논하는 길은 어떠합니까."

武王曰, 論將之道奈何.

태공이 대답하였다. "장수에게는 다섯 가지의 재간과 열 가지 허물이 있습니다."

太公曰, 將有五材十過.

무왕이 물었다. "그 조목을 듣고 싶습니다."

武王曰, 敢問其目.

태공이 대답하였다. "이른바 다섯 가지 재간이라 하는 것은 용勇과 지智와 인仁과 신信과 충忠입니다. 용맹스러우면 범치 못하며, 지혜로우면 어지럽지 못하며, 인덕 있으면 사람을 사랑하고, 신의 있으면 속이지 않으며, 충성심 있으면 두 마음이 없습니다."

太公曰, 所謂五材者, 勇智仁信忠也, 勇則不可犯, 智則不可難, 仁則愛人, 信則不欺, 忠則無二心.

◈ 장수의 10과過

"이른바 열 가지 허물이라는 것은 용감하여 죽음을 가벼이 여기는 자 있으며, 성급하여 마음이 조급한 자 있으며, 탐이 많아 이를 좋아하는 자 있으며,

所謂不過者, 有勇而輕死者, 有急而心速者, 有貪而好利者,

어질어 인정에 견디지 못하는 자 있으며, 지혜로우나 마음에 겁이 있는 자 있으며, 신의 있으나 남을 잘 믿는 자 있으며, 청렴결백하나 사람을 사랑하지 않는 자 있으며,

有仁而不忍者, 有智而心怯者, 有信而喜信者, 有兼潔而不愛人者,

지능이 있으나 마음이 늦은 자 있으며, 굳세고 씩씩하여 자기 고집 쓰는 자 있으며, 나약하여 사람에게 맡기기를 기꺼워하는 자 있는데 그것을 말합니다."

有智而不緩者, 有剛穀而自用者, 有懦而喜任人者.

경사자(輕死者) 죽음을 가볍게 생각하는 자.
심속자(心速者) 마음이 급한 자.
호이자(好利者) 이익을 좋아하는 자.
불인자(不忍者) 인내심이 없는 자.

◈ 10과過와 10해害

"용감하여 죽음을 가벼이 여기는 자는 난폭하게 굽니다. 성급하여 마음이 조급한 자는 오래 끕니다. 탐이 많아 이를 좋아하는 자는 뇌물을 줍니다.

勇而輕死者, 可暴也. 急而心速者, 可久也. 貪而好利者, 可賂也.

어질어서 인정에 견디지 못하는 자는 수고롭게 합니다. 지혜로우나 마음에 겁이 있는 자는 궁색하게 합니다. 신의는 있으나 사람을 믿는 자는 속입니다.

仁而不忍者, 可勞也. 智而心怯者, 可窘也. 信而熹信人者, 可誑也.

청렴결백하나 사람을 사랑하지 않는 자는 조롱합니다. 굳세고 씩씩하여 자기 고집을 쓰는 자는 일을 일으킵니다. 나약하여 사람에게 맡기기를 기꺼이 하는 자는 기만합니다. 지능이 있으나 마음이 눅은 자는 습격합니다.”

廉潔不愛人者, 可侮也. 剛毅而自用者, 可事也. 儒而熹任者, 可欺也.
智而心緩者, 可襲也.

�֎ 국가 운명은 장수에게 맡겨진다

“그러므로 병兵은 나라의 큰일이며, 존재하느냐 망하느냐의 길입니다. 운명은 장수에게 달려 있으니 장수는 나라의 덧방나무며, 그러므로 임금들의 중히 여기는 바 있습니다. 그러므로 장수를 두는 데는 잘 살피지 않으면 안 됩니다. 그러므로 군사는 양쪽이 다 이길 수 없으며, 또 양쪽이 다 질 수도 없다 합니다. 군사가 나가 국경을 넘어 열흘이 아니 가서 나라를 없애는 일이 있지 않으면 반드시 군사를 깨고 장수를 죽이는 일이 있다는 것입니다.”

故兵者國之大事, 存亡之道, 命在於將, 將者國之輔, 先王之所重也.
故置將不可不察也. 故曰, 兵不兩勝, 亦不兩敗. 兵出踰境, 不出十日,
不有亡國, 必有破軍殺將.

무왕이 말하였다. “좋은 말씀입니다.”

武王曰, 善哉.

20

선장選將

선장이란 재능이 있는 인재를 골라서 이를 장수로 임명하는 것이다. 장수를 고르는 데 있어서 그 판단의 기준이 될 갖가지 조건에 대해서 문답을 하고 있다.

✖ 외양과 속뜻이 다른 사람

무왕 태공에게 물었다. "왕이 군사를 일으키는 데 영웅을 가려 뽑아 익히며, 지사의 높고 낮음을 알고자 하는데 그렇게 하려면 어떻게 해야 합니까."

武王問, 王者擧兵, 慾簡練英雄, 知士之高下, 爲之奈何.

태공이 대답하였다. "무릇 무사의 외양과 속뜻이 서로 같지 않는 것이 열다섯 가지 있습니다."

太公曰, 夫士外貌不興中情相應者十五.

▬

간련(簡練) 골라 뽑아.

✖ 외양과는 딴판인 아홉 가지 유형類型

"어질면서 못난 자 있으며, 온화하고 선량하면서 도둑질하는 자 있으며, 외양은 공경하면서 마음은 교만한 자 있으며,

有賢而不肖者, 有溫良而爲盜者, 有貌恭敬而心慢者,

겉은 겸손하고 삼가면서 속은 공경심이 없는 자 있으며, 자상하면서 무정한 자있으며, 침착하면서 성실치 않는 자 있으며,

有外謙謹而內無恭敬者, 有精精而無情者, 有潛潛而無誠者,

꾀를 잘 하면서 결정치 못한 자 있으며, 과감한 것 같으면서 능하지 못한 자 있으며, 성실하면서 믿음이 없는 자 있습니다.”

有好謀而無決者, 有如果敢而不能者, 有控控而不信者,

잠잠(潛潛) 잠잠하여 깊이 있는 모양으로 침착함을 형용함.
공공 (控控) 성실한 모양

✳ 겉으로는 악惡해보여도 속은 훌륭한 인물

“멍청해 보이면서 도리어 충실한 자 있으며, 괴이하고 과격하면서 효과를 올리는 자 있으며, 용기 있으면서 속으로 겁 많은 자 있으며,

有恍恍惚惚而反忠實者, 有詭激而有功效者, 有外勇而內怯者,

공손하면서 속으로 멸시 하는 자 있으며, 엄격하면서 도리어 차분하고 성실한 자 있으며, 기세가 허하고 모습이 떨어지면서 밖에 나가면 가지 못하는 곳이 없으며 이루지 못하는 바가 없는 자가 있습니다.

有肅肅而反易人者, 有肅肅而反靜愨者,
有勢虛形所而外出無所不至無所不遂者.

천하가 다 천賤하게 여기는 바를 성인이 귀히 여기는 바도 있으니, 범인은 알 수 없는 것입니다.

天下所賤, 聖人所貴, 凡人莫知.

크게 밝지 아니하면 그 진가를 볼 수 없습니다. 이것이 무사의 외양이 속 뜻과 서로 다르지 않은 것입니다."

非有大明不見其際, 此事之外貌, 不興中情相應者也.

황황홀홀(恍恍惚惚) 멍한 모양. 흐리멍덩한 모양.

궤격(詭激) 괴이하고 과격함.

숙숙(肅肅) 삼가는 모양.

이인(易人) 사람을 멸시함.

효효(嗃嗃) 엄숙하고 위엄 있는 모양.

정각(靜愨) 침착하고 성실함.

🔅 인물의 어질고 못남을 판별하는 법

무왕이 물었다. "어떻게 이를 압니까."

武王曰, 何以知之.

태공이 대답하였다. "그것을 아는 데는 여덟 가지 징험(徵驗)이 있습니다. 첫째는, 그에게 묻기를 말로써 하여 그 자상함을 봅니다.

太公曰, 知之有八徵. 一曰, 問之以言, 以觀其詳.

둘째는, 그를 깊이 연구하기를 말로써 하여 그 변화를 봅니다.

二曰, 窮之以辭, 以觀其變.

셋째는, 그에게 간첩을 붙여 그 성의를 봅니다.

三曰, 與之間諜, 以觀其誠.

넷째는, 명백하게 나타내어 그 덕을 봅니다.

四曰, 明白顯問, 以觀其德.

다섯째는, 그를 부리기를 재물로써 하여 그 검소한가를 봅니다.

五曰, 使之以財, 以觀其廉.

여섯째는, 그를 시험하는데 여색으로 하여 그 곧은가를 봅니다.

六曰, 試之以色, 以觀其貞.

일곱째는, 그에게 고하기를 어려움으로써 하여 그 용기를 봅니다.

七曰, 告之以難, 以觀其勇.

여덟째는, 그를 술에 취하게 하여 그 태도를 봅니다.

八曰, 醉之以酒, 以觀其態.

여덟 가지 징험이 다 갖추었으면 어질고 못남이 판별되는 것입니다."

八徵皆備賢不肖別矣.

현문(顯問) 명료하게 일의 전말을 물음.

21

입장立將

입장立裝이란 장수將帥를 골라 이를 임명하는 것을 이름이다. 그 장수를 임명하는 데 있어서의 의식 절차를 논하였다.

※ 출정부월出征斧鉞의 친수식親授式

무왕이 태공에게 물었다, "장수를 세우는 데는 어찌합니까."

武王問, 立將之道奈何.

태공이 대답하였다.
"〈사직社稷의 편안하고 위태한 것은 오로지 장군에게 있노라. 지금 아무 나라가 신하 노릇을 하지 않으니, 원컨대 장군은 군사를 이끌고 이에 응할지어다.〉

太公曰, 凡國有難, 君避正殿, 召將而詔之曰. 社稷安危, 一在將軍.
今某國不臣, 願將軍, 師師應之也.

장수가 이미 명령을 받았으면 태사에게 점칠 것을 명령합니다. 제계하기를 사흘 동안 하고, 종묘에 가서 신령스런 거북을 뚫어 보아 좋은 날을 점쳐서 도끼를 수여합니다.

將旣受命, 乃命太史卜, 齋三日, 之太廟, 鑽靈龜, 卜吉日以, 授斧鉞.

임금은 종묘 문을 들어가서 서쪽을 향하여 서고, 장수는 종묘 문을 들어가서 북쪽을 향하여 섭니다.

君入廟門, 西面而立, 將入廟門, 北面而立,

임금이 손수 큰 도끼를 잡아 머리를 쥐고, 장수에게 그 자루를 주며 이릅

니다. 〈이로부터 위로 하늘에 이르기까지 장군이 이를 제어할지어다.〉

君親操鉞持首, 授將其柄日. 從此上至天者, 將軍制之.

또 작은 도끼를 잡아 자루를 쥐고, 장수에게 그 날을 주며 이릅니다.

復操斧持柄, 授將其刃日.

〈이로부터 아래로 못에 이르기까지 장군이 이를 제어할지어다. 그 허함을
보면 나아가고, 그 알참을 보거든 멈출지어다. 3군으로써 많다하여 적을 가벼
이 하지 말지며, 명령을 받았다하여 중히 여기고 죽음을 꼭이 하지 말지며, 몸
이 귀하다하여, 사람을 낮춰 보지 말지며, 혼자 의견을 가지고 무리를 어기지
말지며, 재간 있는 말을 가지고 꼭이 그렇다 여기지 말지어다. 무사가 앉기 전
에는 앉지 말지며, 무사가 먹기 전에는 먹지 말지며, 추위와 더위를 반드시 함
께 할지니, 이처럼 하면 사졸들은 반드시 죽을 힘을 다할지니라.〉"

從此下至淵者, 將軍制之. 見其虛則進, 見其實則止.
勿以三軍爲衆而輕敵, 勿以受命爲衆而必死, 勿以身貴而賤人,
勿以獨見而遠衆, 勿以辯設爲必然也, 士來坐勿坐, 士來食勿食,
寒署必同, 如此士衆必進死力.

———
허(虛) 허실의 허로써 적의 약점.
물필사(勿必死) 경솔히 전사하지 말것.
독견(獨見) 독단적인 견해.
변설(辨說) 간사한 말을 이름.

〰 절대적인 장수의 권한

"장수가 이미 명령을 받으면 임금에게 대답하여 말한다. 〈신이 듣기에는

나라는 밖으로부터 다스리면 안 되고 두 마음으로 임금을 섬기면 안 되며, 의심된 마음으로 적에 임하면 안 된다고 하였습니다. 신이 이미 명령을 받고 부월의 위력을 오로지 하였으니, 신은 감히 살아 돌아오지 않겠습니다. 원컨대 임금께서도 역시 한 말씀 신에게 명령을 내려 주십시오. 임금께서 신에게 허락을 하지 않으시면 신은 감히 장군이 될 수 없습니다.〉

將己受命, 拜而報君曰, 臣聞, 國不可從外治, 軍不可從中禦,
二心不可以事君, 疑志不可以應敵, 臣旣受命, 專斧鉞之威, 臣不敢生環.
願君亦垂一言之命於臣, 君不許臣, 臣不敢將.

임금이 이를 허락하면 하직하고 갑니다. 군중軍中의 일은 임금의 명령을 듣지 않고, 모두 장수에게서 나갑니다. 적과 맞서 싸움을 결하는 데 두 마음이 있을 수 없습니다.

君許之, 乃辭而行. 軍中之事, 不聞君命, 皆由將出.
臨敵決戰, 無有二心.

이와같이 한다면 위로는 하늘이 없고 아래로는 땅이 없으며, 앞에는 적이 없고 뒤로는 임금이 없습니다."

若此則無天於上, 無地於下, 無敵於前, 無君於後.

━━

군불가종군어(君不可從中禦) 군주가 국내에서 장군을 어거하면 군기를 잃고 공이 없게 됨을 말함.
의지(疑志) 군주가 자기를 믿지 않을까 의심함.
일어지명(一言之命) 군의 통수권을 전적으로 위임한다는 한 마디 명령.
무천어상 무천어지(無天於上無地於下) 하늘과 땅 그 어느 것도 제약을 받지 않는 다는 것

※ 승전고가 울리면 시화연풍時和年豊한다

"이런 까닭으로 지혜로운 자는 장수를 위해 꾀하고 용기 있는 자는 장수를 위해 싸웁니다. 기운은 푸른 기운을 뚫고, 빠르기는 치닫는 말과 같아, 군사는 칼날을 접하지 않아도 항복합니다.

是故智者爲之謀, 勇者爲之鬪, 氣癘靑雲, 疾若馳鶩, 兵不接刀而敵降服,

싸움은 밖에서 이기고, 공은 안에 세웁니다. 관리는 자리가 바뀌고 군사는 상을 받으며, 백성은 매우 기뻐합니다.

戰勝於外, 功立於內, 吏遷士賞, 百性歡悅,

장수는 허물도 재앙도 없습니다. 이런 까닭으로 바람과 비가 때를 맞추고, 모든 곡식이 풍성히 익고, 사직이 안정하게 됩니다."

將無咎殃, 是故豊雨時節, 五穀豊登, 社稷安寧,

장위 將威

장위는 장수의 위엄을 뜻한다. 이편에서는 장수에게 위엄이 갖추어져 있어야 할 것을 논하였다.

※ 존귀한 자부터 먼저 벌하라

무왕이 태공에게 물었다. "장수는 무엇으로 위엄케 하며, 무엇으로 밝게 하며, 무엇으로 금지시키며, 명령이 행하여지도록 합니까."

武王曰, 將何以爲威何以爲明, 何以爲禁止, 而令行.

태공이 대답하였다. "장수는 큰 것을 벌줌으로써 위엄케 하고, 작은 것을 상줌으로써 밝게 하고, 벌줌을 자상이 함으로써 금지케 하고 명령이 행해지도록 합니다. 그러므로 한 사람을 죽여서 3군이 떨 자는 이를 사형시키고, 한 사람을 상 주어서 만 사람이 기쁠 자는 이를 상 줍니다. 사형은 큼을 중히 여기고, 상줌은 작은 것을 귀히 여깁니다. 사형이 당국의 요직에 있는 존귀한 신하에까지 미치면 이는 형벌이 위로 다하는 것입니다. 상이 소치는 아이, 말 씻는 하인, 말을 맡아 기르는 무리에까지 미치면 이는 상이 아래로 통하는 것입니다. 형벌이 위로 다하고 상이 아래로 통하면 이는 장수의 위엄이 행하여지는 것입니다."

太公曰, 將以誅大爲威, 以賞小爲明, 以罰審爲禁止而令行,
故殺一人, 而三軍震者, 殺之, 賞一人, 而萬人說者, 賞之,
殺貴大, 賞貴小, 殺乃當路貴重之人, 是刑極也. 賞乃牛竪, 馬洗,
廄養之徒, 是上下通也. 刑上極, 賞下通, 是將威之所行也.

우수(牛竪) 소치는 목동.
마세(馬洗) 말 씻는 하인.
구양(廄養) 마구간에서 허드렛일을 하는 자.

여군勵軍

여군勵軍은 군사를 격려하여 그 사기를 높이고, 그 세력을 증강시킴을 논한 것이다. 그러하여 장수 스스로가 솔선수범하고 군사들과 생활 고락을 같이하면, 병사들은 목숨을 아끼지 않고 나가 싸운다는 것을 논하였다.

❈ 장수가 솔선수범 하라

무왕이 태공에게 물었다. "나는 3군으로 하여 그 성을 침에 먼저 오르고, 들판 싸움에 먼저 나가며, 쇳소리를 듣고는 노하고, 북소리를 듣고는 기뻐하게 하고자 합니다. 이렇게 하려면 어떻게 합니까."

武王曰, 吾欲三軍之衆, 攻城爭先登, 野戰爭先赴, 聞金聲而怒, 聞鼓聲而喜, 爲之奈何.

태공이 말하였다. "장수에게는 이김에 세 가지가 있습니다."

太公曰, 將有三勝.

무왕이 물었다. "감이 그 조목을 묻겠습니다."

武王曰, 敢問之目.

태공이 대답하였다. "장수는 겨울에 갑옷을 입지 않고, 여름에 부채를 잡지 않으며, 비가 내려도 덮개를 덮지 않습니다. 장수가 몸소 예를 좇지 않으면 사졸의 춥고 더움을 알 수가 없습니다.

太公曰, 將冬不服裘, 夏不操扇, 雨不張蓋, 名曰禮將. 將不身服禮, 無以知士卒之寒署.

좁고 막힘에 나아가고 진창길을 짓밟을 때는 장수가 반드시 내려 걷습니다. 이를 이름하여 힘쓰는 장수라 합니다. 장수가 몸소 힘씀을 좇지 않으면 사졸들의 노고를 알 수가 없습니다.

出隘塞, 犯泥塗, 將必先下步, 名曰力將. 將不身服力, 無以知士卒之勞苦.

군사가 다 머무름을 정하고 장수가 집에 들며, 밥 짓는 것이 다 익거든, 장수가 식사를 들며, 군사가 불을 켜지 않으면 장수 역시 켜지 않습니다. 이를 이름하여 욕심을 그치는 장수라 합니다.

軍皆定次將乃就舍, 炊者皆熟將乃就食, 軍不擧火將亦不擧, 名曰止欲將.

장수가 욕심 그침을 좇지 않으면 사졸들의 굶고 배부름을 알 수가 없습니다."

將不身服止欲, 無以知士卒之饑飽.

―――

금성(金聲) 군을 정지시키기 위하여 울리는 쇳소리. 징소리.
고성(鼓聲) 군을 진군시키기 위하여 치는 북소리.
개(蓋) 우산에 씌우는 덮개.
복(服) 실행함.
애색(隘塞) 좁고 험한 길.
정차(定次) 머무를 절차를 정함.
거화(擧火) 등화를 켬.
취(炊) 불을 땜.
지사졸지기포(知士卒之饑飽) 사졸이 배고프고 부름을 알다.

❉ 장수를 소중히 여기는 병졸

"장수는 사졸과 더불어 추위와 더위, 수고로움과 괴로움, 배고픔과 배부름을 함께 합니다.

將與士卒, 共寒署, 勞苦, 饑飽,

그럼으로써 3군의 무리는 북소리를 들으면 기뻐하고, 쇳소리를 들으면 노하며, 높은 성이나 깊은 못도 화살과 돌이 많이 내려와도 군사는 다투어 먼저 오르고, 흰 칼날이 비로소 합할 때는 군사를 다투어 먼저 나갑니다.

故三軍之衆, 聞鼓聲, 則喜, 聞金聲, 則怒, 高城, 深池, 矢石繁下,
士爭先登, 白刃始合, 士爭先赴.

군사는 죽음을 좋아하며 다치는 것을 즐기는 건 아닙니다. 그 장수가 춥고 더우며, 배고프고 배부름을 자상히 알아주며, 수고로움과 괴로움을 밝게 보아주기 때문입니다."

士非好死, 而樂傷也. 爲其將知寒署, 饑飽之審, 而見勞苦之明也.

24

음부陰府

음부는 몰래 부절符節을 만들어서 적이 모르게 군주와 장수가 의사를 전달하는 것을 말한다. 부절은 구리나 대나무로 만든 것을 두 쪽으로 내어, 오른쪽은 군주에게 두고, 왼쪽은 장수에게 두었다가, 일이 생기면 몰래 이를 보내어서 의사를 통한다. 전국책戰國策의 진秦책에(태공의 음부陰府의 계책을 얻어, 엎드려 이를 외우다) 운운 하는 데가 있고, 사기史記의 소진 열전蘇秦列傳에(주서周書 음부를 얻어, 엎드려 이를 읽음) 운운 하는 데가 있는데, 이로써 보면 음부란 하나의 병서인 것으로 생각된다. 그런데 이를 비밀히 통신에 쓰는 부절로 한 것은 이 책을 저술한 분이 음부의 어의語意를 잘못 해석한 듯하며, 이 역시 후세의 가작이 아닌가 하는 이유의 하나이다.

❈ 부절符節

무왕이 태공에게 물었다. "군사를 이끌고 깊이 제후의 땅에 들어가 삼군이 갑자기 더디고 급함이 있어, 혹은 이롭고 혹은 해로움을 가까운 데서 멀리 통하게 하고, 안으로부터 밖으로 응하게 하여, 3군의 쓰임에 대주려 하는데, 이를 하려면 어떻게 합니까."

武王曰, 引兵深入諸侯之地, 三軍卒有緩急, 或利或害, 吾將以近通遠, 從中應外, 以給三軍之用, 爲之奈何.

태공이 대답하였다. "임금과 장수 사이에 부절이 있는데 무릇 여덟 가지입니다."

太公曰, 主與將有陰府, 凡八等.

___

오장이근통원(吾將以近通遠) 국내에 있는 군주와 국외에 출정한 장수와 비밀히 통신함을 이름.

✳ 여덟 가지 부절符節

"크게 적을 이겨 승리한 부절은 길이가 한 자, 군사를 파하고 장수를 죽인 부절은 길이가 아홉 치, 적을 물리치고 멀리 보고하는 부절은 길이가 일곱 치, 무리를 경계하여 지킴을 굳게하는 부절은 길이가 여섯 치, 양곡을 청하고 군사를 더하라는 부절은 다섯 치, 군사를 잃은 부절은 길이가 네 치, 이利를 잃고 사졸을 잃은 부절은 길이가 세 치 등이 있습니다."

有大勝克敵之符長一尺, 破軍殺將之符長九寸, 降城得邑之符長八寸,
郤敵報遠之符長七寸, 警衆堅守之符長六寸, 請糧益兵之符長五寸,
敗軍亡將之符長四寸, 失利亡士之符長三寸.

━━
파군살장(破軍殺將) 적군을 파하고, 적장을 살해함.
패군 망장(敗軍亡將) 아군이 패하고, 아군 장수가 죽음.

✳ 음부陰符의 비밀은 엄수해야 한다

"여러 사명을 받들고 부절을 행함에 지체되는 자, 또는 부절의 일을 누설하면 들은 자와 고한 자를 다같이 뱁니다. 여덟 가지 부절은 임금과 장수가 듣기를 비밀히 하며, 음으로 언어를 통하여 새지 않도록 안과 밖이 서로 알 수 있는 방법입니다. 적이 비록 지혜가 뛰어났다 해도 이를 능히 알 수 없습니다."

諸奉使行符, 稽留者, 若符事泄, 聞者告者皆誅之.
八符者, 主將秘聞, 所以陰通言語, 不泄, 中外相知之術,
敵雖聖智, 莫之能識.

무왕이 말하였다. "정말 좋습니다."

武王曰, 善哉.

25

음서 陰書

음서란 비밀한 문서를 가지고 군주와 장수가 남이 알지 못하게 서로 통지하는 것이다. 따라서 여기서는 먼저편의 음부陰府로서는 충분히 표현될 수 없는 복잡한 상황을 통신하는 여러 가지 방법을 논하였다.

※ 음서의 이용법

문왕이 태공에게 물었다. "군사를 이끌고 깊이 제후의 땅에 들어가서, 임금과 장수가 군사를 합하고, 무궁한 변화를 행하고, 측량할 수 없는 이익을 도모코자 하지만, 그 일이 번거롭고 많아서 분명케 할 수 없으며,

武王曰, 引兵深入諸候之地, 主將欲合兵, 行無窮之變, 圖不則之利, 其事繁多, 符不能明,

서로 떨어짐이 멀어서 언어가 통하지 않으니, 이를 하려면 어떻게 합니까."

相去遼遠, 言語不通, 爲之奈何.

태공이 대답하였다. "대저 은밀한 일이나 크게 꾀함이 있으면 마땅히 글을 쓰며 부절을 쓰지 않습니다.

太公曰, 諸有陰事大慮, 當用書不用符.

임금은 글로써 보내며, 장수는 글로써 임금에게 묻습니다.

主以書遺將, 將以書問主.

글은 모두 한 번 합하여 떼고, 셋을 열어 하나를 압니다. 다시 뗌이란 글을 쪼개 세 쪽으로 하는 것이며, 셋을 열어 하나를 안다는 것은 말을 세 사람이

저마다 한 쪽을 잡게 하며, 서로 섞어 서로 뜻을 알지 못하게 하는 것입니다.

書皆一合, 而再離, 三發而一知. 再離者. 分書爲三部, 三發而一知者, 言三人, 人操一分, 相參, 而不使知情也.

적이 비록 총명이 뛰어났다 해도 능히 이를 알지 못합니다."

此爲淫書, 敵雖聖知, 莫知能識.

무왕이 말하였다. "정말 좋습니다."

武王曰, 善哉

무궁지변(無窮之變) 적에 따라 변화하고, 일정한 법칙이 없음.
불측지리(不測之利) 사람이 측량할 수 없이 나타나는 이변(利變).
음사(陰事) 음밀한 일, 즉 비밀한 일.

26

군세 軍勢

군세란 군사를 일으켜 적을 파하는 기세氣勢를 말 한다. 따라서 여기서는 적군과 대치하였을 때, 그 즉시의 상황에 따라 군사를 쓰는 바를 논하는데, 두 가지로 나누어 전반은 필승必勝의 기회가 올 때까지는 경솔을 피하여 자중自重하며, 후반은 기회를 포착하였으면 용감하고도 날쌔게 이를 공격하여 승리를 거둘 것을 논하였다.

※ 적의 동요된 틈을 타라

무왕이 태공에게 물었다. "적을 치는 법은 어떠합니까."

武王問太公曰, 功伐之道奈何.

태공이 대답하였다. "기세는 적군의 움직임에 말미암음입니다."

太公曰, 勢因於敵家之動.

—

세(勢) 군의 기세를 말함.

※ 계략은 무궁한 근원에서 우러난다

"변화는 두 진 사이에서 생기며, 기습과 정면 공격은 무궁한 근원에서 생깁니다."

變生於兩陳之間, 寄生發於無窮之原.

—

변(變) 천변만화의 변화, 이러한 권변의 도는 미리 마련되는 것이 아니라 전투 중에 수시로 일어난다.

발어무궁지원(發於無窮之原) 기습과 전면공격은 무한한 장수의 마음 속에서 우러남.

✷ 혼자서 오로지 하라

"그러므로 다다른 일은 이야기하지 않습니다. 병을 쓰는 법은 말하지 않습니다. 또 일이 다다라서 하는 그 말은 들음에 족하지 못하며, 병을 쓰는 자는 그 상태를 봄에 족하지 못합니다.

故至事不語, 用兵不言, 且事之至者, 其言不足聽也. 兵之用者,
其狀不足見也.

빨리 가고 홀연히 오며, 능히 홀로 오로지 하여 제어되지 않는 것이 병을 쓰는 법입니다."

儵而往, 忽而來, 能獨專而不制者, 兵也.

─────

지사(至事) 이미 다다른 일.
홀이래(忽而來) 홀연히 오다.

✷ 칼부림은 우자愚者나 하는 일

"들으면 논의하고, 보면 곧 도모하며, 알면 곧 괴롭고, 분별하면 위구합니다. 그러므로 잘 싸우는 자는 군사를 벌리기를 기다리지 않으며, 환난을 잘 제거하는 자는 발생하기 전에 다스립니다.

聞則義, 見則圖, 知則因, 辨則危. 故善戰者, 不待張軍, 善除患者,
理於未生,

적을 잘 이기는 자는 꼴 없음에 이기며, 훌륭한 싸움은 더불어 싸우지 않습니다. 그러므로 승리를 흰 칼날 앞에서 다투는 자는, 훌륭한 장수가 아닙니다. 갖춤을 이미 잃은 다음에 베푸는 자는 훌륭한 성인이 아닙니다.

善勝敵者, 勝於無形, 上戰無與戰. 故爭勝於白刃前者, 非良將也.
設備於已失之後者, 非上聖也.

앎을 무리와 더불어 한 가지인 자는, 나라의 스승이 아닙니다. 기술을 무리와 더불어 한 가지인 자는 나라의 공장이 아닙니다."

知與衆同, 非國師也. 技與衆同, 非國工也.

━━

승어무형(勝於無形) 적의 기미를 살피어 무형에서 승리를 취함.
상전 무여전(上戰無與戰) 최상의 전쟁은 적과 직접 싸우지 않고 승리하는 데 있음.

※ 군대는 승리가 제일

"일함에 반드시 이김보다 큼이 없고, 씀에 침묵보다 큼이 없으며, 움직임에 뜻밖에 보다 없으며, 꾀함에 알지 못하게함보다 큼이 없습니다.

事莫大於必克, 用莫大於玄默, 動莫大於不意, 謀莫大於不識,

대저 이기는 자는 적의 약함을 살핀 다음에 싸우는 것입니다. 그래서 군사는 절반으로, 공은 갑절로 하는 것입니다."

故先勝者先見弱於敵, 而後戰者也. 故士半而功信焉.

━━

사막대어필극(事莫大於必克) 전쟁은 반드시 이기는 것보다 더 큰 것이 없다.
용막대어현묵(用莫大於玄默) 용병은 현묘비묵(玄妙秘默)보다 더 나은 것이 없음.
동막대어불의(動莫大於不意) 군사의 기동은 적의 불의를 치는 것보다 나음이 없음.
모막대어불식(謀莫大於不識) 계모(計謀)는 적이 알지 못하게 하는 것보다 나은 것이 없다.
선견약어적(先見弱於敵) 먼저 적의 약점을 살핀 후 싸운다.

❈ 성인의 용병

"성인은 천지의 변동하는 상태에 순응하여 행동합니다. 범인은 그 누구나 천지의 변동을 알고 있지 못합니다.

聖人徵於天地之動, 孰知其紀.

성인은 천지가 한 번은 음陰이 되고, 한 번은 양陽이 되는 도를 따라서 그 오가는 시기를 쫓습니다. 또한 천지가 한 번은 차고 한 번은 오그라드는 이치를 따라 행동하며, 그로써 한없는 도를 삼습니다. 만물에 생사가 있는 것은 천지에 음양과 차고 주는 것이 있는 데에 기인합니다.

循陰陽之道, 而從其候, 當天地盈縮, 因以爲常.

그러므로 성인은 군사를 일으켜 죽이고 사람을 다스림은 천지의 이치에 의하는 것이라 할 수 있습니다."

物有死生, 因天地之形.

숙지기기(孰知己紀) 누가 그 지극한 원리를 알겠는가.
인이위상(因以爲常) 영원불멸의 상도로 함
당천지영축(當天地盈縮) 천지의 음양과 차고 줄음.

❈ 기회를 놓치면 도리어 화를 당한다

"옛사람의 말에, 적의 허실의 모양을 보지 못하고 싸울 때에는 아군의 수가 아무리 많다 해도 반드시 패하며, 잘 싸우는 자는 여하한 경우라도 스스로 작전이 흔들림이 없이 적을 이길 수 있는 형태를 포착하면 일어나서 군을 움직이고, 적을 이길 형태가 보이지 않을 때는, 가만히 멈추어 기회를 기다린다고 하였습니다.

故曰, 未見形而戰, 雖衆必敗, 善戰者, 居之不撓, 見勝則起, 不勝則止.

그러므로 장수는 두려워하는 마음이 있어서는 안 됩니다. 주춤하고 두려워하는 마음이 있어서는 안 됩니다. 용병에 있어서 주저하며 결단력이 없는 것은 가장 해로운 것입니다. 전군全軍에 있어서 장수의 마음이 이럴까 저럴까 하여 작전을 세움에 지나치게 주춤하는 것은 최대의 재난이라고 할 정도입니다.

故曰, 無恐懼, 無猶豫, 用兵之害, 猶豫最大. 三軍之災.

잘 싸우는 자는 아군에 유리하다고 생각될 때에 그 기회를 놓치지 않습니다. 적절한 시기라고 보았을 때에 결단을 내리어 단행하되 의심을 품고 주저하거나 하지 않습니다. 유리한 기회를 놓쳐버리면 도리어 아군이 화를 당하게 됩니다.

莫過孤疑. 善戰者, 見利不失, 遇時不疑, 失利時後, 反受其殃,

그러므로 지략이 있는 장수는 그때를 쫓아 기회를 놓치는 일이 없으며, 교묘히 싸우는 장수는 결단을 내리어 단행함에 있어서 주저하지 않습니다.

故知者, 從之而不失, 巧者一決而不猶豫,

이러한 장수를 가진 군대는 천둥소리에 귀를 막을 겨를이 없을 만큼, 번갯불에 눈을 감을 겨를이 없을 만큼, 질풍처럼 달려들어갈 때는 놀란 토끼 같이 하며, 용병하는 것이 마치 미친 것 같이 합니다.

是以疾雷不及掩耳, 迅戰不及瞑目, 赴之若驚, 用之若狂,

이러한 군세軍勢에 만나는 자는 패하며, 이에 다가오는 자는 영락없이 멸망하게 될 것입니다. 아무도 이를 막지 못합니다.”

當之者破, 近之者亡. 孰能禦之.

———

형(形) 적의 허실(虛失)의 모양.

거지불요(居之不撓) 굳게 지키고 있어 동요하지 않음.

후시(後時) 때를 놓침.

뇌불급엄이(雷不及掩耳) 천둥소리에 귀를 막을 겨를이 없음.

❋ 무적 장수

"장수된 자가 사람이 능히 알 수도, 말할 수도 없는 기미를 알아서 이를 지키는 것은 신지神智요, 사람이 능히 볼 수 없는 것을 자상히 보는 것은 명지明智입니다.

主將有所不言而守者神也, 有所不見而視者, 明也.

그러므로 신명神明의 도를 아는 장수는 아직 형태를 이루지 않았는데도 지키고, 아직 싹트지 않은 데도 볼 수 있는 것으로, 싸우면 반드시 이김으로, 들에는 횡횡하는 적이 없고, 이웃에는 대립할 나라가 없는 것입니다."

故知神明之道者, 野無橫敵, 對無立國.

무왕이 이를 듣고 "참으로 훌륭한 말씀입니다." 하고 말하였다.

武王曰, 善哉.

27

기병奇兵

기병이란 기묘奇妙한 용병用兵을 마하는 것으로서, 여기에는 기병책奇兵策을 써서 싸움의 변화에 따라 천변만화千變萬化로 용병하여 적을 제압制壓하는 방법이 논술되어 있다.

❋ 신묘한 병세를 얻은 자는 승리한다

무왕이 태공에게 물었다. "용병하는 것의 대요는 어떠한 것이겠습니까."

武王曰, 凡用兵之法, 大要何如.

태공이 대답하였다. "옛날부터 전쟁을 교묘히 잘 하는 자는 하늘 위에서 싸웠던 것도 아니고 지하에 진을 치고 싸웠던 것도 아닙니다. 그 승패는 모두 용병하는 데 있어서의 신묘하고도 헤아릴 수 없는 병세兵勢에 의해서 결정되는 것입니다. 즉 신묘한 병세를 얻은 자는 승리를 얻어 번창하고, 그 병세를 잃은 자는 패하여 멸망하는 것입니다."

太公曰, 古之善戰者, 非能戰於天上, 非能戰於地下. 其成與敗, 皆有神勢. 得之者昌, 失之者亡.

신세(神勢) 용병하는 기세가 신묘하고 측량할 수 없음을 말함.

❋ 실전에서의 묘수 26가지 (1)

"적과 아군이 진을 쳐 대치하고 있는 동안에, 군사나 병기를 출동시키고, 혹은 병사들을 제멋대로 행동케 하거나 행렬을 어지럽게 하는 따위는 거짓으로 내 허점을 드러내어 적을 유도해 내려는 수단입니다.

夫兩陣間, 出甲, 陳兵, 縱卒, 亂行者, 所以爲變也.

풀 속이나 낮은 수목이 무성한 곳에 군사를 멈추게 하는 것은 피하기에 편리하기 때문입니다. 험한 계곡에 진을 치는 것은 적군의 수레를 세우고 기병의 공격을 막기 위해서입니다.

深草蓊翳者, 所以遁逃也. 谿谷險阻者, 所以止車禦騎也.

길이 좁고 막혀있으며, 산림이 우거진 땅에 진을 치는 것은 소수의 병력으로 적의 대군을 치기 위한 것입니다. 물구덩이의 낮고 오목한 어두운 곳에 주둔 하는 것은 아군의 모습을 숨기기 위해서입니다.

隘塞山林者, 所以少擊衆者. 坳澤窈冥者, 所以匿其形也.

청명하고 은폐가 없는 곳, 즉 평원광야에 진을 치는 것은 결전하여 그 용감한 힘을 다투기 위해서입니다. 빠르기가 화살 날듯이 하며, 공격하기를 쇠뇌에 방아쇠를 당기어 쏘아대듯 신속히 행동하는 것은 적군의 자세하고 그 미묘한 계략을 깨치기 위해서입니다.

淸明無隱者, 所以戰勇力也. 疾如流矢, 擊如發機者, 所以破精徵也.

속이어 복병을 배치하고, 기병奇兵을 준비 시켜놓고, 짐짓 멀리 물러서서 진을 치고 적을 속이어 이를 유인함은 적군을 파함과 동시에 적장을 사로잡기 위한 계략입니다.

詭伏設奇, 遠張誑誘者, 所以破軍擒將也.

아군 진영을 사분 오열시켜 통일을 잃은 것처럼 보이는 것은 적의 원형의 진을 공격하고 또 적의 방형의 진을 깨치기 위해서입니다. 적군이 놀라 허둥대는 틈을 타서 적을 깨치는 것은 아군 하나로 적군 열을 치는 수단입니다."

四分五裂者, 所以擊圓破方也. 因其驚駭者, 所以一擊十也.

옹예(蓊蘙) 키가 작은 나무가 우거짐을 말함.
요택요명(拗澤窈冥) 움푹 들어간 소택지의 어두컴컴한 곳.
청명무은(淸明無隱) 평원, 광야를 말함.
발기(發機) 당시의 병기인 쇠뇌를 격발하여 화살을 쏘는 것.

⚔ 실전에서의 묘수 26가지 (2)

"적군이 피로에 맥이 빠져서 해질녘쯤에 그 숙사에 드는 틈을 타서 공격하는 것은 아군 열로 적군 백을 치는 수단입니다.

因其勞倦暮舍者, 所以十擊百也.

기묘한 기술을 써서 부교浮橋 따위를 만드는 것은 깊은 물을 넘고 강을 건너기 위해서입니다. 강한 쇠뇌나 장거리용의 병기를 사용하는 것은 강 건너편의 적군과 싸우기 위해서입니다.

寄技者, 所以越深水渡江河也. 强弩長兵者, 所以諭水戰也.

관문을 멀리에 두고 척후병을 먼 곳에 파견하여 적정을 살핀 후에, 갑자기 짐짓 도주함은 적을 유도해내어 측면으로부터 적의 성을 항복받고 고을을 빼앗기 위해서입니다. 북을 쳐 진군하며, 떠들썩하게 하게 함은 적군을 그릇 판단하게 하여 아군의 기모奇謀를 행하기 위해서입니다.

長關遠侯暴疾謬循者, 所以降城服邑也. 鼓行讙囂者, 所以行奇謀也.

태풍이나 폭우를 이용하여 진군함은 적의 불의를 쳐서 전군前軍을 격파하고 후군을 사로잡기 위해서입니다. 거짓 속이어 사자라고 하며, 적군 속에 들어가는 것은 계략을 써서 적의 식량보급로를 끊기 위해서입니다.

大風甚雨者, 所以搏前擒後也. 僞稱敵使者, 所以絕糧道也.

적의 군호를 거짓 사용하고 적군과 비슷한 복장을 하는 것은 패주에 대비하여 이를 추격하기 위해서입니다. 바야흐로 싸우려 할 때에 반드시 정의를 위하는 것이라 강조함은 병사를 격려하고 사기를 돋구어 적을 이기기 위해서입니다.

謬號令與敵同服者, 所以備走北也. 戰必以義者, 所以勵衆勝敵也.

공을 세운 자에게는 존귀한 작위를 부여하고 후한 상을 내리는 것은 명령에 복종할 것을 권하기 위해서입니다. 죄를 범한 자에게 엄한 벌을 가하는 것은 피로하여 나태함에 빠지기 쉬운 병사를 전진시키기기 위해서입니다."

尊爵重賞者, 所以勸用命也. 嚴刑重罰者, 所以進罷怠也.

노권모사(勞倦暮舍) 피로에 맥이 빠져 숙사에 들다.
강노장병(强弩長兵) 강한 쇠뇌와 장거리용의 병기들.
장관원후(長關遠候) 멀리에 설치하는 관문과 적국에 보내는 척후.
고행훤효(鼓行諠囂) 북을 치며 진군하고 병사를 떠들썩하게 함.

❋ 실전에서의 묘수 26가지 (3)

"때로는 기뻐하며 부하를 안심시키고 때로는 노하여 부하를 두려워하게하고, 혹은 상을 주어서 그 공을 치하고 혹은 빼앗아서 그 죄를 다스리며, 혹은 문덕文德으로서 무리를 따르게 하며, 혹은 무력을 보여서 위협하며, 혹은 천천히 하고 혹은 급속히 함은 모두가 전군을 조화시키고 부하 장병을 통제하기 위해서입니다.

一喜一怒, 一子一奪, 一文一武, 一徐一疾者, 所以調和三軍, 制一臣下也.
處高敞者, 所以警守也.

지세가 높고 전망이 편한 지역에 병력을 배치함은 경계나 수비를 엄히 하기
위해서입니다. 험한 지형을 확보하여 지킴은 수비를 견고히 하기 위해서입니다.

保險阻者, 所以爲固也.

산림이 울창하여 어두침침한 곳에 병력을 배치함은 아군의 왕래를 비밀로
하여 적에게 알리지 않기 위해서이며, 참호를 깊이 파고 보루를 높이며 식량
을 많이 비축함은 지구전에 대비하기 위해서입니다."

山林茂穢者, 所以默往來也. 深溝高壘, 積糧多者, 所以待久也.

�֎ 변통성 없는 자와는 논하지 말라

"그러므로 적과 싸우고 공격하는 계책을 모르는 자와는 적에 대해서 함께
이야기 할 수가 없습니다. 병사를 분산시키며, 이동시킬 줄 모르는 자와는 기
병奇兵을 쓴 데 대해 이야기 할 수 없습니다. 다스려짐과 어지러움亂에 대한 도
에 통하지 않는 자와는 권변의 도에 대해서 논할 수 없습니다."

故曰, 不知戰攻之策, 不可以語敵. 不能分移, 不可以語奇. 不通治亂,
不可以語變.

———

전공(戰攻) 적이 싸우는 법을 보고 공격 방법을 세우고, 또 적이 공격하는 법을 보고 어떻게
싸울 것인가를 결정함.
분이(分移) 병력의 집합, 분산, 이동법.

※ 장수의 7가지 요건

"그러므로 장수가 너그럽지 못하면 전군은 친목할 수 없습니다. 장수가 용감하지 못하면 전군은 날카롭지 못합니다. 장수에게 지략이 없으면 전군은 모두 의혹을 갖게 됩니다. 장수가 영민하지 않으면 전군은 중심을 잃어 동요합니다. 장수가 치밀하고 미묘하지 못하면 전군이 좋은 기회를 놓치게 됩니다. 장수가 경계를 게을리하면 전군은 그 수비가 소홀해집니다. 장수가 나약하고 통제력이 결핍되면 전군은 다 그 직무를 태만히 하게 됩니다."

故曰, 將不仁, 則三軍不親, 將不勇, 則三軍不銳, 將不智, 則三軍大疑,
將不明, 則三軍大傾, 將不精微, 則三軍失其機, 將不商戒, 則三軍失其備,
將不强力, 則三軍失其職.

━━

정미(精微) 치밀하게 계획하고, 미묘하게 사물을 관할함.

강력(强力) 힘이 세다는 뜻이지만, 힘써 노력한다는 뜻이 포함되어 있음.

※ 현장賢將을 얻으면 나라가 번창한다

"그러므로 장군은 삼군의 생사를 맡는 자이며, 삼군은 장수와 함께 다스려지며, 장수와 함께 어지러워집니다. 그러기 때문에 군주가 현장을 얻으면 군사는 강해지고 나라는 번창해집니다. 이와 반대로 현량한 장수를 얻지 못하면 병사는 약해지고 나라는 망합니다."

故將者, 人之司命, 三軍與之俱治. 與之俱亂, 得賢將者, 兵强國昌.
不得賢將者, 兵弱國亡.

━━

사명(司命) 목숨을 맡아 생사를 좌우함.

28

오음五音

밤중에 12율律의 관管을 가지고 적진 가까이 가서 크게 부딪치어 적을 놀라게 하여, 율관律管에 전해지는 적의 소리가 오행상승五行相勝의 이치에 따라서 적을 칠 수 있는 방위方位와 일시日時를 정하는 방법을 논하였다. 오행상생상극五行相生相剋의 설은 중국中國의 전국시대戰國時代에 비롯된 것으로써 주초周初에는 아직 이 설이 있지 않았으므로, 이 책이 후세 사람이 쓴 것이라 비판되는 이유의 하나다.

❈ 오행이 상극하는 힘

무왕이 태공에게 물었다. "십이율十二律, 오음五音을 가지고 적군의 동정이나 승패를 어떻게 정해야 할 것인가를 알 도리가 있습니까."

文王曰, 律音之聲, 可以知三軍之消息, 勝負之決乎.

태공이 다음과 같이 대답하였다. "왕의 질문은 참으로 깊습니다. 율관에는 열두 가지가 있는데, 요약하면 궁宮, 상商, 각角, 치徵, 우羽, 의 오음五音이 됩니다.

太公曰, 深哉, 王之問也. 夫律管十二, 其要有五音, 宮, 商, 角, 徵, 羽,

이 오음은 천지간의 바른 소립니다. 만대에 걸쳐 바꿀 수 없는 것이며, 오행의 신비이며, 상도라고도 할 수 있는 것입니다. 금金, 목木, 수水, 화火, 토土의 오행에는 각각 이기는 것과 이기지 못하는 것이 있습니다. 병가는 각각 이기는 것으로써 이기지 못하는 것을 치려는 것입니다."

此眞正聲也, 萬代不易. 五行之神, 道之常也. 金, 木, 水, 火, 土,
各以其勝攻也.

❋ 오행과 육갑

"아주 옛적에 삼 황제 때에는 허무한 자연의 정情으로써 굳고 강한 백성을 제어하고, 문자는 있을 수 없었으며, 모두 오행의 도에 의하여 천하를 다스렸던 것입니다.

古者三黃之世, 虛無之情, 以制剛强, 無有文子, 皆由五行.

오행의 도는 천지자연의 이치로써 육십갑자도 다 이에 분속되어 있으며, 신의 이치를 나타낸 참으로 미묘한 원리인 것입니다."

五行之道, 天地自然, 六甲之分, 微妙之神 .

삼황(三皇) 벌의(伐義)
신농(神農) 황제를 일컬음.
허무지정(虛無之情) 아무것도 없는 자연의 정.
육갑(六甲) 십간(十干)과 십이지(十二支)를 배열하면 육십(六十)변화가 있다. 그중의 갑자, 갑술, 갑신, 갑오, 갑진, 갑인을 육갑이라고 함.

❋ 공격 방향을 점치는 법

"오음으로 적의 정황을 아는 법은 천기가 청량하고, 먹구름도 비바람도 없을 때를 이용하여 한밤중에 경기병을 파견하면 적의 보루에 이르러서는 대체로 오백 보 떨어진 곳에서 십이율 관을 모두 귀에 대고 그리고 적진을 향하여 큰소리를 쳐서 놀라게 합니다.

其法以淸天淨, 無陰雲豊雨夜半, 遺輕騎, 往至敵人之壘, 去九百步外, 偏持律管當耳, 大呼驚之.

그러면 적진에서 반응하는 소리가 관에 울립니다. 그 소리가 들리는 것이 대단히 미묘하여, 만일 각角의 소리가 관에 반응이 왔을 때는 각은 목木이며 목을 이기는 것은 금金이므로, 금의 신 곧 백호白虎의 방위와 시일로써 이를 공격해야 합니다.

有聲應管, 其來甚微, 角聲應管, 當以白虎.

만일 치徵의 소리가 화火인데 화를 이기는 것은 수水이므로, 현무의 방위와 시일을 택하여 공격해야 합니다. 만일 상商의 소리가 관에 반응해 왔으면, 상은 금金이며, 금을 이기는 것은 화火이므로, 주작朱雀의 방위와 시일에 공격해야 합니다.

微聲應管, 當以玄武. 商聲應管, 當以朱雀.

만일 우의 소리가 반응해 왔을 때는 우는 수水이며, 수를 이기는 것은 토이므로, 구진句陳의 방위와 시일을 골라서 공격해야 합니다.

羽聲應管, 當以句陳.

만일 오관의 소리가 그 어느 것도 반응하지 않으면 그것은 궁宮에 해당됩니다. 궁은 토土이며 토를 이기는 것은 목木이므로, 청룡青龍의 방위, 시일을 골라 이를 쳐야 합니다.

五管聲盡不應者, 宮也, 當以青龍.

이는 오행의 부험符驗이며, 승리로 이끄는 징후이며, 승패가 갈리는 기미입니다.”

此五行之符, 佐勝之徵, 成敗之機.

“참으로 좋은 방법입니다.” 하고 무왕이 말했다.

武王曰, 善哉.

———

편지(偏持) 빠짐없이 다 가져다가.

백호(白虎) 서(西)방의 신. 범 모양을 함.

현무(玄武) 북(北)방의 신. 거북과 뱀 모양을 함.

주작(朱雀) 남(南)방의 신. 붉은 봉황의 모습으로 상징함.

구진(句陳) 중앙(中央)과 토(土)를 상징.

청룡(靑龍) 동(東)방의 신. 푸른 용의 형상으로 상징.

오음(五音)으로 적(敵)의 정황을 아는 법 천기가 청량하고, 먹구름도 비바람도 없을 때를 이용하여 한밤중에 경기병을 파견하여 적의 보루에 이르러서는 대체로 오백 보 떨어진 곳에서 십이율(十二律)의 관을 모두 귀에 대고, 그리고 적진을 향하여 큰소리를 쳐서 적을 놀라게 한다. 그러면 적진에서 반응하는 소리가 있어 관에 울린다. 그 소리가 들리는 것이 매우 미묘하여. 만일 각(角)의 소리가 관에 반해 왔을 때는 각은 목(木)이며, 목을 이기는 것은 금(金)이므로, 금의 신 곧 백호(白虎)의 방위와 시일로써 이를 공격해야 한다. 만일 치(徵)의 소리가 화인데, 화는 수가 이기므로 현무(玄武) 곧 북방에서 공격할 것이며, 상(商)은 금(金)인데, 화가 이기므로 주작(朱雀) 곧 남쪽에서 공격할 것이며, 우(羽)는 수에 속하여 토가 이기므로 구진(句陳) 곧 중앙에서 공격하며, 오관의 소리 없을 때는 궁(宮)으로써 궁은 토성(土星)인데, 무겁고 조용하므로 그 소리가 들리지 않는 것이며, 그래서 궁으로 판단하는 것이다. 궁은 새(四)음의 으뜸으로서 토에 속하는 데, 토에는 목이 이기므로 청룡(靑龍) 곧 동쪽에서 공격한다.

✻ 밖으로부터 살펴서 점치는 방법

태공은 다시 말하였다. "적군한테서 반응해오는 오음五音은 실로 미묘하지만, 밖으로부터 살피어 아는 징후도 있습니다."

太公曰, 微妙之音, 皆有外候.

"그것은 어떠한 징후입니까." 하고 무왕이 물으니, 태공은 다시 대답하였다.

武王曰, 何以知之.

"적진의 병사들이 놀라서 동요할 때에 그 소리를 듣고 오음을 압니다. 북채와 북 소리가 들리면 그것은 각角입니다.

太公曰, 敵人驚動則聽之. 聞枹鼓之音者, 角也.

불빛이 보이면 치徵입니다.

見火光者, 徵也.

금속의 창 소리가 들리면 상商입니다.

聞金鐵矛戟之音者, 商也

사람들의 떠드는 소리가 들리면 우羽입니다.

聞人嘯呼之音者, 羽也.

조용하여 아무 소리도 없으면 궁宮입니다.

寂莫無聞者, 宮也.

이들 다섯 가지 반응을 소리나 색色에 나타난 징후로써 이렇게 오음五音을 알아내는 방법도 있는 것입니다."

此五者聲色之符也.

———

부고지음(枹鼓之音) 적을 경계하여 치는 북소리. 각(角)은 목(木)에 속하고, 부고는 나무로 만든다.

화광(火光) 미(徵)는 불에 속함. 그러므로 적지에서 불이 보이면 미성임을 알 수 있다.

금철모극지음(金鐵矛戟之音) 쇠붙이나 창이 좌우로 갈라진 창은 모두 금(金)이니, 금에 속하는 상성(商聲)임을 알 수 있다.

소호지음(嘯呼之音) 부르짖는 소리는 입에 속하고, 입은 수에 속한다. 그러므로 우성(羽聲)임을 알 수 있다.

적막무문(寂莫無聞) 적막하고 고요하여 소리 없이 조용함은 토(土)를 상징한다. 토는 궁(宮)에 속하니 궁성(宮聲)임을 알 수 있다.

29

병징兵徵

병징兵徵은 병가兵家에서의 징조徵兆를 말한다. 길흉吉凶과 승패의 징조는 먼저 나타나는 법이다. 장수되는 자는 이를 잘 알아야 할 것이다.

※ 싸우기 전에 승패를 알려면

무왕이 태공에게 물었다. "나는 아직 싸우기 전에 우선 적군의 강하고 약한 형세를 알고, 미리 이기고 지는 징후를 알고 싶은데 어떻게 하면 좋겠습니까."

武王曰, 吾欲未戰先知敵人之强弱, 豫見勝負之徵, 爲之奈何.

태공이 대답하였다. "이기고 질 징조로써 반드시 군사의 정신이 발로하여 먼저 밖으로 드러납니다. 명지明智있는 장수는 이를 살펴 아는 것입니다. 그리고 그 징후는 먼저 사람에게 나타나는 것이므로 잘 주의하여 적군의 출입과 진퇴하는 모습을 살피고 그 동정, 군중에서의 언어, 길하고 흉할 징조, 사병들의 이야기 하는 것들을 잘 살펴봅니다."

太公曰, 勝負之徵, 精神先見, 明將察之. 其效在人, 謹候敵人出入進退, 察其動靜, 言語, 妖詳, 士卒所告.

──
요상(妖詳) 길흉의 징조

※ 승패를 미리 보는 법

"모든 군사는 기뻐 만족하고, 사졸들은 법령을 두렵게 여기고, 장수의 명령은 삼가 잘 이행되며, 서로가 적을 쳐 무찌르는 것을 기뻐하며, 용맹에 대하여 논하며, 서로 위무威武를 존중하는 것은 다 그 군세가 강하다는 것입니다.

凡三軍悅懌, 士卒長法, 敬其將命, 相喜以破敵, 相陳以勇猛,
相賢以威武, 此强徵也.

이에 반하여 전군이 자주 놀라 떠들며, 사병들의 마음이 제각기 흩어지고 적의 강함을 두려워하고, 자기들 군사의 불리한 것을 서로 이야기 하며, 사사로운 이야기가 많고 불길한 유언비어가 그칠 새 없으며, 각자가 서로 다른 이야기를 퍼뜨려 현혹시키며, 법령을 두려워하지 않고 장수를 존경하지 않는 것은 군세가 나약한 징후입니다.

三軍數驚, 士卒不齋, 相恐以敵强, 相語以不利, 耳目相屬, 妖言不止,
衆口相惑, 不畏法令, 不重其將, 此弱徵也.

전군이 드나드는데 그 대오가 정연하여 질서가 있으며, 진세陣勢는 견고하고, 해자는 깊고, 성의 누벽은 높고, 때로 큰바람이나 모진비가 방어에 편리를 주며, 전군에는 아무 사고도 없고, 깃발은 앞을 향해 나부끼며, 징소리는 높고 맑게 울리고, 기병이 마상에서 치는 북소리가 두둥둥 가락 있게 울리면 그 모두가 천우신조가 있어 크게 이길 징후입니다.

三軍齊整, 陣勢以固, 深溝高壘, 又有大風甚雨之利, 三軍無故, 旌旗前指,
金鐸之聲, 揚以淸, 鼙鼓之聲, 宛以鳴, 此得神明之助, 大勝之徵也.

이에 반하여 대열과 진세가 견고하지 못하고, 깃발은 흩어져 얽히며, 큰바람과 모진 비를 잘 이용하지 못하며, 병사들은 두려워 떨며, 사기는 단절되고 연속되지 못하든가 하며 군마軍馬가 놀라서 날뛰며, 병거兵車는 굴대가 부러지고, 징소리는 낮게 흐리게 울리며, 마상馬上의 북소리는 습하여 쳐도 울리지 않는 것은 크게 패할 징후인 것입니다."

行陳不固, 旌旗亂而相遶, 逆大風甚雨之利, 士卒恐懼. 氣絕而不屬,
戎馬驚奔, 兵車折軸, 金鐸之聲, 下以燭, 鼙鼓之聲, 濕以沐, 此大敗之徵也.

———

열역(悅懌) 기뻐함.

현(賢) 훌륭히 여김.

삭경(數驚) 자주 놀람.

금탁(金鐸) 쇠로 만든 추를 단 큰 방울. 명령을 내릴 때 울렸다 함.

비고(鼙鼓) 기병이 마상에서 치는 북.

상요(相遶) 서로 엉킴.

❊ 성城의 기색을 살피는 법

"적의 성을 공격하고 고을을 포위할 때, 성내의 기색이 불 꺼진 재와 같은
모양이면 그 성은 전멸시킬 수가 있습니다.

凡攻城圍邑, 城之氣色如死灰, 城可屠.

성의 기氣가 나와 북쪽으로 향하는 것 같으면 그 성은 점령할 수가 있습니
다. 또한 성의 기가 나와서 서쪽으로 향하는 것 같으면 그 성은 반드시 항복시
킬 수 있습니다.

城之氣出而北, 城可克. 城之氣出而西, 城可降.

성의 기가 나와서 남쪽으로 향하는 것 같으면 그 성은 가히 점령할 수가
없을 것입니다. 그 성의 기가 나와서 동쪽으로 향하는 것 같으면 그 성은 공격
할 수가 없을 것입니다.

城之氣出而南, 城不可拔. 城之氣出而東, 城不可攻.

그 기가 성으로부터 나왔다가 다시 성으로 들어갈 것 같으면 그 성을 지키는 성주는 반드시 도망할 것입니다. 또 그 기가 성으로부터 나와서 아군의 위를 덮을 것 같으면 아군엔 반드시 질병이 유행할 것입니다.

城之氣出復入, 城主逃亡. 城之氣出而覆我軍之上, 軍必病.

만일 성의 기가 나와서 높이 올라가 멈추지 않을 때는 전투가 오래 끌 것으로 생각해야 할 것입니다.

城之氣出高而無所止, 用兵長久.

대체로 적의 성을 공격하고 고을을 포위한 지 열흘이 지났는데도 천둥이 치지 않고 비가 오지 않을 때는 반드시 포위를 재빨리 풀고 철수해야 합니다. 이럴 때는 성안에 반드시 위대한 보좌인이 있을 것입니다.

凡攻城圍邑, 過旬不雷不雨, 必亟去之, 城必有大輔,

이와같이 하는 것은 공격할 형세가 이루어졌다는 것을 안 뒤에 공격하고, 공격해서는 안 된다는 것을 알았을 때에는 공격하지 않는 것이 용병하는 근본 원칙이기 때문입니다."

此所以知可攻而攻, 不可攻而止.

이 말을 들은 무왕은 "과연 옳은 말입니다."하고 말 하였다.

武王曰, 善哉.

――

도(屠) 무찌름.
대보(大輔) 위대한 보좌인.

30

농기農器

농기는 농구農具를 뜻 한다. 이편에서는, 농기農器를 병기兵器에 비유하여 논하였다. 천하가 태평무사
하면 병사는 곧 농군이 된다. 그러므로 따로 도구를 마련하여 갖출 필요가 없이, 농구는 곧 병기이
며 병기가 곧 농구인 것이다. 여기서는 평시의 치국治國이 그대로 부국강병富國强兵의 길임을 말한
것이다.

※ 유사시에 삽과 괭이를 들고

무왕이 태공에게 물었다. "천하가 이미 안정되어 국가에 싸움이 없을 때에
는 전투에 쓰는 기구는 정비하지 않아도 됩니까. 수비의 설비도 하지 않아도
좋습니까. 막상 그렇다고 생각되지 않는데 어떻습니까."

武王文太公曰, 天下安定, 國歌無爭, 戰攻之具, 可無修乎. 守禦之備,
可無設乎.

태공이 대답하였다. "싸우고 지키고 공격하고 방어하는 데에는 각기 거기
에 따르는 장비가 필요하여 매우 번잡한 것처럼 보이지만, 실은 그러한 기구
는 다 농민의 일상 작업 위에 갖추어져 있는 것입니다. 전쟁과 농사는 다른 것
같지만 그 사이에는 공통되는 이치가 있는 것입니다.

太公曰, 戰攻守禦之具, 盡在於人事.

곧 농부가 쓰는 쟁기는 전쟁에 사용하는 목책이나 마름쇠에 해당하며, 농
사에 쓰는 마소가 끄는 수레는 군사들의 둔영屯營, 누벽, 번원藩垣, 큰 방패에
해당됩니다.

耒耜者. 其行馬蒺藜也. 牛馬車與者, 其營壘蔽櫓也.

농민이 쓰는 호미와 곰방메 따위는 군사의 방패와 창에 해당됩니다. 농민

이 쓰는 도롱이와 삿갓은 군인의 갑옷과 방패에 해당됩니다.

鋤耰之具, 其矛戟也. 簑簔簦笠者, 其甲冑干櫓也.

또 괭이, 삽, 도끼, 톱, 절구공이, 절구 등은 군사들이 성을 공격하는 기구에 해당합니다. 소나 말은 군량을 수송합니다. 때를 고하는 닭. 밤을 지키는 개 따위는 군의 척후에 해당합니다.

钁鍤斧鋸杵臼, 其攻城器也. 牛馬所以轉輸糧也. 鷄犬其伺候也.

여성이 길쌈을 하는 것은 군인이 사용하는 깃발에 해당됩니다. 남자가 흙을 고르는 것은 성을 공격하는 것에 해당합니다.

婦人織紝, 其旌旗也, 丈夫平壤. 其攻城也.

봄에 잡초나 관목을 제거하는 것은 전차와 기마가 싸우는 것에 해당됩니다. 여름에 논밭의 풀을 뽑는 것은 보병이 싸우는 것에 해당됩니다.

春鏺草棘, 其戰車騎也. 夏耕田疇, 其戰步兵也.

가을에 벼를 베고 나무를 하는 것은 군인의 양식을 비축하는 것에 해당합니다. 겨울에 곳간 안에 쌓아두는 것은, 군인이 수비를 견고히 하는 것에 해당합니다.

秋刈禾薪, 其糧食儲備也. 冬實倉廩, 其堅守也.

촌락에 다섯 집씩 한 조가 되어 있는 것은, 군중의 약속이나 부신符信에 해당됩니다. 이里에는 아전이 있고, 관청에는 장관이 있는 것은, 군대에 장수가 있는 것에 해당합니다.

田里相伍, 其約束符信也. 里有吏, 官有長, 其將帥也.

부락마다 주위에 담을 두르고 함부로 교통하지 못하게 되어 있는 것은 군대에 대오隊伍의 구별에 있는 것에 해당합니다. 곡식을 수송하고 목초牧草를 모아 쌓아두는 것은 군중軍中에 보급창을 설치하는 것에 해당합니다.

里有周桓, 不得相過, 其隊分也. 輸粟取芻, 其廩庫也.

봄과 가을에 성곽을 수리하고 해자를 쳐 내고 수복하는 것은 군의 참호나 누벽을 수리하는 것에 해당합니다. 그러므로 용병의 기구는 모두 평시의 농부의 일상작업 위에 갖추어져 있는 것입니다."

春秋治城郭, 修溝渠, 其塹壘也. 故用兵之具, 盡在於人事也.

뢰사(耒耜) 쟁기. 뢰(耒)는 쟁기 줄. 사(耜)는 보습.

행마(行馬) 목책.

질려(蒺藜) 마름쇠. 적을 막기 위하여 흩어두는 마름 모양의 덩이, 목재와 철재가 있음.

폐(蔽) 번원(藩垣). 울타리와 담.

노(櫓) 큰 방패.

곽(钁) 큰 괭이. 땅 파는 것.

우(耰) 곰방메. 논밭의 흙을 고르는 농구.

립(笠) 삿갓. 자루가 있음.

사사(簑簁) 도롱이를 말함. 우비.

간(干) 방패. 수레에 얹음. 병영에 늘어놓음.

부국강병의 도道

"나라를 잘 다스리는 자는 농가의 일에서 그 이야기를 취하는 것입니다.

善爲國者, 取於人事.

그러므로 반드시 농민으로 하여금 6축(말. 소. 양. 닭. 개. 돼지)기르기를 장려하며, 그 논과 밭을 개간하고, 그 곳에 안주하여 살 수 있도록 합니다.

故必使遂其六畜, 闢其田野, 安其處所.

그리고 남자가 농사하는 데는 한 사람 앞에 몇 묘를 갈아야 된다는 수가 정해져 있고, 여성이 길쌈을 하는 데는 일 인당 몇 자를 짜야된다는 제도가 정해져 있습니다.

丈夫治田有畝數, 婦人織紝有尺度,

이러한 제도가 나라를 부하게 하고 강하게 하는 길인 것입니다."

其富國强兵之道也.

이에 무왕은 말하였다. "참으로 옳은 말씀입니다."

武王曰, 善哉.

───

위국(爲國) 나라를 다스림.
벽(闢) 개간. 새로 전답을 만듦.
묘수(畝數) 묘(畝)는 백 평.

호도
虎韜

호랑이는 백수百獸 의 왕이다. 용맹스럽고 강함에는 따를 짐승이 없다.

사자의 군집群集생활과는 달리 호랑이는 단독생활을 한다.

그만큼 자신의 힘 즉 무위武威를 믿는다.

싸움에 있어서 호랑이는 용의주도하다.

그리고 공격은 벼락이 치듯 무서운 기세로 맹렬하다.

호도虎韜는 그 호랑이의 용의주도함과 무서운 힘의 위력을 상징하였다.

호도虎韜는 병법상兵法上의 기구器具의 완비完備와 정돈을 논하였다.

전쟁을 수행함에 있어서 거기에 필요한 무력의 완비가 없으면 승리할 수 없다.

문도文韜와 무도武韜 그리고 용도龍韜는 전략戰略의 기본 방향을 논하였고

호도虎韜부터는 전술戰術곧 전쟁의 구체적인 수단과 방법을 논하였다.

31

군용軍用

군용軍用이란 군에서 사용하는 기구, 기계를 말한다. 여기에 나오는 무기는 다른 고서古書에서는 볼 수 없는 것이 있는데, 이것들은 다분히 아마도 후세의 저자가 발명하였거나 상상해낸 것에 야릇한 명칭이 붙인 것이 아닌가 하는 의심이 나게 하는 것들이다.

❋ 무기의 위력

무왕이 태공에게 물었다, "왕자가 군사를 일으켜 정벌함에 있어서, 삼군이 사용하는 기재와 공격과 수비에 사용하는 기구 등 그 종류나 등급 및 그 수에 일정한 등급이 있습니까?"

武王問太公曰, 王者擧兵, 三軍器用, 攻守之具, 科品衆寡豈有法乎.

태공이 대답하였다. "참으로 훌륭하신 물음입니다. 공격과 수비에 쓰는 무기에는 여러 가지 종류와 등급이 있습니다. 이것이 군대의 큰 위력이 되는 것입니다."

太公曰, 大哉王之問也, 夫攻守之具, 各有科品, 此兵之大威也.

▬

과품(科品) 과는 종류. 품은 등급. 병기의 종류와 그 대소의 등급을 말함.

❋ 대전차 36

무왕은 계속해서 물었다. "그에 대하여 듣고 싶습니다."

武王曰, 願聞之.

태공은 대답하였다. "용병에 있어서의 장비에 대하여 대체적으로 말씀드린다면 갑주를 입은 병사 만 명을 통솔함에 있어서는 원칙적으로 무위無爲의 대부서大扶胥라는 전차戰車 36대를 씁니다. 거기에는 훌륭한 무용 있는 병사가 강한 쇠뇌와 창을 가지고 양익兩翼이 되고, 차 하나에 24명의 군사가 붙어 이를 밀고 나가며, 그 바퀴는 직경이 8척이 됩니다.

太公曰, 凡用兵之大數, 將甲士萬人, 法用武衛大扶胥三十六乘,
材士强弩矛戟爲翼, 一車三十四人, 推之以八尺車輪.

전차 위에는 기와 북을 세웁니다. 한 대隊를 병법에서는 진해震駭라 합니다. 그것을 사용하여 견고한 진지를 함락시키고, 강대한 적군을 무찌릅니다."

車上立旗鼓, 兵法謂之震駭, 陷堅陣, 敗强敵.

무위(武威) 전투 시 수비대적인 조직.
부서(夫胥) 수레의 별명으로 큰 전차(戰車). 대부서라는 큰 전차를 갑옷 입은 병사 만 명에 36대를 쓰는데 강한 쇠뇌와 창을 든 날랜 군사가 좌우에 서서 전차의 날개가 되어 앞뒤를 경호.

소전차 72

"다음엔 무익武翼의 차 위를 큰 덮개로 가리고 창검을 가진 전차 72대를 사용합니다. 여기에는 무용이 뛰어난 병사가 센 쇠뇌와 창검을 가지고 양익을 지키며, 차 바퀴는 5척이 되며, 녹로장치가 되어있는 쇠뇌를 일제히 쏘아 차 자체를 스스로 방위케 되어 있습니다. 이것은 견고한 적의 진지를 함락시키고, 강적을 무찌르는 데 씁니다."

武翼大櫓矛戟扶胥七十二具, 材士强弩矛戟爲翼, 以五尺車輪,
絞車連弩自副, 陷堅陣, 敗强敵.

무익(武翼) 무술(武術)과 같음.

대로(大櫓) 차위의 가리개.

교차(絞車) 확실치 않으나 일설엔 녹로라고 함.

연노(連弩) 많은 쇠뇌를 장치하고 일제히 화살을 쏨.

자부(自副) 스스로 차를 호위함을 이름.

✺ 속시速矢 연발하는 대전차

"다음엔 제익提翼의 작은 방패 있는 소형의 전차 146대를 씁니다. 이것은 녹로의 장치가 있는 쇠뇌로 스스로 차체를 지키게 되어 있으며, 로를 차바퀴로 하고 있습니다. 이것은 견고한 진지를 함락시키고, 강성한 적을 무찌르는데 쓰입니다.

提翼小櫓扶胥一百四十六具, 絞軍連弩自副, 以鹿車輪, 陷堅陳, 敗强敵.

다음엔 대황大黃이라는 3연발의 쇠뇌를 갖춘 대전차 36대가 있습니다. 여기에는 무용이 뛰어난 용사가 센 쇠뇌와 창을 들고 차의 양익을 지키며, 비부飛鳧, 전영電影이라는 화살로써 차체를 스스로 방어하는 것입니다. 비부는 붉은 살대에 흰 깃을 단 것으로 살촉은 구리로 되어 있고, 전영은 푸른 살대에 붉은 깃을 단 것으로, 살촉은 쇠로 되어 있습니다.

大黃三連弩大扶胥三十六乘, 材士强弩矛戟爲翼, 飛鳧雷電自副.
飛鳧赤莖白羽, 以銅爲首. 戰影靑莖赤羽. 以鐵爲首.

전차 위에는 낮엔 길이 여섯 자, 나비 여섯 치의 붉은 비단 깃을 세우는데, 그것을 광요光耀라고 이름하며, 밤엔 길이 여섯 자, 나비 여섯 치의 흰 비단 기를 세우는데, 그것을 유성流星이라고 이름 합니다. 이것은 멀리서 돋보이게 하기 위한 것입니다. 이 전차도 적의 견고한 진지를 함락시키고, 적의 보병과 기병을 격파하는 데 쓰이는 것입니다."

畫則以絳縞長六尺廣六寸爲光耀, 夜則以白縞長六尺廣六寸爲流星.
陷堅陳, 敗步騎.

제익소로(提翼小櫓) 우익소로 보다 작은 것. 역시 차 위를 가리는 것임.
록차륜(鹿車輪) 녹로의 차바퀴.
대황(大黃) 쇠뇌의 이름.
삼연노(參連弩) 한 번에 화살 셋을 쏘는 쇠뇌.
비부(飛鳧) 화살 이름.
전영(電影) 화살 이름.

※ 전격용電擊用 대전차

"그 다음엔 대형의 충차衝車가 36대 있습니다. 여기에는 당랑螳螂처럼 용감히 충격하는 군사를 싣고 있습니다. 이 전차는 종횡으로 적지를 충격하여 강한 세력의 적도 무찌를 수 있습니다.

大扶胥衝車三十六乘, 螳螂武士共載, 可以擊從橫敗强敵,

다음에 치차기구輜車騎寇가 있습니다. 이것은 행동이 번갯불처럼 빠르다하여, 일명 전차電車라고 합니다. 병법에서는 이것을 전격電擊이라고 말합니다. 이것은 적의 견고한 진지를 함락하고, 보병과 기병을 깨치는 데 큰 효과가 있습니다.

輜車騎寇, 一名電車, 兵法謂之電擊, 陷堅陳, 敗步騎.

적군이 밤의 어둠을 타고 우리 진영에 와서 공격할 때에는 창을 갖춘 경쾌한 전차 160대를 이용하여 이를 막습니다. 전차 한 대마다 당랑과 같은 용맹한 병사 한 사람씩 태우고 나가 싸웁니다. 병법에서는 이를 정격霆擊이라고 합니다. 이것은 견고한 적진을 함락시키고, 보병과 기병을 무찌르는 데 씁니다."

冠夜來前, 矛戟扶胥輕車一百六十乘, 螳螂武士三人共載,
兵法謂之霆擊, 陷堅陳, 敗步騎.

충차(衝車) 측면에서 짓찧는 전차.
당랑(螳螂) 사마귀. 제법 사나운 곤충이다.
치차(輜車) 수송용 차.
기구(騎寇) 적진을 습격하는 기마대.
정격(霆擊) 경쾌하고 신속히 왕래하여 맹렬히 분격함.

각양각색의 장애 무기

"네모지고 대가리가 큰 철봉鐵棓으로 무게가 열두 근에 자루의 길이가 다섯 자 이상 되는 것 천이백 개가 있습니다. 이것을 일명 천봉이라고 합니다. 자루가 긴 도끼로서 날의 길이가 여덟 치, 무게 여덟 근, 자루의 길이가 다섯 자 이상 되는 것이 천이백 개 있습니다. 이것을 일명 천월天鉞이라고 합니다. 대가리가 네모난 철퇴로서 무게가 여덟 근, 자루의 길이가 다섯 자 이상 되는 것이 천이백 개 있습니다. 이것을 일명 천퇴天槌라고 합니다.

方首鐵棓維朌, 重二十斤, 柄長五尺以上, 千二百枚, 一名天棓,
大柯斧, 刃長八寸, 重八斤, 柄長五尺以上, 千二百枚, 一名天鉞,
方首鐵鎚, 重八斤, 柄長五尺以上, 千二百枚, 一名千鎚.

이상 세 가지 병기는 적의 보병과 기병이 떼지어 아군진지로 쳐들어 올 때 이를 쳐부수는 데 적합합니다.

此三兵器, 敗步騎郡冠,

비구飛鉤라는 무기는 그 길이가 여덟 치, 갈고리의 길이 네 치, 자루의 길이가 여섯 자 이상 되는 것으로써 천이백 개 마련합니다. 이것은 몰려든 적군 속에 던져서 긁어 잡아당기는 것입니다. 아군이 적을 막고 지키는 데는 목당랑木螳螂이나 칼날을 비끌어 맨 전차로서 너비 두 장되는 것을 120대 준비합니다. 이것을 일명 행마行馬라고 합니다.

飛鉤長八寸, 鉤芒長八寸, 柄兵長六尺以上, 千二百枚, 以投其衆.
二軍拒守, 木螳螂劍刃扶胥, 廣二丈, 百二十具, 一名行馬.

평탄한 땅에서 아군의 보병이 적의 전차나 기병을 깨칠 때 이것을 사용합니다. 나무 마름쇠 높이 두 자 다섯 치 되는 것을 120개 준비합니다. 이것은 옛날에 황제皇帝가 난적亂賊 치우씨蚩尤氏를 격파할 때에 사용한 것으로써 적의 보병, 기병을 공격하여 진퇴에 궁한 적을 요격하며, 패주하는 적을 차단하고 치는 데에 사용합니다.

平易地, 以步兵敗車騎. 木蒺藜, 去地二尺五寸, 百二十具, 敗步騎, 要窮冠, 遮走北. 軸旋短衝矛戟扶胥. 百二十具, 黃帝所以敗蚩尤氏, 敗步騎. 要窮冠, 遮走北.

좁은 길과 작은 길에는 철의 마름쇠를 흩뜨려 둡니다. 그날 끝의 높이는 네 치, 넓이는 여덟 치, 길이는 여섯 자 이상 되는 것 천이백 개를 마련합니다. 그것으로써 적의 기병 보병을 깨칩니다. 캄캄한 밤을 이용하여 적이 쳐들어와서 싸움을 재촉하여, 쌍방 간에 백병전이 벌어질 때에는 지상에 미리 그물을 치고 두 뾰족한 끝이 있는 마름쇠와 여러 개의 이은 직녀織女를 부설해 둡니다. 그 뾰족한 끝과 끝이 대략 두자 되는 것을 1만2천 개 준비 합니다.

狹路微徑, 長鐵蒺藜, 芒高四寸, 廣八寸, 長六尺以上, 天二百具, 敗步騎. 突暝來前促戰, 白刃接, 張地羅, 鋪兩鏃蒺藜, 參連織女, 芒間相去二尺, 萬二千具.

넓은 들의 풀이 우거진 곳에는 네모꼴의 넓은 창 일천 이백 개를 세워 두는 데 그것은 높이가 한 자 다섯 치쯤 되게 하여 풀 속에 늘여 세워 둡니다. 이것은 적의 기병과 보병을 격파하는 데에 쓰이며, 진퇴에 궁해진 적을 요격하고, 패주하는 적을 차단하여 공격하기 위한 것입니다.

曠野草中, 方凶鋌矛千二百具, 張鋌矛法, 高一尺五寸, 敗步騎, 要窮寇, 遮走北.

좁은 길이나 작은 길이나 또는 움푹 들어간 곳에는, 쇠사슬 몇 개를 연이은 것 200개를 사용합니다. 이는 적의 보병과 기병을 깨고, 궁한 적을 요격하고, 패주하는 적을 막아 싸우기 위한 것입니다.

狹路微徑地陷, 鐵械鎖三連, 二百十具, 敗步騎, 要窮寇, 遮走北.

진영의 문을 방비함에 있어서는 창을 매단 작은 방패 12개를 쓰며, 그것에 녹로장치가 된 연발식 쇠뇌를 곁들여서 막고 칩니다. 전군을 적의 공격으로부터 수어하기 위해서는 천라天羅, 호락虎落이라는 쇠사슬을 연결한 것을 사방에 치는데, 그 한 벌의 너비는 한 장丈 다섯 자, 높이는 여덟 자 되는 것을 120개 준비합니다. 또 호락과 칼날을 갖춘 전차로써 너비 한 장丈 다섯 자, 높이 여덟 자 되는 것을 510개 준비합니다."

壘門拒守矛戟小櫓十二具, 絞車連弩自副. 三軍拒守, 天羅虎落鎖連一部, 廣一丈五尺, 高八尺, 百二十具. 虎落劍刃扶胥, 廣一丈五尺, 高八尺, 五百十具.

───

병장오척이상(柄長五尺以上) 자루가 오 척 이상.

방수(方首) 네모진 대가리.

반(盻) 머리가 크다는 뜻.

대가부(大柯斧) 자루가 큰 도끼

천월(天鉞) 별의 이름.

비구(飛鉤) 갈고랑이.

구망(鉤芒) 갈고랑이의 끝이 굽은 곳.

목당랑(木螳螂) 나무로 만든 올(목책).

목질려(木蒺藜) 나무로 만든 마름쇠. 세모꼴로 뾰족하게 만들어 적의 진로를 방해하는 데 씀.

축선단충(軸旋短衝) 굴대가 짧고 회전이 빠름.

치우씨(蚩尤氏) 황제 때의 제후. 다른 제후들은 모두 귀순하였는데 유독 포악한 치우씨 만은 거스르므로 황제는 군사를 일으켜서 싸워 이를 죽였다.

미경(微徑) 좁고, 작은 길.

직녀(織女) 마름쇠의 일종으로 적의 진군을 막는 장애물.

방흉정모(方胸鋌矛) 방형의 짧은 창.

지함(地陷) 함몰되어 오목한 땅.

쇠련(鎖連) 쇠사슬을 서로 연결한 것.

천라호락(天羅虎落) 둘 다 갈고랑이와 같은 것으로 장애물.

※ 깊고 넓은 강을 건너는 기구들

"참호나 해자를 건너는 데에는 비교飛橋 한 벌을 사용합니다. 이것의 너비는 한 장丈 다섯 자이며, 길이는 두 장丈 이상이 되는 것으로써 회전하는 녹로를 여덟 개 단 자유로이 들며, 신축할 수 있는 밧줄로 이를 걸칩니다. 큰 강을 건너는 데에는 비강飛江이라는 것을 사용합니다.

渡溝塹, 飛橋一間, 廣一丈五尺, 長二丈以上, 著轉關轆轤八具,
以環利通索張之. 渡大水, 飛江,

너비는 역시 한 장丈 다섯 자, 길이 두 장丈 이상 되는 것을 여덟 벌 마련하여, 자유로이 들며 신축할 수 있는 밧줄로 이를 칩니다. 천부철당랑天浮鐵螳螂은 내부가 네모지고, 밖은 둥글며, 직경이 넉 자 이상 되는 것으로서 밧줄로 튼튼히 얽어맨 것 32개를 마련합니다. 이 천부天浮라는 거룻배로서 비강飛江이라는 다리를 천황天煌이라고 합니다. 또 천강天舡이라고도 합니다."

廣一丈五尺, 長二丈以上八具, 以環利通索張之. 天浮鐵螳螂, 矩內圓外,
徑四尺以上, 環絡自副, 三十二具, 以天浮張飛江, 濟大海, 謂之天潢.
一名天舡

비교(飛橋) 던져서 걸치는 다리.

비강, 천황(飛江天潢) 큰물을 건너는 도구.

천부철당랑(天浮鐵螳螂) 비강을 놓는 데 쓰는 도구인 듯함.

✖ 야영용 기구들

"산림이나 평야에 진을 칠 때에는 호락(虎落, 일종의 울타리)을 주위에 두른 시원(柴垣, 울타리)의 영사營舍를 만드는데, 그것에는 자유로이 돌며 신축성이 있는 길이 두 장丈 이상의 쇠사슬 천이백 개, 자유로이 돌며 신축성 있는 굵은 밧줄로 굵기가 네 치, 길이가 넉 장 이상의 것 6백 개, 마찬가지로 돌며 신축성 있는 중치되는 밧줄로 굵기 네 치, 길이 넉 장 이상의 것 2백 개, 그리고 자유로이 돌며 신축성 있는 보다 가는 밧줄로 두 장 이상 되는 것 만 2천 개를 필요로 합니다.

山林野居, 結虎落柴營. 環利鐵鎖, 長二丈以上, 千二百枚. 環利大通索,
大四寸, 長四丈以上, 六百枚. 環利中通索, 大二寸, 長四丈以上,
二百枚. 環利小微繯, 長二丈以上, 萬二千枚.

비가 올 때에 비를 가리기 위하여 전차 위에 겹쳐서 덮는 판자는 삼의 밧줄로 판자를 엇물리어, 너비 넉 자 길이 넉 장 이상의 것을, 차 한 대마다 한 벌씩 쓰는데, 쇠말뚝을 박고 그 위에다 이것을 칩니다.

天雨, 蓋重車上板, 結枲鉏鋙, 廣四尺, 長四丈以上, 車一具, 以鐵杙張之.

나무를 베는 데는 무게 여덟 근, 자루의 길이 석 자 이상 되는 도끼 3백 개를 필요 합니다. 그밖에 고리가 달린 쇠말뚝으로 길이 석 자 이상 되는 것 3백 개, 여기에 쇠말뚝을 박는 데 쓰는 망치로 무게 다섯 근, 길이 다섯 자 이상 되는 것 120개를 필요로 합니다."

伐木, 天斧, 重八斤, 炳長三尺以上, 三百枚, 棨钁, 刃廣六寸,
炳長五尺以上, 三百枚. 銅築固爲垂, 長五尺以上, 三百枚, 方胸鐵又,
炳長七尺以上, 三百枚. 方胸兩枝鐵又, 柄長七尺以上, 三百枚. 芟草木,
大鎌, 炳長七尺以上三百枚. 大櫓刃, 重八斤, 炳長六尺, 三百枚.
委環鐵杙, 長三尺以上, 三百枚. 橛杙, 大槌重五斤, 炳長二尺以上,
百二十具.

태공은 여기서 군용의 결론을 지어, "무장한 병사 일만 명에는, 큰 쇠뇌를 가진 자 육천, 미륵창과 큰 방패를 가진 자 이천, 보통 창과 보통 방패를 가진 자 이천입니다. 그밖에 공격용 무기를 수리하고 병기를 잘 가는 자 삼천 명이 필요합니다. 이것이 군사를 일으키는 데 있어서의 군용 장비의 대략입니다." 하고 말하였다.

甲士萬人, 强弩六千, 戟櫓二千, 矛戟二千, 修治攻具, 砥礪兵器,
巧手三百人, 此擧兵用軍之大數也.

"참으로 좋은 말씀이었습니다." 하고 무왕이 말하였다.

武王曰. 允哉.

───

계곡(棨钁) 톱의 종류.
축고위수(銅築固爲垂) 나무를 베는 기구라고 하나 확실치 않음.
대로인(大櫓刃) 짧은 창 같은 것이라고 하나 확실치 않음.
지려(砥礪) 숫돌에 칼 같은 것을 가는 것.

32

삼진三陳

군사를 출동시켜서 포진布陳할 때의 천, 지, 인의 세 가지 포진법布陳法에 대하여 논하였다.

※ 진 치는 법 세 가지

무왕이 태공에게 물었다. "용병하는 데 천진天陳. 지진地陳. 인진人陳을 편다고 하는데 이는 무슨 뜻입니까."

武王問, 凡用兵爲天陳, 地陳, 人陳, 奈何.

태공이 다음과 같이 대답하였다. "해, 달, 별, 두병斗柄을 혹은 왼쪽으로 하고 혹은 오른쪽으로 하며, 혹은 이를 등지고 포진하는 등 하늘을 따르고 때에 응하는 것을 천진天陳이라고 합니다. 구릉과 물과 샘 등에도 이를 앞으로 하고 뒤로 하며, 혹은 오른쪽으로 혹은 왼쪽으로 하는 유리한 형세가 있습니다. 이를 지진地陳이라고 합니다. 때로는 전차를 쓰고, 때로는 말을 쓰며, 때로는 문文으로써 계략을 쓰고, 때로는 무武를 써서 전투하는 것을 인진人陳이라고 합니다."

太公曰, 日月星辰斗柄, 一左一右, 一向一背, 此謂天陳. 丘陵水泉, 亦有前後左右之利, 此謂地陳. 用車用馬, 用文用武, 車謂人陳.

"과연 그렇겠습니다." 하고 무왕이 대답하였다.

武王曰, 善哉.

두병(斗柄) 북두칠성의 제 7성, 곧 북극성.

33

질전疾戰

질전疾戰은 신속히 싸우는 것이다. 신속 과감迅速果敢한 싸움이 불리한 형세를 만회하는 최선의 방법임을 논하고 있다.

※ 완전 포위되었을 때는 급습이 제일

무왕이 태공에게 물었다. "만일 적군이 아군을 포위하고, 아군의 앞뒤를 차단하여 연락을 끊고, 또 군량 보급의 길을 끊었을 때에는 어떻게 하면 좋겠습니까."

武王文, 敵人圍我, 斷我前後, 絶我糧道, 爲之奈何.

태공이 대답하였다. "이것은 천하에 다시없는 어려운 병법입니다. 이러한 때에는 신속히 싸우면 이길 수 있습니다. 서서히 하여 시일을 끌면 패합니다.

太公曰, 此天下之困兵也. 暴用之則勝, 徐用之則敗.

이러한 때에는 사대四隊의 돌격대를 편성하여, 용감한 전차와 기마대를 가지고 적군을 놀라게 하여 교란시키고 급속히 이를 친다면, 적의 포위를 돌파하고 자유로이 행동할 수 있습니다."

如此者, 爲四武衝陳, 以武車驍騎, 驚亂其軍, 而疾擊之, 可以橫行.

———

사무충진(士武衝陳) 무사를 합쳐서 네 진으로 하고 힘을 합하여 충격함.

✳ 포위망을 뚫고서 반격하라

무왕이 물었다. "만약 군이 적의 포위망을 뚫고 나와 그 여세로 적군을 무찔러 승리를 얻고자 할 때는 어떻게 하면 좋습니까."

武王曰, 若已出圍地, 欲因以爲勝, 謂之奈何.

태공이 대답하였다. "아군의 좌군은 재빨리 좌측을 향해 진격하고, 우군은 재빨리 우측을 향해 진격합니다. 그러나 적군과 길을 다투어 무턱대고 멀리 쫓아가서는 안됩니다.

公曰, 左軍疾左, 右軍疾右, 無與敵人爭道.

아군의 중군은 좌우군의 정황을 보아 이와 보조를 맞추면서 혹은 나아가고 혹은 물러서면, 적군이 아무리 많다 해도 적장을 패주시킬 수 있습니다."

中軍迭前迭後, 敵人雖衆, 其將可走.

인(因) 포위지에서 벗어남에 의하여의 뜻임.

34

필출必出

필출이란 적군에게 포위당했을 때에 반드시 그 포위망을 뚫고 나오려 함을 뜻한다.

※ 험난을 뚫고 탈출하는 방법

문왕이 태공에게 물었다. "만일 군사를 이끌고 적진 깊숙이 들어갔다가 적군이 사방에서 아군을 포위하여 돌아갈 길이 차단되고 군량의 수송로도 끊어졌으며, 적군은 수가 많고 식량도 풍부할뿐더러 험조險阻한 곳에 의거하여 수비가 견고할 경우, 아군이 반드시 포위망을 뚫고 밖으로 나오려고 생각할 때에는 어떻게 하면 좋습니까."

武王文太公曰, 引兵深入諸候之地, 敵人四合而圍我, 斷我歸道, 絕我糧食, 敵人旣衆, 糧食甚多, 險阻又固, 我欲必出, 謂之奈何.

태공이 말했다. "반드시 포위망을 뚫고 탈출할 수 있는 방법은 무기나 장비가 귀중한 보물이며, 용감하게 분투하는 것이 제일입니다.

太公曰, 必出之道, 器械爲寶, 用鬪爲首.

만일 적군의 빈틈 있는 곳이나 사람이 없는 곳을 상세히 안다면 반드시 포위망을 돌파할수 가 있습니다."

審知敵人空虛之地, 無人之處, 可以必出 .

심입제후지지(深入諸侯之地) 제후의 땅에 깊숙이 들어감.

⌘ 어둠을 타서 돌격하라

"아군 장병들은 검은 기를 갖고, 적의 눈에 띄지 않게 하며, 무기나 기구들을 들고, 입에는 매를 물리어 소리를 내지 않고 어두운 밤을 틈타서 출동합니다. 용력이 있고 민첩하게 달리며 적장을 노리고 돌진할 수 있는 병사는 앞장서서 적의 보루를 뚫고 우리 군사의 통로를 열게 합니다.

將士持玄旗, 操器械, 設銜枚夜出. 勇力飛走冒將之士, 居前平壘, 爲軍開道,

힘이 센 군사는 강한 쇠뇌를 가지고 복병이 되어 군의 뒤에 위치하고, 약한 병사와 전차와 기병은 중간에 위치하고, 진용이 갖추어지면 서서히 진군하는데, 놀라거나 당황해서는 안 됩니다.

材士强弩, 爲伏兵居後, 弱卒車騎居中, 陳畢徐行, 愼無驚駭,

전차로써 주력군의 앞뒤를 경계하고, 큰 방패를 좌우로 쳐서 적의 화살을 막습니다. 만일 적군이 놀라 두려워하는 것이 보이면 그 기회를 놓치지 말고, 용감하며 적장을 노릴만한 병사들로 하여금 재빨리 공격하여 나가게 합니다.

以武衝扶胥, 前後拒守, 武翼大櫓, 以蔽左右. 敵人若驚, 勇力冒將之士, 疾擊而前,

약한 병사와 전차와 기병은 그 뒤를 이어 나가고, 힘센 병사들로 하여금 큰 쇠뇌를 갖고 잠복해 있던 복병은 적군이 아군을 추격하여 오는 것을 기다렸다가 기회를 보아 갑자기 일어나서 적군의 배후를 공격하며, 횃불을 많이 올리고 북을 요란하게 쳐서 적의 이목을 현란케 합니다.

弱卒車騎, 以屬其後, 材士强弩, 隱伏而處, 審候敵人追我, 伏兵疾擊其後, 多旗火鼓,

그 세력이 마치 땅에서 솟아난 듯 혹은 하늘에서 내려오는 듯이 하여, 전군이 용감하게 싸운다면 적은 아군을 막아낼 수가 없을 것입니다."

若從地出, 若從天下, 三軍勇鬪, 莫我能禦.

———

기계(器械) 무기와 기구.
함매(銜枚) 소리를 내지 못하게 입에 젓가락 같은 나무를 물리는 것.
무충부서(武衝扶胥) 큰 방패.

✴ 난관을 극복하려면 사력을 다하라

무왕이 물었다. "만일 앞길에 큰 강이나 넓은 해자, 깊은 구덩이가 있어 아군은 이를 건너고자 해도 배나 노의 준비가 없으며, 적은 보루 안에 있어 아군의 전진을 가로막고 돌아갈 길을 막으며, 적의 척후병은 항시 주의하여 감시를 게을리하지 않고 험난한 곳에는 빠짐없이 수비병을 두고, 전차와 기병은 아군 전면을 요격하며, 적의 용사들이 아군의 후방을 치려고 할 때 어떻게 하면 좋겠습니까."

武王曰, 前有大水廣塹深坑, 我欲踰渡, 無舟楫之備, 敵人屯壘, 限我軍前, 塞我歸道, 斥後常戒, 險塞盡守, 車騎要我前, 勇士擊我後, 爲之奈何.

태공이 말하였다. "큰 강, 넓은 해자, 깊은 구덩이 같은 곳은 적군이 마음을 놓아 수비를 허술히 하는 곳입니다. 혹 수비를 한다 하더라도 그 병력은 필시 소수일 것입니다. 이러할 때에는 자유로이 회전하는 장치가 되어있는 비강(飛江:다리)과 천황(天潢:비강을 대안에 연락하는 거룻배)을 써서 아군을 건너게 하고, 용감하고 재간 있는 병사들은 나의 지휘에 따라 적을 무찔러서 적진을 끊게 하여 모두 그 사력을 다해 싸우게 합니다.

太公曰, 大水廣塹深坑, 敵人所不守. 惑能守之, 其卒必寡.
若此者, 以飛江轉關與天潢, 以濟吾軍, 勇力材士, 從我所脂, 衝敵絕陳, 皆致其死.

이렇게 공격하기에 앞서 아군의 군수품과 식량 등을 태워 버리고, 장병들에게 선고합니다. 〈용감하게 싸우면 살아날 것이요, 조금이라도 주저하여 용기를 내지 않으면 죽음이 있을 뿐이다.〉라고.

先審燔輜重, 燒吾糧食, 明告吏士, 勇鬪則生, 不勇則死.

이렇게 하여 이미 포위를 벗어났으면, 이쪽 제2군으로 하여 봉화를 올려두었다가 멀리 적진의 동정을 살피게 하고, 반드시 초목이 우거진 곳, 높은 언덕, 험조한 곳에 의거하여 그를 이용합니다.

已出, 令我踵軍設雲火遠候, 必依草木丘墓險阻.

그렇게 하면 적의 전차와 기병은 반드시 멀리까지 아군을 추격해오지는 못할 것입니다. 아군은 횃불로써 신호를 하고, 먼저 포위를 벗어난 자는 횃불 있는 곳에 이르러 머물게 하여, 네 부대의 돌격 진을 만들어 적군을 막도록 합니다. 이렇게 하면 우리 삼군은 모두가 정예하여 용감히 싸우게 되어, 적은 아군의 진출을 막지 못할 것입니다."

敵人車騎, 必不敢遠追長驅. 因以火爲記, 先出者, 令至火而止, 爲四武衝陳. 如此則吾三軍, 皆精銳勇鬪, 莫我能止.

무왕이 이 말을 듣고, "참으로 지당한 말씀입니다."

武王曰, 善哉.

━━

종군(踵軍) 선봉대를 뒤쫓아가는 부대.

35

군략軍略

군략軍略은 용병에 있어서의 계략計略이다. 따라서 군사를 이끌고 전투에 임했을 때에 요구되는 계략의 개요를 말하는 것이라 하겠다. 그러나 일설一說에는 이편篇을 군략이라 함은 타당치 못하며, 아마도 군기軍器의 잘못이 아닌가 보고 있다.

※ 예방이 제일

무왕이 태공에게 물었다. "만약 군사를 이끌고 적진에 깊숙이 들어갔다가, 깊은 계곡, 큰 협곡, 험한 격류를 만나 우리의 삼군이 미처 건너가기 전에, 갑자기 큰비가 쏟아져 흐르는 물이 크게 불어나 후군은 앞서 건너간 군사와 연결이 아니되며,

武王問太公曰, 引兵深入諸候之地, 遇深溪大谷驗阻之水,
吾三軍未得畢濟, 而天暴雨, 流水大至, 後不得屬於前,

배나 다리의 준비도 없고, 또 수택水澤이나 풀숲 등의 유리한 조건도 없을 때에, 나는 전군을 건너게 하여 삼군으로 하여금 조금도 지체하지 않도록 하고자 하는데, 이렇게 하기 위해서는 어떻게 하면 좋습니까."

無舟梁之備, 又無水草之資, 吾欲畢濟, 使三軍不稽留, 爲之奈何.

태공이 대답하였다.
"무릇 장수로서 군사를 통솔하는데, 일에 앞서 미리 염려하여 계책을 강구하지 않고, 필요한 기구들이나 무기들을 미리 마련하지도 않고, 군사의 교육도 정밀하지 않고,

太公曰, 凡帥師將衆, 慮不先設, 器械不備, 敎不精信,

사졸들의 훈련을 충분히 하지 않았다면 이는 왕자의 군사라고 할 수가 없는 것입니다."

士卒不習, 若此不可以爲者王之兵也.

수초지자(水草之者) 수택(水澤)이나 풀숲이나 유리한 조건.
계류(稽留) 지체함.

🕸 완벽한 장비를 갖추면 이기기 쉽다

"대저 삼군에 큰일이 있을 때에는 기계器械를 익히 쓰지 않는 법은 없습니다. 만약 적의 성을 공격하고 적의 고을을 포위할 경우에는 반드시 분운轒轀이라는 장갑차와 아래를 내려다보는 임차臨車와 측면으로부터 충격을 가하는 충차衝車를 씁니다. 성내를 엿보려면 운제雲梯라는 사다리나 비루飛樓라는 경편한 망대 같은 기재를 사용합니다.

凡三軍有大事, 莫不習用器械. 若攻城圍邑, 則有轒臨衝,
視城中則有雲梯飛樓.

우리 삼군이 나아가고 머물 때에는 무충대노武衝大櫓를 사용하여 앞뒤를 방어합니다. 적의 통로를 끊고, 적의 시가를 차단하려면, 용감한 군사와 견고한 쇠뇌를 써서 좌우 양쪽을 방어케 합니다.

三軍行止, 則有武衝大櫓, 前後拒守, 絕道遮街, 則有材士強弩,
衝其兩旁.

영루營壘를 설치하려면 천라天羅, 무락武落, 행마行馬, 마름쇠 따위의 장애물을 써서 적의 습격을 저지케 합니다. 낮에는 운제에 올라 멀리 망을 보아 경계하며, 오색의 기를 세워서 적의 눈을 부시게 합니다.

設營壘, 則有天羅武落, 行馬蒺藜, 晝則登雲梯遠望, 立五色旌旗.

밤에는 봉화나 많은 횃불을 올리고, 북을 치며 마상고馬上鼓나 방울을 울리고, 호드기를 불어 적의 귀를 어지럽게 합니다. 참호를 건널 때에는 비교飛橋나 자유로이 회전하는 녹로나 엇맞추는 판자를 사용使用합니다.

夜則設雲火萬炬, 擊雷鼓, 振鸞鐸, 吹鳴茄. 越溝塹, 則有飛橋, 轉關轆轤鉏, 濟大水,

또 큰 강을 건널 때에는 천황天潢이나 비강飛江과 같은 다리를 사용합니다. 파도를 거슬러서 급류를 오를 때에는 부해浮海, 절강絕江과 같은 배를 사용합니다. 이처럼 전군에 완벽한 기구나 장비가 갖추어져 있으면 장수된 자는 아무것도 걱정할 것이 없습니다."

則有天潢飛江. 逆波上流, 則有浮海絕江. 三軍用備, 主將何憂.

———

분온(轒轀) 두꺼운 널과 쇠가죽으로 사위를 두르고, 그 속에 열 명 정도 들어가는 네 바퀴 차. 이것을 밀고 나아가 성을 공격함.

임충(臨衝) 임차(臨車)는 위에서 아래를 내려다보고 공격하는 전차이며, 충차(衝車)는 옆에서 충격하는 전차임.

운제(雲梯) 비루(飛樓) 둘 다 사다리차의 일종으로 높이 올라가 성내를 내려다보게 되어있음.

무락(武落) 호락(虎落)과 같음. 울의 일종.

뇌고(雷鼓) 육(六)면의 북. 일설엔 팔(八)면의 북이라고도 함. 또 일설엔 뇌고(擂鼓)와 마찬가지로 북을 치는 것이라고도 함.

비(鼙) 마상에서 치는 북.

탁(鐸).가(茄) 큰 방울과 갈대 잎을 말아 부는 호드기.

부해(浮海)절강(絕江) 둘 다 배의 종류.

36

임경臨境

국경國境을 사이에 두고 적과 아군이 대치하였을 때에, 적의 진격을 저지하고 아군의 공격을 가능케 하는 전술을 논하였다. 이하 루허壘虛 제42편에 이르기까지의 7편은 다 법외의 계략, 즉 오자五子의 응변應辯 과 같은 것을 논한 것이다.

※ 국경國境을 사이에 둔 공방전

무왕이 태공에게 물었다. "아군과 적군이 국경에 대치하여 서로 마주보고 있어 적도 쳐들어올 수 있고 아군도 쳐나갈 수 있으며, 적진이나 아진我陳이 모두 견고하여, 감히 먼저 손을 쓸 수 없습니다. 아군이 먼저 나아가 이를 치려하면 적도 역시 와서 아군을 칠 수 있습니다. 이럴 때에는 어떻게 하면 좋겠습니까."

武王曰, 吾與敵人, 臨境相拒, 彼可以來, 我可以往, 陳皆堅固,
莫敢先擧, 我欲往而襲之, 彼亦可以來, 爲之奈何.

태공이 대답하였다. "그러한 때에는 군사를 나누어 세 곳에 배치하고, 우리 전군으로 하여금 해자를 깊이 파고, 보루를 더 쌓고, 출동하지 않고, 기旗를 열지어 세우고, 북을 치며 방위를 온전케 하고, 후군으로 하여금 식량을 비축하여 지구전에 대비케 하며, 적군에게 아군이 진격할 것인지 물러날 것인지 아군의 뜻을 모르게 합니다.

太公曰, 分兵三處, 令我前軍, 深溝增壘而無出, 列旌旗, 擊鼙鼓,
完爲守備, 令我後軍, 多積糧食, 無使敵人知我意.

그리고 우리의 정예의 군사를 발하여 몰래 적의 중군을 엄습하여 적의 뜻하지 않음을 치고, 적의 방비가 허술한 곳을 치게 합니다. 그렇게 하면 적은 아군의 참뜻이 어디에 있는지를 모름으로, 꾀어내는 계책인지도 알 수 없는 일이라고 의심하며, 주춤하여 역습해오지 못할 것입니다."

發我銳士, 潛襲其中, 襲其不意, 攻其無備, 敵人不知我情, 則止不來矣.

❀ 교란작전

무왕이 물었다. "만일 적이 아군의 정상을 알며, 아군의 기밀과 계략을 소상히 알아, 아군이 움직이면 곧 이것을 알고, 그 정예의 군사를 수풀 깊숙이 매복시키고 아군이 나갈 좁은 길목을 막으며, 아군이 편리한 곳을 공격할 때에는 어떻게 하면 좋겠습니까."

武王曰, 敵人知我之情, 通我之機, 動則得我事, 其銳士伏於深草,
要我隘路, 擊我便處, 爲之奈何.

태공이 대답하였다. "우리 전군前軍을 매일같이 내보내어 싸움을 걸도록 하여 적군을 괴롭힙니다.

太公曰, 令我前軍, 日出挑戰, 以勞其意.

또한 좌우 양군의 노약한 병사들에게 섶을 끌고 다녀 흙먼지를 일으키게 하여 대군이 움직이는 것처럼 보이게 하며, 한편으로는 북을 치며 큰소리로 외치며 왔다갔다 돌아다니며, 혹은 적 왼쪽으로 나가고 혹은 적의 오른쪽으로 나가며, 적이 있는 곳에서 백 보 이내를 왕래토록 합니다.

令我老弱, 曳柴揚塵, 鼓乎而往來, 或出其左, 或出其右, 去敵無過百步.

그렇게 하면 적장은 아군의 어지러운 행동에 그만 지쳐버리게 되고, 적의 병사들은 반드시 놀라 어리둥절하게 될 것입니다. 그렇게 되면 적은 감히 아군을 공격해 오지 못할 것입니다.

其將必勞, 其卒必駭, 如此則敵人不敢來.

그리고 아군은 적진에 나가서 도전하는 자는 그치지 말고 계속하여 혹은 적의 내부를 습격하고 혹은 외부를 공격하다가, 기회를 보아 정군이 일제히 급습을 하면 적군은 반드시 패할 것입니다."

吾往者不止, 或襲其內, 或襲其外, 三軍疾戰, 敵人必敗.

지아지정(知我之情) 아군의 허실의 정을 알다.

통아지기(通我之機) 아군의 기밀에 통함.

동즉득아사(動則得我事) 아군이 움직이면 이것을 알다.

복어심초(伏於深草) 수풀속 깊숙이 매복함.

도전(挑戰) 실재로 적과 싸우는 것이 아니라 적이 물러나면 나아가 이를 건드려서 쫓아오도록 하면서 실전을 하지 않음을 말함.

예시양진(曳柴揚塵) 섶을 끌고다니며 일부러 먼지를 일으켜서 아군의 전차가 많은 것을 과시함.

37

동정動靜

적의 동정을 엿보아 기병奇兵과 복병을 써서 적을 격파하는 방법을 논하였다.

✵ 벌떼처럼 일어나 적을 당황케 하라

문왕이 태공에게 말하였다. "만일 군사를 이끌고서 적진 깊숙이 들어가서 적군과 서로 대치하여 양쪽 진이 이미 서로 접근하여 병력의 다소와 강약이 비슷한데 양군이 다 같이 자중하고 아직 싸움을 감히 걸지 못할 때에, 적장의 마음은 두려움에 빠지고 그 사졸들은 상심하고 행렬이나 진용이 견고하지 않으며, 후군은 도주하고자 생각하고 전군은 심란하여 자꾸 뒤를 돌아봅니다. 이 틈을 타서 아군으로 하여금 북을 치고 함성을 올리며 나아가 드디어 적군을 패주케 하려고 하는데, 어떻게 하면 좋겠습니까."

武王曰, 引兵深入諸候地之, 與敵之軍相當, 兩陳相望, 衆寡强弱相等, 未敢先擧, 吾欲令敵人將帥恐懼, 士卒心傷, 行陳不固, 後陳欲走, 前陳數顧, 鼓譟而乘之, 敵人遂走, 爲之奈何.

태공이 대답하였다. "그러한 때엔 우선 아군을 일으켜 적진에서 10리쯤 떨어진 적의 양 끝에 매복시키고, 전차대와 기병대는 적진에서 100리쯤 떨어진 곳에 진을 치고, 우리의 기旗를 많이 줄지어 세우고, 징과 북을 더욱더 증가시키고, 일단 전투가 개시되었을 때에는 일제히 북을 치고 함성을 올리면서 일어선다면 적장은 필시 두려워 떨 것이며, 적군은 반드시 당황하여 다수 부대와 소수 부대는 서로 구하지 못하고, 상관과 병졸도 서로 기다리지 못하여 제멋대로 흩어지고 지휘 계통도 무너져, 적군은 반드시 패할 것입니다."

太公曰, 如此者, 發我兵, 去冠十里, 而伏其兩旁, 車騎百里, 而越其前後, 多其旌旗, 益其金鼓, 戰合鼓譟而俱起, 敵將必恐, 其軍驚駭, 衆寡不相救, 貴賤不相待, 敵人必敗.

인병심입제후지지(引兵深入諸侯地之) 군사를 이끌고 적의 땅에 깊이 침입함.

✷ 유인작전

무왕이 또 태공에게 물었다. "만일 적진 근처의 지세가 그 양쪽에 아군 복병을 잠복시키기에 적합하지 못하고, 또 아군의 전차대와 기병도 적군을 넘어서 그 전후에 배치할 수 가 없으며, 적은 아군의 계략을 미리 알고 먼저 그에 대비할 준비를 베푼다면 우리 사졸들은 불안하여 마음을 상하고, 장수의 마음은 두려움을 느끼고 전의를 상실하여, 싸워도 이기지 못할 것인데, 이런 때는 어떻게 하면 좋겠습니까."

武王曰, 敵之地勢, 不可以伏其兩旁, 車騎又無以越其前後, 敵知我慮, 先施其備, 吾士卒心傷, 將帥恐懼, 戰則不勝, 爲之奈何.

태공이 대답하였다. "참으로 적절한 질문이십니다.

太公曰, 誠哉王之問也.

그러한 경우에는 전투를 개시하기 닷새 전에, 반드시 아군 척후를 멀리 보내어 가서 적진의 동정을 살피게 하여 적의 내습할 것을 자세히 엿보게 하고, 그 길목에 때를 맞추어 복병을 배치하여 적을 기다리게 하되 그 복병은 반드시 도망하여 살아날 수 없는 곳에서 적을 만나도록 하고,

如此者, 先戰五日, 發我遠候, 往視其動靜, 審候其來, 設伏而待之,

必於死地,

　아군의 기를 멀리 줄지어 세워놓고, 아군의 항오를 듬성듬성하게 배치하여 규율이 없는 것처럼 보여 적을 꾀어내고, 반드시 적진 앞을 달려 나아가서 적과 서로 만나 싸우다가 재빨리 짐짓 도망치되 멀리는 달아나지 말며,

　與敵相遇, 遠我旌旗, 疎我行陳, 必奔其前, 與敵相當, 戰合而走,

　적당한 곳에 이르러 갑자기 징을 치며 멈추고, 삼 리쯤 갔다가 다시 돌아설 때, 그때에 복병이 일시에 일어나 혹은 적의 양 곁을 들이쳐 함락시키고, 혹은 앞뒤를 기습하여 전군이 힘을 합하여 급속히 싸운다면 적군은 반드시 패주할 것입니다."

　擊金而止, 三里而還, 伏兵乃起, 或陷其兩旁, 或擊其先後, 三軍疾戰, 敵人必走.

　이 말을 들은 무왕은 "참으로 훌륭한 생각입니다." 라고 무왕이 말하였다.

　武王曰, 善哉.

───

심후(審候) 자세히 정탐함.
질전(疾戰) 급격히 싸움.

38

금고金鼓

금고金鼓는 징과 북이다. 북을 쳐 진군하고 징을 울려 멈추게 함은 군사를 진퇴시키는 데 있어서의 상법이다. 즉 이편에서는 때에 따라 적의 공격을 방어하는 법을 논하였다. 원문 중에 금고의 두 글자는 없지만, 이편에서 진퇴를 논한 까닭에 그런 제목을 붙인 것이다.

✖ 불리한 입장에서는 경계를 엄중히 하라

무왕이 태공에게 물었다. "군사를 이끌고 적진 깊숙이 들어가 적군과 맞섰을 때에, 날씨가 매우 추운 또는 아주 무더운 절기이며, 비는 밤낮으로 열흘 이상이나 돼도 멎지 않고, 이로 인하여 참호나 누壘벽은 다 무너지고, 견고하던 진지도 보전하여 지킬 수가 없는 데다, 척후병은 그 임무를 게을리 하고 일반 병사도 경계가 엄중하지 못한데 적군이 어둠을 타고 내습해 올 경우, 우리 삼군은 그걸 막을 방비가 없어 상하가 모두 당황하여 어지러울 때에는 어떻게 하면 좋겠습니까."

武王問太公曰, 引兵深入諸候之地, 與敵相當, 而天大寒甚署, 日夜霖雨,
旬日不止, 溝壘悉壞, 隘塞不守, 斥後懈怠, 士卒不戒, 敵人夜來,
三軍無備, 上下惑亂, 爲之奈何.

태공이 대답하였다. "그런 경우에는 별 도리가 없는 것입니다. 무릇 삼군은 경계를 엄중히 하면 견고해지고, 경계를 게을리하면 패배하는 법입니다. 아군의 영루營壘 위에서는 침입하는 자를 끊임없이 감시하고 경계하며, 각자마다 표가 되는 기를 갖고, 밖에 있는 자와 안에 있는 자가 서로 바라보며, 연락을 취하고, 암호로써 상호간 의사를 통하고, 외부의 동정을 살피어서 음신音信이 끊기지 않도록 해야 되며, 전군이 밖에 적을 향하여 주의집중토록 하고,

太公曰, 凡三軍以戒爲固, 以怠爲敗. 令我壘上, 誰何不絶, 人執旌旗, 外內相望, 以號相命, 勿令乏音, 而皆外向,

삼천 명을 한 부대로 하여 경계할 것을 약속하고, 각자가 그 지켜야할 곳을 신중히 수비하는 것입니다. 그렇게 하면 만일 적이 내습해 온다 하더라도 아군의 경계가 엄중한 것을 보면 아군의 진영에 이르렀다가도 반드시 되돌아 갈 것이 틀림없습니다.

三千人爲一屯, 誡而約之, 各愼其處. 敵人若來, 視我軍之警戒, 至而必還.

그리하여 적의 힘이 다 하고 마음이 헤이해진 때에 아군의 정예병사를 내보내어 그들의 뒤를 좇아 이를 치도록 해야 할 것입니다."

力盡氣怠, 發我銳士, 隨而擊之.

※ 복병을 만났을 때

무왕이 또 물었다. "만일 적이 아군이 추격할 줄 알고, 그 퇴로에 정예의 복병을 잠복시키고, 짐짓 도주하여 그치지 않으며, 아군을 그 복병이 있는 곳으로 꾀어내어 아군이 적군의 복병을 만나 돌아서려고 할 때 적이 혹은 아군의 앞을 치고, 혹은 아군의 뒤를 치며, 혹은 아군의 보루까지 육박해온다면 우리 삼군은 크게 두려움에 떨며, 요란하게 되어 질서를 잃고, 그 수비하는 부서를 떠나게 될 것입니다. 이러한 경우 어떻게 하면 좋겠습니까."

武王曰, 的人知我隨之, 而伏其銳士, 佯北不止, 遇伏而還, 或擊我前, 或擊我後, 或薄我壘, 吾三軍大恐, 擾亂失次, 離其處所, 爲之奈何.

태공이 대답하였다. "그러한 때에는 아군을 세 부대로 나누어 적이 퇴각하는 길을 따라 추격을 하는 것이지만, 무턱대고 뒤쫓아 가서 적이 복병하고 있는 곳을 넘어서는 안 됩니다.

太公曰, 分爲三隊, 隨而追之, 勿越其伏.

추격하는 세 부대가 함께 도착하여 힘을 모아 적의 앞을 치고, 혹은 적의 좌우를 무찌르되 아군의 진퇴를 알리는 신호를 병사들에게 분명히 주지시키도록 하며, 명령이 말단에까지 자세히 그리고 신속하게 전달되도록 하고, 급속히 공격하여 전진하면 적군은 필시 패주할 것입니다."

三隊俱至, 或擊其前後, 或陷其兩旁, 明號審令, 疾擊而前, 敵人必敗.

─

양배(佯北) 거짓 패한 체 하며 달아나는 것.
박(薄) 추(追)와 같음. 바짝 다가옴.

39

절도 絕道

절도絕道는 도로의 끊어짐이다. 이편篇에서는 적이 아군의 군량수송로軍糧輸送路를 끊고, 아군의 연락을 차단하였을 경우에 대한 대책이 논의되어 있다.

※ 지세地勢를 이용하라

무왕이 태공에게 물었다. "군사를 이끌고 적진 깊숙이 들어가 피차가 서로 지키고 있을 때, 적이 아군의 식량 보급로를 끊고 또 아군의 앞뒤를 넘어서서 포진하고 있어 퇴로를 막고 있으며, 아군은 싸우려고 해도 승산이 없고, 굳게 지키고자 해도 식량부족으로 오래 지탱할 수가 없는 경우에는 어떻게 하면 좋겠습니까."

武王問, 引兵深入諸候之地, 與敵相守, 敵人絶我糧道, 又越我前後,
吾欲戰則不可勝, 欲守則不可久, 爲之奈何.

태공이 대답하였다. "무릇 적국의 땅으로 깊이 들어갈 때에는 반드시 그 지세를 자세히 살피어 애써 편리한 땅을 구하여 산림이나 험한 산지나 강이나 못, 숲과 같은 천연의 형세에 의거하여 견고하게 지킬 것이며, 삼가 관문이나 다리를 주의하여 지키고 도 성읍城邑, 구릉, 분묘 등 지형이 편리한 곳을 알아 두어야 합니다. 그렇게 하면 아군의 진지는 견고하고 적은 감히 아군의 식량 보급로를 끊을 수가 없으며, 또 아군의 앞뒤를 넘어서 포위하지도 못할 것입니다."

太公曰, 凡深入敵人之境, 必察地之形勢, 務求便利,
依山林險阻水泉林木, 而爲之固, 謹守關梁, 又知城邑丘墓地形之利.
如是則我軍堅固, 敵人不能絶我糧道, 不能越我前後.

관량(關梁) 관문과 교량.

❉ 넓은 들에서 적을 만났을 때

무왕이 또 물었다. "가령 아군이 큰 숲, 넓은 소택지나 또는 평탄한 곳을 지날 때에 우리쪽 척후병의 실수로 갑자기 적군과 서로 육박하여 싸울 경우, 싸워서 승산이 없고 수비하여도 견고치 못하며 적은 아군의 좌우 양쪽으로 압박하고, 앞뒤로 포위하여 온 군사가 두려움에 떨 때엔 어떻게 하면 좋을까요."

武王曰, 吾三軍過大林廣澤平易之地, 吾候望誤失, 卒與敵人相薄,
以戰則不勝, 以守則不固, 敵人翼我兩旁, 越我前後, 三軍大恐, 爲之奈何,

태공이 대답하였다. "무릇 대군을 이끄는 법은 반드시 먼저 척후병을 멀리까지 파견하여 적군으로부터 2백 리 떨어진 지점에서 적군의 소재를 소상히 알지 않으면 안 됩니다. 만일 지세가 아군에게 불리할 때에는 무충차武衝車를 연결하여 이것을 누벽처럼 하여 전진하고 또 두 대隊를 후위군으로 두되, 주력부대와의 거리를 멀리는 백 리, 가까이는 오십 리를 두어 공격을 막습니다. 그렇게 하면 아주 급히 경계해야 될 일이 일어나더라도 앞뒤에서 모두 알수가 있을 것이며, 따라서 아군의 방비는 적에게 무너지거나 상하지 않을 것입니다."

太公曰, 凡帥師之法, 當先發遠後, 去敵二百里, 審知敵人所在, 地勢不利,
則以武衝爲壘而前, 又置兩踵軍於後, 遠者百里, 近者五十里, 則有警急,
前後相知, 吾三軍相完堅, 必無毁傷,

"참으로 그렇겠습니다."

武王曰, 善哉.

───

익아양방(翼我兩旁) 아군의 좌우를 덮음.
무충이루이전(武衝爲壘而前) 무충차를 연결하여 누벽처럼 해서 전진함.
양종군(梁踵軍) 뒤를 방어하는 호위군으로 적의 돌격을 저지하는 군을 말함.

40

약지 略地

적과 싸워 이기고 적지敵地에 깊숙이 들어가 적지를 침략하는 방법을 논하였다. 즉 영토領土의 침략 전侵略戰을 논하고 있다.

※ 성을 뺏으려면

무왕이 태공에게 물었다. "싸움에 이기고 적국 깊숙이 들어가 그 땅을 약취略取 하려고 하는데, 거기에는 적의 큰 성이 있어 아직 함락시키지 못하고, 적의 별군은 험난한 곳에 의거하여 아군과 대치하고 있습니다. 아군은 이 성을 공격하고 고을을 포위하려고 하는데, 적의 별別군이 갑자기 밖으로부터 쳐들어와서 아군에게 육박, 성안의 적과 안팎이 서로 합세하여 아군의 전면과 배면을 공격하여 우리 삼군은 크게 어지러워져서 상하가 모두 놀라 사기를 잃게 되는 것을 우려하는데, 이러한 때에는 어떻게 하면 좋겠습니까."

武王問太公曰, 戰勝深入, 略其地, 有大城不可下, 其別軍守險, 與我相拒, 我欲攻城圍邑, 恐其別軍卒至而薄我, 中外相合, 擊我表裏, 三軍大亂, 上下恐駭, 爲之奈何,

태공이 대답하였다. "성을 공략하고 마을을 포위하려면 아군의 전차대와 기마대는 반드시 주력부대로부터 먼 곳에 떨어져서 진을 치고, 적의 성 안팎을 엄중히 차단하도록 경계하여 서로 통하지 못하게 하고, 성 안의 사람들은 식량이 결핍되었는데도 성 밖의 사람들은 성 안으로 식량을 수송하지 못하도록 해 놓으면 성내에 있는 자들은 두려워 떨 것이며, 성을 지키는 적장은 반드시 항복해 올 것입니다."

太公曰, 凡攻城圍邑, 車騎必遠屯衛, 警戒阻其外內, 中人絶糧, 外人得輸城人恐怖, 其將必降.

�֎ 도망갈 길을 터주고 공격하라

무왕이 또 물었다. "비록 성 안의 식량이 떨어지고, 성 밖으로부터 식량을 수송할 수 없다 하더라도 성의 안과 밖이 서로 몰래 약속하고, 서로가 비밀히 타협하여 밤을 틈타 궁지에 몰린 적병들이 결사적으로 싸우고, 적의 전차나 기병의 정예부대가 아군의 안을 찌르고, 혹은 밖을 치게 되면 불시에 습격당한 아군의 사졸들은 당황하여 혼란에 빠져 삼군이 무참한 패배를 맛보게 될 것입니다. 이러한 때에는 어떻게 하면 좋겠습니까."

武王文, 中人絶糧, 外不得輸, 陰爲約誓, 相與密謀, 夜出窮冠死戰, 其車騎銳士, 或衝我內, 或擊我外, 士卒迷惑, 三軍敗亂, 爲之奈何.

태공이 대답하였다. "그러한 때에는 마땅히 아군을 3개 부대로 나누고 땅의 형세를 자상히 살펴보고 진을 치고, 적 별군의 소재 및 성과 딴 보루의 소재지 등을 소상히 알아두고, 그리고 적의 성내군城內軍이 도망갈 길을 짐짓 마련해두어 적군이 도주하기 쉽게 해줍니다.

太公曰, 如此者, 當分爲三軍, 謹視地形而處, 審知敵人別軍所在, 及其大城別堡, 爲之置遺缺之道, 以利其心.

그러나 신중히 수비를 하여 놓치는 일이 있어서는 안 됩니다. 적군은 두려워하여 산림으로 도망치지 않으면 큰 촌락으로 들어가거나 또는 별군으로 도망쳐가든가 할 것입니다. 아군의 전차대와 기병대는 그 길을 가로막아 한 사람도 놓쳐서는 안 됩니다."

謹備勿失. 敵人恐懼, 不入山林, 則歸大邑, 走其別軍. 車騎遠要其前, 勿令遺朕.

❊ 성을 뺏고 나서는 선무공작을 하라

"성城중 사람들은 밖의 사정을 모르므로 먼저 빠져나간 자는 무사히 도망 간 것으로 여기고, 그 잘 훈련된 사졸과 재간 있는 군사는 또 반드시 나올 것 이므로, 성내에는 노약자老弱者만이 남게 될 것입니다.

中人以爲先出者, 得其徑道, 其鍊卒材士必出, 其老弱獨在.

아군의 전차와 기병은 깊숙이 들어가 마구 치달아도 적군은 감히 나와서 구원할 자는 없을 것입니다. 이때 반드시 성내 군사와는 싸워서는 안 됩니다. 그 식량 수송로를 끊고, 반드시 오래도록 굳게 포위하여 저절로 항복하도록 하여야 합니다. 적국인들이 쌓아둔 재물을 태워서는 안 됩니다.

車騎深入長驅, 敵人之軍, 必莫敢至, 愼勿與戰, 絕其糧道, 圍而守之, 必久其日, 無燔人積聚,

적국인의 감옥과 궁실을 무너뜨려서는 안 됩니다. 또 묘지에 심은 수목이 나 신을 모신 사당의 숲을 베어서는 안 됩니다. 항복한 자를 죽여서는 안 됩니 다. 또 생포한 자에게 참혹한 형벌을 가해서는 안 됩니다. 적국인들에게 인의 仁義를 보이고, 은덕을 후히 베풀며, 적국의 사민士民에게 선포하여 "죄는 너희 들 군주 한 사람에게 있는 것이다. 너희들 사민에게는 죄가 없다."고 밝혀줍니 다. 이렇게 하면 천하는 평화롭게 복종할 것입니다."

無毀人宮室, 冢樹社叢勿伐, 降者勿殺, 得而勿戮, 示之以仁義, 施之以厚德, 令其士民曰, 罪在一人, 如此則天下和服.

무왕이 이 말을 듣고 "참으로 좋은 말씀입니다."하고 말하였다.

武王曰, 善哉.

———

적취(積聚) 쌓아둔 물건 .
가수사총(冢樹社叢) 무덤가의 나무와 사당 근처의 숲.

41

화전火戰

화전火戰이란 불을 사용하여 싸우는 것을 말한다. 적이 불로써 공격하면 아군我軍도 역시 불로써 맞서 싸워야 한다고 논論하였다.

※ 불은 불로써 막아라

무왕이 태공에게 물었다. "군사를 이끌고 적국에 깊숙이 들어갔을 때에 우거진 잡초가 전후좌우로 아군을 에워싼 곳에 이르러 우리 삼군은 이미 수 백리를 행군하여 사람도 말도 지쳐버려 휴식을 취하려 할 때에, 마침 공기가 건조하고 열풍이 불고 있는데, 적은 이를 이용하여 우리 군사의 바람 불어오는 쪽에서 불을 놓고,

> 武王問太公曰, 引兵深入諸候之地, 遇審草蓁穢, 周吾軍前後左右, 三軍行數百里, 人馬被倦休止, 敵人因天燥疾風之利, 燔吾上風.

그리고 적의 전차, 기병, 정예군이 굳게 아군의 뒤에 매복하고 있다고 하면, 삼군은 겁을 먹고 모두 흩어져서 어지러이 도망가려고 할 것입니다. 이러한 때에는 어떻게 하면 좋겠습니까."

> 車其銳士, 堅伏吾後, 三軍恐怖, 散亂而走, 爲之奈何.

태공이 대답하였다. "그러한 때에는 운제를 사용하고 비루를 써서 멀리 좌우를 바라보고 신중히 앞뒤를 살펴봅니다.

> 太公曰, 若此者, 則以雲梯飛樓, 遠望左右, 謹察前後.

불이 나는 것을 보거든 즉시 아군의 앞에 있는 풀을 불질러 넓게 타 번지게 하고, 또 아군의 후방도 그렇게 태워버려야 합니다.

見火起, 則燔吾前, 而廣延之, 又燔吾後.

이때 만일 적군이 내습하거든 아군을 이끌고 물러서서 뒤의 불탄 자리에 진을 견고히 치고 가만히 있습니다.

敵人苟至, 則引軍而郤. 按黑地而堅處.

적군이 아군의 후방을 노리고 와서 아직 아군의 뒤에 있는 자들은 불이 일어나는 것을 보고 반드시 멀리 달아날 것입니다.

敵人之來, 猶在吾後, 見火起, 必遠走.

아군은 불에 탄 자리에 진을 치고 있으며, 강한 쇠뇌를 가진 군사와 힘센 군사로서 좌우를 굳게 지킵니다.

吾按黑地而處, 强弩材士, 爲吾左右,

또 아군의 앞뒤를 불태워 버리는 것을 이같이 하면 적군이 불로 아군을 공격하고도 아군을 해칠 수 없을 것입니다."

又藩吾前後, 若此則敵人不能害我.

___

동예(蓊薉) 잡초가 무성히 자란 모양.
상풍(上風) 바람 부는 쪽.
흑지(黑地) 타서 검어진 땅.

❊ 화공을 당했을 때는 결연히 공격하라

무왕이 물었다.

"적이 아군의 좌우를 불사르고, 또 아군의 앞뒤를 불질러 연기가 아군의 위를 자욱하게 덮고, 적의 대병이 불탄 자리에 진을 치고 일어나 공격해올 때엔 어떻게 하면 좋겠습니까."

武王曰, 敵人燔吾左右, 又燔吾前後, 烟覆吾軍, 其大兵按黑地而起, 爲之奈何.

태공이 말하였다. "그럴 때에는 아군은 4대의 공격진을 만들고, 강한 쇠뇌를 가진 군사로 하여금 군의 좌우 양익을 방어하면서 결연히 진격합니다.

太公曰, 若此者, 爲四武衝陳, 强弩翼左右,

이 전술은 승리를 거둘 수 없지만 패망하는 일도 없을 것입니다."

其法無勝, 亦無負.

42

루허 壘虛

루허壘虛란 공허空虛한 것을 말한다. 따라서 여기서는 적의 성루城壘가 어떠한 상황에 처해 있으며, 강력한 군사가 지키고 있는지 그 반대인지 그 허실虛實을 알아내는 방법을 논하였다.

✳ 적정관망

무왕이 태공에게 물었다. "적 성루 안의 허실虛實과 적 군사의 오고감과 진퇴를 어떻게 하면 알 수 있습니까."

武王問, 何以知敵壘之虛實, 自來自去.

태공이 대답하였다. "장수된 자는 반드시 위로는 하늘의 도를 알아서 그 법을 좇으며, 아래로는 지형을 자세히 살펴서 이를 잘 이용하며, 가운데로는 인사의 득과 실을 잘 알아서 승패의 기회를 장악해야 합니다.

太公曰, 將必上知天道, 下知地理, 中知人事.

또 높은 곳에 올라 아래를 내려다보아 적군의 허와 실을 살펴 알 수 있습니다. 그리고 적의 병졸을 바라보면 그 오가며 나아가고 물러날 것을 예측할 수가 있습니다."

登高下望, 以觀敵之變動, 望其壘, 則知其虛實, 望其士卒, 則知其來去.

✳ 새가 많이 날고 있는 성城

무왕은 또 물었다. "어떻게 그것을 알 수 있습니까."

武王曰, 何以知之.

태공이 대답하였다. "한두 가지 예를 들면 적의 북소리를 들으려 해도 소리가 없고, 방울소리도 안 들리며, 그 성루 위를 바라볼 때 많은 새들이 날며 사물에 놀란 기색도 안 보이고, 그 상고에는 사람이 많음으로써 일어나는 분기氛氣 없다면 적이 거짓으로 허수아비를 늘어놓았다는 것을 알 수 있습니다.

太公曰, 聽其鼓無音, 鐸無聲, 望其壘上, 多飛鳥而不驚, 上無氛氣,
必知敵虛而爲偶人也.

적군이 갑자기 갔다가 멀리까지 가지 않고 안정하기도 전에 곧 되돌아오는 것은 적장이 군사를 부리는데 지나치게 빨리하는 것입니다. 지나치게 빨리하면 전후의 질서가 잡히지 않는 것입니다. 전후의 질서가 잡히지 않으면 대오隊伍와 행렬이 반드시 어지러워지기 마련입니다.

敵人卒不遠, 未定而復反者, 彼用其士卒太疾也. 太疾則前後不相次,
不相次則行陳必亂.

이러한 것을 치려면 급히 출동시켜 이를 쳐야 합니다. 이렇게 하면은 아군의 적은 수로도 적의 대군을 칠 수 있는 것이니, 적은 반드시 패하게 될 것입니다."

如此者, 急出兵擊之, 以小擊衆則必敗.

분기(氛氣) 사람이 많이 모인 곳에서 먼지, 연기, 입김 등으로 상고에 나타나는 뭇 사람들의 기미.
불상차(不上次) 차례가 없음. 즉 질서가 없다.

표도
豹韜

표범은 맹수 중에서 가장 은밀히 행동하며 그 성질이 사납기가 호랑이 못지않다.

변화와 용맹이 무쌍하고 잠복하여 사냥감을 기다리는 끈기는

어느 맹수가 따라가지 못한다.

표범의 정공법이 아닌 적의 허를 찌르는 복병과 돌전의 전술은

표범이 구사한다 하여 표도豹韜라 하였다.

표범의 몸을 감싸고 있는 얼룩점은 수시로 변화하고

숲속에서 잠복하는데 최상의 위장복이며, 사냥감을 공격하는데 실패가 없다.

더구나 제 몸과 같은 무게의 먹이를 물고

높은 나무를 자유롭게 올라가는 괴력을 소유하고 있다.

변화와 용맹, 잠복의 명수이며 소리 없이 적에 다가가서

치명적인 공격을 가하는 표범의 전술은 군사 작전에 분명히 유용하다.

43

임전 林戰

임전林戰, 곧 숲 속에서 적을 만나 싸우는 전법戰法에 대하여 논하였다.

※ 숲 속에서 적을 만나면

무왕이 물었다. "군사를 이끌고 적진 깊숙이 들어갔다가 큰 산림지대를 만나 이 지대에서 적과 서로 대치하고 있을 경우, 아군으로 하여금 방어를 할 때는 튼튼히 하고, 싸울 때는 이기고자 하는데 그렇게 하려면 어떻게 하면 좋겠습니까."

武王曰, 引兵深入諸候地之, 遇大林, 與敵人分林相拒, 吾欲以守則固, 以戰則勝, 爲之奈何.

태공이 대답하였다. "우선 아군을 네 대四隊로 나누어 충격진衝擊陳을 만들고, 각 대의 병사는 각기 유리한 지형에 의거하여 활이나 쇠뇌는 외부에 배치합니다.

太公曰, 使吾三軍, 分爲衝陳, 便兵所處, 弓弩爲表.

창이나 방패는 내부에 배치하여 아군의 행동에 거치적거리는 초목을 베어버리고, 되도록 아군의 통로를 넓게하여, 기는 높이 세워 삼군이 잘 보이도록 해놓고, 전군에게 엄명을 내려 적으로 하여금 아군의 정보를 알지 못하도록 합니다. 이것이 임전林戰의 방법입니다."

戟盾爲裏, 斬除草木, 極廣吾道, 以便戰所, 高置旌旗, 謹勅三軍, 無使敵人知吾之情, 是謂林戰.

분림상거(分林相拒) 적도 아군도 다 숲속에서 대치함.

궁노위표(弓弩爲表), 극순위리(戟盾爲裏) 활과 쇠뇌는 사격용 무기이므로 밖에 두고, 창과 방패는 호위 무기이므로 안에 둠.

광오도(廣吾道) 왕래를 편케 함.

고치정기(高置旌旗) 기를 잘 보이게 함.

숲속에서의 싸움

"산림전투에서의 작전 방법은 아군의 창을 든 병사를 이끌고 다섯 명씩 조를 이루고, 숲속의 나무가 듬성듬성한 곳에서 기병으로써 보조케 하고, 전차대를 전면에 배치하여 편리한 형세이거든 나아가 싸우게 하고, 편리치 못할 때엔 싸우지 않고 대기시킵니다.

林戰之法, 率吾矛戟, 相與爲伍, 林間木疎, 以騎爲輔, 戰車居前, 見便則戰, 不見便則止.

또 숲이 많고 험한 지형일 때는 반드시 네 대隊로 편성한 충격진을 두어 앞뒤를 수비케 합니다. 이렇게 하여 질풍처럼 과감히 싸우면 적의 병력이 많다 하더라도 적장을 패주시킬 수 있습니다.

林多險阻, 必置衝陳, 以備前後. 三軍疾戰, 敵人雖衆, 其將可走.

아군의 병사는 번갈아 싸우고 번갈아 쉬게 하면서 각자가 그 부대에 안정하여 흩어지지 않도록 합니다. 이것이 산림전투의 원칙이라고 할 것입니다."

更戰更息, 各接其部. 是謂疾戰之紀.

목소(木疎) 나무가 드물게 있는 곳

44

돌전突戰

돌전突戰이란 갑자기 군사를 내어서 싸우는 것을 말한다. 이편篇에서는 적이 눈치 채지 못하도록 갑자지 군대를 출격시켜서 적을 격파하는 전법이 실려 있다.

✳ 적의 돌격대를 맞아

무왕이 태공에게 물었다. "만일 적이 우리 영지에 승승장구 쳐들어와서 침략과 약탈을 자행하고, 우리 백성의 마소를 구축하고 대거 성城밑으로 육박하매, 아군 병사는 크게 두려워하고, 많은 백성들은 적에게 잡히어서 포로가 되었을 때, 나의 성을 지키면 견고하고 공격하여 싸우면 이기고 싶은데, 그럴 때에는 어떻게 했으면 좋겠습니까."

武王曰, 敵人深入長驅, 侵掠我地, 驅我牛馬, 其三軍大至, 薄我城下, 吾士卒大恐, 人民係累, 爲敵所虜, 吾欲以守則固, 以戰則勝, 爲之奈何.

태공이 대답하였다. "그러한 적을 돌병突兵이라고 합니다. 적군은 진격할 줄만 알고, 그 마소엔 필시 꼴을 충분히 주지 못했을 것이며, 그 군사들도 식량이 떨어졌을 것이며 그냥 난폭하게 진격해왔을 것입니다.

太公曰, 如此者, 謂之突兵, 其牛馬必不得食, 士卒絕糧, 暴擊而戰.

이럴 때 아군은 먼 고을에 있는 별군에게 명령하여 그 정예의 병사를 선발하여 급속히 적의 뒤를 습격하도록 하고, 맞아 싸울 날자는 미리 상세히 짜두어 반드시 어두운 그믐밤을 이용하여 삼군이 안팎으로 힘을 모아 돌격하면 적군이 비록 대군이라 할지라도 그 장수를 가히 사로잡을 수 있을 것입니다."

令我遠邑別軍, 選其銳士, 疾擊其後, 審其期日, 必會於晦, 三軍疾戰,敵人雖衆, 其將可虜.

———

계루(係累) 속박을 받음. 곧 포로가 됨.
돌병(突兵) 홀연히 돌격해오는 병사. 돌격대.
회(晦) 달이 없는 어두운 밤.

※ 적을 성城 밑으로 유인하여

무왕이 다시 물었다. "적군이 3.4군으로 나누어서 그중의 한 군으로 싸워 우리의 영토를 점령하고, 다른 한 군은 점령지에 머물러 마소를 약탈하고, 그 대군이 아직 도착하기도 전에 일부 군사를 시켜 우리 성 밑으로 육박케 하매 우리의 전 군사는 두려움에 떨고 있을 경우에 어떻게 하면 좋겠습니까."

武王曰, 敵人分爲三四, 或戰而侵掠我地, 或止而牧我牛馬, 其大軍未盡至, 而使冦薄我城下, 致吾三軍恐懼, 爲之奈何.

태공이 대답하였다. "주의하여 적군의 동정을 살피고, 적의 전군이 아직 도착하기 전에 방비를 튼튼히 하고 대기해야 하는데, 성에서 4리쯤 떨어진 곳에 아군의 보루를 쌓고 종, 북, 기를 모두 줄지어 설치합니다.

太公曰, 謹後敵人, 未盡至, 則設備以持之, 去城四里而爲壘, 金鼓旌旗,

별군을 복병으로 대기시키고, 아군 누상에 많은 쇠뇌를 설치하고 백 보마다 돌출문을 하나씩 만들어 문에는 행마行馬를 쳐서 적의 진격을 방지하며, 전차대와 기병대는 보루 바깥쪽에 배치하고, 용맹한 정예군사로 하여금 보루 안에 숨어 있게 합니다.

皆列而張別隊爲伏兵. 令我壘上多積强弩, 百步一突門, 門有行馬,

車騎居外, 勇力銳士, 隱伏而處.

만일 적이 습격해 오면 아군의 경쾌한 병사로 하여금 적을 맞아 싸우다가 짐짓 도주케 하고, 우리 성위는 기旗를 세우고 북 등을 울리면서 수비가 완벽하다는 것을 보여줍니다.

敵人若至, 使我輕卒, 合戰而佯走, 令我城上, 立旌旗, 擊鼕鼓, 完爲守備.

그러면 적군은 그것을 보고, 아군은 오직 성을 지킬 생각뿐으로 출격해 오지는 않으리라고 생각하여 필시 아군의 성 밑까지 육박해 올 것입니다. 그때에 대기시켰던 복병을 내보내어 적의 내부를 치고 혹은 그 외부를 치게 하며, 적군이 혼란한 틈을 타서 성내에서도 전군이 신속히 나아가 싸워서 그 전면을 치고 혹은 그 후부後部를 친다면 아무리 용감한 적군도 당황하여 어찌 싸울 바를 모를 것이며, 이를 돌전突戰이라고 합니다. 이 작전을 쓰면 적군이 아무리 많더라도 반드시 그 대장은 패주 할 것입니다."

敵人以我爲守城, 必薄我城下. 發吾伏兵, 以衝其內, 或擊其外, 三軍疾戰, 或擊其前, 或擊其後, 勇者不得鬪, 輕者不及走, 名曰突戰. 敵人雖衆, 其將必走.

"참으로 좋은 계책입니다."라고 무왕이 말했다.

武王曰, 善哉.

──

구(寇) 적이 군사를 나누어 아군을 공격함을 말함.
혹전이침략아지(或戰而侵掠我地) 혹 적이 우리 땅을 침입하여 약탈하다.

45

적강敵强

강력한 적을 만났을 때에, 정공법正攻法을 피하고 기병책奇兵策을 써서 적을 무찌르는 전술戰術에 대하여 논하였다.

적이 어둠을 타고 내습하였을 때는

무왕이 태공에게 물었다. "군사를 이끌고 적진에 깊숙이 들어가서 적의 주력군과 대치하였을 경우, 적의 병력은 대군인데 아군은 소수이며, 적은 강대한데 아군은 피폐하여 약하며, 적은 어둠을 타고 내습하여 혹은 아군의 좌익을 치고 혹은 우익을 쳐 삼군이 두려움에 떨고 있을 때, 나는 방어하면 견고하고 공격하면 승리하고 싶은데 어떻게 하면 좋겠습니까."

武王問太公曰, 引兵深入諸候之地, 與敵人衝軍相當, 敵衆我過, 敵强我弱, 敵人夜來, 或攻吾左, 或攻吾右, 三軍震動, 吾欲以戰則勝, 以守則固, 爲之奈何.

태공이 대답하였다. "그러한 것은 진구震懼라 합니다. 그러할 때에는 적극적으로 나가서 싸우는 것이 이로우며, 수비만 하는 것은 불가합니다. 아군의 힘센 군사, 강한 쇠뇌, 전차대, 기병의 날랜 자들을 선발하여 좌우 양익을 튼튼하게 하고, 적의 앞과 뒤를 급히 치며 혹은 그 내부를 치고 혹은 그 외부를 치면 적의 병사들은 필시 혼란에 빠질 것이며, 적장은 놀라서 어쩔 줄을 몰라할 것입니다."

太公曰, 如此者, 謂之震寇. 利以出戰, 不可以守. 選吾材士强弩車騎, 爲左右, 疾擊其戰, 急攻其後, 或擊其表, 或擊其裏, 其卒必亂, 其將必骸.

진구(震寇) 아군을 놀라 떨게 하려고 침공해오는 적군.

✿ 아군이 투지를 잃고 있을 때는

무왕이 다시 물었다. "만일 적군이 멀리서 아군의 진로를 차단하고, 갑자기 아군의 후부를 공격하며, 정예의 아군 병사와 연락을 끊어 서로 돕지 못하게 하고, 아군의 힘센 병사와도 단절하여 한데 모이지 못하게 하고, 아군의 안팎에 있는 자가 서로 소식을 듣지 못하게 하여 고립상태에 빠지고, 병사들은 모두 패하여 도망치며, 사졸들은 사기를 잃어 싸울 뜻이 없으며, 장교들은 이를 지키려는 마음이 없다고 한다면, 이럴 경우에는 어떻게 하면 좋겠습니까."

武王曰, 敵人遠遮我前, 急攻我後, 斷我銳兵, 絕我材士, 吾內外不得相聞, 三軍擾亂, 皆敗而走, 士卒無鬪志, 將吏無守心, 爲之奈何.

태공이 대답하였다. "참으로 현명한 질문입니다. 그러할 때에는 마땅히 나의 호령을 전군에게 분명히 하고 자세히 미치게 해야 합니다. 그리고는 용감하여 적장을 노릴만한 용사를 가려내어 군사마다 횃불을 들게 하고, 둘이서 북 하나를 쳐 군세를 돋우면서 반드시 적군이 있는 곳의 지리를 샅샅이 살핀 다음 그 외부를 혹은 그 내부를 치며, 암호를 사용하여 서로 연락을 취하게 한 다음 아군 병사로 하여금 횃불을 끄고 북소리를 모두 그치게 하고, 보루의 안과 밖의 군사가 서로 호응하여 공격일시를 정한 것을 어기지 않도록 하여 삼군이 신속히 나와 싸운다면 적군은 반드시 패할 것입니다."

太公曰, 明哉王之問也. 當明號番令. 出我勇銳冒將之士, 人操炬火, 二人同鼓, 必知敵人所在, 惑擊其表, 惑擊其裏, 微號相知, 令之滅火, 鼓音皆止, 中外相應, 期約皆當, 三軍疾戰, 敵必敗亡.

46

적무敵武

특히 우세하고 무용이 있는 적을 갑자기 만났을 때, 계책을 세워서 승리를 거두는 전법을 논하였다.

※ 강적에게 포위되었을 때

무왕이 태공에게 물었다. "군사를 이끌고 적진에 깊숙이 들어갔을 때, 갑자기 적군과 만났는데 적은 매우 많고 또한 용감하며, 적의 전차대와 용감한 기병대가 아군의 좌우를 에워싸니, 아군은 모두 기가 죽어 도망치는 자 많아도 이를 제지할 수 없을 때에는 어떻게 하면 좋겠습니까."

武王問太公曰, 引兵深入諸侯之地, 卒遇敵人, 甚衆且武, 武車驍騎, 繞我左右, 吾三軍皆震, 走不可止, 謂之奈何.

"그러한 군사는 패망할 수밖에 없는 군사입니다. 군사를 잘 쓰는 자는 그러한 군사를 써서도 이길 수 있지만 군사를 잘 쓰지 못하는 장수는 그러한 군사로는 패망하는 것입니다.

太公曰, 如此者, 謂之敗兵. 善者以勝, 不善者以亡.

하고 태공이 대답하니 다시 무왕이 물었다. "어떻게 하면 좋겠습니까."

武王曰, 謂之奈何.

그런 때는 아군의 힘센 군사와 강한 쇠뇌를 가진 군사를 복병으로 하고, 전차대와 기병대를 좌우 양익에 배치하여 주력군으로부터 앞뒤로 3리쯤 떨어진 곳에 배치합니다. 적군이 만일 아군을 추격할 때는 배치한 전차대와 기병대를 시켜서 적군의 좌우를 충격합니다. 그렇게 하면 적군은 대열이 혼란해질 것이며, 도주하던 아군도 절로 멈출 것입니다."

太公曰, 伏我材士强弩, 武車驍騎, 爲之左右, 當去前後三里.
敵人逐我, 發我車騎, 衝其左右, 如此則敵人撓亂, 吾走者自止.

※ 복병으로 우세한 적을 질격하라

무왕은 다시 물었다. "아군의 전차대와 기병대를 시켜 적의 좌우를 공격하려고 할 때 만일 적군은 대군인데 아군은 소수이며, 적은 강하고 아군은 약하며, 적의 진영은 정연하고 흐트러짐이 없어 아군의 진영은 감히 이와 대적할 수 없을 때엔 어떻게 하면 좋겠습니까."

武王曰, 敵人與我車騎相當, 敵衆我少, 敵强我弱, 其來整治精銳,
吾陳不敢當, 謂之奈何.

"그러할 때엔 아군의 힘센 군사와 강한 쇠뇌를 가진 군사를 선발하여 좌우에 복병으로써 배치하고, 전차대와 기병대는 진지를 견고히 지키며 대기합니다. 만일 적이 아군의 복병선伏兵線을 통과하거든 때를 놓치지 말고 많은 쇠뇌로 적의 좌우를 사격하며, 전차대와 기병대와 정예의 군사들을 신속히 적군을 치는데 앞을 치고 혹은 뒤를 칩니다. 그렇게 하면 적군이 비록 대군이라 할지라도 적장은 반드시 패주할 것입니다."

太公曰, 選我材士强弩, 伏於左右, 車騎堅陳以處. 敵人過我伏兵,
積弩射其左右, 車騎銳兵, 疾擊其軍, 或擊其前, 或擊其後, 敵人雖衆,
其將必走,

태공이 이렇게 말하니, 무왕은 "과연 좋은 계책입니다."고 말하였다.

武王曰, 善哉.

―――

정치(整治) 행진이 정연하여 흐트러짐이 없음.
기장필주(其將必走) 적장은 반드시 도망갈 것임.

47

오운산병鳥雲山兵

오운산병鳥雲山兵은 높은 산과 바위산에서 적과 싸울 때에는 오운鳥雲의 진陳을 쳐서 승리를 거두는 것을 말한다. 오운의 진이란 까마귀 홀연히 모였다가 흩어지며, 구름이 홀연히 모였다가 홀연히 흩어지는 것처럼 신속迅速히 변화하는 진형陣形을 말한다.

※ 산꼭대기에서 적을 만나면

무왕이 태공에게 물었다. 군사를 이끌고 적의 땅에 깊숙이 들어가 높이 솟은 산, 바위산에 이르렀는데, 그 위가 정정하고, 군사를 가릴 초목도 없는데다 사면으로부터 적의 공격을 받아 삼군은 두려워 떨며 사졸들은 혼란에 빠졌을 경우, 나는 여기서 지키면 견고하고 싸우면 반드시 이기고자 합니다. 이런 경우 어떻게 하면 좋을까요."

武王問太公曰, 引兵深入諸候之地, 遇高山壁石, 其上亭亭, 無有草木,
四面受敵, 吾三軍恐懼, 士卒迷惑, 吾欲以守則固, 以戰則勝, 爲之奈何.

태공이 대답하였다. "무릇 삼군이 산의 높은 곳에 의거하면 적군 때문에 새가 높은 나무에 깃든 꼴이 되어 밑으로 내려갈 수 없는 궁지에 몰리게 됩니다. 산 밑에 진을 치면 적군 때문에 감옥에 갇힌 꼴이 되어 밖으로 빠져나갈 수 없는 궁지에 빠져버리게 됩니다. 양쪽이 다 불리한 지점이지만 부득이 산 위에 진을 쳐야 할 때에는 반드시 오운鳥雲의 진을 쳐야 할 것입니다. 오운의 진은 음지와 양지 모두 수비를 단단히 하는 것이며,

太公曰, 凡三軍處山之高, 則爲敵所棲, 處山之下, 則爲敵所囚.
旣以被山而處, 必爲鳥雲之陳. 鳥雲之陳, 陰陽皆備,

어떤 때는 북쪽에 병력을 집결하고 어떤 때는 남쪽에 집결합니다. 만일 산

의 남쪽에 진 쳤으면 그 산의 북쪽을 방비하고, 산의 남쪽에 진 쳤으면 그 산의 북쪽을 방비하며, 산의 우측에 진 쳤으면 그 산의 좌측을 방비합니다.

或屯其陰, 處山之陽, 備山之陰, 處山之陰, 備山之陽, 處山之左,
備山之右,

산의 좌측에 진 쳤으면 산의 우측을 방비하고, 적이 기어오를 수 있는 곳에는 군사를 시켜 그 밖을 방비하고, 사방으로 통하는 길과 통행 할 수 있는 골짜기에는 전차를 배치하여 수레의 통행을 차단합니다.

處山之右, 備山之左, 敵所陵能者, 兵備其表, 衢道通谷, 絶以武車,

기를 높이 세우고 삼군에 조서를 엄히 내리어 적으로 하여금 아군의 정보를 알지 못하도록 합니다, 이를 산상의 성곽이라고 합니다.”

高置旌旗, 謹勅三軍, 無使敵人知吾之情, 是謂山城.

정정(亭亭) 높이 솟은 모양.

무유초목(無有草木) 아군을 가릴 초목이 없음.

서(棲) 새가 높은 둥지에 살듯 내려올 수 없음을 말함.

수(囚) 옥중에 갇힌 듯 나올 수 없음.

양(揚) 산의 남쪽.

음(陰) 산의 북쪽.

산지좌(山之左) 산의 동쪽.

산지우(山之右) 산의 서쪽.

능(陵) 오름.

구도(衢道) 사통의 길.

통곡(通谷) 좁은 길이 있어 교통할 수 있는 골짜기.

산성(山城) 높은 곳에 의거 하는 것이 꼭 성곽 안에 있는 것 같음.

✳ 오운의 산진山陣

"행렬의 앞뒤는 이미 정해지고, 사졸들은 이 자기 진에 들고, 법도와 호령이 이미 철저히 정해지고, 기습과 정공正攻의 작전도 이미 세워졌으며, 각부대마다 충격 진을 산의 표면 쪽에 배치하고, 병사는 편리한 지점을 확보하고, 전차와 기병대를 나누어 오운烏雲의 진으로 하고, 삼군이 신속히 싸운다면 적군이 비록 수가 많을지라도 적장을 사로잡을 수 있을 것입니다."

行列已定, 士卒已陳, 法令已行, 奇山已設, 各置衝陳於山之表, 便兵所處, 乃分車騎, 爲烏雲之陳, 三軍疾戰, 敵人雖衆, 其將可擒.

48

오운택병 烏雲澤兵

물가에서 적과 싸울 때의 전술戰術을 논論하였는데, 이때도 역시 오운의 진陳을 쳐서 승리를 거둘 것을 말하였다.

❋ 불모지不毛地에서 강물을 사이에 두고

무왕이 태공에게 물었다. "군사를 이끌고 적의 땅에 깊숙이 들어가 물을 사이에 두고 대진하였을 경우에 적은 군수품이 풍부하고 병사 수가 많은데, 아군은 군수품도 적고 그 수도 적으며, 물을 건너가 치려해도 힘이 약하여 전진할 수가 없으며,

武王問太公曰, 引兵深入諸侯之地, 與敵臨水相拒, 敵富而衆, 我貧而寡, 踰水擊之, 則不能前,

그렇다고 머물러서 지구전을 펴려해도 식량이 부족하고, 소금기 많은 불모지에 처하여 주위는 고을도 없고 또 초목도 자라지 않으며, 그리하여 삼군은 필수품을 약탈하거나 징발할 곳도 없고 마소를 먹일 꼴도 없을 때에는 어떻게 하면 좋겠습니까."

欲久其日, 則糧食少, 吾居斥鹵之地, 四方無邑, 又無草木, 三軍無所掠取, 牛馬無所芻牧, 爲之奈何,

태공이 말했다. "아군에게는 방어할 대비도 없고, 마소를 먹일 꼴도 없으며, 사졸을 먹일 식량도 없는 상태에서는 싸워도 불리할 뿐이니, 이런 때에는 무슨 계책을 세워 적을 속이고 신속히 그곳을 떠나는 것이 상책입니다. 그리고 그 뒤에 복병을 잠복시켜 놓고 아군을 추격하는 적을 막도록 해야 합니다."

太公曰, 三軍無備, 牛馬無食, 士卒無糧, 如此者, 索便詐敵, 而函去之, 設伏兵於後.

부.빈(富.貧) 여기서는 군수품. 주로 군량에 대하여 많고 적음을 말함.
척로(斥鹵) 염분이 많은 땅으로서 초목이 나지 않음을 말함.

※ 뇌물은 최후 수단이다

무왕이 물었다. "계책을 써도 적을 속일 수가 없으며, 아군 병사들은 당황하여 혼란에 빠지고, 적은 아군 앞뒤를 넘어서 진을 쳐서 포위한다고 하면 아군은 피하여 달아나야 할 터인데, 이럴 때는 어떻게 해야 됩니까."

武王曰, 敵不可得而詐, 吾士卒迷或, 敵人越我前後, 吾三軍敗而走, 謂之奈何,

태공이 대답하였다. "그럴 때에는 아무리 하여도 그 병력으로는 지탱할 수가 없습니다. 오직 철수하는 길밖에 도리가 없습니다, 철수하는 길을 구하는 것은 금옥을 가지고 적의 사자에게 뇌물로 주는 것이 제일입니다.

太公曰, 求途之道, 金玉爲主,

그리고 반드시 그 사자를 통하여 적의 정세를 알아 퇴로를 찾아야 하는데, 그리하려면 아주 자상하고 미묘한 것이 가장 중요합니다."

必因敵使, 精微爲寶.

구도지도(求途之道) 철수하는 길을 구하는 길.
금옥(金玉) 아주 세밀하고 미묘하게 함.

※ 강 건너 적은 사무충진四武衝陳으로 쳐라

무왕이 또 물었다. "적은 아군이 복병을 배치함을 알고 전군이 굳이 도강을 하지 않고 별장別將으로 하여금 별군을 이끌고 물을 건너와 아군을 공격케 하여 아군이 크게 두려움에 떨게 될 때에는 어떻게 하면 좋겠습니까."

武王曰, 敵人知我伏兵, 大軍不肯濟, 別將分隊以踰於水, 吾三軍大恐, 爲之奈何.

태공이 대답하였다. "그럴 때에는 군사를 나누어 사면으로 진을 치는 사무충진四武衝陳을 편성하여 각기 편리한 지점에 의거하여 적이 일제히 충격하여 도강하는 것을 기다렸다가 복병을 시켜 그 배후를 공격케 하고, 강한 쇠뇌로 양쪽에서 그 좌우를 사격합니다.

太公曰, 如此者, 分爲衝陳, 便兵所處, 須其畢出, 發我伏兵, 疾擊其後, 强弩兩旁, 射其左右,

전차대와 기병대를 나누어 오운의 진영을 형성하여 군의 앞뒤를 견고히 지키면서 전군이 호응하여 신속히 싸웁니다.

車騎分爲鳥雲之陳, 備其前後, 三軍疾戰

이때 물을 건너지 않고 대기하고 있던 적의 주력군도 적군이 아군과 싸우는 것을 보면 그 대군이 반드시 물을 건너와 전투에 가세할 것입니다.

敵人見我戰合, 其大軍必濟水而來.

그럴 때 아군은 따로 잠복시켜 두었던 복병을 출동시켜 신속히 그 주력군의 배후를 공격하고, 아군의 전차대와 기병대도 그 좌우를 공격합니다. 이 작전에 말려들게 되면 그 적장은 패주할 것입니다."

發我伏兵, 疾擊其後, 車騎衝其左右, 敵人雖衆, 其將可走.

충진(衝陳) 용감하고 날랜 군사를 뽑아 네 부대로 조직하여 적의 전후좌우를 충격하는 것이다.
수(須) 기다림. 대기.
필출(畢出) 적군이 일제히 나와 물을 건넘을 말함.

※ 기묘한 전술

"무릇 용병하는데 가장 중요한 것은 적과 대진할 때에는 반드시 사무충진
四武衝陳으로 배치하고, 군사를 편리한 지형에 의거케 하며, 그런 다음에 전차
대와 기병대를 나누어서 오운의 진을 칩니다.

凡用兵之大要, 當敵臨戰, 必置衝陳, 便兵所處, 然後以車騎,
分爲烏雲之陳.

이것이 용병하는데 있어서의 기묘한 전술입니다. 이른바 오운이라는 것은
까마귀가 불시에 흩어져 날아가는 것 같고, 구름이 뭉게뭉게 한데 모이듯이
홀연히 흩어졌다 모여드는 것처럼 그 변화가 무궁무진합니다."

此用兵之寄也. 所謂烏雲者, 烏散而雲合, 變化無窮者也.

"과연 좋은 방법입니다." 하고 무왕이 말하였다.

武王曰, 善哉.

49

소중 小衆

소수의 병력으로 적의 대군을 만났을 때에, 기병을 써서 승리를 거두는 전략을 논하였다.

힘이 모자랄 때는 원조를 받아라

무왕이 태공에게 물었다. "소수의 아군 병력으로 적의 다수를 치며, 약한 나라로써 강한 나라를 치려고 하는데 어떻게 하면 됩니까."

武王問太公曰, 吾欲以少擊衆, 以弱擊强, 爲之奈何.

태공이 대답하였다. "소수의 병력으로 다수의 적을 칠 경우에는 반드시 해가 질 무렵을 이용하여 초목이 우거진 곳에 깊숙이 잠복하였다가 좁은 길목에서 적을 요격해야 합니다. 약한 나라로써 강한 나라를 치려면 반드시 강한나라의 찬동과 이웃 나라의 원조를 얻는 것이 필요합니다."

太公曰, 以少擊衆者, 必以日之暮, 伏於深草, 要之隘路. 以弱擊强者, 必得大國之與, 鄰國之助.

무왕이 물었다. "만일 아군 근처에 초목이 우거진 곳이 없어 복병을 둘 수가 없고, 좁은 길목이 없어 적을 요격할 수가 없는데, 적병은 벌써 도착하였고 해질녘을 맞지도 못했고, 또 우리에게 강한 나라의 친교도 없고, 이웃나라의 원조도 얻지 못했을 경우에는 어떻게 하면 좋겠습니까."

武王曰, 我無深草, 又無隘路, 敵人已至, 不適日暮, 我無大國之與, 又無鄰國之助, 爲之奈何.

태공이 대답했다. "그러한 경우에는 아군 병력을 과장해서 적에게 보이고,

거짓 계교를 부려 적병을 꾀어내어 적장을 현혹시켜 착각을 일으키게 합니다. 그가 가는 길을 멀리 돌아가도록 만들어 초목이 우거진 곳을 지나도록 하며, 그가 가는 길을 멀게 하여 해질녘에 그 지점을 통과하도록 하며, 적의 전열이 아직 물을 건너지 못하고, 후열은 아직 숙사에 이르지 못한 시기를 포착하여 아군의 복병을 출동시켜서 적의 좌우를 신속히 공격합니다. 아군의 전차대와 기병대로 하여금 적의 앞뒤를 혼란케 하면 적군이 아무리 다수일지라도 패주시킬 수가 있습니다.

太公曰, 妄張詐誘, 以熒或其將, 迂其途, 令過深草, 遠其路, 令會日暮, 前行未渡水. 後行未及舍, 發我伏兵, 疾擊其左右, 車騎擾亂其前後, 敵人雖衆, 其將可走,

또 강대한 나라의 군주에게 잘 섬기고 이웃 나라의 제후에게 겸손히 하며, 후한 선물을 보내고 말씀을 정중히 할 것 같으면 강대국의 협력과 이웃나라의 원조를 얻을 수가 있을 것입니다."

事大國之君, 下鄰國之士, 厚其幣, 卑其辭, 如此則得大國之與, 鄰國之助矣.

"과연 그렇겠습니다." 하고 무왕이 말했다.

武王曰, 善哉.

———
망장(妄張) 병력을 과장하여 적에게 보임.
사유(詐誘) 거짓으로 적을 유인함.
형혹(熒惑) 현혹케 함

50

분험 分險

험난險難한 지형地形에서 적군과 대치對峙하였을 때의 적 공격을 교묘히 피하는 수비 작전에 대하여 논論하였다.

※ 험난한 땅에서 싸우는 법法

무왕이 태공에게 물었다. "군사를 이끌고 적진 깊숙이 진격하여 험난하고도 협소한 지형에서 적군과 서로 만나 아군은 산을 왼쪽으로 하고 물을 바른 쪽으로 끼고, 적은 산을 오른쪽으로 하고 물을 왼쪽으로 끼고 험난한 곳을 양분하여 서로 대치하였을 경우에, 나는 수비하는 데에는 견고하고, 싸울 때에는 승리를 거두고자 하는데 어떻게 하면 좋겠습니까."

武王問太公曰, 引兵深入諸候之地, 與敵人相遇於險阨之中, 吾左山而右水, 敵右山而左水, 與我分險相居, 吾欲以守則固, 以戰則勝, 爲之奈何.

태공이 답하였다. "무릇 산의 왼쪽에 있을 때에는 즉시 산의 오른쪽의 방비를 하여야 합니다. 또 반대로 산의 오른쪽에 포진하였을 때에는 즉시 산의 왼쪽을 방비하여야 합니다.

太公曰, 處山之左, 急備山之右, 處山之右, 急備山之左,

험난한 땅에 만일 큰 강이 있어 배나 노의 준비가 안 되어 있을 때에는 천황이라는 거룻배를 이용하여 삼군이 건너도록 합니다. 그리하여 도강을 마친 군사는 신속히 아군의 진로를 넓히고 전투에 편리한 지형을 확보해야 합니다.

險有大水, 無舟楫者, 以天潢濟吾三軍, 已濟者, 函廣吾道, 以便戰所.

아군의 앞뒤에는 무충차武衝車를 배치하고, 강한 쇠뇌를 가진 병사를 배치하여 진열을 모두 견고히 방비케 합니다. 사방으로 통하는 도로와 골짜기의 입구에는 무충차를 배치하고 교통을 차단하여 왕래를 끊으며, 군중軍中에는 기를 높이 세워둡니다. 이것을 군성軍城이라고 일컫습니다.

以武衝爲前後, 列其强弩, 令行陳皆固, 衝道谷口, 以武衝絶之, 高置旌旗, 是謂軍城.

이렇게 험난한 산지에서 싸우는 방법은 무충차戰車를 앞에 배치하고, 큰 방패로 수비하며 힘센 군사와 강한 쇠뇌로 아군의 좌우 양익에 배치하며 3천 명으로 한 부대를 삼습니다.

凡險戰之法, 以武衝爲前, 大櫓爲衛, 材士强弩, 翼吾左右, 三千人爲一屯,

한 부대마다 반드시 사무충진四武衝陳을 두어 편리한 지형에 병사를 의거케 하고, 아군의 좌익군은 적의 좌익을 공격하고 우익군은 적의 우익을 공격하며 중군中軍은 적의 중부를 공격하도록 하여, 전군이 동시에 호응하여 공격해 나가야 합니다.

必置衝陳, 便兵所處. 左軍以左, 右軍以右, 中軍以中, 立功而前.

그리고 이미 나가 싸운 자는 진영으로 돌아와 쉬고, 교대로 싸우고 교대로 쉬게 하면서 승리를 거둔 후에야 전투를 그치는 것입니다.”

已戰者, 還歸屯所, 更戰更息, 必勝乃已.

“좋은 참고가 되었습니다.” 하고 무왕이 말하였다.

武王曰, 善哉.

군성(軍城) 무충차(武衝車)를 가지고 만든 성을 말함.

견도 犬韜

개는 사람에게 충직한 동물이다.

주인에게 절대적인 충성을 바치는 동물이 바로 개다.

개는 주인에게 충직하기도 하지만 사냥에서 개는 다른 동물의 추종을 불허한다.

또 들개들의 사냥하는 모습을 보면 참으로 사람으로서도 감탄할 정도이다.

개들은 일사불란하게 조직적으로 사냥감을 포위하고

또는 사냥감을 몰면서 힘의 균형을 잃지 않기 위해 서로 교대해 가면서 추격하다가

사냥감이 지치면 전원이 돌격하여 쓰러뜨린다.

개는 실생활에서도 사람과 가까이 있지만

군대에서도 개는 전투에 참여하는 경우가 많다.

이 조직적이고 집요한 개들의 전술戰術을 견도犬韜에서는

보병, 기병, 전차병 등의 편성과 전투 요령으로 논하였다.

51

분합分合

여러 곳으로 나뉘어 분산 배치되어 있는 아군의 병력을 결합하여, 한 진영을 이루고 힘을 합하여 전투에 임하는 작전을 논하고 있다.

기일에 늦은 자는 참斬하라

무왕이 태공에게 물었다. "왕자가 군사를 통솔하여 나가 싸우고자 하는 바 삼군이 여러 곳으로 나뉘어 배치되어 있습니다. 싸울 기일을 정하여 한 곳에 집결시켜 상벌을 나눌 것을 서약하려 하는데 어떻게 하면 좋겠습니까."

武王曰, 王者帥師, 三軍分爲數處, 將欲期會合戰, 約誓賞罰, 爲之奈何.

태공이 대답하였다. "무릇 군사를 통솔하여 용병하는 것은 삼군의 무리에 반드시 분산하거나 혹은 집결하거나 하는 변화가 있어야 될 것입니다.

太公曰, 凡用兵之法, 三軍之衆, 必有分合之變.

이를 집결시키고자 할 때에는 그 장수는 먼저 싸울 지점과 시일을 정한 후 격문을 보내어 각 부대의 장교와 기일을 정하고, 적의 성을 공격하고 적의 고을을 포위하기 위하여 각기 지정된 장소에 집결시켜야 하는 것인데, 그러려면 분명히 싸울 날짜를 이르고 시각을 명확히 지정해 둬야 합니다.

其大將先定戰地戰日, 然後移檄書, 與諸將吏期, 功城圍邑, 各會其所, 明告戰日, 漏刻有時.

장수는 진영을 설치하고, 목표가 될 표주表柱를 군문에 세우고, 무용자의 통행을 금지시키며, 각 부대가 도착하기를 기다립니다. 여러 장교들의 도착순에 따라 그 충성심을 헤아려서, 기한보다 먼저 도착한 자는 이를 상 주고, 기한보다 늦게 도착한 자는 이를 벱니다.

大將設營而陳, 入表轅門, 淸道而待, 諸將吏至者, 校其先後, 先期至者賞, 後期至者斬.

이렇게 상벌을 엄히 하면 원근을 불문하고 모든 부대가 동시에 집결하여, 삼군이 함께 이르러 전력戰力을 모아 적과 싸울 수가 있습니다."

如此則遠近奔集, 三軍俱至, 并力合戰.

약서(約誓) 전군으로 하여금 약속을 지킴.

전일(戰日) 회전(會戰)하는 날.

격서(檄書) 군대를 징집하는 문서.

이(移) 문서를 보냄.

누각(漏刻) 물시계. 물을 떨어뜨려 시각을 아는 기계.

표(表) 목표가 되는 기둥.

원문(轅門) 군문을 말함. 수레의 긴 채를 열지어 만든다.

청도(淸道) 통행을 금지한다는 말.

교(校) 비교함.

무봉武鋒

아군중의 무용武勇이 있는 정예精銳의 군사를 가려 뽑아 적을 공격할 틈을 엿보아 나아가 공격攻擊할 것을 논하였다.

✻ 지금이 마땅히 칠 때다

무왕이 태공에게 물었다. "무릇 용병의 중요한 법은 반드시 무거武車, 효기驍騎, 치진馳陳, 선봉先鋒 등의 정예병을 써서 적을 공격할 좋은 기회를 포착하여 즉시 공격해야 할 것인데, 어떠한 기회에 공격하는 것이 좋겠습니까."

武王問太公曰, 凡用兵之要, 必有武車驍騎馳陳選鋒, 見可則擊之, 如何而可擊.

태공이 대답하였다. "적을 공격하려면 마땅히 주의하여 열네 가지 변동의 형태를 상세히 관찰하여, 그중 한 가지 변동의 형태라도 나타난 걸 보았으면 그 기회를 놓치지 말고 이를 공격해야 합니다. 그러면 적군은 반드시 패할 것입니다."

太公曰, 夫欲擊者, 當審察敵人十四變, 變見則擊之, 敵人必敗.

무왕이 다시 물었다. "그 열네 가지 변동의 형태를 듣고 싶습니다."

武王曰, 十四變, 可得聞乎.

"적병이 새로 모이기 시작하여 아직 대열이 갖추어지기 전이면 쳐야 합니다. 병사나 군마가 아직 식사를 하지 않은 자는 쳐야 합니다. 하늘의 때가 적에게 불리할 때, 이를테면 폭풍우나 한서가 모질 때에는 이를 쳐야 합니다. 적이 아직 유리한 지형을 확보하지 못하였을 때에 이를 쳐야 합니다.

太公曰, 敵人新集可擊. 人馬未食可擊. 天時不順可擊. 地形未得可擊.

적군이 분주히 달려다녀서 헐떡일 때에 이를 쳐야 합니다. 경계가 허술하여 마음을 놓고 있을 때에 이를 쳐야 합니다. 적이 피로에 지쳐있을 때에 이를 쳐야 합니다. 적장이 그 준사를 떠나 있을 때에 이를 쳐야 합니다. 오랜 길을 행군하여 온 적은 쳐야 합니다.

奔走可擊. 不戒可擊. 疲勞可擊. 將亂士卒可擊. 涉長路可擊.

적군이 강물을 건너고 있으면 이를 쳐야 합니다. 매우 바쁘고 한가한 날이 없으면 이를 쳐야 합니다. 험하고도 좁은 길을 통과하는 적은 쳐야 합니다. 전열이 흩어지고 질서가 문란할 때는 쳐야 합니다. 적병의 마음이 두려워하여 예기가 떨어졌을 때 쳐야 합니다."

濟水可擊. 不暇可擊. 阻難狹路可擊. 亂行可擊. 心怖可擊.

욕격자(欲擊者) 적을 공격하려면.

심찰적인(審察敵人) 주의깊게 적을 살피다.

무차(武車) 전차.

치진(馳陳) 속력이 빠른 부대. 기회를 엿보아 응원에 나섬.

신집(新集) 행렬이 아직 정해져 있지 않음.

분주(奔走) 달려서 호흡이 절박함.

불가(不暇) 흩어져서 정돈되지 않음을 말함.

난행(亂行) 군에 규율이 없음.

심포(心怖) 공포심으로 예기가 떨어져 있음.

53

연사練士

연사練士란 군사들 중에서 힘이 세고 무용武勇이 있는 자를 선발하여, 각자가 지닌 특기에 따라 각각 부대를 편성함을 말한다.

특수 기술부대

무왕이 태공에게 물었다. "병사 중에서 우수한 자를 선발하여 이를 훈련시키려면 어떠한 방법이 좋겠습니까."

武王曰, 鍊士之道奈何.

태공이 대답하였다. " 군사들 중에 크게 용력이 있어 전투에 임하여도 죽음을 두려워하지 않고 부상당하는 것을 즐거워하는 자들이 있거든 한 대隊를 만들고, 이를 이름하여 모인冒刃이라고 합니다.

太公曰, 軍中有大勇力敢死樂傷者, 聚爲一卒, 名曰冒刃之士.

사기가 왕성하며 용기가 장하고 맹폭猛爆한 자 있거든 이들를 모아 한 대隊를 만들고, 이를 이름하여 함진陷陣의 군사라 합니다.

有銳氣莊勇强暴者, 聚爲一卒, 名曰陷陳之士.

용모가 뛰어나고 장검을 잘 쓰며 보조를 맞추어 나가며 행렬을 가지런히 하는 자 있거든 이를 모아 한 대를 만들고, 이를 용예勇銳의 군사라고 부릅니다.

有奇表長劍, 接武齊列者, 聚爲一卒, 名曰勇銳之士.

걸음의 폭이 넓고 도약을 잘하며 쇠갈쿠리도 펴는 힘을 갖고 용맹하며 대단한 힘이 있어 적의 쇠북金鼓을 파괴하며 기를 탈취할 수 있는 자 있거든 이를 모아 한 대를 이루고, 이를 용력勇力의 군사라고 일컫습니다.

有披距伸鉤, 强梁多力, 潰破金鼓, 絕滅旌旗者, 聚爲一卒, 名曰勇力之士.

높은 산을 넘고 먼 길도 거뜬히 다니는, 발이 가벼워 잘 달리는 자 있거든 이를 모아 한 대를 이루고 이를 구병寇兵의 군사라고 합니다.

有踰高絕遠, 輕足善走者, 聚爲一卒, 名曰寇兵之士.

전에 임금의 신하였다가 과실이 있어 그 관위를 잃은 자로서 다시 한 번 공을 세워 등용되기를 원하는 자 있거든 이를 모아 한 대를 이루고, 이를 사투死鬪의 군사라 합니다.

有王臣失勢, 欲復見功者, 聚爲一卒, 名曰死鬪之士.

또한 전사한 장수의 자제로서 그 죽은 부형을 위하여 원수를 갚고자 원하는 자 있거든 이를 모아 한 대를 이루고, 이를 사분死憤의 군사라 부릅니다.

有死將之人子第, 欲爲其將報仇者, 聚爲一卒, 明曰死憤之士.

빈궁하여 항상 불만이 많아 발분하여 뜻을 세워 영달을 누리는 것에 만족을 구하는 자 있거든 이를 모아 한 대를 이루고, 이를 필사必死의 군사라 합니다.

有貧窮忿怒, 欲快其志者, 聚爲一卒, 名曰必殺之士.

데릴사위나 혹은 노예의 신분에 있던 자로서 그 수치스런 과거를 뒤엎고 새로이 이름을 빛내고자 하는 자 있거든 이를 모아 한 대를 만들고, 이를 려둔勵鈍의 군사라 합니다.

有贅壻人虜, 欲掩迹揚名者, 聚爲一卒, 名曰勵鈍之士.

징역을 산 일이 있거나 죄를 용서받은 자로서 전공을 세워 그 치욕을 벗으려고 하는 자 있거든 그들을 모아 한 대를 이루고, 이를 행용幸用의 군사라 부릅니다.

有胥靡免罪之人, 欲逃其恥者, 聚爲一卒, 名曰幸用之士.

재능과 기예를 겸하여 출중하고 힘이 세어 무거운 짐을 지고 멀리 갈 수 있는 자 있거든 이를 모아 한 대를 이루고, 이를 이름 하여 대명待命의 군사라 합니다.

有材技兼人, 能負重致遠者, 聚爲一卒, 名曰待命之士.

이상의 열한 가지 군사들은 군중軍中 정련精鍊의 군사입니다. 자세히 살피어 이를 잘 쓰지 않으면 안 됩니다."

此軍之鍊士. 不可不察也.

일졸(一卒) 백 명의 한 대

모인(冒刃) 적의 검을 두려워하지 않음.

함진(陷陳) 적진을 함락함.

기표장검(奇表長劍) 용모가 비범하고 장검을 잘 쓰는 사람.

접무(接武) 남과 보조를 잘 맞추어 낙오하지 않음.

피거(披拒) 도약을 잘함.

강양(强梁) 용맹함.

사분(死憤) 그 부형이 적에게 피살 당했음을 원통히 여겨 죽음도 무릅쓰고 싸움.

췌서(贅壻) 데릴사위 된 자.

여둔(勵鈍) 둔기(鈍氣)를 격려하여 예병(銳兵)이 됨을 이름.

서미(胥靡) 쇠사슬에 묶이어 노역에 종사하는 자.

행용(幸用) 채용됨을 다행으로 여기어 그 치욕을 벗고자 하는 자를 말함.

54

교전教戰

군대軍隊는 평소에 진법陳法을 가르친다. 그 과목은 조병操兵, 좌작坐作, 진퇴進退, 분합分合, 해결解決 등이다. 여기서는 가르치면 위용威容이 서고 가르치지 않으면 위용이 서지 않음을 논하였다.

군사훈련

무왕이 태공에게 물었다. "삼군을 집합시키고 사졸들을 위하여 그 진퇴의 동작을 익히고자 하는데, 진법을 가르치려면 어떻게 해야 합니까."

武王問太公曰, 合三軍之衆, 欲令士卒服習, 教戰之道奈何.

태공이 대답하였다. "무릇 삼군을 통솔하는 데는 반드시 징과 북으로 절제하는데 이는 즉 징을 울리면 멈추고 북을 치면 나아가는 것입니다.

太公曰, 凡領三軍, 必有金鼓之節, 所以整齊士衆者也.

장수된 자는 반드시 먼저 장교와 사병들에게 이를 철저히 주지시켜 세 번 명령을 내리어 자상히 교훈하되 병기를 조정하는 법, 진퇴분합進退分合의 법, 기旗 다루는 법, 지휘에 의하여 동작을 변화하는 법 등을 가르칩니다.

將必先明告吏士, 申之以三令, 以教操兵起居旌旗指麾之變法.

그러므로 장교와 사병을 교련함에 있어서는 우선 한 사람에게 전법을 가르쳐서 완성되거든 이러한 자를 모아 열 명으로 한 대隊를 이룹니다. 이 열 명의 한 대가 한 대로서 전법을 배워 그것이 완성 되거든 그것을 모아 백 명으로 한 대를 만듭니다.

故教吏士, 使一人學戰, 教成合之十人, 十人學戰, 教成合之百人.

백 명의 한 대가 백 명으로서 전법을 배워 그것이 완성되거든 그을 모아 천 명으로 한 대를 만듭니다. 천명으로서의 한 대가 천명으로서의 전법이 완성되거든 그것을 모아 만 명을 한 대로 만듭니다. 만 명으로서 한 대가 한 대로서 전법을 배워 그것이 완성이 되거든 그것을 모아 삼군의 큰 무리를 만듭니다.

百人學戰, 敎成合之千人. 千人學戰, 敎成合之萬人. 萬人學戰, 敎成合之. 三軍之衆.

삼군의 무리는 삼군으로서 대전大戰의 법을 배우고, 그것이 완성되거든 그것을 모아 백만의 대중으로 만듭니다.

三軍之衆, 大戰之法, 敎成合之百萬大衆.

그러므로 능히 대병을 이룩할 수 있으며, 무위를 천하에 빛낼 수 있는 것입니다."

故能成其大兵, 立威於天下.

무왕이 이 말을 듣고. "정말로 좋은 방법입니다."라고 말하였다.

武王曰, 善哉.

필유금고지절(必有金鼓之絶) 반드시 징과 북으로 절제함.

필선명고리사(필선명고리사) 장교와 사병들에게 반드시 주지시킴.

교조병기(敎操兵器) 병기 조정하는 법을 가르침.

복습(服習) 습득하여 익힘.

삼령(三令) 세 번 명령을 내림.

기거(起居) 좌작(坐作), 진퇴(進退), 분합(分合)을 말함.

정기지휘(旌旗指麾) 기를 낮추면 달리고, 기를 올리면 싸우고, 좌로 흔들면 우로 가는 따위를 말함.

55

균병均兵

균병均兵이라 함은 전차, 기병, 보병의 세 가지 세력의 균형均衡을 말하는 것으로써, 이 세 부대를 혼성混成하여 사용하는 데 있어서의 환산법換算法을 설명한 것이다.

평지에서 싸울 때의 환산법

무왕이 태공에게 물었다. "전차로써 적의 보병과 싸울 경우 전차 한 대의 힘은 보병 몇 사람의 힘에 상당하며, 몇 사람의 보병의 힘이 전차 한 대의 힘에 해당합니까."

武王曰, 以車與步卒戰, 一車當幾步卒, 幾步卒當一車, 以騎與步卒戰, 一騎當幾步卒. 幾步卒當一騎, 以車與騎戰, 一車當幾騎, 幾騎當一車.

태공이 대답하였다. "전차는 군대의 양 날개입니다. 적의 견고한 진지를 무너뜨리며, 강력한 적을 냅다 치며, 패주하는 적의 퇴로를 차단할 수 있습니다. 기병은 적의 허점을 살펴 이를 기습하는 구실을 합니다.

太公曰, 車者軍之羽翼也. 所以陷堅陳, 要强敵, 遮走北也.
騎者軍之伺候也.

패주하는 적을 추격하고, 적의 수송로를 끊으며, 기회를 노리고 있는 적을 칠 수 있습니다. 그러므로 전차나 기병이라 해도 이를 유용이 써야 될 것이며, 만약 그가 지닌 특수한 능력을 발휘하기에 적당치 못한 데서 싸운다면 보병 한 사람의 힘도 능히 당해내지 못하는 경우가 있는 것입니다.

所以踵敗軍, 絶糧道, 擊便寇也. 故軍騎不敵, 戰則一騎不能當步卒一人.

삼군의 무리가 진용을 이루고서 적을 대한다면 평지에서의 전투력의 비율은 전차 한 대는 보병 80명에 상당하고, 보병 80명은 전차 한 대에 해당합니다.

三軍之衆, 成陳而相當, 則易戰之法. 一車當步卒八十人, 八十人當一車.

기병 하나는 보병 8명에 상당하며, 보병 8명은 기병 한 명에 상당합니다. 전차 한 대는 기병 10기에 상당하며 기병 10기는 전차 한 대에 상당합니다."

一騎當步卒八人. 八人當一騎. 一車當十騎, 十騎當一車.

—

사후(伺候) 적에게 허점이 있는지 살피어 이를 이용함.

종(踵) 뒤를 쫓음.

편구(便寇) 기회를 보아 기습하는 적.

부적전(不敵戰) 진을 이루지 않고 싸우는 것을 말함.

이전(易戰) 평탄한 곳에서 싸움.

✳ 험한 곳에서 싸울 때의 환산법

"험한 곳에서의 비율은 전차 한 대는 보병 40명에 상당하며, 보병 40명은 전차 한 대에 해당합니다. 기병 1기騎는 보병 4명에 상당하며 보병 4명은 기병 1기에 상당합니다. 또 전차 한 대는 기병 6기에 상당하며, 기병 6기는 전차 한 대에 상당합니다."

險戰之法, 一車當步卒四十人, 四十人當一車, 一騎當步卒四人, 四人當一騎, 一車當六騎, 六騎當一車.

—

험전(險戰) 험준한 곳에서 싸움.

⚝ 위력을 떨치는 전차와 기병

"대저 전차와 기병은 무위를 떨치는 병종兵種입니다. 전차 열 대는 보병 천 명을 패주케 하며, 전차 백 대는 보병 만 명을 패주케 하고, 기병 백 기면 보병 천 명을 패주케 할 수 가 있습니다. 이것이 전차, 기병, 보병의 전투력의 대략적인 수입니다."

夫車騎者, 軍之武兵也. 十乘敗千人, 百乘敗萬人, 十騎走百人,
百騎走千人, 此其大數也.

___

대수(大數) 대체적인 계산.

⚝ 전차 대장과 기병 장교

무왕이 또 물었다. "전차와 기병에 쓰이는 장교의 수와 그 포진하는 방법은 어떻습니까."

武王曰, 騎車之吏數陳法奈何.

태공이 대답하였다. "전차의 필요한 장교의 수는 다섯 대에 장長 한 사람, 열 대에 이吏 한 사람, 오십 대에 솔率 한 사람, 백 대에는 장將 한 사람을 배치합니다.

太公曰, 置車之吏數, 五車一長, 十車一吏, 五十車一率, 百車一將.

평탄한 땅에서의 전법은 5대의 전차를 한 열列로 하고, 앞뒤 간격은 40보, 좌우 간격은 10보, 대隊와 대의 간격은 60보가 되도록 합니다. 험한 곳에서의 전법은 전차는 반드시 바른 도로를 따라 나아가도록 하고, 열대를 한 취聚로 하고, 스무 대를 한 둔屯으로 합니다.

易戰之法, 五車爲列, 相去四十步, 左右十步, 隊間六十步. 險戰之法, 車必椢道, 十車爲聚, 二十車爲屯.

앞뒤 간격은 20보, 좌우 간격은 6보, 대와 대 사이는 36보로 하며, 다섯 대에 장長 한 사람, 세로와 가로의 간격은 1리里로 하고, 전투가 끝나면 각기 온 길을 따라 돌아가도록 합니다.

前後相去二十步, 左右六步, 隊間三十六步, 五車一長, 縱橫相去一里, 各返故道.

기병에서 쓰이는 장교의 수는 다섯 기騎에 장長 한 사람, 열 기에 이吏 한 사람, 백 기에 솔率 한 사람, 이백 기에 장將 한 사람을 둡니다. 평탄한 곳에서의 전법은 다섯 기를 한 열列로 하여 전후의 간격은 20보, 좌우 간격은 4보, 대와 대 사이를 50보로 합니다.

置騎之吏數, 五騎一長, 十騎一吏, 百騎一率, 二百騎一將. 易戰之法, 五騎爲列, 前後相去二十步, 左右四步, 隊間五十步.

험한 곳에서의 전법은 전후의 간격10보, 좌우 간격을 2보, 대와 대 사이는 25보로 합니다. 30기를 한 둔屯으로 하고, 60기를 한 배輩로 하며, 10기에 이吏 한 사람, 세로와 가로의 간격은 백 보, 싸움이 끝나면 한 바퀴 돌아서 본디의 장소로 돌아갑니다."

險戰者, 前後相去十步, 左右二步, 隊間二十五步. 三十騎爲一屯, 六十騎爲一輩, 十騎一吏, 縱橫相去百步, 周還各復故處.

무왕이 이 말을 듣고 말하였다. "참 좋은 조직 방법입니다."

武王曰, 善哉.

56

무거사 武車士

전차병戰車兵을 선발하는 방법에 대해서 논하였다.

※ 전차병은 키가 7척 5촌 이상을

무왕이 태공에게 물었다. "전차를 타는 무사를 선발하려면 어떻게 하는 것이 좋겠습니까."

武王曰, 選車士奈何.

태공이 대답하였다. "전차병을 선발하는 방법은, 나이가 40세 이하, 키가 7척 5촌 이상, 주력이 능히 달리는 말을 쫓을 수 있으며, 또 달려가서 그 말을 훌쩍 올라타고, 마상에서 전후좌우 또는 상하로 자유로이 움직일 수 있어야 합니다.

太公曰, 選車士之法, 取年四十以下, 長七尺五寸以上, 走能逐奔馬, 乃馳而乘之, 前後左右, 上下周施,

적의 군기를 능히 빼앗을 수 있으며, 힘이 세어 무게가 8석石이 되는 쇠뇌를 충분히 잡아당겨서 전후좌우 어느 방향으로도 쏠 수 있는 자, 이상의 기술을 다 익힌 자를 무차武車의 군사라 이릅니다. 구하기 어려운 인재들이니 후히 대우해야 합니다."

能束縛旌旗, 能力彀八石弩, 射前後左右, 皆便習者. 名曰武車之士, 可不厚也.

팔석(八石) 한 석은 백 근임.
구(彀) 활을 충분히 당김.

57

무기사武騎士

무기사武騎士는 무용武勇이 있는 기사騎士를 이르며, 이편篇에서는 기병騎兵을 선출하는 법을 말한다.

※ 기마병이 될 조건

무왕이 태공에게 물었다. "기사를 징발하는 데는 어떻게 하면 좋겠습니까."

武王問太公曰, 選騎士奈何.

태공이 대답하였다. "기사를 고르는 법은 나이 40세 이하, 키 7척5촌 이상, 건장하고 동작이 민첩하기가 사람에게 뛰어나며, 말 잘 타고, 활 잘 쏘며, 자유로이 전후좌우로 선회하며, 자유로이 나아가고 물러나며, 참호를 뛰어 넘으며, 높은 구릉을 오르고 험한 지형도 정복할 수 있어야 합니다.

太公曰, 選騎士之法, 取年四十以下, 長七尺五寸以上, 莊建揵疾, 超絕倫等, 能馳騎彀射, 前後左右, 周旋進退, 越溝塹, 登丘陵, 冒險阻.

큰 소택沼澤을 건너뛰며, 강적을 향해 치달릴 수 있으며, 적의 대군 속으로 뛰어들어가 크게 어지럽힐 수 있는 자를 채용합니다. 이를 무기武騎의 군사라고 이름하며, 후히 대우하지 않으면 안 됩니다."

絕大澤, 馳強敵, 亂大衆者. 名曰武騎之士, 不可不厚也.

윤등(倫等) 동배(同輩).

구사(彀射) 활을 충분히 잡아당겨 쏨.

58

전차 戰車

전차로써 전투를 할 경우, 지형의 유리하고 불리함을 아는 것이 가장 중요한 것임을 논하였다.

※ 전차전에서의 죽음의 땅

무왕이 태공에게 물었다. "전차에 대한 전법을 듣고 싶습니다."

武王曰, 戰車奈何.

태공이 대답하였다. "보병은, 적의 행동의 변화를 알아서 그 허를 찌르는 것이 중요합니다. 지형을 샅샅이 알아서 자유로이 조종하는 것이 중요합니다. 기병은 사잇길이나 숨은 길을 알아서 뜻밖의 곳에 출몰하여 싸우는 것이 필요합니다.

太公曰, 步貴知變動, 車貴知地形, 騎貴知別徑奇道,

보병, 전차, 기병의 삼군은 군이라 하는 이름은 같지만 쓰임은 각각 다릅니다. 무릇 전차전에 있어서는 죽음의 지형이 열 가지 있으며, 승리할 지형이 여덟 가지 있습니다."

三軍同名而異用也. 凡車之戰, 死地有十, 其勝地有八.

무왕이 물었다. "죽음의 열 가지 지형이란 어떤 것입니까."

武王曰, 十死之地奈何.

태공이 대답하였다. "나아갈 수 있지만 돌아갈 수 없는 지형은 전차의 죽음의 곳입니다. 험난한 곳을 넘어서 적을 멀리까지 추격해가는 것은, 전차의 맥 빠지는 곳이라고 합니다.

太公曰, 往而無以還者, 車之死地也. 越絕險阻, 乘敵遠行者, 車之竭地也.

앞이 평탄하고 뒤가 험난한 지형은 전차의 곤란한 곳이라고 합니다. 전차가 험난한 곳에서 빠져나오기 어려운 곳은, 전차의 끊긴 곳이라고 합니다.

前易後險者, 車之困地也. 陷之險阻而難出者, 車之絕地也.

허물어지고 또 낮으며 질퍽거려 습기가 많고 검은 찰흙이 차바퀴에 달라붙는 땅은, 전차의 고달픈 곳이라 합니다. 좌측은 험난하고 우측은 평탄하며 구릉에 올라서면 언덕이 올려다보이는 지형은 전차의 거스르는 곳이라 합니다.

圮下漸澤, 黑土黏埴者, 車之勞地也, 左險右易, 上陵仰阪者, 車之逆地也,

잡초가 밭두렁에 우거지고 깊은 소택을 억지로 뚫고 나가는 곳은 전차의 털려나오는 곳이라 합니다. 전차의 수도 적고 땅은 평탄하며 보병과 대항하기 어려운 곳은 전차의 패하는 곳이라 합니다.

殷草橫畝, 犯歷浚澤者, 車之拂地也, 車少地易, 與步不敵者, 車之敗地也,

뒤에는 도랑이 있어서 물러날 수가 없고 왼쪽엔 깊은 물이, 오른쪽엔 험난한 언덕이 있어서 차가 달릴 수 없는 곳은 전차의 허물어지는 곳이라 합니다.

後有溝瀆, 左有深水, 右有峻阪者, 車之壞地也,

밤낮으로 장마가 퍼부어, 열흘이 되어도 멈추지 않아 도로는 파손되어 앞으로 나갈 수가 없고, 뒤로는 물러날 수도 없는 곳은 전차의 함몰되는 곳이라 합니다.

日夜霖雨, 旬日不止, 道路潰陷, 前不能進, 後不能解者, 車之陷地也.

이 열 가지의 곳은 전차의 죽음의 지형입니다. 그러므로 전략에 어두운 장수는 적에게 사로잡히는 바가 되며, 명지明智있는 장수는 능히 피하는 곳입니다.”

此十者, 車之死地也. 故拙將之所以見擒, 明將之所以能避也.

승(乘) 좇음.

은초(殷草) 무성한 풀.

이하점택(圯下漸澤) 물로 붕괴되어 낮게 우묵해진 땅. 질척질척한 습지.

점치(黏埴) 질척질척 달라붙음.

앙판(仰阪) 올려다보며 언덕을 향함.

준택(浚澤) 깊은 못.

범력(犯歷) 억지로 통과함.

구독(溝瀆) 도랑.

※ 전차전戰車戰에 이로운 경우

무왕이 물었다. “승리하는 여덟 가지 지형은 어떤 것입니까.”

武王曰, 八勝之地奈何.

태공이 답하였다. “적의 앞뒤나 항오나 진열이 아직 정하여지지 않았을 때는 즉시 전차로 공격하여 이를 함락시킵니다.

太公曰, 敵之前後, 行陳未定, 則陷之,

적의 군기가 어지럽고, 사람이나 말이 자주 놀라서 움직일 때는, 즉시 전차로 공격하여 이를 함락시킵니다. 적의 군사가 앞으로 나가고 혹은 물러서며, 좌로 혹은 우로 행동하며 침착치 못할 때는 즉시 전차로 공격하여 이를 함락시킵니다.

旌旗擾亂, 人馬數動, 則陷之, 士卒或前或後, 或左或右, 則陷之,

적진이 견고하지 못하며, 병사들이 서로 앞뒤를 돌아보며 불안한 상태가 엿보일 때는 즉시 전차로 공격하여 이를 함락시킵니다. 적이 앞으로 진군하려다가 의심하여 주저하고, 뒤로 후퇴하려다가 두려워하여 주춤하고 있을 때엔 즉시 전차로 습격하여 이를 함락시킵니다.

陳不堅固, 士卒前後相顧, 則陷之,

적의 삼군이 갑자기 놀라서 어지러워지며, 모두가 황급히 일어설 때엔 즉시 전차로 공격하여 이를 함락시킵니다. 평탄한 지형에서 싸울 때에 날이 저물어도 무기를 풀고 휴식할 수 없는 적에 대해서는 즉시 전차로 이를 공격하여 함락시킵니다.

前往而疑, 後往而怯, 則陷之, 三軍卒驚, 皆薄而起, 則陷之,

이 여덟 가지가 전차로써 싸워 이길 수 있는 땅입니다. 장수된 자는 이 10해害와 8승八勝에 잘 통해 있으면 적이 천 대의 전차와 일만의 기병을 갖고 아군을 포위하여도, 아군은 앞으로 치닫고 좌우로 행동하여, 만 번을 싸워도 승리할 수 있습니다."

戰於易地, 暮不能解, 則陷之, 遠行而暮舍, 三軍恐懼, 則陷之. 此八者, 車之勝地也. 將明於十害八勝, 敵雖圍周千乘萬騎, 前驅旁馳, 萬戰必勝.

무왕이 이 말을 듣고, "과연 그러합니다." 라고 말하였다.

武王曰, 善哉.

함지(陷地) 전차로 적을 무찔러 함락시킴.

59

전기戰騎

기병騎兵으로 싸워 승리할 수 있는 법을 논하였다.

※ 기마전騎馬戰에서 유리한 때

무왕이 태공에게 물었다. "기병에 의한 전투방법은 어떻습니까."

武王問太公曰, 戰騎奈何.

태공이 답하였다. "기병에는 이기는 열 가지 길과 지는 아홉 가지 길이 있습니다."

太公曰, 騎有十勝九敗.

무왕이 다시 "이기는 열 가지 길이란 어떠한 것을 말하는 것입니까."

武王曰, 十勝奈何.

태공이 대답하였다. "적군이 처음으로 전장에 도착하여 항오와 진열이 아직 정해지지 않고 전군前軍과 후군이 연락이 취해지지 않았을 때에는 아군의 기병으로 하여금 그 전군前軍의 기병을 격파하고 그 좌우를 공격해야 합니다. 그렇게 하면 적군은 반드시 패주할 것입니다.

太公曰, 敵人始至, 行進未定, 前後不屬, 陷其前騎, 擊其左右, 敵人必走.

적군의 항오와 진열이 정돈되어 있으며, 또 견고하고, 그 병사들도 아군과 싸우고자 하는 투지가 엿보일 때는 아군 기병이 그 좌우에서 협공하되, 내버려두지 말고 달려나가고 혹은 달려들어오며, 질풍과 같이 빠르고 천둥처럼 맹렬히 하여 그 때문에 먼지가 일어 대낮이 밤과 같이 되게 하고, 또 그 틈을 타서 자주 아군의 군기를 바꾸고, 옷을 갈아입혀, 적이 판별할 수 없도록 하여, 우리 기병이 많은 것처럼 보이게 합니다. 그러면 적을 이길 수 있을 것입니다.

敵人行陳, 整齊堅固, 士卒欲鬪, 吾騎翼而勿去, 或馳而往, 或馳而來, 其疾如風, 其暴如雷, 白晝如昏, 數更旌旗, 變易衣服, 其軍可克,

적의 항오와 진열이 견고치 아니하고, 적의 병사들에겐 싸울 투지도 엿보이지 않을 때에는 기병으로 하여금 적군의 전후로 육박하고, 그 좌우로부터 짐승을 몰아내듯이 양측에서 이를 공격해야 합니다. 그렇게 하면 적은 반드시 두려워하게 될 것입니다.

敵人行陳不固, 士卒不鬪, 薄其前後, 獵其左右, 翼而擊之, 敵人必懼.

적군이 해질 무렵에 영사營舍로 들어가고자 하며, 삼군이 두려워하며, 허둥거릴 때에는 기병으로 하여금 그 좌우 양쪽을 협공하여 신속히 그 뒤를 치며, 적의 보루 입구로 다가가서 적군이 영사로 들어가지 못하도록 해야 됩니다. 그렇게 하면 적군은 반드시 패할 것입니다.

敵人暮欲歸舍, 三軍恐駭, 翼其兩旁, 疾擊其後, 薄其壘口, 無使得入, 敵人必敗.

적군이 내습하는데 험난한 지형을 지키어 군히지도 않고 함부로 깊이 들어와서 멀리 달릴 때에는 아군의 기병에 의하여 식량 수송로를 끊어야 합니다. 그렇게 하면 적은 반드시 굶주리게 될 것입니다.

敵人無險阻保固, 深入長驅, 絶其糧道, 敵人必饑.

평지에서 활동하기 쉽고 사면에서 적진을 볼 수 있을 때에는 아군의 전차와 기병으로 공격해야 됩니다. 그렇게 하면 반드시 적은 혼란에 빠질 것입니다.

地平而易, 四面見敵, 車騎陷之, 敵人必亂.

적군이 싸움에 패하여 도주하며 병사가 어지러이 흩어질 때에는 아군의 기병은 혹은 그 양쪽을 협격하고, 혹은 그 앞뒤를 습격하여야 합니다. 그렇게 하면 적장을 사로잡을 수 있을 것입니다.

敵人奔走, 士卒散亂, 或翼其兩旁, 或掩其前後, 其將可擒.

적군이 해가 저물어 그 영사로 돌아갈 때에 그 인원수가 심히 많으면 반드시 행오나 전열은 혼란해질 것입니다. 그 혼란을 틈타서, 아군의 기병은 십 기로 한 대隊로 만들고, 백 기마다 한 둔屯으로 하고, 또 전차 5대를 한 취聚로 하고, 열 대를 한 군軍으로 편성하여 많은 군기를 세우고, 강한 쇠뇌를 이에 혼성하여 적의 좌우를 치고, 혹은 적의 앞뒤를 끊어야 합니다. 그렇게 하면 적장을 사로잡을 수 있을 것입니다.

敵人暮返, 其兵甚衆, 其行陳必亂, 令我騎, 十而爲隊, 百而爲屯,
車五而爲聚, 十而爲群, 多設旌旗, 難以强弩, 或擊其兩旁, 或絶其前後.
敵將可虜.

이것이 기병에 의한 열 가지 승리하는 방법입니다."

此之十勝也.

───

불속(不屬) 서로 연결하지 않음.
익(翼) 좌우 양쪽에서 협격함.
삭갱(數更) 여러 번 변경하여 적으로 하여금 헤아려 알지 못하게 함.

✳ 기마전騎馬戰에서의 죽음의 땅

무왕이 다시 물었다. "지는 아홉 가지 길이란 어떤 것입니까."

武王曰, 九敗奈何.

태공이 대답하였다. "무릇 기병으로 적진을 함락하고자 할 때, 그 진지를 깨지 못하고 적이 짐짓 도주하는 체 하다가 전차대와 기병대로 아군의 후방으로부터 반격해올 경우, 아군은 낭패가 되므로 이는 기병의 패하는 곳敗地입니다.

太公曰, 凡以騎陷敵, 而不能破陳, 敵人佯走, 以車騎返擊我後, 此騎之敗地也.

패주하는 적군을 추격하여 험난한 곳을 넘어서 너무 멀리 달려들어가며 멈추지 않으면, 적이 아군 기병대가 지나가는 양쪽에 잠복하고, 또 아군 기병대의 뒤를 끊으면 기병대는 완전 포위를 당하게 됩니다. 이는 기병대의 포위당하는 곳 위지圍地입니다.

追北踰險, 長驅不止, 敵人伏我兩旁, 又絕我後, 此騎之圍地也.

전진할 수는 있어도 돌아갈 수는 없으며, 들어갈 수는 있어도 나올 수 없는 지형에 빠져버리면 하늘의 우물 속에 빠지고, 땅의 구멍 속에 빠졌다고 하는데, 이는 기병의 죽음의 곳死地입니다.

往而無以返, 入而無以出, 是謂陷於天井, 頓於地穴, 此騎死地也.

입구는 좁고 나가는 길은 빙빙 돌아서 멀므로 적의 약한 군사로써 아군의 강한 기병대를 무찌를 수가 있으며, 적의 소수의 군사로 아군의 대군을 무찌를 수 있는 땅은 이는 기병의 빠지는 곳沒地입니다.

所從入者隘, 所從出者遠, 彼弱可以擊我强, 彼寡可以擊我衆,
此騎之沒地也.

큰 골짜기의 강, 깊숙한 계곡, 무성한 수풀, 숲 따위는 기병이 자유로이 달릴 수가 없으므로, 이는 기병대의 맥 빠지는 곳은 갈지竭地입니다.

大澗深谷, 蘙茂林木, 此騎之竭地也.

좌우 양쪽에 물이 있고, 전면에는 큰 언덕이, 뒤에는 높은 산이 솟아 있으며, 아군은 좌우로 물을 끼고 싸우게 되며, 적이 아군의 앞뒤에 있는 때에는 이는 기병의 어려운 곳 난지難地입니다.

左右有水, 前有大阜, 後有高山, 三軍戰於兩水之間, 敵居表裏,
此騎之艱地也.

적군이 아군의 식량 보급로를 단절하여, 아군이 진군은 할 수 있지만 되돌아 살 퇴로가 없는 것은, 이는 기병대의 곤궁한 곳 곤지困地입니다.

敵人絶我糧道, 往而無以還, 此騎之困地也.

지형이 낮고, 소택지가 많으며, 나아가거나 물러날 때 진흙이 있어 발을 자유로이 옮길 수 없는 땅은 이는 기병의 재앙의 곳 환지患地입니다.

汙下沮澤, 進退漸洳, 此騎之患地也.

좌측에는 깊은 도랑이 있고, 우측에는 갱이나 언덕이 있어, 높낮이가 현저한데, 아군의 기병은 평탄지인 줄 알고, 진퇴를 적의 꼬임에 빠져 행한다면 이는 기병의 함몰의 땅 함지陷地입니다.

左有深溝, 石有坑阜, 高下如平地, 進退誘適, 此騎之陷地也.

이상의 아홉 가지가 기병의 죽음에 이르는 땅입니다. 사리에 밝은 장수는 미리 이를 멀리 피하지만, 사리에 어두운 장수는 이러한 사지에 빠져들어 패하는 것입니다."

此九者, 騎之死地也. 明將之所以遠避, 闇將之所以陷敗也.

기함적(騎陷敵) 기병으로 적을 함락함.

불능파진(不能破陣) 진을 깨지 못함.

기지패지(騎之敗地) 기병이 패하는 곳.

간(澗) 양쪽이 산으로 막힌 골짜기의 내.

예무(穢茂) 풀숲.

대부(大阜) 큰 언덕.

오하(洿下) 저지(低地).

점여(漸洳) 습기가 많아 질퍽질퍽함.

60

전보戰步

보병步兵으로 전차대戰車隊나 기병대騎兵隊와 싸우는 전법戰法을 논하였다.

❊ 보병步兵의 역할

무왕이 태공에게 물었다. "보병으로 전차나 기병과 싸울 때는 어떻게 하면 좋습니까."

武王曰, 步兵與車騎戰奈何.

태공이 답하였다. "보병으로서 적의 전차나 기병과 싸울 경우에는, 반드시 구릉이나 험한 땅에 의거하고, 긴 병기(창, 미늘창 따위) 강한 쇠뇌를 전면에 배치하고, 짧은 병기(칼 따위)나 약한 활 등을 후방에 배치하며, 교대로 싸우며 휴식하게 합니다. 비록 적의 전차나 기병이 떼지어 온다 해도 견고히 진을 지키고 신속히 싸워야 합니다. 또 아군의 재간 있는 용사와, 강력한 쇠뇌를 후진에 대비하여, 적이 뒤로 공격하는 것을 방비합니다."

太公曰, 步兵與車騎戰者, 必依丘陵險阻, 長兵强弩居前, 短兵弱弩居後, 更發更止. 敵之車騎, 雖衆而至, 堅陳疾戰, 材士强弩, 以備我後.

무왕이 다시 물었다. "만일 아군의 보병대가 의거할 구릉도 없고, 험한 지형도 없는데, 적이 쳐들어오는 품이 대군이며, 또 용감하고, 전차와 기병은 아군의 좌우를 협격하며, 아군의 앞뒤를 공격할 때는 아군은 두려워하며, 어지러이 패해 달아날 것입니다. 이럴 때는 어찌해야 좋습니까."

武王曰, 吾無丘陵, 又無險阻, 敵人之至, 旣衆且武, 車騎翼我兩旁,獵我前後, 吾三軍恐怖, 亂敗而走. 爲之奈何.

태공이 답하기를. "그럴 때에는 병사를 시켜 행마行馬, 나무 마름쇠(두 가지 다 통행에 장애물)를 만들게 하고, 마소로 대열을 짜고, 사면으로 충격 진을 만들어 적의 전차나 기병대가 내습해오는 것을 보면 일제히 나무 마름쇠를 놓습니다. 땅을 깊이 파서 참호를 만들어 아군의 뒤를 두르며, 너비와 깊이는 각기 5척으로 하는데, 이를 명룡命龍이라 부릅니다.

太公曰, 令我士卒爲行馬木蒺藜, 置牛馬隊伍, 爲四武衝陳, 望敵車騎將來, 均置蒺藜, 掘地匝後, 廣深五尺, 名曰命龍,

그리고 병사마다 행마를 가지고 나아가거나 물러가게 하고, 수레를 열지어 보루 대신으로 하여, 이를 밀고 나아가고 물러나게 하여 이를 세워 진영을 삼고, 군의 좌우 양익에는 재간 있고 힘센 군사와 강력한 쇠를 가진 군사를 아군의 좌우에 배치하고, 그런 다음에 삼군으로 하여금 다 같이 신속히 싸우게 하면 적의 포위는 반드시 풀릴 것입니다."

人操行馬進退, 闌車以爲壘, 推而前後, 入而爲屯, 材士强弩, 備我左右, 然後令我三軍, 皆疾戰而必解.

"좋은 계책입니다." 하고 무왕이 말했다.

武王曰, 善哉.

———
갱발갱지(更發更止) 교대로 출전하고 교대로 휴식함.
명용(名龍) 전군의 생명에 관계됨을 이름.
란(闌) 병가(兵架).

2 손자병법 孫子兵法

손자孫子에
대하여

　손자孫子는 병법에서 대표적인 손자13편의 저자라는 점에서 보나 혁혁한 공을 세운 오吳나라의 장수라는 점에서 보나 그의 생애는 너무나 잘 알려져 있지 않다. 기록상으로는 사마천의 사기史記에 손자 오기 열전의 궁녀들을 조련하는 한 토막의 이야기뿐이다.

　사기에 전하는 손자에 관한 이야기는 그의 생애에 있어서 가장 극적이었을 것이다. 손자는 제멋대로 놀아나기만 하는 궁녀들을 통솔함에 있어서 임금이 가장 사랑하는 두 미인을 처형함으로써 기율을 바로 잡았다. 그것은 바로 통솔의 모범을 보인 것이다. 군대를 거느림에 있어서 사사로운 친분관계가 게재되어서는 안 된다. 오왕 합려는 자기가 가장 사랑하는 여인을 죽여버린 소행에 자기 또한 손자(손무孫武)를 죽여 버릴 수도 있지만 나라를 위하여 개인 감정을 버리고 손자를 자기의 장수로 임명하였던 것이다.

　지금 우리가 보는 손자는 아무래도 위魏나라 무제武帝인 조조曹操에 의하여 2권 13편으로 정리되고 그에 의하여 주석이 붙여진 듯하다. 삼국지에 보인다.

손자와
오자서

초나라에서 구사일생으로 탈출하여 오나라에 온 오자서는 어떻게든 초나라를 쳐서 부친과 형의 원수를 갚을까 하는 생각뿐이었다.

오왕 합려가 문무백관을 거느리고 크게 잔치를 벌인 자리에서 오자서는

"청컨대 군사를 일으켜 초나라를 쳐 주십시오."

합려가 대답한다.

"오늘은 술이나 마시고 내일 아침에 의논합시다."

이튿날 아침 오자서는 백비와 함께 궁으로 갔다.

합려가 묻는다.

"과인은 장차 그대 두 사람에게 군사를 주어 초나라와 싸울 생각인데 누가 대장이 되겠소?"

오자서와 백비가 동시에 대답한다.

"왕께서 분부만 하시면 누가 장수가 되든지 그것은 상관없습니다."

합려는 두 사람이 다 초나라 사람이라는 것을 생각하고 있었다. 〈그들은 원수를 갚기 위해서 나를 지극히 섬길 따름이다. 만일 원수만 갚고 나면 그들은 지금처럼 오나라를 위해서 힘쓰지 않을 것이다.〉

합려는 아무 대답도 하지 않고 산들바람이 부는 쪽을 향해 한숨을 쉰다. 그리고 한참 있다가 말없이 탄식만 한다.

오자서가 합려의 속뜻을 짐작하고 앞으로 나가서 아뢴다.

"왕께서는 초나라 군사가 너무 많은 걸 염려하십니까?"

합려가 대답한다.

"그러하오."

오자서가 정색하고 아뢴다.

"신이 한 사람을 천거하겠습니다. 그 사람이면 초나라 군사와 싸워 반드시 이길 수 있습니다."

합려가 묻는다.

"경이 천거하려는 사람은 누구요? 그 사람은 무엇에 능하오?"

"그 사람의 성은 손孫씨며 이름은 무武입니다. 바로 우리 오나라 사람입니다."

합려는 오자서가 천거하는 사람이 오나라 사람이라는 걸 듣고 희색이 만면했다.

"그는 육도, 삼략에 정통하며 귀신도 측량 못할 전략가며 천지의 비밀과 묘한 이치를 아는 사람입니다. 그는 스스로 병법 13편을 저술했으나 세상이 그의 재주를 알아주지 않으므로 지금 나부산羅浮山 동쪽에 은거하고 있습니다. 진실로 이 사람을 얻어 군사軍師로 삼는다면 비록 천하를 대적한다 해도 두려울 것이 없습니다. 그러니 초나라 하나 쯤이야 더 말할 것이 있습니까."

"경은 과인을 위해 그 사람을 곧 불러주오."

"그 사람은 경솔히 벼슬을 살려고 하지 않습니다. 보통사람과 다르니 반드시 예로써 초빙招聘해야 합니다."

합려는 머리를 끄덕이며 황금 십일(黃金十, 무게 단위, 한 일은 스물넉 냥)과 옥돌 한 쌍을 내놓았다.

오자서는 사마(駟馬, 네 마리의 말)가 이끄는 수레를 타고 나부산에 가서 손무

에게 합려의 예물을 바치고,

"왕께서 선생을 사모하고 있으니 같이 가사이다."

하고 간청했다.

이에 손무는 오자서를 따라 나부산을 떠났다. 그들은 바로 서울로 향했다.

손무가 오자서의 안내를 받고 왕궁으로 들어가는데 합려가 섬돌 밑에까지 내려와서 손무를 영접했다.

합려는 손무에게 앉을 자리를 주고 병법을 물었다. 손무는 자기가 지은 병법 13편(오늘날 전해오는 손자병법이다.)을 바쳤다. 합려는 오자서로 하여금 그 하나를 낭독하도록 했다. 오자서가 한 편씩 읽을 때마다 합려는 연신 격찬했다.

합려는 오자서를 보고 말한다.

"이 병법은 참으로 하늘과 땅을 꿰뚫는 재주라 하겠다. 그러나 과인의 나라는 크지 못하고 군사는 많지가 않으니 어찌할꼬?"

이 말을 듣고 손무가 말한다.

"신의 병법은 비단 병사에게만 쓸 수 있는 것이 아닙니다. 신의 군령軍令만 지키면 비록 부녀자라고 해도 나아가 싸울 수 있습니다."

합려가 손뼉을 치며 웃고 대답한다.

"선생의 말은 참으로 우습구려. 천하에 어찌 부녀자에게 무기를 주어 훈련을 시키는 자가 있으리오."

"왕께서 신의 말이 믿기지 않는다면 신으로 하여금 후궁 궁녀들을 훈련케 하십시오. 그래도 신의 군령대로 되지 않는다면 그때엔 여하한 벌도 달게 받겠습니다."

합려는 뜰 아래로 궁녀 3백 명을 불러 모으고 손무로 하여금 군사 조련을 하도록 했다.

손무가 아뢴다.

"특히 대왕의 총희(寵姬, 사랑하는 여자) 두 사람만 선정해 주십시오. 우선 대장두 사람을 세운 연후라야만 비로소 호령에 계통이 섭니다."

합려는 평소 자기가 사랑하는 궁녀 둘을 앞으로 나오게 했다. 그 하나는 우희右姬이며, 또 하나는 이름이 좌희左姬였다. 합려가 손무에게 말한다.

"이들은 과인이 사랑하는 궁녀라. 가히 대장으로 삼을만 하겠소?"

"그만하면 됐습니다. 연이나 군사란 먼저 호령號令을 엄격하게 하고 나중에 상벌을 내림으로 비록 이 조련이 규모는 작지만 갖출 것은 다 갖추어야 합니다. 청컨대 법을 집행할 사람 하나와 군 관리吏 사람을 세워 주로 장수의 호령과 말을 전하게 하고 또 북 치는 사람 두 사람이 있어야 북을 치겠고, 또 역사力士 몇 사람을 아장으로 삼아서 그들이 도끼와 창과 칼을 들고 단하에 늘어서야만 비로소 군사의 위엄이 섭니다.

합려는 오나라 군중軍中에서 필요한 만큼 사람을 골라 쓰도록 했다. 이에 손무는 궁녀들을 좌우 1대로 나눴다. 우희는 우대右隊를 맡고, 좌희는 좌대左隊를 맡겼다.

손무가 좌우 2대에 훈시한다.

"지금부터 군법에 대해 말할 터이니 자세히 듣거라. 첫째는 대열에 혼란을 일으키지 말 것이며, 둘째는 함부로 말하거나 떠들지 말 것이며, 셋째는 일부러 약속을 어기지 말 것이다. 특히 이 세 가지를 잘 지켜야 한다. 그럼 오늘은 이만 하기로 하고 내일 다섯 번 북이 울릴 때 다시 이 교장으로 집합하여라. 내일은 왕께서 친히 대臺에 오르사 너희들을 조련하는 것을 보실 것이다."

이튿날, 오고五鼓 때였다. 궁녀 2대가 다 교장에 모였다. 각기 몸에 갑옷을 입고 머리에 투구를 쓰고 오른손에 칼을 잡고 오른손에 방패를 들고 있었다. 좌희와 우희도 갑옷과 투구로 몸을 단속하고 양쪽에 섰다. 이윽고 손무가 장막 앞에 올라가 전유관傳諭官에게 지시한다.

"두 대장에게 황기 두 개를 나누어 주어 앞으로 나가게 하라. 그리고 나머지 궁녀들은 두 대장의 뒤를 따르도록 하라. 5인 1조로 하여 10인을 1대로 삼아 각기 뒤를 따라 계속 행진하되 북소리를 따라 앞으로 나가거나 뒤로 물러나게 하고 좌우로 돌게 하고 보조를 맞추게 하라."

전유관이 돌아서서 궁녀 2대에게 분부한다.

"곧 명령을 내릴 테니 꿇어 엎드려서 들어라."

궁녀들이 일제히 꿇어 엎드리자 곧 명령이 내린다.

"첫 번째 북이 울리거든 양대兩隊는 일제히 일어나라. 두 번째 북이 울리거든 좌대左隊는 오른쪽으로 돌아서서 행진하고 우대右隊는 좌측으로 돌아서서 행진하라. 세 번째 북이 울리거든 각기 칼을 들어 싸우는 태세를 취하라. 그리고 징이 울리거든 본 자세로 돌아가 물러서라."

전유관의 명령이 끝나자 궁녀들은 모두 손으로 입을 가리고 킬킬 웃었다. 고리(鼓吏, 북을 치는 군사)가 손무에게 아뢰고 첫 번째 북을 울렸다. 그러나 궁녀들 중엔 혹 일어서는 자도 있고 그냥 앉아있는 자도 있어서 뒤죽박죽이었다.

손무가 일어서서 말한다.

"명령대로 거행하지 않으니 명령이 분명치 못한 때문인즉 이는 장수의 죄로다. 군리는 한 번 더 명령을 내리고 고리는 다시 북을 쳐라."

이에 명령은 되풀이 되고 다시 북이 울렸다. 그제야 궁녀들은 다 일어섰다. 그러나 비스듬히 섰거나 그렇지 않으면 서로 몸을 기대고 서서 여전히 킬킬대고 웃었다.

손무가 북이 있는 데로 걸어가 친히 북채를 들고 북을 치면서 다시 명령을 내리게 했다.

좌희 우희 양 대장과 궁녀들이 일제히 킬킬 웃는다.

손무의 두 눈은 무섭게 치떠졌다. 모발과 수염이 다 꼿꼿이 일어선다.

"집법관執法官은 어디 있느냐."

집법관은 급한 걸음으로 달려와 손무 앞에 무릎을 꿇었다.

"명령이 내려도 명령을 거행하지 않으면 이는 장수의 죄다. 그러나 세 번씩 명령을 내려도 거행하지 않으니 이는 사졸들의 죄다. 군법은 이런 죄를 어떻게 다스리느냐?"

"마땅히 목을 베야 합니다."

"모든 사졸들을 다 목을 베기란 어려운 일이다. 그러니 이 죄는 두 대장에게 있다. 즉시 두 대장의 목을 베라."

좌우에 늘어선 아장들은 손무의 위엄에 눌려 감히 명령을 어길 수 없었다. 아장들은 즉시 좌희 우희 두 대장을 끌어내어 결박했다.

이때 합려는 망운대에서 손무가 군대를 조련시키는 것을 바라보고 있었다. 갑자기 좌희 우희 두 궁녀가 결박당하지 않는가. 합려는 백비에게 표절을 내주며,

"급히 나의 분부대로 두 궁녀를 구출하여라."

백비가 나는 듯이 달려가 손무에게 표절을 보이고 왕의 명령을 전한다.

"과인은 이미 장군의 용병하는 높은 솜씨를 알았다. 그러나 좌희 우희는 특히 과인을 모시는 궁녀며 과인도 그들을 총애하는 바다. 청컨대 장군은 두 궁녀를 용서하라."

손무가 대답한다.

"그대는 왕께 가서 내말을 전하시오. 자고로 군중엔 장난삼아 말하는 법이 없습니다. 신은 이미 왕의 명령을 받고 장군이 된 몸입니다. 장군이 군중에 있을 때엔 임금의 명령을 받지 않습니다. 만일 임금의 명령대로 죄 있는 자를 용서한다면 많은 군사들을 어찌 지휘할 수 있겠습니까."

그리고 손무가 아장들에게 호령한다.

"속히 두 대장의 목을 베라."

두 궁녀들은 파랗게 질려 감히 손무를 쳐다보지도 못했다. 그들의 목이 땅에 떨어져 굴렀다.

손무는 다시 궁녀들 중에서 대장 둘을 선출해 세웠다. 그리고 다시 명령을 내리고 고수로 하여금 북을 치게 했다. 북소리가 한 번 울리자 궁녀들은 일제히 일어서고 줄로 그은 듯이 정렬했다. 두 번째 북이 울리자 우대는 좌행左行하고 좌대는 우행하는데 추호도 혼란이 없었다. 세 번째 북이 울리자 칼을 높이 들고 전투태세를 취했다. 이윽고 징이 울리자 그녀들은 돌아서서 물러가

정돈했다. 그 좌우 진퇴와 선회왕래旋回往來하는 것이 다 법에 들어맞았다. 처음부터 끝까지 기침소리 하나 없었다.

손무가 집법관에게 분부한다.

"대왕에게 가서 내 말을 아뢰어라. 〈이제 병사가 다 조련되었으니 왕께서 행차하시어 사열하십시오. 비록 끓는 물과 불구덩이 속이라도 나아갈 뿐 물러서는 군사가 없을 것입니다.〉 하여라."

합려는 사랑하는 두 궁녀의 죽음을 매우 슬퍼하고 횡산橫山에다 잘 장사 지내고 애희사愛姬祠라는 사당을 짓고 제사까지 지냈다. 그는 손무를 등용하지 않고 나부산으로 돌려보낼 생각이었다.

오자서가 아뢴다.

"신이 듣건대 무기는 바로 흉기라고 합니다. 그러므로 장난조로 하는 일이 아닙니다. 상벌이 엄하지 않으면 명령이 서지 않습니다. 대왕이 초나라를 정복하고 천하의 패권을 잡으시려면 반드시 좋은 장수를 얻어야 하며 좋은 장수란 반드시 과감하고 엄해야 합니다. 만일 손무를 버린다면 누가 능히 회수淮水와 사수泗水를 건너고 천 리 먼 곳에 가서 싸우겠습니까. 아름다운 여자를 얻기는 쉽지만 진실로 훌륭한 장수는 얻기가 쉽지 않습니다. 두 궁녀 때문에 좋은 장수를 버린다면 이는 잡초를 사랑한 나머지 벼와 곡식을 버리는 것과 같습니다."

합려는 오자서의 말에 깨달은 바가 있어 마침내 손무를 상장군으로 삼고 군사軍師로서 대우하고 장차 초나라를 칠 일을 맡겼다.

"장차 우리는 어느 쪽으로 쳐들어가야 할까요?"

손무가 대답한다.

"군사를 쓰려면 먼저 내환內患부터 없애고 연후에 다른 나라를 치는 법입니다. 내 들으니 선왕(先王, 먼저 번 왕) 왕료王僚의 동생인 엄여掩餘가 지금 서徐나라에 가 있고, 촉용燭庸이 종오鍾吾나라에 가 있으면서 원수 갚을 생각이라고 합니다. 오늘날 군사를 쓰자면 먼저 엄여와 촉용부터 없애버린 후에 초나라를 쳐야합니다."

오자서는 그럴 성싶게 생각하고 합려에게 가서 손무의 말을 그대로 전했다.

합려가 말한다.

"서徐와 종오는 다 보잘것없는 조그만 나라라 과인이 각각 사신을 보내서 엄여와 촉용을 잡아 보내라고 요구하면 그 두 나라가 그들을 잡아 보낼 것이오. 그러니 굳이 군사까지 쓸 것이 없소."

이에 오나라는 서 나라와 종오 나라로 사신을 보냈다. 서 나라 임금 장우章 羽는 오왕 합려의 요구를 듣고 망명 와 있는 엄여를 인정상 차마 잡아 보내기가 난처했다. 그래서 비밀히 사람을 보내서 엄여를 다른 나라로 달아나게 했다.

한편 종오 나라에서도 촉용에게 귀띔해 주어 다른 나라로 달아나게 했다. 엄여는 달아나다가 역시 도망쳐오는 촉용과 만났다. 그들은 서로 상의하여 초 나라로 달아났다. 초나라 소왕昭王은 그 두 사람을 환영했다.

"두 공자는 원수인 합려에 대한 원한이 골수에 사무쳤을 것이오. 우리 서로 손을 잡고 장차 오나라를 쳐서 원수를 갚읍시다. 그러니 당분간 두 공자는 서성舒城 땅에서 군사를 조련하며 오나라 군을 방어해주기 바라오."

이에 엄여와 촉용은 오나라와 접경지대인 서성 땅에서 초나라 군사를 조련했다. 오왕 합려는 이 소문을 듣고 대로했다. 자기 명령을 어긴 서와 종오 두 나라를 치도록 손무에게 분부했다. 이에 손무는 서나라를 쳐서 여지없이 무찔러 버렸다. 서나라 임금 장우는 초나라로 달아났다.

다시 손무는 군사를 돌려 종오를 쳐서 종오 나라 임금을 사로잡아 가지고 돌아왔다. 연후에 다시 손무는 군사를 거느리고 초나라 서성 땅을 쳐서 격파하고 엄여와 촉용을 잡아 죽였다.

합려는 이긴 김에 초나라 수도 영성郢城 까지 쳐들어갈 작정이었다.

손무가 아뢴다.

"세 번 싸움에 백성들은 많이 피곤해 있습니다. 백성을 너무 부려서는 안 됩니다. 다음 기회를 기다리십시오."

이에 군사를 거느리고 오나라로 돌아왔다.

오자서가 합려에게 계책을 아뢴다.

"적은 군사로 많은 군사를 이기고 약한 자가 강한 자를 이기려면 먼저 적만을 수고롭게 하고 이쪽은 편안한 도리를 취해야 합니다. 옛날 진晉나라 도공悼公이 4군을 넷으로 나누어 교대로 나가서 초나라를 괴롭히고 큰 성과를 거둔 것은 말하자면 조그만 노력으로 적을 최대로 괴롭힌 것입니다. 지금 초나라 정권을 잡고 있는 자들은 욕심이 많고 용렬해서 난국을 타개할 만한 인물들이 못됩니다. 청컨대 모든 군사를 3군으로 나누어 초나라를 괴롭히는 것이 어떻겠습니까? 즉 우리는 3군 중에서 1군만 보내도 초군은 다 몰려올 것입니다. 그들이 나오면 우리는 돌아오고 그들이 가면 우리는 교대로 다음 1군을 보내면 됩니다. 이렇게 몇 번이고 되풀이 하면 우리는 힘을 아껴가면서 모든 초군을 피로하게 할 수 있습니다. 그들이 지칠대로 지칠 때를 보아 우리 전군이 갑자기 그들을 치면 초나라를 완전히 짓밟을 수 있습니다."

합려가 오자서의 계책대로 군사를 3군으로 나누고 1군씩 교대로 접경에 보내서 초군을 쳤다. 이렇게 되풀이 하는 동안에 과연 초군은 점점 지쳤다. 이 때 합려에게 사랑하는 딸이 하나 있었다. 그녀의 이름은 승옥勝玉이었다.

언젠가 내궁內宮에서 잔치가 있었다. 잔치가 한참일 때 포인(庖人, 요리사)이 큰 생선찜을 바쳤다. 합려는 그 생선찜을 반쯤 먹다가 배가 불러서 그 나머지를 그의 딸 승옥에게 보냈다. 원래 성미가 결백한 승옥은 먹다 남은 생선찜을 보고 크게 화를 냈다.

"왕이 먹다 남은 고기를 보내서 나를 이렇듯 모욕하시는구나. 내 살아서 무엇하리요."

승옥은 방문을 닫아걸고 목을 매 자살하였다.

딸을 잃고 합려는 매우 슬퍼했다. 평소 애지중지하던 딸인 만큼 성대히 염을 하고 서쪽 창문 밖에다 땅을 파서 호수를 만들었다. 오늘날 중국에서 여분호女墳湖라고 불리는 것이 바로 그 호수다.

다시 합려는 문석文石을 끊어 널을 만들고 호수가 보이는 창문 밖에다 그 딸을 장사지냈다. 장사를 지낼 때 많은 보물을 함께 묻어 줬는데 그 중엔 황금으로 만든 가마솥과 옥으로 만든 술잔과 은으로 만든 술병, 구슬로 만든 옷, 또 명검名劍으로 이름난 반영盤郢 이라는 칼도 함께 묻었다. 그리고 합려는 군사들을 시켜 잘 길들인 백학白鶴을 거리에 내다가 춤추게 했다.

군사들이 길마다 늘어서서 외친다.

"모든 백성은 나와서 학이 춤추는 것을 구경하시오."

백성들은 거리로 쏟아져 나와 하얀 학들이 춤추는 걸 보려고 인산인해를 이뤘다. 군사들은 구경나온 백성들을 꾀어 굴문(隧門, 터널)으로 들여보냈다. 그 굴에는 모든 장치가 되어 있었다.

백학이 춤추는 걸 구경 나왔던 백성들은 승옥의 무덤 속 내부를 구경시켜 준다는 바람에 앞을 다투어 굴속으로 들어갔다. 백성들이 다 들어가자 군사들은 굴 문 위에 비끄러맨 줄을 칼로 끊었다. 그러자 큰 문이 굴 입구를 막아버렸다. 즉시 군사들은 흙으로 문을 묻어버렸다. 이날 생매장을 당한 남녀는 만 명이 넘었다.

합려가 군사들의 보고를 듣고 나서 말한다.

"내 죽은 딸을 위해 만 명을 순장했으니 승옥은 이제 적막하지는 않으리라."

三良殉葬共非秦	3량을 순장했을 때 진나라를 비난했는데
鶴市何當殺萬人	백학을 춤추게 하고 1만 명을 죽이다니
不待夫差方暴骨	부차 때 오나라가 망했다고 하지 마소
闔閭今日己無民	오늘날 합려가 백성을 잃은 것이다.

합려는 전왕前王 왕료를 죽이고 왕위에 섰으며, 또 그 딸 무덤에 1만 명을 순장했다. 잔인하고 포악무도한 왕인 것이다. 합려는 마침내 손무, 오자서, 백비에게 군사를 주고 초나라를 치게 했다. 동시에 사자를 월나라로 보내서 즉

시 군사를 일으켜 초나라를 쳐달라고 청했다. 그러나 월왕은 초나라와 서로 거래하는 사이였기 때문에 군사를 일으키지 않았다.

한편 손무는 오자서와 함께 초나라를 쳐서 육합 땅과 잠산 땅 두 고을을 점령했다. 그러나 오나라 후속부대가 계속 뒤를 대지 못해서 손무는 결국 본국으로 회군했다.

합려는 이번에 월나라가 군사를 일으켜 함께 초나라를 쳐주지 않은 데 대해서 대로했다. 합려는 월나라를 치기로 결심했다.

손무가 간한다.

"금년은 세성歲星이 월나라에 위치하고 있음으로 그들과 싸우는 것이 이롭지 못합니다."

그러나 합려는 손무의 말을 듣지 않고 마침내 월나라를 쳤다. 오나라 군사는 추리 땅에서 월나라 군사를 크게 무찌르고 많은 물품을 노략질했다. 그들이 오나라로 돌아가는 중이었다.

손무가 오자서에게 말한다.

"40년 후면 월나라는 강국이 될 것이며 그땐 오나라 운수도 끝날 것이오."

오자서는 손무의 말을 유심히 들었다. 합려가 왕위 오른 지 5년째 일이었다.

그 다음 해에 초나라에서는 영윤 낭와가 수군水軍을 거느리고 지난해 싸움에 진 것을 설치하려고 오나라를 쳤다. 이에 합려는 손무에게 초나라 수군을 격퇴하라고 명령했다. 손무는 출전하여 초나라 수군을 쳐부수고 초나라 장수 간계를 사로잡아가지고 돌아왔다.

그러나 합려는 불만이었다.

"초나라 도읍 영성에 들어가지 못하면 비록 이겼다 하더라도 무슨 공로가 되리요."

오자서가 대답한다.

"신이 어찌 원수들이 살고 있는 초나라 영성을 잠시라도 잊을 수 있겠습니까. 아직 초나라는 천하 강국이기 때문에 경솔히 그들과 대적할 수 없습니다.

초나라 영윤 낭와는 비록 민심을 얻지 못했지만 아직 모든 나라 제후가 그를 미워하지는 않습니다. 하지만 욕심 많은 낭와는 모든 나라 제후에게 늘 뇌물을 보내라고 꾸준히 조른다고 하니 오래지 않아서 나라들이 낭와를 미워할 때가 있을 것입니다. 그러한 기회를 노렸다가 일거에 초나라를 무찔러야 합니다."

손무는 강에서 날마다 수군을 조련하고 오자서는 널리 세작細作을 보내서 초나라에 관한 정보를 수집했다.

하루는 아랫사람이 오자서에게 고한다.

"당唐, 채蔡나라 사람이 우리나라와 통호通好하려고 지금 교외에 와 있습니다."

오자서는 우선 기뻤다.

"당나라와 채나라는 초나라의 속국이다. 그러한 그들이 아무 연고 없이 왔을 리 없다. 그들은 반드시 초나라를 원망한 나머지 우리를 찾아왔을 것이다. 그렇다면 하늘이 이제야 나에게 초나라를 멸망시키라는 것이구나."

오자서는 드디어 때가 왔다고 믿었다. 오자서가 합려에게 아뢴다.

"당, 채 두 나라 사신이 초나라에 대한 원한(낭, 채 두 나라 임금들은 초나라 수상 낭와에게 뇌물을 주지 않는다는 이유로 3년 동안 초나라에 감금되었었다.)을 갚기 위해 우리의 앞장을 서겠다고 자원해서 왔습니다. 위기에 빠진 채나라를 건져주면 우리 오나라 위엄이 떨칠 것이며, 초나라를 무찌르면 이익이 많을 것이므로 이야말로 일석이조라 하겠습니다. 왕께서 초나라 수도 영성에 들어가는 것이 원이라면 이 절호의 기회를 놓치지 마십시오."

합려는,

"우리가 곧 군사를 일으켜 귀국을 도우러 갈 것이니 먼저 그대들은 돌아가서 이 뜻을 임금께 전하오."

두 사람은 합려에게 칭사하고 각각 본국으로 돌아갔다. 합려가 군사를 일으키려는 참이었다. 신하 한 사람이 들어와서 아뢴다.

"지금 군사軍師 손무가 왕께 아뢸 말씀이 있다면서 뵙기를 원합니다."

"이리로 들어오시라 해라."

손무가 들어와서 아뢴다.

"지금까지 초나라를 치지 않은 것은 초나라가 속국이 많기 때문입니다. 그런데 이번 진晉나라가 초나라를 한 번 성토하자 열일곱 나라가 모여들었습니다. 그들 중에 특히 진陳, 허許, 돈頓, 호胡 같은 나라는 원래 초나라를 섬겨왔는데도 불구하고 이번에 진나라 편에 가담한 걸 보면 천하의 마음이 얼마나 초나라를 미워하고 있는지 알 수 있습니다. 지금 초나라를 원망하는 것은 비단 당이나 채나라만도 아닙니다. 이제야말로 고립상태에 있는 초나라를 칠 때입니다."

합려는 크게 기뻤다.

드디어 피리와 전의는 태자 파를 모시고서 국내를 지키기로 하고, 손무는 대장이 되고, 오자서와 백비는 부장이 되고, 합려의 친동생 공자 부개는 선봉, 공자 산은 모든 군량을 맡아 뒤를 대기로 하고, 오나라 군사 6만 명을 출동 시켰다. 그들은 십만 대군이라고 자칭했다. 오나라 대군은 합려의 인솔 아래 배를 타고 수로水路를 따라 회수淮水를 건너고 채나라로 나아갔다.

한편 채나라 채성을 포위하고 있던 영윤 낭와는 크게 몰려오는 오나라 군사에 질려서 포위를 풀고서 달아났다. 낭와는 초나라 군사를 거느리고 한수漢水를 건너가서 영채를 세웠다. 강을 가운데 두고 오나라 군사를 막자는 것이었다. 동시에 낭와는 영성으로 보발군을 보내서 위급을 알렸다. 이튿날 당나라 임금이 군사를 거느리고 합려의 군과 합류했다. 채나라와 당나라는 합려의 좌우익이되어 초나라를 치는 것을 돕겠다고 자원했다. 오, 채, 당 세 나라 군사는 출발하기에 앞서 손무가 오나라 군사에게 명령한다.

"전함戰艦모두 회소에 두고 모든 군사는 육로로 이동한다."

오자서가 묻는다.

"왜 배는 회수에 두고 갑니까?"

"배가 흐르는 물을 거슬러 올라가면 늦습니다. 초군에게 준비할 여유를 주지 말고 쳐들어가야 합니다."

초나라 군사는 강 북쪽에서 육로를 따라 예장豫章 땅으로 빠져나가 곧장 한

양 땅으로 강행군했다. 이리하여 마침내 초나라 군사는 한수 남쪽에서 둔 치고 오나라 군사는 한수 북쪽에 영채를 세웠다. 초나라 낭와는 오나라 군사가 바로 한수를 건너오지나 않을까 하고 밤낮 근심하다가 오나라 전함이 회수에 있다는 정보를 듣고서 겨우 마음을 놓았다.

초나라 소왕은 오나라가 크게 군사를 일으켰다는 보고를 받고 모든 신하들에게 계책을 물었다.

공자 신申이 아뢴다.

"낭와는 대장으로 적합지 못한 인물입니다. 곧 좌사마 심윤술에게 군사를 주고 속히 가서 오나라 군사가 한수를 건너지 못하도록 막으라고 하십시오. 먼 곳을 온 오나라 군사는 후방과의 연락이 어려워서라도 반드시 오래 머물지 못할 것입니다."

소왕은 공자 신의 계획대로 지시했다. 이에 좌사마 심윤술은 군사 1만 오천 명을 거느리고 오나라 군사를 막으려고 떠났다. 심윤술이 한양 땅에 도착하자 낭와는 심윤술을 영접했다.

심윤술이 묻는다.

"오나라 군사가 어느 방향으로 왔기에 이렇듯 빨리 왔을까요?"

낭와가 대답한다.

"그들은 회수에다 배를 두고 육로로 예장을 거쳐 왔소."

이 말을 듣자 심윤술이 소리 높여 웃는다.

"세상 사람들이 말하기로 손무의 군사 쓰는 법이 신과 같다지만 내가 보기로는 아이들 장난 같소."

"그게 무슨 소리요?"

심윤술이 자랑스럽게 말한다.

"오나라는 강이 많기 때문에 오나라 군사의 장기는 수전이오. 그런데 그들이 배를 버리고 다 뭍으로 왔다는 것은 속히 이겨야겠다는 허욕이오. 그러나 그들은 돌아갈 길이 없습니다. 그래서 웃는 것이오."

낭와가 묻는다.

"그건 그렇다 하고 그들은 지금 한수 저편에 진을 치고 있으니 어떻게 하면 그들을 무찌를 수 있겠소?"

심윤술이 계책을 말한다.

"나의 군사 5천을 드릴 터이니 대감은 한수 가에 진영을 벌려 세우고 이쪽 연에 있는 배란 배는 모두 다 거두어 들이십시오. 그렇게 한 후에 군사들에게 가벼운 배를 타고 강 아래위로 오르내리며 오나라 군사가 배를 구하지 못하도록 방해하라고 하십시오. 그러는 동안 나는 1군을 거느리고 신식 땅으로 빠져 회수로 가서 오나라 군사가 버리고 간 배를 모조리 불태워 없애고 다시 해동 땅 좁은 길에 나무와 돌을 쌓아 길을 끊겠습니다. 그런 후에 대감은 군사를 거느리고 한수를 건너가 오나라 군사의 진영을 치고 나는 뒤로 돌아와서 그들의 배후를 치면 됩니다. 돌아갈 수 있는 수로, 육로가 다 끊기고 앞뒤로 공격을 받게 되면 오나라 임금과 신하는 다 우리 손에 죽었지 별 수 있겠습니까?"

"좌사마의 높은 계책은 참으로 나보다 낫소!"

이에 심윤술은 장수 무성흑에게,

"그대는 군사 6천 명을 거느리고 영윤 대감을 도우라."

분부하고 자기는 1군을 거느리고 신식 땅으로 떠나갔다.

심윤술이 떠난 뒤 오, 초 두 나라 군사는 한수를 사이에 두고 다시 수일을 대치했다. 초나라 장수 무성흑은 낭와에게 아첨하고 싶었다.

"오나라 군사는 배를 버리고 뭍으로 올라온 것이 마치 물고기가 물을 버리고 숲속으로 들어온 것과 마찬가지입니다. 더구나 그들은 이곳 지리에도 밝지 못합니다. 심윤술의 말대로 그들이 패할 것이 뻔합니다. 이미 여러 날이 지났건만 저들이 강을 건너오지 못하는 것만 봐도 지쳐있는 것이 분명하니 이런 때 적군을 속히 치십시오."

낭와의 신임을 받고 있는 장수 사황이 또한 권한다.

"지금 영윤 대감은 초나라 백성에게 별로 신임을 받지 못하고 있습니다.

그 대신 사마 심윤술은 나날이 백성들의 신임을 받고 있는 중입니다. 이번에 또 심윤술이 오나라 배를 불살라 길을 끊고 적을 격파하면 일등 공을 세우게 됩니다. 물론 영윤 대감도 벼슬도 높고 명망도 높지만 그간 여러 번의 실수가 없지 않았는데 이번에 또 공로를 사마 심윤술에게 빼앗긴다면 장차 무슨 면목으로 문무백관들의 맨 앞에 서 있을 수 있겠습니까. 반드시 사마 심윤술이 대신해서 영윤 자리를 차지할 것입니다. 그러니 차라리 무성흑 장군의 계책대로 한수를 건너가서 오군과 승부를 겨루는 것이 상책일까 합니다."

낭와는 두 장수의 권고에 귀가 솔깃했다.

드디어 낭와는 3군을 거느리고 한수를 건너가 소별산에 이르러 진채陳寨를 폈다. 초나라 장수 사황은 군사를 거느리고 가서 오나라 군사에게 싸움을 걸었다. 이에 오나라 손무는 선봉인 공자 부개에게 나가서 초나라 군사와 싸우도록 분부했다. 공자 부개는 군사 3백 명에게 각각 단단한 몽둥이 한 개씩을 들려가지고 나갔다.

오나라 군사는 몽둥이를 휘둘러 닥치는 대로 초나라 군사를 후려 갈겼다. 초나라 군사는 생전 처음 보는 몽둥이 부대에 미쳐 손을 쓰지 못하고 무수히 난타를 당했다. 마침내 초나라 장수 사황은 견디지 못하고 달아났다.

낭와는 패하여 도망 온 사황을 책망한다.

"그대는 나에게 강을 건너게 하고 겨우 첫 번 싸움에서 패하고 돌아왔으니 무슨 면목으로 나를 보러 왔는가?"

사황이 대답한다.

"싸워서 적장을 참하지 못하고 공격해서 적의 임금을 사로잡지 못한다면 이는 병가의 자랑이 못됩니다. 지금 오왕은 대별산에 있습니다. 소소한 싸움에 이기느니 보다는 오늘밤에 갑자기 적의 진을 쳐서 오왕을 사로잡아 오겠습니다."

낭와는 그 뜻을 기특히 여기고 정병精兵 1만 명을 골라 함매(銜枚, 말에 재갈을 무려서 소리를 내지 못하게 함) 시키고 대별산 뒤로 돌아가서 합려를 사로잡기로 결심했다.

한편 손무는 부개가 첫 번 싸움에서 이겼다는 보고를 받았다. 오나라 모든 장수와 부하들은 서로 축하하며 기뻐했다.

손무가 기뻐하는 장졸들을 제지하며,

"낭와는 요행수나 믿고서 공을 탐하는 보잘것없는 자라 오늘 초나라 장수 사황이 우리에게 지기는 했지만 아직 초나라 군사는 건재하다. 오늘 밤에 그들이 반드시 우리 본진을 엄습할 것이니 우리 편에서도 준비가 있어야 한다."

하고 명령을 내린다.

"부개와 전의는 각기 본부 군을 거느리고 좌우에 매복하고 있다가 초각(哨角, 보초병의 신호)소리가 나면 일제히 나아가 적과 싸우시오. 그리고 당, 채 두 군후께서는 서로 양쪽 길에 나누어 계시다가 사세를 보아 유리하도록 부개와 전의를 도와주십시오. 그리고 오자서는 군사 5천을 거느리고 도리어 소별산으로 가서 낭와의 영채를 무찌르시오. 백비는 군사를 거느리고 뒤따라가서 오자서가 유리하도록 도우시오."

"또 공자 산은 왕을 모시고 한음산으로 자리를 옮겨 적군을 피하시오. 그리고 대별산 본진엔 정기旌旗를 돌려가며 가득히 꽂아놓고 늙고 약한 군사 수백 명만 두어 지키게 하시오."

어느덧 해가 저물고 밤이 깊어간다. 삼고三鼓 때가 되자 과연 낭와가 초나라 정병을 거느리고 대별산 뒤에서 나타났다. 낭와는 오나라 진채가 아무 방비도 없이 고요한 것을 보고 크게 함성을 지르며 일제히 쳐들어갔다. 그러나 합려는 없었다. 그제야 낭와는 혹 오나라 군사가 어디에 매복해 있지나 않나 하고 황망히 뛰쳐나왔다.

지금까지 숨어있던 부개와 전의가 각기 군사를 거느리고 뛰쳐나가 초나라 군사를 협공했다. 좌우로 공격을 받고 초나라 영윤 낭와는 놀라서 일변 싸우고 일변 달아난다. 오나라 군사는 마치 짐승 사냥하듯 달아나는 초나라 군사를 뒤쫓아 마구 쳐 죽였다. 낭와는 군사 삼분지 일을 잃고서야 겨우 오나라 군사에서 벗어날 수 있었다. 낭와가 얼마쯤 달아나고 있을 때였다. 문득 앞에서 포성이 크게 일어났다. 동시에 오른쪽에서 채나라 왕이 군사를 거느리고 달려나와 소리친다.

"이놈 낭와야! 게 섰거라. 내 갑옷과 백옥을(낭와는 채 임금의 갑옷과 백옥을 자기에게 뇌물로 주지 않자 3년간 감금했다가 결국 그것들을 받고 풀어줬다.) 돌려주면 살려주마." 동시에 왼편에서 당나라 임금이 군사를 거느리고 달려오며 소리친다.

"속히 나의 숙상마(肅霜馬, 낭와는 당나라 임금의 백마 두 필을 주지 않는다고 초나라에 3년간 감금했다가 말을 뇌물로 바치자 당나라 왕을 풀어줬다.) 한 쌍을 내놓아라. 그래야만 네가 죽음을 면하리라."

낭와는 부끄럽기도 하고 괴롭기도 하고 황급하기도 하고 무섭기도 했다. 이때 마침 초나라 장수 무성흑이 군사를 거느리고 달려와서 크게 싸우며 위기에 빠진 낭와를 구출해서 달아났다. 그들이 몇 리쯤 달아나 목숨을 부지했다고 생각했을 때였다. 그들은 본영을 지키도록 두고 온 군졸들이 허둥지둥 달려오는 것과 만났다.

"너희들은 웬일이냐?"

"큰일 났습니다 오나라 오자서가 이미 우리 본영을 점령했습니다. 사황장군은 오나라 군사와 대판 싸웠으나 크게 패했는데 지금은 어디에 있는지 모르겠습니다."

이 말을 듣자 낭와는 가슴이 찢어지는 듯 정신이 아찔했다. 낭와는 패잔병을 거느리고 밤길을 달렸다. 그는 백거 땅에 이르러 비로소 말에서 내렸다. 그 이튿날 낮쯤 초나라 장수 사황 역시 패잔병을 거느리고 백거 땅에 왔고 흩어졌던 다른 패잔병들도 점점 모이게 되어 초나라 군사는 다시 영채를 세웠다.

낭와가 힘없이 말한다.

"손무는 과연 용병하는 것이 귀신 같구나. 이러고 있을 것이 아니라 영채를 버리고 일단 본국으로 돌아가 다시 군을 청해서 오나라와 싸우는 수밖에 없다."

사황이 조용히 타이른다.

"영윤 대감께서 대군을 거느리고 오나라 군사를 막으려고 여기까지 왔는데 만일 영채를 버리고 본국으로 돌아가시고 나면 오나라 군사가 단박에 한수를 건너고 즉시 영성으로 쳐들어갈 것입니다. 그때 영윤 대감은 오나라 군사를 막지 못한 책임을 무엇으로 면하시렵니까? 이대로 돌아가느니보다는 차라리 전력을 기울려 오나라 군사와 끝까지 싸워서 싸움터에서 죽는 편이 낫습니다. 그래야만 후세에 이름이나마 더럽히지 않을 것입니다."

낭와는 기가 막혔다. 그는 아무 대답도 하지 못하고 한참 이래 볼까 저래 볼까 주저하던 참이었다. 군졸 하나가 들어와서 고한다.

"본국에서 1만 군이 우리를 도우러 왔습니다."

낭와는 즉시 밖으로 나가서 군사를 거느리고 온 장수를 영접해 들어왔다. 군사를 거느리고 온 장수의 이름은 원사였다.

원사가 낭와에게 말한다.

"대왕께서 오나라 군사의 규모가 크다는 보고를 받고서 곧 영윤대감 혼자서 싸우기엔 힘들 줄로 염려하시고 나에게 군사 1만 명을 거느리고 가라 하시기에 왔습니다. 그래 그간 싸운 경과는 어떻습니까?"

낭와는 그간 오나라와 싸운 경과를 사실대로 말했다. 낭와의 얼굴은 부끄러움으로 가득했다.

원사가 말한다.

"사마 심윤술의 말대로만 하셨더라도 일이 이 지경에 이르지는 않았을 텐데……. 이나 저나 간에 이제는 구렁을 깊이 파고 누를 높이 쌓고 그저 오나라 군사의 공격이나 막으면서 심윤술의 군대가 돌아올 때를 기다렸다가 함께 힘을 합쳐 적군을 무찌르는 수밖에 없습니다."

낭와가 의견을 말한다.

"내가 수효도 많지 않은 군사를 거느리고 적의 본진을 쳤다가 큰 낭패를 봤지만, 우리가 각기 두 진영을 차린다면야 우리 초나라 군사가 어찌 오나라 군사보다 약할 리 있으리오. 이제 장군도 오고 했으니 이 기회에 장군과 나와 함께 오나라 군사를 쳐서 사생결단을 냅시다."

그러나 원사는 거절하고 낭와와 다른 곳에 가서 영채를 세웠다. 말은 좌우로 진세를 펴기 위한 것이라고 했지만 실은 서로 거리가 10여 리나 됐다. 낭와는 자기 벼슬이 가장 높다는 것만 생각하고서 원사를 하시下視했고 원사는 낭와를 무능한 사람이라고 생각했기 때문에 서로 뜻이 맞질 않았다.

한편 오나라 선봉인 부개는 초나라 장수들이 서로 반목질시反目嫉視한다는 정보를 듣고 합려에게 갔다.

"낭와는 욕심 많고 어질지 못하기 때문에 원래부터 인심을 잃었습니다. 이번에 초나라의 원사가 군사를 거느리고 도우러 왔으나 그들은 서로 의견이 맞질 않아서 각각 떨어져 있다고 합니다. 그래서 군사들은 두 사람의 눈치만 보며 의욕을 잃었다고 합니다. 이번에 초나라에서 원사가 군사를 거느리고 도우러 왔으나 그들은 서로 의견이 맞지 않아서 각각 떨어져 있다고 합니다. 이런 기회에 초나라 군사를 치면 반드시 이길 수 있습니다."

합려는 좀더 신중해야 한다면서 부개의 말에 응락하질 않았다. 부개가 물러나와 혼자 중얼거린다.

"임금은 명령을 내리는데 불과하고 신하는 임금의 뜻을 실행할 뿐이다. 그러니 나 홀로 가서 초군을 격파할 수만 있다면 초나라 도읍 영성으로 쉽사리 들어갈 수 있으리라."

이튿날 부개는 본부군 5천 명을 거느리고 낭와의 영채를 향해 떠났다. 뒤늦게 이 사실을 안 손무가 오자서를 불러,

"공자 부개가 단독으로 초군을 치러 갔다하니 속히 가서 그를 도우시오."
하고 지시했다.

한편 부개는 낭와의 진영을 공격했다. 아무 준비도 없었던 초군은 일대 혼란이 일어났다. 초나라 장수 무성흑이 목숨을 걸고 싸워 겨우 오나라 군사를 막고 있는 동안에 낭와는 달아나려고 뒷문으로 빠져나갔다. 그러나 낭와는 미처 병거에 타기도 전에 왼편 팔에 화살을 맞았다. 이때 초나라 장수 사황이 본

부군을 거느리고 달려와 낭와를 부축해서 병거에 올려태우고 말한다.

"영윤대감 스스로 이 병거를 몰고 어디로든 달아나시오. 나는 이곳에서 죽는 사람입니다."

낭와는 전포와 갑옷을 벗어버리고 나는 듯이 병거를 몰고 달아났다. 그는 영성으로 돌아갈 면목이 없었다. 마침내 정鄭나라로 도망을 했다.

披裘佩玉駕名駒	남의 갓옷, 구슬, 명마를 빼앗아
只道千年住郢都	초나라에서 부귀를 누릴 수 있다고 장담하더니
兵敗一身逃難去	싸움에 지고 홀로 달아나는 신세라
好敎萬口笑貪夫	세상 모든 입이 욕심만 많은 자라 비웃는다.

오자서가 군사를 거느리고 부개를 도우러 초나라 영채에 당도했을 때였다. 초나라 장수 사황은 낭와의 뒤를 추격하지 못하도록 하기 위해서 본부군을 이끌고 오나라 군사 속으로 뛰어들어가 크게 싸웠다. 죽음을 각오한 사황은 오나라 군사와 싸워 200여 명을 죽였다. 그러나 초나라 군사도 그만큼의 전사자를 냈다. 마침내 싸우고 싸우다가 사황은 온몸에 중상을 입고 죽었다. 무성흑도 끝까지 싸우다가 부개의 칼에 맞아 죽었다.

초나라 장수 원사의 아들 원연은 낭와의 영채가 오나라 군사의 공격을 받고 있다는 급보를 받았다. 그는 급히 아버지 원사에게 가서 낭와를 돕자고 청했다. 그러나 원사는,

"갈 필요 없다 너는 잠자코 있거라."

하고 도리어 영채 밖에 나가서 군사들에게 추상같은 호령을 내렸다.

"내 명령 없이 행동을 취하는 자 있으면 당장에 참할 터이니 그리 알라."

이윽고 낭와의 영채에서 패한 초나라 군사 1만여 명이 다 원사의 영채로 도망 왔다. 원사는 그 패잔병과 자기 군사를 합쳐 군세를 떨쳤다. 원사가 그의 아들 원연에게 말한다.

"오나라 군사가 이번에 이긴 것을 기회로 알고 이곳까지 쳐들어올지 모른다. 그러면 우리는 그들을 막아낼 도리가 없다. 오나라 군사가 오기 전에 행렬을 짓고 일단 영성으로 돌아갔다가 다시 조처를 취하리라."

초나라 대군은 일제히 영채를 뽑고 떠났다. 원연은 선두에 가고 원사의 군대는 뒤따라가며 혹시 오나라 군사가 추격해오지 않나 경계했다.

한편 부개는 원사가 초나라 군사를 모조리 거느리고 영성으로 떠났다는 보고를 받고 즉시 초나라 군사의 뒤를 밟아갔다.

오나라 군사가 청발 땅까지 갔을 때였다. 초나라 군사는 강을 건너려고 열심히 배를 모으고 있는 중이었다. 오나라 군사는 절호의 기회라면서 초나라 군사를 치자고 했다. 그러나 부개는 군사들을 제지한다.

"쫓기는 짐승도 달아날 구멍이 없으면 되돌아서 죽기를 각오하고 덤비는 것이다. 더구나 사람이야 더 말할 것이 있느냐. 지금 돌아가는 초나라 군사를 습격하면 그들은 죽기를 각오하고 우리에게 덤벼들 것이다. 그러니 잠시 기다리다가 그들이 강을 반쯤 건너갈 때에 치는 것이 우리에게 유리하다. 그러면 먼저 건너간 초나라 군사는 살아서 돌아가겠지만 아직도 건너지 못한 군사들은 서로 먼저 건너려고 앞을 다툴 터이니 우리는 쉽사리 이길 수 있을 것이다."

이에 부개는 일부러 20여 리 가량 물러가서 진을 쳤다. 이때 손무가 여러 장수와 군사를 거느리고 싸움 결과를 알리고 부개에게로 왔다. 손무 등 여러 장수는 부개의 작전 계책을 듣고 찬탄했다. 조금 늦게 합려도 왔다. 합려가 이말을 듣고 오자서를 돌아보며 자랑한다.

"과인의 동생 부개가 이렇듯 영특하니 어찌 초나라 영성에 들어가지 못할까 염려할 것이 있겠는가."

오자서가 대답한다.

"신이 지난날 관상을 잘 보는 피리에게서 들었는데, 부개는 잔털이 거슬러 올라 났기 때문에 반드시 나라를 배반하고 주인에게 반역할 상이라고 했습니다. 비록 영특하지만 만사를 다 쓸어 맡겨서는 안 됩니다."

그러나 합려는 그 말을 유의해서 들으려고 하지 않았다. 한편 초나라 장수 원사는 오나라 군사가 추격해 온다는 보고를 받고 진을 치고 전투준비를 하려다가 다시 오나라 군사가 20여 리 가량 후퇴했다는 보고를 받았다.

"오나라 사람들이 겁이 많다는 것을 내 일찍부터 들어 알고 있다. 그들이 감히 우리를 추격하지는 못할 것이다."

하고 원사는 자신 있게 말했다.

초나라 군사는 식사를 마치고 강을 건너기 시작했다. 초군이 10분의 3을 건너고 있을 때였다. 오나라 선봉 부개가 군사를 거느리고 풍우처럼 들이닥쳤다. 크게 놀란 초나라 군사는 서로 먼저 강을 건너려고 일대 혼란이 일어났다. 원사는 군사들을 진정시키려고 소리를 치고 호령했으나 소용이 없었다. 원사는 하는 수 없이 병거에 뛰어올라 달아난다. 강을 미처 건너지 못한 초나라 군사는 장수가 달아나는 것을 보자 그들도 일제히 달아난다. 이에 오나라 군사는 달아나는 초나라 군사를 뒤쫓아가며 닥치는 대로 쳐 죽였다. 오나라 군사는 초나라 군사의 기와 북과 무기, 갑옷 등을 무수히 노획했다.

손무가 당나라 임금과 채나라 임금에게 지시한다.

"두 군후께서는 각기 본국군(本을 國軍)을 거느리고 강가에 가서 적의 배를 모조리 뺏으십시오."

한편 달아나던 초나라 장수 원사는 간신히 옹서 땅에 도달하였다. 뒤 따르던 장수와 군졸들도 배가 고프고 지칠 대로 지쳐서 더 달아날 수도 없었다. 그저 오나라 군사가 뒤따라 오기는 아직 멀었다는 것만으로 위로를 삼았다. 그래서 그들은 각기 냄비에다 밥을 지었다. 그들이 밥을 막 먹으려던 참이었다. 추격해온 오나라 군사가 저편 산모퉁이에서 나타나기 시작했다. 초나라 군사는 먹던 밥까지 버리고 황망히 달아난다. 초나라 군사가 지어놓은 밥은 결국 오나라 군사의 주린 배를 채웠다. 오나라 군사는 배불리 밥을 먹고 다시 초나라 군사의 뒤를 쫓았다. 이날 초나라 군사는 한 번 싸워보지도 못하고 자기들끼리 밟혀서 죽은 자만해도 부지기수였다. 마침내 원사가 타고 달리던 병거의 바퀴 하나가 바위에 부딪쳐 빠져나갔다. 원사의 몸은 공중으로 튕겨 땅바닥에 나가 떨어졌다. 쏜살같이 달려온 부개는 창을 높이 들어 원사를 찔러 죽였다. 원사의 아들 원연도 오나라 군사에게 포위당했다. 원연은 최후의 힘을 내어 좌충우돌 싸웠으나 포위망에서 벗어나질 못했다.

이때 동북쪽에서 함성이 크게 일어났다. 원연이 탄식한다.

"오나라 군사가 또 오는 모양이구나. 이제 나의 목숨도 끝났다."

그러나 그것은 오나라 군사가 아니었다. 좌사마 심윤술은 신식 땅에 갔다가 낭와가 오나라 군사에게 패했다는 급보를 듣고 황망히 돌아오는 길이었다. 심윤술은 옹서 땅까지 와서야 초나라 군사가 또 위기상황에 당면했다는 걸 알고 군사를 휘몰아 달려온 것이었다. 심윤술은 원연이 포위되어 있는 것을 보고 군사 만 명을 세 가닥으로 나누어 오나라 군사를 쳤다.

부개는 연전연승한 것만 믿고 기세를 올리다가 갑자기 초나라 군사가 세 가닥으로 쳐들어오는 것을 보고 적의 수효가 얼마나 많은지 짐작이 서질 않아서 마침내 포위를 풀고 달아났다. 심윤술은 달아나는 오나라 군사를 추격해 무찔렀다. 이에 오군은 천여 명이 죽었다.

이때에 합려가 대군을 거느리고 왔다. 오나라 군사, 초나라 군사는 각기 영채를 세우고 대결하게 됐다.

좌사마 심윤술이 그의 가신家臣 오구비에게 부탁한다.

"영윤 낭와가 혼자 공을 세우려고 욕심을 부리다가 내 계획까지 다 망쳐버리고 말았다. 다 운수로다. 이미 사태는 걷잡을 수 없게 됐다. 내가 내일 생명을 걸고 결전을 하겠는데 다행히 이기면 싸움이 우리의 영성에까지 번지지는 않을 것이니 그렇다면 그건 초나라의 복이다. 하지만 내일 싸워서 지는 때에는 너에게 부탁할 일이 있다. 즉 내 목을 너에게 맡기니 오나라 군사에게 뺏기지 않도록 하여라."

그가 또 원연에게 부탁한다.

"너의 부친이 죽었으니 너까지 죽을 수는 없다. 너는 속히 본국으로 돌아가서 공자 신에게 이곳 형편을 보고하고 영성을 잘 지키라는 내 말을 전하여라."

원연은 자리에서 일어나 절하며,

"좌사마께선 오나라 군사를 무찌르고 공을 세우십시오."

하고 울면서 떠나갔다.

이튿날 오, 초 양군은 서로 진을 치고 싸웠다. 심윤술은 원래 군사를 사랑하는 사람이었다. 그래서 초나라 군사는 죽음을 각오한 전력을 기울여 오나라 군사와 싸웠다. 오나라 선봉 부개는 비록 용맹하지만 선뜻 초군을 무찌르지 못하다가 나중엔 점점 패하기 시작했다. 이 광경을 바라보던 손무가 대군을 거느리고 초군楚軍을 엄습했다.

이에 오른편에선 오자서와 채나라 임금이 달려가고 왼편에서는 백비와 당나라 임금이 달려가는데 궁노수들은 활을 들고 앞에 늘어서서 나아가고 그 뒤를 보병이 따랐다. 그들은 큰 파도처럼 일제히 초군을 무찌르며 진격했다. 심윤술은 최후의 힘을 내어 오군의 포위를 벗어났지만 이미 몸엔 여러 대의 화살을 맞았다. 심윤술은 병거 속에 벌렁 나자빠졌다. 그는 자기가 더 싸울 힘이 없다는 것을 알았다. 심윤술이 급히 오구비를 부른다.

"오구비야 나는 이제 무용지물이다. 속히 내목을 끊어서 초왕에게 갖다 바쳐라."

그러나 오구비는 차마 주인의 목에 칼을 대지 못하였다.

"속히 않고 뭘 하느냐."

심윤술은 크게 소리치고 눈을 감았다.

오구비는 부득이 칼을 뽑아 눈물을 흘리면서 좌사마 심윤술의 목을 끊었다. 오구비는 자기 옷을 찢어 심윤술의 목을 싸서 가슴에 안고 목 없는 시체를 묻은 후에 병거를 타고 영성으로 달렸다. 마침내 오나라 군사는 다시 행렬을 짓고 일로 초나라 도읍 영성으로 진군해갔다.

楚謀不臧	초나라 계책은 좋지 못하여
賊賢升佞	어진 사람은 죽이고 아첨꾼을 세웠다
伍族旣損	이미 오자서의 집안이 참혹한 꼴을 봤고
郄宗復盡	배극환의 집안도 참화를 입었다
表表沈尹	그러나 이중에 뛰어난 인물이 있어
一木支廈	심윤술이 혼자서 초나라를 지키는구나
操敵掌中	그가 오나라를 이길 계책이 있었으나
敗於貪瓦	욕심 많은 낭와가 일을 그르쳤다
功隳身亡	비록 공은 무너지고 몸은 죽었으나
凌霜暴日	열렬한 기상이 하늘의 해와 같았다
天祐忠信	하늘이 충신을 도왔음에
歸元於國	그의 머리는 본국으로 돌아왔구나

한편 원연은 먼저 초나라로 돌아가 통곡하면서 소왕에게 영윤 낭와가 싸움에 지자 정나라로 달아났다는 걸 호소하고 아버지 원사가 전한 것을 보고했다. 크게 놀란 소왕은 급히 공자 신, 공자 결 등을 불러 상의하고 다시 군사를 보내려던 참이었다. 이번엔 오구비가 돌아왔다. 그는 소왕에게 심윤술의 목을 바치고 싸움에 진 사실을 소상히 말하였다.

"다 영윤 낭와가 좌사마의 말을 듣지 않았기 때문에 이 지경이 됐습니다."

소왕이 통곡하며,

"내 진작 좌사마를 쓰지 않았으니 이는 나의 죄로다."

하고 다시 정나라로 달아난 낭와를 저주한다.

"나라를 망친 간신 놈이 그러고도 뻔뻔스럽게 살고자 정나라로 달아났다니 그런 놈의 살은 돼지도 먹지 않으리라."

오구비가 아뢴다.

"오나라 군사는 나날이 우리나라 영성으로 진군해오고 있습니다. 대왕께서는 속히 영성을 지킬 계책을 세우십시오."

소왕은 일변 심윤술의 아들 심제량을 불러 그 부친의 머리를 내주고 장비葬費를 후히 줬다. 그리고 심제량을 섭공葉公으로 봉했다. 소왕은 문무백관에게 영성을 버리고 서쪽으로 달아날 일을 상의 하도록 했다. 공자 신이 슬피 통곡하면서 아뢴다.

"종묘사직宗廟社稷과 역대歷代 능침陵寢이 다 이 영성에 있는데 왕께서 버리고 떠나신다면 장차 언제 돌아올 수 있습니까."

소왕이 대답한다.

"우리가 믿는 것은 험한 한수漢水인데 이미 그 요긴한 곳을 잃었으니 오나라 군사가 언제 이곳으로 들이 닥칠지 모르는 형세다. 내 어찌 가만히 앉아서 적의 결박을 당하리오."

공자 결이 아뢴다.

"아직도 성안에 장정이 수만 명 있습니다. 왕께서는 궁중의 모든 비단과 곡식을 다 그들에게 나눠주고 성을 지키도록 격려하십시오. 그리고 사자를 한동漢東 땅 모든 나라로 보내서 구원을 청하십시오. 오나라 군사가 우리 성내에 깊이 들어오면 들어올수록 본국과는 길이 멀어져 그들은 군량 수송과 기타 공급을 받지 못할 것입니다. 그러면 오나라 군사인들 어찌 오래 견디겠습니까."

소왕이 길이 탄식한다.

"오나라 군사가 들어오면 우리 곡식을 노략질해서 먹을 터인데 그들이 무슨 양식 걱정을 하리오. 또 전번에 진晉나라가 우리나라를 치려고 모든 나라 제후를 소집하자 심지어 돈頓, 호胡 같은 조그만 나라도 호응을 했었다. 이제 오나라 군사는 동쪽에서 쳐들어오고 당, 채 두 나라는 군사들이 선두에 서서 오는 중이다. 우리 초나라를 섬기던 모든 나라가 이미 우리를 버린 지 오래다. 이제 어느 나라를 믿는단 말이냐."

공자 신이 아뢴다.

"신이 모든 군사를 거느리고 적과 싸우겠습니다. 싸워서 이기지 못하면 그

때에 달아나도 늦지 않습니다."

소왕이 흐느끼면서 말한다.

"이 나라가 망하고 안 망하는 것이 그대들 두 사람에게 매였다. 싸우려면 싸워라. 과인은 더 이 자리에 못 앉아 있겠노라."
하고 내궁으로 들어갔다.

공자 신과 결은 서로 상의하고 명령을 내렸다.

"대장 투소는 군사 5천 명을 거느리고 가서 맥성麥城을 지키며 북쪽 길을 막고 대장 송목은 군사 5천 명을 거느리고 기남성紀南城을 지켜서 서북쪽을 막으시오."

그러나 맥성은 오자서에게 무너지고, 초군은 패주敗走하였다. 손무는 군사를 거느리고 호아산을 지나 담양판當陽阪으로 접어들어 북쪽을 바라봤다. 장강章江은 넘실거리며 흐르는데 기남성 땅 지세가 강물보다 낮았다. 또 서쪽 적호赤湖의 물은 기남과 영성 밑에까지 펴져 있어서 과연 남쪽나라 경치다웠다.

손무는 한 가지 계책이 떠올랐다. 그는 즉시 군사를 거느리고 높은 곳에 둔屯을 쳤다. 그날 밤이었다. 오나라 군사는 일제히 외가닥 호를 파고 장강 물을 끌어들였다. 이튿날 아침엔 장강물이 적호로 들어왔다. 손무는 다시 군사를 시켜 호수의 둑을 무너뜨렸다. 이때가 마침 겨울이어서 비록 남쪽 지방이지만 서쪽바람이 크게 불었다. 물은 무너진 둑을 밀어젖히고 기남성 속으로 흘러 들어갔다.

한편 기남성을 지키던 초나라 대장 송목은 그저 강물이 팽창해서 들어오는 줄만 알고 백성들에게 영성으로 피신하도록 명령했다. 그러나 몰려닥치는 물은 무서웠다. 어느덧 영성 성 밑도 물바다가 됐다. 손무는 군사를 시켜 산 위의 대나무를 베어다가 뗏목을 만들게 했다. 오나라 군사는 무수한 뗏목을 타고 성으로 육박해 들어갔다. 비로소 성 안의 초나라 사람들은 오나라 군사가 강물을 끌어들인 것을 알았다. 성의 사람들은 살 길을 찾아서 정신없이 달아난다.

초나라 소왕은 더 이상 영성을 지키는 것이 어렵다는 것을 알고 잠윤箴尹

고구固具를 불렀다.

"이젠 달아날 길도 없구나. 그대는 속히 서문 쪽에다 배를 대어라."

마침내 소왕은 사랑하는 여동생 매간梅竿만을 데리고 신하 몇 사람과 함께 배를 타고 떠났다.

한편 공자 결은 영성 뒤에서 배수 공작을 하는 군사들을 지휘하다가 소왕이 성을 버리고 떠났다는 보고를 받았다. 결은 즉시 모든 문무백관들이 모여 있는 곳으로 달려가서 함께 배를 타고 소왕의 뒤를 따랐다. 워낙 사태가 급해서 결은 집안 식구도 다 버려두고 단신으로 떠났다. 이리하여 주인 없는 초나라 영성은 아무런 공격도 받지 않고 저절로 함락되었다.

손무는 오왕 합려를 모시고 모든 군사를 거느리고 초나라 도읍 영고로 들어갔다. 오나라 군사는 즉시 땅을 파고 물길을 열어 성 안에 범람한 물을 다시 적호와 장강으로 빼돌리고 사방 교외에 영채를 세우고 영성을 점거했다.

오자서도 맥성에서 군사를 거느리고 영성으로 들어가서 합려를 뵈었다. 합려는 초나라 왕궁 한가운데 높이 놓인 초왕의 자리에 올라앉았다. 모든 장수와 모든 군사가 일제히 만세를 불렀다. 당나라 성공과 채나라 소공도 초왕궁에 들어가서 합려에게 축하의 말을 아뢰었다. 합려는 초 왕궁에서 그날 밤을 자게 됐다. 좌우 신하들이 초나라 소왕의 부인을 끌고와서 아뢴다.

"오늘밤은 초왕의 부인으로 하여금 대왕을 모시게 하리다."

합려는 소왕의 부인과 함께 자고 싶은 생각이 없지 않았으나 체면상 대답이 선뜻 나오지 않았다.

오자서가 말한다.

"대왕은 그까짓 초왕의 처 하나를 주저하십니까?"

오왕 합려는 그날 밤 초왕의 부인을 데리고 잤다. 초왕궁에 머무는 동안 합려는 초왕의 잉첩 중에서 웬만한 건 다 데리고 잤다.

좌우 신하가 합려에게 아뢴다.

"소왕의 어미 백영伯嬴은 진秦나라 여자로서 실은 태자 건에게 시집 왔었는데, 그 시아버지 평왕이 가로채어 가지고 산 여자입니다. 아직 나이도 젊고 자색이 조금도 쇠하지 않았습니다."

합려는 마음이 동했다.

"그럼 이리 데리고 오너라. 어디 한 번 보자!"

그러나 사람이 가도 백영은 나오질 않았다. 합려는 화를 냈다.

"그렇다고 그냥 왔단 말이냐? 속히 가서 끌고 오너라."

신하들은 다시 백영에게 갔다.

방안에서 백영이 칼을 뽑아 들고 소리친다.

"적어도 제후는 한 나라의 모범이라. 예禮에 말하기를 〈남여는 같은 자리에 앉지 않으며 같은 그릇에 음식을 먹지 않음으로써 규범을 짓는다.〉고 하였다. 군왕이 그 체면을 버리고 음탕하다는 소문만 백성들 간에 퍼지는구나. 이 미망인은 칼을 물고 죽을지언정 그런 명령은 좇지 못하겠다고 가서 아뢰어라."

이 말을 듣고 합려는 크게 부끄러웠다.

"가서 내 말을 전하되 〈과인이 평소 부인을 존경했음에 한 번 만나보려는 것이지 음란한 생각을 가질 리 있겠소.〉 하고 안심 시켜라. 그리고 그 주변을 잘 호위하고 아무나 함부로 들어가지 못하게 하여라."

한편 오자서는 각방으로 사람을 놓아 초나라 소왕을 잡으려고 애썼다. 그러나 그의 행방을 찾지 못했다. 오자서는 모든 장수들에게 대가집 부녀자들을 겁탈하라고 했다. 손무와 백비 같은 사람도 초나라 대부들의 집을 압수하고 그곳에 거처하면서 그 집 처첩들을 마음대로 능욕했다. 당 임금과 채 임금, 공자 산은 초나라 영윤 낭와의 집을 뒤졌다. 은초서구(銀貂鼠裘, 은과 짐승 가죽의 옷)와 백옥패(白玉佩, 흰 옥으로 만든 노리개)가 의장 속에서 나왔다. 그리고 한 쌍의 숙상마肅霜馬는 그대로 마굿간에 비끄러매여 있었다.

두 나라 임금은(이 두 사람은 나중에 부흥한 초나라 왕에게 잡히는 몸이 되었다.) 각기 자기 물건을 찾아 그것을 합려에게 바쳤다. 그 대신 그들은 황금과 보화, 비단 등을 노략질했다. 결국 낭와는 평생 뇌물로 긁어모은 재화를 써보지도 못한

셈이었다.

윗사람들이 이 모양이니 군사들은 더 말할 것도 없었다. 노략질하다가 흘린 물건들이 길바닥에 너절했다. 오나라 군사들은 닥치는 대로 초나라 여자들을 겁탈했다. 부개는 낭와의 부인에게 생각이 있어서 갔다. 그러나 가본즉 이미 공자 산이 낭와의 부인과 살고 있었다. 모든 것이 이 지경이었다. 임금과 신하가 밤낮을 가리지 않고 음행하니 그야말로 남녀의 구별이 없었다.

行淫不避楚君臣	군왕의 부인이건 대신의 아내건 마구 겁탈하여
但快私心瀆大倫	쾌락의 마음은 채웠어도 사람의 할짓은 아니다
只有伯嬴持晩節	다만 백영이 절개를 지켜
清風一線未亡人	과부의 몸으로 한 가닥 맑은 기운을 일으켰다.

오자서는 부차에게 청하여 초나라 종묘를 불태우고 초나라 평왕(소왕 전의 임금)의 시신屍身을 찾아내서 그 시신에다가 삼백 번의 칼질을 하고 그 눈을 손으로 뽑아냈다. 목을 잘라내고 그 시신을 발로차고 옷을 찢었으며, 그 관을 부수고 시체를 벌판에다 버렸다. 부친과 형을 죽인 원수라 해도 실로 사람의 짓이라 할 수 없었다.

초나라 왕 소는 수나라로 피신하였다. 초나라 충신 신포서申包胥는 진秦나라 임금 애공에게 초나라에 군대를 지원해달라고 진나라 궁 뜰에서 칠일칠야七日七夜를 물 한 모금 마시지 않고 울기만 하였다. 이에 감복한 진 애공은 신포서에게 군사를 내주고 싸움터에 들고 나갈 정기旌旗에다가,

豈曰無衣	어찌 옷이 없다 하리요
與子同袍	내 그대와 함께 도포를 입으리라
王于興師	왕이 이에 군사를 일으키니
與子同仇	내 함께 그대의 원수를 치리라

라는 무의지시無衣之詩라는 시를 써주었다.

신포서는 수나라에 있는 소왕을 찾아갔다. 수나라에는 초나라 장수들이 초의 패잔병들을 거느리고 수나라에 와서 왕을 모시고 있었다. 진, 초 양군은 오나라 군과의 첫 번째 싸움에서 오나라 백비를 무참히 무찔렀다. 전투에서 패한 백비를 합려가 죽이려고 하자 오자서가 간청하여 백비의 목숨을 구명해 주었다.〈나중에 백비의 참소로 오자서는 죽는다.〉

합려가 초나라에서 못할 짓을 하는 동안 그의 동생 부개는 몰래 오나라로 귀국하여 월나라 군사의 원조를 받아 반란을 일으켰다.〈여기서부터 오吳, 월越 은 원수지간의 나라가 된다.〉

이에 오나라 군은 초나라 영성을 버리고 오나라로 회군했다.

부개는 합려의 군에 패하여 도주하고 오나라는 평정을 되찾았다.

합려는 이번 전쟁에서 공을 세운 사람 중에서 손무를 으뜸으로 꼽았으나 손무는 모든 벼슬을 사양하고 산으로 돌아가겠다고 했다. 합려는 오자서를 시 켜 손무를 만류했으나 손무가 대답했다.

"그대는 천도를 아시는가? 여름이 가면 겨울이 오고 봄이 오면 가을도 오 지요. 왕은 오나라가 강성한 것만 믿고, 또 장차 사방에서 걱정꺼리가 없어지 면 반드시 교만하고 방탕해질 것입니다. 공을 이루고 물러서지 않으면 반드시 불행이 찾아옵니다. 나는 다만 나 자신만을 위한 것이 아니요. 그대와 함께 목 숨을 부지하려는 것이오."

오자서는 손무의 말을 듣지 않았다.

손무는 다시 들어갔으나 그가 어디서 살다가 어떻게 죽었는지 아무도 아 는 사람이 없었다.

초나라 사람인 오자서는 초나라 평왕이 그의 아버지 오사吳奢와 형 오상吳 尙을 죽인데 대하여 사무친 원한을 복수하고자 초나라를 탈출하여 오나라로 망명하였다. 오나라에 망명한 오자서는 첫 번째로 오나라 공자 광에게 접근하 여 신뢰를 얻었다. 이어 오자서는 오나라의 효자孝子인 전제專諸에게 은혜를 입혀 자신에게 충성을 하게 한 다음 공자 광이 잔치를 열어 오왕 왕료를 초대한 자리에서 전제로 하여금 생선요리 속에 명검 어장魚腸을 숨겨 왕료를 죽이게 하고 공자 광을 왕위에 오르게 하니 그가 합려였다. 그다음 오자서는 요리要離라는 의협을 포섭하여 합려가 두려워하는 선왕先王 왕료의 아들 경기慶忌를 죽였다. 요리는 실로 잔혹한 고육책으로 왕료의 아들 경기를 죽이기 위해서 자신의 아내와 자식을 죽이고 스스로를 불구로 만들었다. 합려는 이런 요리를 거짓으로 옥에 가둔 후 탈출하게 한다. 그 후 요리는 오나라를 증오하는 사람으로 가장하여 경기의 부하로 들어가서 신임을 얻고 끝내 호걸豪傑인 경기를 죽였다.

오자서는 거기에 멈추지 않고 초나라에 대한 원한을 갚기 위하여 병법가 손무孫武를 합려에게 추천하여 초나라와 전쟁을 벌여 초나라를 초토화시키고 무덤속의 초 평왕의 시신을 꺼내 그 시신에게 잔혹한 형벌을 가했다. 실로 오자서는 복수를 위해 모든 사람들을 활용했고 그 복수는 처참했다.

오자서는 같은 초나라사람으로 오나라에 망명한 백비를 전쟁의 실책을 물어 합려가 죽이려고 할 때 그를 구명해주었다. 그러나 그는 살려준 백비의 모함을 받아 오왕 부차에게 죽임을 당한다.

손무가 "백비는 교활한 사람이오, 후일 반드시 오나라의 우환거리가 될 것이오, 싸움에 패한 죄를 물어 군령軍令으로 죽여버립시다."

그러나 오자서는,

"백비가 싸움에는 졌지만 지난날의 공로를 생각해서 살려줍시다."

복수가 아니면 오자서의 머리는 앞일을 생각하지 못했다. 그 백비는 훗날 부차에게 끈질기게 오자서를 모함하여 결국 오자서의 목은 잘려지고 그 시체는 부대에 담겨져 강물에 던져졌다.

부차 역시 생전의 오자서가 월越왕 구천을 죽이라는 말을 듣지 않았다. 오자서의 우려대로 합려는 월나라 왕 구천에게 멸망을 당한다.

01

계편計篇

전쟁을 한다는 것은 사람이 죽고 살고 나라가 망하느냐 존속하느냐 하는 국가 중대사이다. 그래서 전략이 완벽하게 서있지 않은 전쟁은 승리할 수 없을 뿐만 아니라 나라가 패망하기도 하는 것이다. 전쟁은 전략이 승패를 좌우한다. 전쟁을 하기 전에 아군의 전쟁에 대한 전반적인 준비나 아군의 전투능력, 국민의 단결의 정도, 전쟁을 수행할 수 있는 군비軍費는 충분한가, 또한 적국의 백성은 그 군주에게 충성을 하는가 아니면 원망을 받는 군주인가, 그 나라 장수의 역량은 어떠한가, 또는 지형에 이르기까지 자세히 파악해야 하는 것이다. 이편에서는 전쟁을 수행하기 전에 승리할 수 있는 기본적인 전략의 중요함을 논했다.

1 _ 손자는 말하였다. 전쟁이라는 것은 나라의 대사이다. 사람이 죽고 살고, 나라가 존속하고 망하는 갈림길이 되는 것이다. 잘 살피지 않을 수 없다.

孫子曰, 兵者國之大事也. 死生之地, 存亡之道, 不可不察焉.

병(兵) 본시는 병기(兵器), 무기(武器)의 뜻. 전하여 군인(軍人), 군대(軍隊), 전쟁(戰爭) 등 여러 가지 뜻으로 쓰이게 되었는데 여기서는 〈전쟁〉을 가리킨다.

2 _ 그러므로 다음 다섯 가지 일을 기준으로 삼고 계책으로 피아彼我를 비교하여 찾아야 한다.

故經之以五事, 校之以計, 而索其情.

경(經) 일정한 기준, 일정한 법도.

3 _ 첫째는 도道요, 둘째는 하늘天, 셋째는 땅地이요, 넷째는 장수將帥요, 다섯째는 법法이다.

一曰, 道. 二曰, 天. 三曰, 地. 四曰 將, 五曰, 法.

4 _ 도라는 것은 백성들로 하여금 임금과 뜻이 함께 하도록 한다. 그러므로 백성은 임금을 위하여 죽을 수도 있고, 임금을 위하여 살게도 되며 위험을 두려워하지 않게 되는 것이다.

道者, 令民與上同意也. 故可與之死, 可與之生, 而不畏危

———

상(上) 임금.
여지(與之) 임금과 더불어, 임금을 위하여.

5 _ 하늘 〈천天〉이란 것은 흐리고 햇볕 나고 〈음양陰陽〉, 춥고 더울 〈한서寒暑〉철을 제어制御 하는 것이다.

天者, 陰痒寒暑時制也.

———

시제(時制) 계절을 제어(制御)하여 전쟁에 유리하게 이용한다. 〈전쟁을 하자면 계절과 기후를 잘 이용할 줄 알아야 한다.〉

6 _ 땅地이란 것은 멀고 가까운 것과 험하고 평탄한 것, 넓고 좁은 곳과, 물러날 곳도 없는 험지인가, 활로活路가 있는 유리한 곳인가이다.

地者, 遠近險易廣狹死生也.

———

험이(險易) 지형이 험한 곳과 왕래하기 쉬운 평탄한 곳.
생사(生死) 사는 활로가 없는 불리한 곳, 생은 활로가 있는 싸우기 유리한 지형.

7 _ 장수란 지혜智와 신용信과 어짊仁과 용기勇와 위엄嚴이다.

將者, 智信仁勇嚴也.

8 _ 법이란 군대의 편제와 직제와 군비 보급이다.

法者, 曲制官道主用也.

———

곡제(曲制) 군의 편제. 옛날 중국에서는 다섯 명이 오(伍), 열 명이 십(什), 오십 명이 대(隊), 백 명이 곡(曲), 이백 명이 관(官), 사백 명이 부(部), 오백 명이 여(旅)로 되어 있었다. 백 명 단위의 부대명인 〈곡〉자를 따로 따서 군의 편제를 〈곡제〉라고 부르는 것이다. 그밖에 보병, 기병 및 특수병과의 분류도 포함한다.

관도(官道) 군의 직제, 장수 이하 대장 및 각 대의 장들의 복무규정. 위(魏)나라 조조(曹操)는 관(官)과 도(道)를 따로 떼어 〈관은 직제〉, 〈도는 양도(糧道) 또는 보급 수송)이라 풀이하였다.

주용(主用) 군에서 주관하여 쓰는 것. 곧 군의 보급.

9 _ 이러한 다섯 가지 일에 대하여 장수라면 듣지 못할 리가 없을 것이다. 이 것을 잘 알아차리는 자는 승리하고 알아차리지 못하는 자는 승리하지 못한다. 그러므로 계책으로써 피아를 비교하여 그 실정을 추구한다는 것이다.

凡此五者, 將莫不聞, 知之者勝, 不知者不勝. 故校之以計, 而索其情.

10 _ 임금은 어느 편이 올바른 도를 지니고 있는가? 장수는 어느 편이 유능한 가? 하늘과 땅은 어느 편에 유리한가? 법령은 어느 편이 잘 시행되고 있는 가? 군사는 어느 편이 강한가? 상과 벌은 어느 편이 분명한가? 나는 이런 것 들로 승부를 안다.

曰, 主孰有道? 將孰有能? 天地孰得? 法令孰行? 兵衆孰强? 賞罰孰明? 吾以此知勝負矣.

———

주(主) 임금.

숙(孰) 누구, 적과 우리 편.

11 _ 장수가 나의 계책을 따라 실용하면 반드시 승리할 수 있을 것이니, 그런 사람을 유임시킨다. 장수가 나의 계책을 따라 실용하지 않으면 반드시 패할 것이니, 그런 사람을 면직시킨다.

將廳計用之, 必勝, 留之. 將不聽吾計用知, 必敗. 去之.

12 _ 세운 계책이 유리하고 장수가 이를 잘 따르면, 곧 형세를 유리하게 만들어 외부로부터 돕도록 만든다. 형세란 유리한 것을 근거로 하여 권변을 제어하는 것이다.

計利以聽, 乃爲之勢, 以佐其外. 勢者因利而制權也.

───

계(計) 앞의 다섯 가지 일을 기준으로 하여 세운 계책, 전략.

청(聽) 장수가 세워 놓은 계책에 따라 부하들을 잘 통솔하고 전쟁에 잘 대비하는 것.

세(勢) 전쟁을 수행하여야 할 나라의 형세, 형세가 유리하여야만 국민들의 애국심에 호소하여 동원시킬 수 있고 이웃나라의 원조를 받을 수 있다.

권변(權變) 변화를 먼저 일으킬 수 있는 권한. 먼저 적을 공격하거나 적보다 유리한 위치에 서 적의 불의를 선전할 수 있는 권한. 따라서 제권(制權)이란 전쟁을 수해함에 있어 여러 가지 면에서 기선을 제압할 수 있는 것을 말한다.

13 _ 전쟁이란 속이는 수단을 써야만 한다. 그러므로 능력이 있으면서도 없는 듯이 보이며 사용할 것인데도 사용하지 않을 것처럼 보여준다. 가까운 것인데도 먼 것처럼 보이며 먼 것인데도 가까운 것인 것처럼 보인다.

兵者詭道也. 故能而示之不能, 用而示不之用, 近而示之遠,
遠以示之近.

───

궤도(詭道) 속이는 수단. 전쟁이란 올바른 윤리도 덕에 의하여 수행되기만 하는 것은 아니다. 적을 착각시켜 낭패를 하게 만드는 갖은 수단을 다 써야만 한다. 흔히 주 해가들은 권도(權道) 곧 〈기회에 따라 임기응변으로 유리한 방법을 써서 대처하는 것〉이라 해석한다. 그러나 세(勢) 자를 쓰는 것은 전쟁의 본질이 비정한 것이기 때문일 것이다. 군사력이 강한 편이 약한 편과 똑같이 싸운다면 결과는 뻔할 것이기 때문에 전쟁에 이기기 위해서는 특수한 계략을 쓰지 않을 수 없기 때문이다. 그래서 전쟁을 속이는 수단이라고 표현하는 것이다.

14 _ 적이 유리한 입장이면 딴 곳으로 그들을 유도하고 적이 혼란하면 공격하여 정복하며, 적이 착실하면 이에 잘 대비하고, 적이 강하면 이를 피한다.

利而誘之, 亂而取之, 實而備之, 强而避之.

유(誘) 유리한 입장에 서는 것. 유도 또는 유인하여 불리한 입장에 서게 하는 것.
취(取) 공격하여 취하는 것, 정복하는 것.

15 _ 성이 나게 해서 적을 그르치게 하고 겸손한 낮은 태도로써 적을 교만하게 만든다. 편히 있으면서 적을 괴롭히고 친한 체하면서 적을 이간시킨다.

怒而撓之, 卑而驕之, 佚而勞之, 親而離之

요(撓) 굽히다. 꺽다. 어지럽히다.
일(佚) 일(逸)과도 통하며 〈편안히 지내는 것〉

16 _ 적이 무방비할 때에 공격하며, 불의의 방법으로 나가야 한다.

攻其無備, 出其不意.

17 _ 이것들이 병가가 승리를 얻는 비결이니 먼저 이것이 적에게 전하여져서는 안 된다.

此兵家之勝, 不可先傳也.

18 _ 싸우기도 전에 전략회의를 열어 승리를 거두는 것은 전략이 훌륭했기 때문이다. 싸우기도 전에 전략회의를 하여 승리를 거두지 못하는 것은 전략이 졸렬했기 때문이다. 전략이 훌륭하면 승리를 하고, 전략이 졸렬하면 승리를 거두지 못하는데 하물며 전략을 세우지도 않은 경우에랴. 나는 이런 것으로 보아 승부를 예견한다.

夫末戰而廟算, 勝者得算多也. 未戰而廟算, 不勝者得算少也. 多算勝,
少算不勝, 而況於無算乎! 吾於此觀之, 勝負見矣.

———

묘산(廟算) 옛날 작전회의는 임금을 모시고 대신들이 종묘에 모여 앉아 개최를 하였다. 작전회
의를 종묘에서 개최하여 승리를 산정하였다 해서 작전회의를 묘산이라 한다.

다(多) 훌륭한 것. 소(少)는 그 반대로 졸렬한 것.

항(況) 하물며. 항차(況且).

02

작전편 作戰篇

이편에서는 전쟁을 시작하는데 어떤 것들을 고려해야 하는가를 논했다. 전쟁은 강한 군대만을 가지고 할 수는 없다. 전쟁을 실지로 승리로 이끌 수 있는 힘은 병기의 우수함과 다양함이 따라야 되고 물자의 충분한 보급이다. 그리고 국민의 전폭적인 지지가 있어야한다. 전쟁을 오래 끄는 경우 병력의 소모와 국력의 피폐를 가져온다. 오랜 전쟁으로 인해서 백성들의 재물이 고갈되고 생활이 곤궁해지면 군주를 등지게 된다. 그러므로 장수는 백성들의 생명을 맡은 사람이며 국가의 안위를 주관하는 사람이다. 이러한 것들을 고려한 후 작전이 개시되어야 한다.

1 _ 손자가 말하였다. 모든 군사를 쓰는 방법은 치거馳車 천 대와 혁거革車천 대와 갑옷 입은 군사 십만에다 천 리에 식량을 수송할 수 있어야 한다. 그리고 나라 안팎에 쓰이는 비용과 사절使節들에게 쓰이는 돈, 활과 화살, 갑옷, 투구를 만드는 데 쓰이는 아교와 옷칠의 재료비, 수레와 갑옷 등에 쓰이는 비용 등 하루 천 금의 비용을 써야 한다. 그런 뒤에야 군사를 일으킬 수 있는 것이다.

孫子曰, 凡用兵之法, 馳車千乘, 革車千乘, 帶甲十萬, 千里軌糧,
內外之費, 賓客之用, 膠漆之材, 車甲之奉, 日費千金. 然後十萬之師擧矣.

치거(馳車) 네 마리의 말이 끄는 공격용 쾌속 전차(戰車).

사(駟) 네 마리의 말. 한 대의 수레를 네 마리의 말이 끌므로 수레의 대 수를 세는 데 쓰는 양사(量詞)로 사용한 것이다.

량(糧) 식량.

혁거(革車) 수레에 소가죽을 댄 장갑차. 주로 방위에 쓰인다.

대갑(帶甲) 갑옷을 입은 군사.

궤(饋) 음식을 공급하는 것.

교칠(膠漆) 아교와 옻칠. 이것은 활이나 화살, 또는 갑옷과 투구를 만드는 데 쓰이는 재료의 일부를 말하는 것이다.

사(師) 군사. 군대.

2 _ 그 다음 전쟁을 함에 있어서는 승리가 귀중하다. 오래 계속되면 군사들이 둔해지고 예기銳氣가 꺾이며 성을 공격한다 하더라도 힘이 모자라게 되고, 오랫동안 군사를 전쟁터에 놓아두면 곧 나라의 비용이 부족하게 된다.

其用戰也貴勝. 久則鈍兵挫銳, 攻城則力屈, 久暴師則國用不足.

좌예(挫銳) 군사들의 예리한 기개를 꺾는다는 뜻.

역굴(力屈) 힘이 굽히어진다.

폭사(暴師) 군대를 전쟁터에 야영케 하는 것.

3 _ 무릇 군사들이 둔해지고 예기가 꺾이며 힘이 모자라게 되고 재물이 바닥나게 되면 곧 제후들이 그 피폐疲弊를 틈타 들고 일어날 것이다. 비록 지혜 있는 사람이 있다 하더라도 그 뒤처리를 잘할 수 없는 것이다.

夫鈍兵挫銳, 屈力殫貨, 則諸侯乘其弊而起. 雖有智者不能善其後矣.

탄화(殫貨) 제정이 다함.

폐(弊) 지치다. 피폐하다.

후(後) 뒤처리.

4 _ 그러므로 전쟁이란 싸우는 방법이 졸렬하더라도 속히 끝맺는 게 좋다는 말은 들었어도, 싸움을 교묘히 하면서도 오래 끌면서 유리한 경우는 들은 적이 없다. 전쟁을 오랫동안 하는데도 나라에 이로운 예는 들은 일이 없다.

故兵聞拙速, 未覩巧之久也. 夫兵久而國利者, 未之有也.

5 _ 그러므로 전쟁의 해를 다 알지 못하는 자는 곧 전쟁의 이점도 다 알 수 없을 것이다.

故不盡知用兵之害者, 則不能盡知用兵之利也.

6 _ 용병을 잘 하는 사람은 백성을 두 번 이상 병역에 동원하지 않으며 식량도 여러 번 수송하면서 그 나라에서 가져다 쓰지 않고 적으로부터 식량을 구한다. 그러므로 군대의 식량이 풍부할 수 있는 것이다.

善用兵者, 役不再籍. 糧不三載, 取用於國. 因糧於敵, 故軍食可足也.

___

역(役) 병역 또는 전쟁에 나가 일하는 것.

삼재(三載) 세 번 수레에 실어 보내는 것. 여기서 삼三과 재再 는 모두 두 번 이상을 가리킨다.

7 _ 나라가 전쟁 때문에 가난하여지는 것은 먼 곳까지 물자를 수송하기 때문이다. 먼 곳까지 물자를 수송하면 백성들이 가난해진다.

國之貧於師者, 遠輸. 遠輸則百姓貧.

___

사(師) 군대, 여기서는 전쟁.

수(輸) 군수품을 수송하는 것.

8 _ 군영에 가까운 곳은 물건 사는 것이 비싸진다. 물건 사는 것이 비싸지면 곧 백성들의 재물이 고갈된다. 재물이 고갈되면 백성들은 부역의 부담에 다급해진다.

近師者, 貴賣, 貴賣則百姓財竭, 財竭則急於丘役.

___

귀매(貴賣) 물건 사는 것이 비싸진다는 것.

구(丘) 옛날 재도에 의하면 백사십사가(百四十四家)를 일구(一丘), 사구를 전(甸, 주위 오백 리

이내의 지역)이라 불렸으며, 전쟁이 일어나면 거기에서 군마 네 마리, 소 열두 마리, 전차 한 대, 군인 75명을 내도록 하였다. 그것을 구전지역(丘甸之役)이라 불렀으며, 군대에 물자나 인원이 부족하면 언제나 구전으로부터 부족한 물자와 인원을 공급받았다.

9 _ 중원에서 힘이 모자라고 재물이 다 하게 되면 백성들의 집은 텅 비게 되고, 백성들의 비용은 십 분의 칠까지 빼앗기게 된다.

力屈財彈中原, 內虛於家, 百姓之費, 十去其七.

━━━

중원(中原) 황하유역 지방의 제(齊), 노(魯), 진(晉), 송(宋) 등 옛 중국문화의 중심지.

10 _ 나라의 비용도 군사들이 깨어지고 말이 지치고 갑옷, 투구 활, 화살과 창, 방패, 긴 창, 큰 방패와 큰 소, 큰 수레 등이 깨어져 십 분의 육이 소모된다.

公家之費, 破軍罷馬, 甲冑弓矢, 戟盾矛櫓, 丘牛大車, 十去其六.

━━━

공가(公家) 지금의 국가와 같은 말.
파(罷) 피(疲)자와 같은 뜻이 통하여 말이 병들고 지치는 것.
극순모로(戟盾矛櫓) 끝이 갈라진 창과 방패와 보통 창과 수레에서 쓰는 긴 창.
구(丘) 큰 것. 구우(丘牛)는 큰 소, 그러나 옛날엔 일 구(백사십 호)에서 세 마리씩 바쳤으므로, 백성들이 바친 소의 뜻으로 풀이하는 이도 있다.

11 _ 그러므로 지혜 있는 장수는 적의 식량을 먹기에 힘쓴다. 적의 식량 일종을 먹는 것은 우리 식량 이십 종에 해당한다. 적의 콩깍지와 짚 한 석을 말에게 먹이는 것은 우리것 이십 석에 해당한다.

故智將務食於敵. 食敵一種. 當吾二十種. 其稈一石. 當吾二十石.

12 _ 그러므로 적을 죽이려면 노여움을 불러일으켜야 하며, 적의 이익을 탈취하려면 상을 주어야 한다.

故殺敵者怒也, 取敵之利者貨也

13 _ 전차전에서의 적의 수레 열 대 이상을 노획하거든 그들을 가장 먼저 노획한 자에게 상을 준다. 그리고 적의 수레의 깃발을 우리 것과 바꾸고, 그 수레는 우리 수레 속에 섞어 끼워 타게 하며 거기에 타고 있던 적병들을 잘 먹여준다. 이것을 적에게 이김으로써 더욱 강해진다고 말하는 것이다.

車戰, 得車十乘以上, 賞其先得者. 而更旗旌旗, 車雜而乘之, 卒先而養之.
是謂勝敵而益强.

———

정기(旌旗) 수레에 꽂아놓은 깃발.

잡이승지(雜而勝之) 적의 수레를 우리 수레 사이에 한 대씩 끼워 우리 군사들이 타고 싸우도록 한다는 뜻.

선이양지(善而養之) 수레와 함께 잡은 적병들을 잘 대우하고 급양함으로써, 마음을 돌려 아군을 위하여 싸우도록 만든다는 뜻.

14 _ 그리고 전쟁을 속히 이기는 것이 귀중하지 오래 끄는 것은 귀중하지 않다.

故兵貴勝, 不貴久.

15 _ 그러므로 전쟁을 아는 장수란 백성들의 생명을 맡은 사람이요, 국가의 안위를 주관할 사람이다.

故知兵之將, 民之司命, 國家安危之主也.

———

사명(司命) 생명을 맡아 주관하는 신(神).

03

공편 攻篇

적을 공격하여 패퇴시키는 것은 피아가 칼날을 마주대고 무찔러 힘으로 겨루는 전투가 있다. 손자는 여기서 이러한 전투로써 승리하는 방법은 하책下策이라고 했다. 여하튼 전쟁은 힘의 대결이다. 발달된 병기나 강한 군사력이 맞붙어 칼날에 불이 튀고 시체가 산을 이루는 전투가 있고, 주변 여러 나라의 힘을 빌려 연합군으로 수數와 양量으로써 적을 굴복시키는 전쟁이 있는가 하면 널리 여러 나라와 외교를 펼쳐 적국을 굴복시키는 외교전이 있다. 그러나 무엇보다도 현명한 방법은 적의 공세를 미리 예견하고 충분한 대비를 함으로써 국가와 백성과 군대가 온전해야 하는 것이다. 지도자가 장수의 일에 관여하며 장수가 정치에 밝으면 국민의 의혹을 사서 단합이 무너져 적을 불러들이는 결과가 된다.

1 _ 손자가 말하였다. 모든 전쟁을 하는 방법은 나라를 온전히 하는 것이 최상책이고 나라를 깨치는 것은 그 다음이다. 군을 온전히 하는 것이 최상책이고 군이 깨쳐지는 것은 그 다음이다. 여를 온전히 하는 것이 최상책이고 여를 깨치는 것이 그 다음이다. 졸을 온전히 하는 것이 최상책이고 졸은 깨치는 것은 그 다음이다. 오를 온전히 하는 것이 최상책이고 오를 깨치는 것이 그 다음이다.

孫子曰, 凡用兵之法, 全國爲上. 破國次之. 全軍爲上, 破軍次之. 全旅爲上, 破旅次之. 全卒爲上, 破卒次之. 全伍爲上, 破伍次之.

전(全) 온전히 보존하는 것.
군(軍) 군 부대의 단위. 1군은 12,500명, 1여는 500명, 1졸은 100명, 1오는 5명.

2 _ 그러므로 백 번 싸워서 백 번 이긴다는 것은 최상 중의 최상의 것은 못된다. 싸우지 않고도 남의 군사를 굴복시키는 것이 최상 중의 최상이다.

是故百戰百勝, 非善之善者也. 不戰而屈人之兵, 善之善者也.

▬

선지선(善之善) 잘하는 것 중의 잘하는 것.

3 _ 그러므로 최상의 병법은 적의 계략을 치는 것이고, 그 다음은 적의 외교를 치는 것이며, 그 다음은 적의 군사를 치는 것이고, 가장 하급의 방법은 성을 공격하는 것이다.

故上伐兵謀, 其次伐交, 其次伐兵, 其下攻城.

▬

상병(上兵) 가장 상급의 병법.

벌모(伐謀) 적의 계략을 치는 것. 적의 계략을 미리 알고 그 계책을 이용하여 적을 굴복하게 만드는 것.

벌교(伐交) 적의 나라와 외교를 맺고 있는 나라를 설득하여서 외교적으로 고립시켜 적을 굴복시키는 것.

4 _ 성을 공격하는 방법은 부득이할 때 사용한다. 큰 방패와 공성용 전차를 수리하고 여러 가지 기구를 갖추는 데는 3개월이 걸린 뒤에야 이루어지며, 흙무더기는 또 3개월이 걸린 뒤에야 이루어진다.

攻城地法, 爲不得已也. 修櫓轒轀, 具器械, 三月以後成, 距堙,
又三月以後已.

▬

노(櫓) 큰 방패.

분온(轒轀) 성을 공격하는 데 쓰는 전차. 여러 가지 기구가 갖추어져 있었다는데 자세한 내용은 알 수 없다.

거인(距堙) 성 둘레의 해자를 메우고 흙을 높이 쌓아 올려 성과 맞먹는 높이에서 성을 공격하기 위한 것. 「묵자(墨子)비성문편」에서 그러한 공격 방법을 임(臨) 또는 고림(高臨)이라 하고 그러한 공격을 〈장수 중에서도 졸렬한 자들이 한다.〉고 하였다.

5 _ 장수가 그 노여움을 이기지 못하고 개미 떼처럼 성벽에 달라붙어 공격케 하면 삼분의 일의 사졸들을 죽이고도 성을 뽑지 못하는 경우가 있는데, 이것은 공격의 재난인 것이다.

將不勝其怒, 而蟻附之, 殺士卒三分之一, 而城不拔者, 此攻之災也

———

의부(蟻附) 군사들을 돌격시켜 성에 개미 떼처럼 달라붙어 기어오르며 공격케 하는 것.

6 _ 그러므로 용병을 잘 하는 사람은 적의 군사를 굴복시키되 맞붙어 싸우지는 않는다. 적의 성을 점령하되 공격하지는 않는다. 적의 나라를 파괴하되 오랜 전쟁을 하지 않는다. 반드시 온전함으로써 천하를 다툰다. 그러므로 군대를 손실치 않고서 이익을 완전히 얻을 수 있다. 이것이 공격을 꾀하는 방법인 것이다.

故善用兵者, 屈人之兵, 而非戰也. 拔人之城, 而不攻也. 毁人之國, 而非久也. 必以全, 爭於天下. 故兵不頓, 而利可全, 此謀攻之法也.

———

돈(頓) 무너지다. 손상하다.

7 _ 그러므로 전쟁하는 방법은 10배의 병력이면 적을 포위하고 5배의 병력이면 적을 공격하고 2배의 병력이면 적을 협공한다. 맞먹는 병력이면 적과 잘 싸워야 하며 병력이 적으면 적을 잘 방어해야 하며 병력이 훨씬 적으면 적을 잘 피해야 한다.

故用兵地法, 十則圍之, 五則攻之, 倍則分之. 敵則能戰之, 少則能守之, 不若則能避之.

———

적측(敵則) 이 적(敵)자는 병력이 적과 필적(匹敵)하는 것 또는 맞먹는 것.
불약(不若) ....만 같지 않은 것. 병력이 적보다 훨씬 적은 것.
능피지(能避之) 적을 잘 피해야 함.

8 _ 그러므로 적은 병력으로 굳건히 버티는 것은 대적에게 사로잡히는 바가 되는 것이다.

故小敵之堅, 大敵之擒也.

9 _ 무릇 장수란 나라의 보필자인 것이다. 보필자가 빈틈이 없으면 나라는 반드시 강해질 것이며, 보필자에 빈틈이 생기면 나라는 반드시 약해질 것이다.

夫將者國之輔世, 輔周則國必强, 輔隙則國必弱.

──

국(國) 여기서는 임금과 국가와 정부의 세 가지를 다 포함시킨 말이다.
극(隙) 하는 일에 빈틈이 생기는 것. 임금과 정부와 장수 사이에 틈이 맞지 않는 것.

10 _ 그러므로 군대에게 임금이 환난이 되는 경우가 셋이 있다. 군대가 진격해서는 안 됨을 알지 못하고 진격하라고 말하는 것과 군대가 후퇴해서는 안 됨을 알지 못하고 후퇴하라고 말하는 것이 그 하나인데, 이것을 군대를 얽매는 것이라 말한다.

故軍之所以於患君者三, 不知軍之不可以進, 而謂之進.
不知軍之不可以退, 而謂之退. 是謂縻軍.

──

미군(縻軍) 군대를 얽매어 자유롭게 전투 능력을 발휘할 수 없게 하는 것

11 _ 3군의 일을 알지도 못하면서 3군을 다스리는 일에 장수와 같이 관여하면 군사들이 미혹당하게 될 것이다. 3군의 권능을 알지도 못하면서 3군에 대한 임무를 장수와 같이 담당하면 군사들이 의혹을 품게 될 것이다. 이것을 〈군대를 어지럽히는 것〉이라 말하는 것이다.

不知三軍之事, 而同三軍之政, 則軍士惑矣, 不知三軍之權,
而同三軍之任, 則軍士疑矣. 是謂亂軍.

12 _ 3군의 일을 알지 못하면서 이미 미혹되고 또 의심을 품고 있다면 곧 제후에게 환난이 닥치게 된다. 이것을 〈적을 이끌어주어 승리케 하는 것〉이라 한다.

三軍旣惑且疑, 則諸候之難至矣. 是謂引勝

인승(引勝) 적에게 승리를 인도하여 주는 것. 적을 승리하도록 이끌어 주는 것

13 _ 그러므로 승리를 예견하는 다섯 가지가 있다. 싸워도 괜찮은가, 싸워서는 안 되는가를 알아차리는 사람은 승리한다. 많은 병력과 적은 병력의 사용방법을 아는 사람은 승리한다. 곤경에 처하지 않는 방법으로써 곤경에 있지 않을 때부터 대비하는 나라는 승리한다. 장수는 능력이 있고 임금은 그를 제어하지 않는 나라는 승리한다. 이 다섯 가지가 승리를 예견하는 방법인 것이다.

故知勝有五. 知可以與戰不可以與戰者勝. 織衆寡之用者勝. 上下同欲者勝. 以虞待不虞者勝. 將能而君不禦者勝. 此五者, 知勝之道也.

지승(知勝) 승리하는 것을 알아차리는 것. 승리를 예견하는 것.
중과(衆寡) 많은 병력과 적은 병력.
우(虞) 우려되는 것. 곤경에 처하는 것.
어(禦) 부리다. 대비하다.

14 _ 그러므로 〈적을 알고 자기를 알면 백 번 싸운다 하더라도 위태롭지 아니하고, 적을 알지 못하고 자기만 알면 한 번은 질 것이며 적을 알지도 못하고 자기도 알지 못한다면 싸울 때마다 반드시 패할 것이다.〉라고 하는 것이다.

故曰, 知彼知己, 百戰不殆. 不知彼而知己, 一勝一負. 不知彼不知己, 每戰必敗.

04

군형편 軍形篇

전쟁은 보이는 형상만으로 적을 판단해서는 안 된다. 수비를 잘하는 사람은 땅 깊이 잠긴 듯 형세를 나타내지 않고, 공격을 잘하는 사람은 하늘에서 움직이듯 적을 살피는 것이다. 장수는 지혜를 자랑하고 명성을 위해서 싸우지 않는다. 적의 허점을 놓치지 않고 질풍같이 공격하여 적을 패배시키는 것이지 명성을 얻는 것이 아니다. 장수는 승리할 기회를 잘 파악하여 1당 백의 기세로 적을 공격하여 승리하는 것이다. 적은 그 수가 많고 보급이 풍부하고 유리한 고지를 차지하고 있으며, 아군은 그 수가 적고 보급로가 막히고 궁지에 몰려있는 형세서 적을 공격하여 승리하지는 못한다.

1 _ 손자가 말하였다. 옛날에 전쟁을 잘하던 사람은 먼저 자기를 적이 이길 수 없도록 만들어 놓고서 적을 이길 수 있게 되도록 기다렸다. 이길 수 없는 진용을 자기는 갖추어 놓고서 적을 이길 수 있도록 만드는 것이다.

孫子曰, 昔之善戰者, 先爲不可勝, 以待敵之可勝. 不可勝在己, 可勝在敵.

선위(先爲) 먼저 만들어 놓는다.

2 _ 그러므로 전쟁을 잘하는 사람은 적이 이길 수 없게 할 수는 있어도 적으로 하여금 반드시 이기게 할 수는 없다. 그러므로 〈승리는 예견할 수는 있으되 승리하도록 만들 수는 없다.〉라고 말하는 것이다.

故善戰者, 能爲不可勝, 不能使敵之必可勝. 故曰, 勝可知, 而不可爲.

위(能爲) ……를 만들 수 있다.

3 _ 이겨낼 수가 없다는 것은 자기를 잘 지키기 때문이고 이겨낼 수 있다는 것은 적의 허점을 치기 때문인 것이다.

不可勝者, 守也. 可勝者, 攻也.

▬

공(攻) 공격하다. 여기서는 기회를 엿보아 적의 허점을 치는 것.

4 _ 지키는 것은 곧 병력이 부족해서이고 공격하는 것은 곧 병력이 남음이 있어서이다.

守則不足, 攻則有餘

▬

이 문장의 뜻으로 볼 때 〈부족즉수(不足則守), 유여즉공(有餘則攻) 병력이 부족하면 수비를 하고, 병력이 남음이 있으면 공격한다.〉와 같은 뜻으로 보아야 한다.

5 _ 수비를 잘하는 사람은 땅속에 깊이 잠긴 듯하고 공격을 잘하는 사람은 높은 하늘 위에서 움직이는 것과 같다. 그러므로 스스로를 보전하면서 완전한 승리를 거둘 수가 있는 것이다.

善守者, 臟於九地之下. 善功者, 動於九天之上. 故能自保而全勝也.

▬

구지(九地) 九는 극수(極數)이므로 아주 깊은 땅속을 말한다.
구천(九天) 하늘은 아홉 겹으로 되어 있다는 생각이 있어서 높은 하늘을 뜻한다. 극히 높다는 뜻이다.

6 _ 승리할 기회를 발견한 것이 몇몇 사람이 아는 것에 지나지 않을 적에는 좋은 것 중의 좋은 것이 되지 못한다. 전쟁에 이겨서 온 천하 사람들이 잘했다고 말한다면 좋은 것 중의 좋은 것은 되지 못한다.

見勝, 不過衆人之所知, 非善之善者也. 戰勝而天下曰善, 非善之先者也.

7 _ 그러므로 가느다란 털을 든다고 해서 힘이 세다고 하지 않고, 해와 달을 본다고 눈이 밝다고 하지 않으며 우뢰소리를 듣는다고 귀가 밝다고 하지 않는다.

故擧秋毫, 不爲多力. 見日月, 不爲明目. 聞雷霆, 不爲聰耳.

8 _ 옛날의 이른바 전쟁을 잘하는 사람은 이기기 쉬운 상대에서 승리를 거두는 것이다. 그러므로 전쟁을 잘하는 사람의 승리는 지혜 있다는 명성도 없고, 용감하다는 명성도 없는 것이다.

古之所謂善戰者, 勝於易勝者也. 故善戰者之勝也. 無智名, 武勇功.

9 _ 그러므로 그가 싸움에 이기는 것은 어긋나는 일이 없다. 어긋나지 않은 것은 그가 승리를 하도록 조치하는 방법이 이미 패하고 있는 자를 쳐서 이기기 때문이다.

故其戰勝, 不忒. 不忒者, 其所措勝, 勝已敗者也.

조승(措勝) 승리하도록 만드는 것.

10 _ 그러므로 전쟁을 잘하는 사람은 패하지 않을 위치에 서 있으면서 적의 패배는 놓치지 않는 것이다.

故善戰者, 立於不敗之地, 而不失敵之敗也.

11 _ 그러므로 승리하는 군대는 먼저 이기도록 준비해 놓고 전쟁을 하려 하고, 패배하는 군대는 먼저 싸움을 걸어놓은 후에 승리를 거두려 한다.

是故勝兵, 先勝, 以後求戰. 敗兵, 先戰以後求勝.

12 _ 용병을 잘하는 사람은 승리의 도를 닦고 승리의 법을 지닌다. 그러므로 승리나 패배를 마음대로 할 수가 있게 되는 것이다.

善用兵者, 修道而保法, 故能爲勝敗之政.

도(道) 단결하여 승리하는 도. 또는 승리의 도.
정(政) 다스리다. 멋대로 이리저리 움직이다.

13 _ 병법은 첫째는 도度이고, 둘째는 양量이며, 셋째는 수數이고, 넷째는 균형稱이며, 다섯째는 승리인 것이다. 도는 땅에서 생기고 도에서 양이 생기고 양에서 수가 생기고 균형에서 승리가 생기는 것이다.

兵法, 一曰, 度. 二曰, 量, 三曰, 數, 四曰, 稱, 五曰, 勝. 地生度, 度生量, 量生數, 數生稱, 稱生勝.

도(度) 도량형의 도로서 땅의 거리나 넓이 같은 것을 재는 것.
양(量) 여기서는 전투 규모를 뜻한다. 도에 따른 전선(戰線)의 실정. 병력과 무기의 배치 같은 것이 포함된다.

수(數) 기본적으로는 병력의 수이다. 그러나 병력에 따라 여러 가지 보급이나 무기의 수도 안배되어야 할 것이다.

칭(稱) 우리와 적군의 균형 관계. 우리와 적의 전투력을 잰다는 뜻으로 풀이하여도 좋다.

승(勝) 승리의 성산(成算)을 결정하는 것.

14 _ 그러므로 승리하는 군대는 일일一鎰의 무게로써 일수一銖의 무게와 균형을 겨루는 것과 같고, 패배하는 군대는 일수一銖의 무게로써 일일一鎰의 무게와 균형을 겨루는 것과 같다.

故勝兵, 若以鎰稱銖. 敗兵, 若以銖稱鎰.

━━

일(鎰) 무게의 단위, 스무(20)냥이 일 일이다.
수(銖) 무게의 단위, 이십사수(24)가 한 냥이다.

15 _ 승리하는 사람의 전쟁은 마치 천 길이나 되는 계곡에 가두어 두었던 물을 터뜨리는 형상이 되는 것이다.

勝者之戰, 若決積水於千仞之溪者, 形也.

━━

적수(積水) 가두어 놓았던 물.
인(仞) 길이의 단위. 여덟 자가 일 인이다.

05

병세편 兵勢篇

싸움은 군세軍勢가 피아간에 어느 쪽이 강하느냐, 그 변화를 적절하게 사용하느냐에 따라 승패가 가름난다. 눈에 보이는 세勢는 무기와 병사들의 함성과 깃발과 북소리로 적을 압도하는 것이다. 손자는 여기서 정병正兵과 기병奇兵을 논하였다. 정병正兵과 기병奇兵은 보이지 않는 병세로써 정병은 기병을 낳고, 기병은 정병을 낳으니 그 변화의 궁극을 추궁할 수가 없으며, 그 세는 날카로운 절도가 있어야 한다고 했다. 이편에서 손자는 정병으로 당당하게 싸우고 기병으로 이긴다는 것을 평범한 장수는 그것을 알지 못한다. 지혜로운 장수는 기, 정의 변화를 용이 조화 부리듯 하여 승리한다는 것을 논하였다.

1 _ 손자가 말하였다. 많은 사람을 통솔하는 것을 적은 사람을 통솔하듯 하는 것은 분수分數를 지키게 함에 있다.

孫子曰, 凡用衆, 治衆如治寡, 分數是也.

치(治) 여기서는 군대의 통솔을 뜻한다.

중(衆) 많은 병력.

과(寡) 작은 병력.

분수(分數) 각자에게 주어진 직위와 임무.

2 _ 많은 병력의 싸움을 적은 병력의 싸움처럼 하게 하는 것은 깃발 같은 형용과 악기 소리에 의한 지휘를 올바로 함에 있다.

鬪衆如鬪寡, 形名是也.

형(形) 형체로써 표시하는 깃발에 의한 지휘.

명(名) 소리로써 표시하는 북, 징, 나팔 같은 악기에 의한 지휘. 옛날에는 군대를 지휘하는 신호로서 깃발과 북과 징 세 가지를 가장 많이 사용하였다.

3 _ 3군의 전 군사들이 반드시 적과 마주치더라도 패하는 일이 없도록 할 수 있는 것은 정병과 기병에 달려 있다.

三軍之衆, 可使必受敵而無敗者, 奇正是也.

수적(受敵) 적과 맞추쳐 싸우는 것.

기(奇) 계략에 의하여 기습이나 복병 같은 전법을 사용하는 것. 측면이나 배후에서 공격하는 것.

정(正) 정병, 정정당당히 적의 정면에서 맞서 싸우는 전법.

4 _ 군대가 적을 공격하는 것이 돌을 계란에 던지는 것처럼 되는 것은 빈틈이 있고 견실한 것을 이용함에 달려 있다.

兵之所加, 如以碬投卵者, 虛實是也.

가(加) 공격을 가하는 것.

허(虛) 빈틈, 공허.

실(實) 착실 견실.

5 _ 모든 전쟁을 정병으로 맞붙어 싸우고 기병으로 이기는 것이다. 그러므로 기병을 잘 내는 군대는 변화무궁하기가 하늘과 땅 같고 다함이 없는 것이 강이나 바다와 같다. 끝났다가는 다시 시작되는 것이 해와 달이 뜨고 지는 것 같고, 죽었다가 다시 살아나는 것이 사철이 도는 것과 같다.

凡戰者, 以正合, 以奇勝. 故善出奇者, 無窮如天地, 不竭如江海. 終而復始, 日月是也. 死而更生, 四時是也.

■

합(合) 아군과 적군이 싸우는 것.

갈(竭) 마르다. 다하다.

6 _ 소리는 불과 다섯 가지이지만 소리의 변화는 이루어 다 들을 수가 없다. 색깔은 불과 다섯 가지이지만 다섯 가지 색깔의 변화는 이루 다 볼 수가 없다. 맛은 불과 다섯 가지이지만 다섯 가지 맛의 변화는 이루 다 맛볼 수가 없다.

聲不過五, 五聲之變, 不可勝聽也. 色不過五, 五色之變, 不可勝觀也. 味不過五, 五味之變, 不可勝嘗也.

■

성불과오(聲不過五) 소리는 불과 다섯 가지이다. 중국의 고대 음악 음계는 궁(宮), 상(商), 각(角), 치, 우(羽)의 다섯 가지가 있었다.

불가승(不可勝) ....을 이길 수가 없다. ...을 할 수가 없다.

오색(五色) 중국에서는 파랑(靑), 노랑(黃), 빨강(赤), 하양(白), 검정(黑)의 다섯 가지 빛을 오행에 배합되는 다섯 가지 원색이라 하였다.

오미(五味) 짜고, 쓰고, 시고, 맵고, 단 다섯 가지 맛으로서 역시 오행에 배합되는 근본적인 다섯 가지 맛이다.

상(嘗) 맛보다.

7 _ 여러 가지 전세는 기병과 정병에 불과한 것이니, 기병과 정병의 변화는 그 궁극을 이루 다 추궁할 수가 없다. 기병과 정병은 서로 낳게하는 것이어서 마치 끝없이 돌아가는 것과 같으니, 누가 그 궁극을 추궁할 수가 있겠는가.

戰勢不過寄正, 寄正之變, 不可勝窮也. 寄正相生, 如循環之無端, 孰能窮之哉.

■

무단(無端) 끝이 없는 것.

8 _ 세찬 물의 빠른 흐름이 돌까지도 떠내려 보내게 되는 것은 세이다. 매 같은 새가 빨리 날아 다른 새의 몸을 부수고 뼈를 부러뜨리는 것은 절도인 것이다.

激水之疾, 至於漂石者, 勢也. 鷙鳥之疾, 至於毁折者, 節也.

▬

격수(激水) 격한 물. 세찬 물.
질(疾) 빠름.
표(漂) 물에 뜨다. 떠내려가다.
지조(鷙鳥) 매나 독수리 같은 사나운 새.
훼절(毁折) 참새 같은 다른 새의 몸을 쳐서 뼈를 부수는 것.

9 _ 그러므로 전쟁을 잘하는 사람은 그의 세는 험하고 그의 절도는 짧다.

故善戰者, 其勢險, 其節短.

10 _ 세는 잡아당긴 쇠뇌와 같고 절도는 쇠뇌에서 화살이 튀어나가는 것과 같은 것이다,

勢如彍弩, 節如發機

▬

확(彍) 쇠뇌의 활을 잡아당기는 것. 쇠뇌는 속사할 수 있도록 기계장치로 만들어진 활.
발기(發機) 쇠뇌에 화살이 튀어나가게 하는 방아쇠와 비슷한 것(機)을 잡아당기는 것.

11 _ 이리 엉키고 저리 엉키며 어지러이 싸운다 하더라도 혼란을 이루어서는 안 된다. 분간할 수 없을 정도로 혼란한 상태로 둥그런 형태를 하고 있지만 패할 리가 없는 것이다.

紛紛紜紜, 鬪亂而不可亂, 渾渾沌沌, 形圓而不可敗.

분분운운(紛紛紜紜) 실이 어지러이 엉클어진 모양.

불가란(不可亂) 전쟁을 어지러이 한다 하더라도 군대의 통솔이나 대형 자체까지도 혼란해서는 안 된다는 뜻.

혼혼돈돈(渾渾沌沌) 형태가 분명치 않은 상태. 먼지가 자욱이 뒤엉켜 있는 것.

형원(形圓) 둥그렇게 뒤엉켜 혼돈한 상태.

12 _ 어지러움은 다스림에서 생겨나며 비겁은 용기에서 생겨나며 약함은 강함에서 생겨나는 것이다.

亂生於治, 怯生於勇, 弱生於强.

13 _ 다스림과 어지러움은 분수이고, 용기와 겁냄은 세이며 강하고 약함은 형편인 것이다.

治亂, 數也. 勇怯, 勢也. 强弱, 形也.

수(數) 앞에 나온 분수. 군대의 편제를 가리킨다.

형(形) 여기서는 외형(外形)이 아닌 병력, 장비, 지형, 기타 여러 가지 군의 형편(形便)을 뜻한다고 보아야 할 것이다. 대부분의 학자들은 군형(軍形) 또는 지형(地形)으로 풀고 있으나 군대의 강하고 약함은 군형이나 지형만으로 결정되는 것은 아니기 때문이다.

14 _ 그러므로 적을 움직이는 사람은 군형軍形을 나타내어 적이 반드시 따르게 하며, 유리한 듯한 조건을 주어 적이 반드시 취하게 한다.

故善動敵者, 形之敵必從之, 予之敵必敵取之.

형지(形之) 군형(軍形). 또는 진형(陣形)을 위장하여 펴 보이는 것.

여지(予之) 짐짓 적에게 유리한 듯한 조건을 만들어 주는 것.

15 _ 이로움으로써 적을 움직이고 군사들로서 그들을 대기하는 것이다.

以利動之, 以卒待之.

졸(卒) 군사들. 매복시켜놓은 군사 같은 것을 의미한다. 고본에는 솔(率) 또는 본(本)으로 되어 있다.

16 _ 그러므로 전쟁을 잘하는 사람은 병세兵勢에서 승리를 구하지 개인에게 책임을 추구하지 않는다. 그러므로 사람을 잘 가리어 쓰면서 병세에 승리를 맡기는 것이다.

故善戰者, 求之於勢, 不責於人. 故能擇人而任勢.

임세(任勢) 병세(兵勢) 또는 전쟁의 대세에 승패를 맡겨두는 것.

17 _ 병세에 승리를 맡기는 사람은 그가 사람들을 쓰는 것이 마치 나무나 돌을 굴리는 것과 같이 된다. 나무와 돌의 성질은 편안히 두면 가만히 있고 위태로운 장소에 놓이면 움직이고 모가 나게 하면 멎어지고 둥글게 하면 굴러가는 것이다.

任勢者, 其用人也, 如轉木石. 木石之性, 安則靜, 危則動, 方則止,
圓則行.

안(安) 편안이 외부의 아무런 힘도 가하지 않고 있는 것.
위(危) 외부로부터 균형을 잃을 만큼 힘이 가하여 지거나 놓여있는 장소가 안정되지 못하고 위태로운 것.

18 _ 그러므로 부하들을 잘 싸우게 하는 군대의 세는 마치 둥근 돌을 천 길이나 되는 산 위로부터 굴리는 형세가 되는 것이다.

故善戰人之勢, 如轉圓石, 如千仞之山者, 勢也.

06

허실편 虛實篇

병법에서 자주 쓰이는 말이 허虛와 실實이다. 싸움에서 적에게 빈틈을 보이면 당한다. 약한 곳이 허이니 허를 찔리면 패하는 것이다. 그러나 전쟁은 속이는 수단詭道을 써야한다. 강한 군대를 숨겨놓고 적에게 빈틈을 보여 뜻한 대로 불러들여 격파하는 것이다. 허와 실을 적절히 운용하여 적으로 하여금 아군이 승리하도록 유도하는 것이다. 이편에서 허虛는 피차간에 노리는 대상이고 실實은 피차 경계하는 대상이니 그 운용을 어떻게 하느냐에 대해서 논했다.

1 _ 손자가 말하였다. 모든 용병은 먼저 자리를 잡고서 적을 기다려야 군대가 편안하다. 뒤늦게 전쟁터에 자리를 잡고서 싸우러 나가는 군대는 수고롭다. 그러므로 전쟁을 잘하는 사람은 적을 자기 뜻대로 불러들이지 적의 뜻대로 불려가지 않는다.

孫子曰, 汎用兵, 善處戰地, 而待敵者, 佚. 後處戰地, 而趨戰者, 勞. 故善戰者, 致人, 而不致於人.

일(佚) 편안함. 편히 싸워 이길 수 있게 된다는 뜻.
추전(趨戰) 싸우러 나간다는 것.
치인(致人) 적을 자기가 바라는 대로 유인해들이는 것.
치어인(致於人) 적에게 유인을 당하여 그들이 바라는 대로 움직여가는 것.

2 _ 적군으로 하여금 스스로 바라는 곳으로 오게 할 수 있는 것은 그들에게 유리하게 보임으로써이다. 적군으로 하여금 바라는 곳으로 오지 못하게 하는 것은 그들에게 해롭게 보임으로써이다.

能使敵人自至者, 利之也. 能使敵人不得至者, 害之也.

자지(自至) 스스로 우리가 바라는 곳으로 오도록 만드는 것.

이지(利至) 그곳으로 오는 것이 그들에게 이로운 듯이 보인다는 뜻

불득지(不得至) 적이 그곳으로 오다 우리에게 불리한 곳이라면 그곳으로 오지 못하게 만드는 것.

3 _ 그러므로 적이 편안하게 있으면 그들이 수고롭게 만들고, 적이 배불리 먹고 있으면 그들을 굶주리게 만들고, 적이 안정되게 있으면 그들을 동요하게 하여야 한다. 그리고 적이 수비하지 않은 곳으로 가서 공격하고 그들이 뜻하지 않는 곳을 쳐야 한다.

故敵佚, 能勞之. 飽, 能饑之. 安, 能動之. 出其所不趨, 趨其所不意.

안(安) 위의 일이 편안히 지내는 것이니까 이곳의 안(安)은 안정되어 있는 것.

불추(不趨) 적이 나서서 수비하지 않는 곳. 고본(古本)에는 심수(必趨)로 되어 있어 우리가 반드시 나아가야만 할 곳으로 나아가 공격한다고 해석해야 할 것이다. 보통 판본만큼 뜻이 잘 통하지 않는 듯하여 불(不)자를 썼다.

추(趨) 나아가 공격하는 것.

4 _ 천리를 가도 수고롭지 않은 것은 적이 하나도 없는 곳을 통과하였기 때문이다. 공격하여 반드시 뺏는 것은 적이 지키지 않는 곳을 치기 때문이다. 지키면 반드시 견고한 것은 적이 공격할 수 없는 곳을 지키기 때문이다.

行千里而不勞者, 行於無人之地也. 攻而必取者. 攻其所不守也.
守而必固者, 守其所不攻也.

무인지지(無人之地) 적군이 없는 듯, 저항이 없는 곳.

5 _ 그러므로 공격을 잘하는 사람에 대하여서는 적군은 그들이 지킬 곳을 알지 못한다. 수비를 잘 하는 사람에는 적군은 그들이 공격할 곳을 알지 못한다.

故善攻者, 敵不知其所守. 善守者, 敵不知其所攻.

6 _ 미묘하고도 미묘하여 형태가 없는 지경에 이르며, 신묘하고도 신묘하여 소리가 없는 지경에 이른다. 그러므로 적의 생명을 관장하는 사명과 같은 입장이 될 수가 있는 것이다.

微乎微乎, 至於無形. 神乎神乎, 至於無聲. 故能爲敵之司命.

———

신(神) 입신의 경지에 달함.

사명(司命) 본시는 별의 이름. 이 별은 사람의 생명을 관장하였는데(宋史天文志) 뒤에는 신(神)의 이름으로 변했다.

7 _ 진격해도 방어하지 못하는 것은 그들의 허를 찔렀기 때문이다. 물러나는 데도 추격하지 못하는 것은 빨라서 미칠 수가 없기 때문이다.

進而不可禦者, 衝其虛也. 退而不可追者, 遠而不可及也

———

어(禦) 방어.

충(衝) 들이 받다. 찌르다.

급(及) 미치다.

8 _ 그러므로 우리가 싸우고자 할 때에는 적이 비록 높은 보루와 깊은 해자를 파고 있으면서도 우리와 나와서 싸우지 않을 수가 없게 만드는데 그것은 그들이 반드시 구조해야만 할 곳을 공격하기 때문인 것이다. 우리가 싸우고자 하지 않을 때에는 비록 땅바닥에 금을 그어 놓고서 그곳을 지키고 있다 하더라도 적군이 우리에게 싸움을 걸어오지 못하게 되는데 그것은 그들의 공격이 어긋나리라고 여겨지기 때문이다.

故我欲戰, 敵雖高壘深溝, 不得不與我戰者, 攻其所必求也. 我不欲戰, 雖劃地而守之, 敵不得與我戰者, 乖其所之也.

9 _ 그러므로 상대를 들어나게 하고 나는 들어나지 않으면 곧 우리는 전쟁을 마음대로 할 수 있게 되고 적은 분산되는 것이다.

故形人而我無形, 則我專而敵分.

10 _ 우리는 한 곳에 전투력을 오로지 투입하고 적은 열로 전투력이 나누게 된다. 그러므로 십 배의 전투력으로 십 분의 일의 적을 공격하는 셈이 된다. 그러면 우리는 병력이 많고 적은 적은 셈이 된다. 많은 병력으로 적은 병력을 치게 됨으로 곧 우리와 싸우는 상대방을 이기는 것은 간단하게 된다

我專爲一, 敵分爲十, 是以十攻其一也. 則我衆敵寡. 能以衆擊寡,
則吾之所與戰者, 約矣.

11 _ 우리가 그들과 싸우려하는 곳을 적이 알 수 없어야 한다. 적이 알지 못하면 곧 그들이 대비하여야 할 곳이 많으면 곧 우리가 싸워야할 상대가 적어진다.

吾所與戰之地, 不可知, 不可知. 則敵所備者, 多. 敵所備者多.
則吾所與戰者, 寡矣.

12 _ 그러므로 양쪽을 대비하게 되면 뒤의 병력이 적어지고 뒤쪽을 대비하게 되면 앞의 병력이 적어진다. 왼편을 대비하게 되면 왼편 병력이 적어진다. 또 어느 곳이나 모두를 대비하게 되면 어느 곳이나 병력이 적어진다. 병력이 적게 되는 것은 상대방에 따라 대비하기 때문이다. 병력이 많게 되는 것은 상대방으로 하여금 자기를 따라 대비하게 하기 때문이다.

故備前則後寡, 備後則前寡. 備左則右寡, 備右則左寡. 無所不備, 則無所不寡. 寡者, 備人者也, 衆者, 使人備己者也.

━━━

무소불비(無所不備) 어느 곳이고 대비하지 않는 곳이 없으면, 곧 모든 곳에 대비하면.

비인(備人) 적에 대비하는 것. 적의 계책에 따라 여러 가지로 대비하는 것.

사인비기(使人備己) 적으로 하여금 자기들에 대비케 하는 것. 적으로 하여금 자기네 계책에 따라 여러 곳에 병력을 분산시켜 대비케 하는 것.

13 _ 그러므로 전쟁할 곳을 알고 전쟁할 날짜를 안다면 곧 천리를 나가서 적과 싸울 수도 있다. 전쟁을 할 곳을 알지 못하고 전쟁할 날짜를 알지 못하면 곧 왼편 군사들은 오른편 군사를 구원할 수 없을 것이며, 앞쪽 군사들은 뒤쪽 군사들을 구원할 수 없고 뒤쪽 군사들은 앞쪽 군사들을 구원할 수 없을 것이다. 그런데 하물며 멀리는 수 천리, 가깝다 해도 수 리나 되는 거리로 나가서 싸울 수가 있겠는가.

故知戰之地, 知戰之日, 則可千里而會戰. 不知戰地, 不知戰日, 則左不能求右, 右不能求左, 前不能求後, 後不能求前. 而況遠者數千里, 近數里乎.

━━━

회전(會戰) 적과 맞붙어 싸우는 것.

황(況) 항차. 하물며.

14 _ 우리 입장에서 헤아려 보건데 월나라 사람들이 비록 많다고는 하지만 또한 승리에 무슨 도움이 되겠는가.

以吾度之, 越人之兵, 雖多, 亦奚益於勝哉.

오(吾) 오(吳)로 되어있는 판본도 있는데, 이 〈손자〉는 본시 오나라 왕 합려(闔閭)에게 바치는 것이기 때문이다.

탁(度) 헤아린다. 생각한다. 작전 계획을 세운다. 또는 사태를 검토 한다는 두 가지 뜻으로 해석할 수 있을 것이다.

해(奚) 해(何)와 통하여 ,무슨 (어찌).

15 _ 그러므로 승리란 만들 수 있는 것이라 말하는 것이다. 적의 병력이 비록 많다 하더라도 대부분을 싸움에 참여하지 않게 할 수가 있는 것이다.

故日, 勝可爲也. 敵雖衆, 可使無鬪.

가위(可爲) 승리하도록 만들 수 있다는 뜻

16 _ 그러므로 적의 정세를 헤아리어 이롭고 불리한 계책을 알고, 적에게 조작을 가하여 적 동정의 원리를 알고, 적에게 형태를 보여 싸워서 죽고 살 땅을 알며 잠간 겨루어 봄으로써 대비가 충분한 곳과 부족한 곳을 알아낸다.

故策之而知得失之計, 作之而知動靜之理, 形之而知死生之地, 角之而知有餘不足地處.

책지(策之) 적을 헤아리다. 적의 정세를 헤아리다.

득실(得失) 싸워서 유리한 것과 불리한 것

작지(作之) 조작을 가하는 것. 적을 건드려 보는 것.

형지(形之) 적에게 이곳의 진형을 보여 주는 것.

사생지지(死生地之) 적과 싸워서 패하고 도망칠 곳도 없는 사지와 패하고 후퇴할 길이 있는 생지.

각지(角之) 적과 맞붙어 싸움으로써 힘을 겨루어 보는 것.

17 _ 그러므로 군대 지형의 극치는 무형에 이르는 것이다. 무형이 되면 깊이 파고드는 간첩도 실정을 들여다 볼 수 없고, 지혜 있는 사람이라도 계책을 세울 수가 없다.

故形兵之極, 至於無形. 無形, 則深間不能窺, 智者不能謀.

형병(形兵) 군대의 진형을 갖추는 것.
심간(深間) 깊숙이 파고든 간첩.
규(窺) 내용을 들여다 보고 알아내는 것.

18 _ 군형을 근거로 하여 군사들에게 승리를 거두도록 조치를 하지만 군사들은 그 이유를 알지 못한다. 사람들은 모두가 우리가 이기는 원인이 되었던 군형은 알지만 우리가 승리를 거두도록 변화한 군형의 내용은 알지 못한다.

因形而措勝於衆, 衆不能知. 人皆知我所以勝之形, 而莫知吾所以制勝之形.

소이승지형(所以勝之形) 승리를 거둔 때의 군형. 승리의 원인이 된 군형.
소이제승지형(所以制勝之形) 승리의 원인이 되었던 군형. 큰 승리를 거두기 위하여 적의 허실을 따라 여러 가지로 변화했던 군형과 까닭.

19 _ 그러므로 그 전쟁에 이긴 계책은 되풀이하여 쓰지 않으며, 적의 군형에 대응이 무궁한 것이다. 군대의 진형은 물과 같아야 한다. 물의 형태는 높은 곳을 피하여 낮은 곳으로 나아가는데 군대의 형태는 실을 피하여 허를 치는 것이다. 물은 땅으로 말미암아 흐름을 제어하고 군대는 적으로 말미암아 승리를 제어하는 것이다.

故其戰勝不復, 而應形於無窮. 夫兵形象水, 水之形, 避高而趣下,
兵之形, 避實而擊虛. 水因地故而制流, 病因敵而制勝

불복(不復) 되풀이 하지 않는다.

응형(應形) 적의 군형에 대응함.

상수(象水) 물의 모양을 본뜨다.

20 _ 그러므로 군대에는 일정한 형세가 없고 물은 일정한 형세가 없는 것이다. 적을 따라서 변화함으로써 승리를 거두게 되는 것인데 그것을 일컬어 신神이 라 하는 것이다.

故兵無常勢, 水無常形. 能人敵變化而取勝, 謂之神.

상세(常勢) 변화가 일정하지 않은 상태.

신(神) 신묘(神妙). 귀신같다.

21 _ 그러므로 오행에는 언제나 이기는 게 없고 사철에는 일정한 자리에 있는 것이 없다. 해에는 길고 짧은 것이 있고 달에는 기울고 차는 것이 있다.

故五行無常勝, 四時無常位. 日有短長, 月有死産.

사산(四産) 달이 기울었다가 다시 나옴을 뜻함.

07

군쟁편 軍爭篇

전쟁을 잘하는 장수는 자기의 군대를 항상 적보다 유리한 위치에서 적을 유인하는 방법을 쓴다. 군대가 이로움을 다툰다는 것은 곧 승리를 다툰다는 것이다. 지세나 지형지물 등 아군이 유리한 고지를 차지하고 군량이나 군비가 축적이 되어있어야 한다. 이 모든 것을 확보하고 아군은 배불리 먹고 충분한 휴식을 취하고 있으나 뒤늦게 달려온 적은 허기가 지고 피로해있기 마련이다. 이것은 적에게나 아군에게나 같이 적용되므로 어떠한 전술로써 적을 앞서가느냐는 장수의 지혜에 달렸다. 싸움터는 아래서 위를 공격하는 것은 어렵다. 그러나 높은 곳은 고립되기가 쉽다. 복병이나 정병이 자유롭게 공격하고 후퇴할 수 있는 위치를 확보하는 것이 곧 이로움을 다투는 것이고 전투의 선결과제다.

1 _ 손자가 말하였다. 모든 용병하는 방법은 장수가 임금으로부터 명령을 받아 여러 군대들을 징집시키고 군사들을 모아서 서로 화합시켜 군영에 머물게 하는 것인데, 군대의 다툼보다 어려운 것은 없을 것이다. 군대의 다툼이 어렵다는 것은 돌아감으로써 곧장 목표에 도달하고 환난을 이로움으로 만들어야 하기 때문이다.

> 孫子曰, 汎用兵之法, 將受命於君, 合軍聚衆, 交和而舍, 莫亂於軍爭.
> 軍爭之難者, 以迂爲直, 以患爲利.

━━

합군(合軍) 여러 곳의 정규군을 모으는 것.
취중(聚衆) 군사들을 징집하는 것.
우(迂) 우회하는 것. 길을 곧장 가지 않고 먼 곳으로 돌아가는 것.

2 _ 그러므로 갈 길을 돌아감으로써 이로움으로 적을 유인해야 하고, 적보다 늦게 출발하더라도 적보다 앞서 도착해야 한다. 그래야만 돌아가는 것과 곧장 가는 것의 계책을 아는 사람이라 할 것이다. 그러므로 군대의 싸움은 이로움을 위한 것이며 군사들의 싸움은 위험이 따르는 것이다.

故迂其途, 而誘之以利. 後人發, 先人至. 此知迂直之計者也. 軍爭爲利, 衆爭爲危

우기도(迂其途) 돌아감으로써 적으로 하여금 이쪽을 얕보게 만들거나 방심하게 만드는 것.
중쟁(衆爭) 여러 군사들이 적과 맞붙어 싸우는 것.

3 _ 전군을 거느리고 이익을 다툰다면 곧 미치지 못하게 될 것이다. 군대의 일부를 버리고 이익을 다툰다면 곧 치중부대輜衆部隊가 버려질 것이다.

擧軍而爭利, 則不及. 委軍而爭利, 則輜衆損.

거군(擧軍) 전군을 전투에 투입하는 것.
불급(不及) 미치지 못함.
위군(委軍) 군대의 일부를 버리고 정병만으로 싸우는 것.
치중(輜衆) 군의 보급을 수송하는 부대. 정병만으로 전쟁에 임하면 행동이 빨라서 신속히 진군할 것이므로 보급부대는 이를 따르지 못한다. 보급부대가 따르지 못하면 아무리 정병이라도 전투를 수행하지 못할 것이다.

4 _ 그러므로 갑옷을 말아가지고 가벼운 몸으로 진군하며 밤낮으로 쉬지 않고 평소의 두 배 길을 한꺼번에 달려가 백 리 밖에서 적과 이로움을 다툰다면 곧 삼군의 장수들이 모두 사로잡힐 정도로 참패할 것이다. 튼튼한 사람은 먼저 도착하지만 지친 사람은 뒤질 것이기 때문에, 군사의 십 분의 일 정도가 전장에 도착하는 것이 원칙이다. 오십 리 밖을 가서 적과 이익을 다툰다면 곧 상장군까지도 큰 피해를 당할 것이며 전장에는 반수 정도가 도착하는 것이 원칙이

다. 삼십 리 밖에서 적과 승패를 다툰다면 곧 십 분의 이 정도의 병력이 전장에 도착할 것이다.

> 是故卷甲而趨, 日夜不處, 倍道兼行, 百里而爭利, 則擒三將軍. 勁者先,
> 疲者後, 其法十一而至. 五十里而爭利, 則蹶上將軍, 其法半至.
> 三十里而爭利, 則三分之二至.

───

불처(不處) 머물러 쉬지 못함.

배도(倍道) 평소 행군의 두 배 행군.

겸행(兼行) 쉬지 않고 행군함.

경(勁) 힘 있고 몸이 튼튼한 것

피(疲) 지치고 몸이 약함.

법(法) 원칙 원리.

십일이지(十一而至) 열에 한 사람 꼴로 전장에 도착함.

궐(蹶) 쓰러지게 하다. 큰 피해를 주다.

5 _ 그러므로 군대는 치중이 없으면 망하고 양식이 없으면 망하며 축적된 군비가 없으면 망한다.

> 是故軍無輜重, 則亡. 無糧食, 則亡. 無委積, 則亡

6 _ 그러므로 여러 제후의 마음을 알지 못하는 자는 만약에 대비하여 미리 외교를 맺어두지 못한다. 산과 숲의 험난한 곳과 늪과 못이 있는 지형을 알지 못하는 자는 군대를 진군시키지 못한다. 길을 안내하는 길잡이를 쓰지 않으면 지형에 따를 이점을 얻지 못한다.

> 故不知諸侯之謀者, 不能豫交. 不知出林險阻沮澤地形者, 不能行軍.
> 不用鄉道者, 不能地利.

───

예교(豫交) 만약을 위하여 타국과 미리 외교를 맺는 것.

험조(險阻) 지형이 험난한 것.

저택(沮澤) 습지와 못. 수택지.

향도(鄉道) 길잡이. 그곳 지형을 잘 아는 토박이 길잡이.

7 _ 그러므로 군대의 동정은 사술詐術에 의하여 결정이 되고, 이로움을 따라 움직이게 되며, 군대를 분산시켰다 모았다 함으로써 변화를 일으키는 것이다.

故兵以詐立, 以利動, 以分合爲變者也.

8 _ 그러므로 군대 행동의 신속함은 바람과 같고 그 더딘 움직임은 숲속과 같고 침략하고 약탈하는 행동은 불길과 같고 움직이지 않을 때는 산과 같고 속을 알 수 없는 것은 음양의 변화와 같고 움직임은 벼락치는 것과 같은 것이다.

故其疾如風, 其徐如林, 侵掠如火, 不動如山, 難知如陰陽, 動如雷霆.

여림(如林) 숲과 같다. 군사 행동을 깊은 숲속에 있는 것처럼 한다는 뜻.

침략(侵掠) 침략하여 약탈하는 것.

음양(陰陽) 응달 속에 가려져 있는 듯 알 수 없어야 한다는 뜻.

9 _ 적의 고을을 약탈하면 군사들에게도 물건을 나누어 주고 적의 땅을 점령하여 넓어지면 그곳의 이익을 군사들에게 나누며, 이익을 저울질하면서 움직여야 한다.

掠鄉分衆, 廓地分利, 懸權而動.

약향(掠鄉) 적의 고을에 침입하여 약탈하는 것.

곽지(廓地) 적의 땅을 약탈하여 영토를 넓히는 것.

현권(懸權) 저울에 달다. 이익을 계산함.

10 _ 먼저 돌아가고 곧장 가는 계책을 아는 사람이 승리한다. 이것이 군대가 다투는 원리인 것이다.

先知迂直之計者, 勝. 此軍爭之法也.

11 _ 군정에 말하기를 〈말로는 서로 들을 수 없기 때문에 징과 북을 쓰며, 눈으로 서로 볼 수 없기 때문에 깃발을 쓰는 것이다.〉고 하였다. 징과 북과 깃발 같은 것은 사람들의 귀와 눈을 통일하기 위한 것이다.

軍政日, 言不相聞, 故爲之金鼓, 視不相見, 故爲之旌旗. 夫金鼓旌旗者, 所以一人之耳目也.

▬
군정(軍政) 손자가 참고한 옛날의 병서.
정기(旌旗) 신호용으로 쓰는 여러 가지 깃발.

12 _ 사람들이 이미 한곳으로 통일된 다음에는 곧 용감한 자라도 홀로 진격하지 못하므로 겁 많은 자라도 뒤로 물러나지 못한다. 이것이 군사들을 부리는 원인인 곳이다.

人旣專一, 則勇者不得獨進, 怯者不得獨退. 此用衆之法也.

▬
전일(專一) 한곳으로 통일되는 것.
겁(怯) 무서워하다. 겁내다.

13 _ 그러므로 밤에 싸울 적에는 불과 북을 많이 쓰고 낮에 싸울 적에는 깃발을 많이 쓰는데 사람들의 귀와 눈에 변화가 오기 때문인 것이다.

故夜戰多火鼓, 晝戰多旌旗, 所以變人之耳目也.

▬
변인지이목(變人之耳目) 사람들의 귀와 눈이 변화하다. 밤낮의 바뀜에 따라 신호로 쓰는 물건들이 바뀌는 이유를 설명함.

14 _ 적군의 기를 뺏어야 하고 장군의 마음을 뺏어야 한다.

三軍可奪氣, 將軍可奪心.

기(氣) 용기, 사기, 싸우려는 기백, 기세 등을 말함.
심(心) 싸우려는 의지, 판단력, 등을 말함.

15 _ 그러므로 아침의 기는 예리하고 낮의 기운은 느슨하고 저녁의 기는 돌아가고만 싶은 것이다. 용병을 잘하는 사람은 적의 예리한 기를 피하고 그들의 느슨하고 돌아가고만 싶어 하는 기氣를 치는 것이다. 이것이 기를 다스리는 사람인 것이다.

是故朝氣銳, 晝氣惰, 暮氣歸. 善用兵者, 避其銳氣, 擊其惰氣,
此治氣者也.

16 _ 다스리고 있음으로써 적의 혼란을 기다리고 고요히 있음으로써 소란해지기를 기다려야 한다. 이것이 마음을 다스리는 것이다.

以治待亂, 以靜待譁, 此治心者也.

화(譁) 떠들썩한 것. 소동을 일으키는 것.

17 _ 가까이 움직임으로써 멀리 움직이기를 기다리고 편안이 지냄으로써 수고롭기를 기다리고 배부르게 있음으로써 굶주림을 기다려야 한다. 이것이 힘을 다스리는 것이다.

以近待遠, 以佚待勞, 以飽待饑. 此治力者也.

18 _ 질서정연하게 깃발을 세우고 오는 적을 맞아 싸우지 말아야 한다. 당당한 진형을 갖추고 있는 적은 공격하지 말아야 한다. 이것이 변화를 다스리는 것

이다.

勿邀正正之旗, 勿擊堂堂之陣. 此治變者也.

———

요(邀) 맞아 싸우다.

정정(正正) 들고 오는 깃발이 질서정연한 것.

당당(堂堂) 기세가 당당하다. 진형에 위엄이 있는 것.

08

구변편 九變篇

구변九變은 무궁한 변화를 뜻한다. 같은 힘을 가진 적과 동등한 입장에서 싸울 때 그 싸움의 변화에 대응하는 수단과 방법의 차이에서 승패가 결정된다. 싸움에는 수많은 방법의 수단이 있고. 지형이 있다 군대가 놓여진 상황의 변화에 또 다른 변화의 수단으로 적의 허점을 끌어내어 그것을 치는 것이다. 전쟁의 다양한 변화에 대응하지 못하고 군대를 사지에 몰아넣고 국가를 위기에 몰아넣어서는 안 된다.

1 _ 손자가 말하였다. 용병하는 방법은 높은 언덕의 적을 향해 공격해선 안 된다. 언덕을 뒤에 두고 쳐내려오는 적을 맞서 싸워서는 안 된다. 거짓 패한 체 도망치는 적은 뒤쫓아서는 안 된다. 예기에 찬 군사들은 공격해서는 안 된다. 미끼로 내놓은 군사들은 다치지 말아야 한다. 자기 고향으로 돌아가는 군사들은 막으면 안 된다. 적병을 포위할 때에는 도망칠 구멍도 없이 둘러싸면 안 된다. 궁지에 몰린 적을 너무 핍박해서는 안 된다. 고립된 지점에 머물러서는 안 된다.

孫子曰, 汎用兵之法, (將帥命於君合軍聚衆-착간錯簡이듯 보임으로 번역 생략),
高陵勿向. 背丘勿逆, 佯北勿從, 銳卒勿攻, 餌兵勿食, 歸師勿謁,
圍士勿周, 窮寇勿逼, 絶地勿留.

고능(高陵) 높은 언덕
물향(勿向) 그런 적은 공격하지 말라.
배구(背丘) 언덕을 등에 지고 낮은 곳을 공격함.
역(逆) 공격해오는 적을 거슬러 맞서 싸우는 것.
양배(佯北) 거짓 패배한 척 도망하는 것.
이병(餌兵) 미끼로 내놓은 병사.

귀사(歸師) 고향으로 돌아가는 병사.

알(遏) 길을 막고 공격하는 것.

물주(勿周) 빈틈 없이 보이지 말라는 뜻. 도망칠 구멍을 남겨라.

궁구(窮寇) 궁지에 몰린 적.

절지(絶地) 외부와 단절되어 있는 지형

2 _ 길에는 가서는 안 될 길이 있다. 군대는 공격해서는 안 될 부대가 있다. 성에는 공격해서는 안될 성이 있다. 땅에는 빼앗고자 다투어서는 안 될 지형이 있다. 임금의 명령에는 받아들여서는 안 될 명령이 있다. 그러므로 장수로서 여러 가지 변화의 이점에 통달해 있는 사람은 용병할 줄 아는 사람이다.

途有所不由, 軍有所不擊, 城有所不攻, 地有所不爭, 君命有所不受.
故將通於九變之利者. 知用兵矣.

―

도(途) 도(道)와 통함.

유(由) 그 길을 통하여 행군 함.

3 _ 장수가 여러 가지 변화의 이점에 통달해 있지 않으면 비록 지형을 안다 하더라도 지형의 이로움을 이용하지 못할 것이다. 군사들을 다스리면서도 여러 가지 변화의 술법을 알지 못한다면 비록 앞의 다섯 가지 이점을 안다 하더라도 군사들을 잘 이용하지 못할 것이다.

將不通於九變之利, 雖知地形, 不能得地利矣. 治兵不知九變之術者,
雖知五利, 不能得人之用矣.

―

오리(五利) 다섯 가지 이점. 앞의 구변을 아홉 가지 변화 고능물향(高陵勿向)부터 절지물유(絶地勿留)까지의 아홉 가지로 보는 한편 길에는 가서는 안 될 길이 있다. 도유소불중(途有所不由)부터 임금의 명령에는 받아들여서는 안 될 것이 있다. 군명유소불수(君命有所不受)까지의 다섯 가지를 흔히 오리(五利)라 한다. 그러나 어떤 판본에는 오(五)가 지(地)로 되어 있는 판본이 있으며, 앞의 다섯 가지는 이점이라 보기 어려운 내용이므로 여기서는 지리(地利)가 옳을 것도 같다.

인지용(人知用) 군사들을 이용하여 싸우는 것.

4 _ 그러므로 지혜 있는 사람의 생각에는 반드시 이해利害가 뒤섞여 있다. 이利 속에 해害가 섞여 있는 것을 분간하면 하는 일은 신용을 얻게 될 것이다. 해 속에도 이로움이 섞여 있음을 분간한다면 환난을 해결할 수 있을 것이다.

是故智者之虞, 必雜於利害. 雜於利, 而務可信也. 雜於害, 而患可解也.

▬

우(虞) 걱정, 생각.
잡어리(雜於利) 이로움 속에 섞여 있음.
무(務) 하는 일.
잡어해(雜於害) 해(害)속에 섞여 있음.

5 _ 그러므로 제후들을 굴복시킬 때는 해로움으로써 하고, 제후들을 부릴 때에는 일로써 하며, 제후들을 나아가게 할 적에는 이로움으로써 한다.

是故屈諸侯者, 以害. 役諸侯者, 以業. 趨諸侯者, 以利.

▬

제후(諸侯) 여기서는 전쟁을 하는 상대방의 임금을 말한다.
역(役.) 일을 시키다.
업(業) 여기서는 이로움도 있고 해로움도 있는 일을 말한다.
추(趨) 나아가다. 나아가도록 유인한다.

6 _ 그러므로 용병하는 방법은 적이 오지 않을 것이라 믿어서는 안 되고, 적에 대비하여 갖춘 방비를 믿어야 한다. 적이 공격하지 않을 것이라 믿어서도 안 되며 자기의 적이 공격하지 못하도록 대비한 방위를 믿어야 한다.

故用兵之法, 無恃其不來, 恃吾有以待之. 無恃其不攻, 恃吾有所不可攻也.

▬

시(恃) 믿다. 의지하다.
오유(吾有) 자기가 적에 대비하여 갖추고 있는 방비.

7 _ 그러므로 장수에게는 다섯 가지 위험한 경우가 있다. 필사적으로 싸우다가는 죽음을 당하기 쉽다. 꼭 살아야겠다고 싸우다가는 사로잡히기 쉽다. 성을 내며 성급했다가는 모욕당하기 쉽다. 곧 결백하기만 하면 욕을 먹고 패하기 쉽다. 백성들을 너무 사랑하면 번거로워지기 쉽다.

故將有五危, 必死可殺. 必生可虜, 忿速可侮, 廉潔可辱, 愛民可煩.

▬

필사(必死) 죽음을 무릅쓰다. 여기서는 죽을 줄도 모른 체 앞뒤를 가리지 않고 덤비는 것을 말함.

로(虜) 사로잡히다. 포로.

분속(忿速) 성을 내어 성급함.

가모(可侮) 모욕을 당하다.

염결(廉潔) 청렴하다. 곧고 깨끗함. 적이 청렴함을 약점으로 이용하면 패하기 쉽다.

가욕(可辱) 욕을 당함. 즉 장수에게 욕을 보이면 치욕으로 알고 물불을 가리지 못하고 덤벼들어 패하기 쉽다.

번(煩) 번거롭다. 백성들을 너무 사랑하여 그들에게 피해를 주지 않으려면 전쟁 수행에 지장을 주어 번거롭다.

8 _ 이 다섯 가지 것은 장수의 잘못이며 용병의 재난이 되는 것이다. 군대를 전멸시키고 장수까지 죽음을 당하는 것은 반드시 이 다섯 가지 위험 때문이다. 잘 살피지 않으면 안 될 것이니 이것이 용병하는 방법인 것이다.

凡此五者, 將之過也, 用兵之災也. 覆軍殺將, 必以五危, 不可不察. 此用兵之法也.

▬

복군(覆軍) 군대를 전멸시키다.

09

행군편 行軍篇

행군함에 있어서 군대가 지켜야할 법을 논하였다. 물을 건널 때는 은폐물이 없어서 적의 기습에 대응할 좋은 방법이 없다. 늪지대에서나 깊은 숲에서 졸지에 적의 복병을 만나면 대항하기가 어렵다. 모든 군사행동 즉 행군을 하거나 진을 치거나 백병전을 하거나 복병을 쓰거나 모두 지형지물을 효과적으로 이용하고 의지하여야 한다. 그리고 자연의 생태계를 파악하여 동식물動植物의 움직임에도 적의 움직임을 감지할 수 있는 방법이 얼마든지 있다. 적의 어떤 움직임이 또는 모습이 어떤 군사적 행동으로 나올 것인지 인지할 수 있어야 한다. 장수는 전쟁은 속이는 수단이라는 것을 알고 있어야 하며, 지혜로운 장수는 이러한 전투에 있어서 전반적인 지식을 갖추어야 한다.

1 _ 손자가 말하였다. 군사들이 행군함에 있어서는 적을 잘 살펴야 한다. 산을 가로질러 넘어갈 때에는 골짜기를 의지하여야 한다. 식물들을 살피어 될수록 높은 곳으로 가야 한다. 높은 곳에 적이 있어 싸움을 건다 해도 올라가며 싸워서는 안 된다. 이것이 산에서 군대가 행군하는 방법이다.

孫子曰, 凡處軍相敵, 絕山依谷, 視生處高, 戰隆無登. 此處山之軍也.

처군(處軍) 군사들을 행군시키는 것.
상적(相敵) 적의 정세를 살피는 것.
절산(絕山) 산을 가로질러 넘어가는 것.
생(生) 살아있는 생물들. 초목.
전융(戰隆) 높은 곳의 적이 싸움을 걸어오는 것.

2 _ 강물을 건너면 반드시 강물에서 멀리 떠나야 한다. 적이 강물을 건너올 적

에는 강물 안에서 그들을 맞아 싸워서는 안 된다. 반쯤 건너오게 한 다음 그들을 공격하는 것이 유리할 것이다. 싸움을 하려고 한 다음 강물 가에 바짝 대서 진을 치고 적을 맞아들여서는 안 된다. 식물들을 보아 무성하거든 높은 곳에 진을 칠 것이며, 강물 상류로부터 내려오는 적을 맞아 싸워는 안 된다. 이것이 강물 위에서 군대가 행동하는 방법이다.

絕水, 必遠水, 敵絕水而來, 勿迎之於水內, 令半濟而擊之利. 欲戰者, 無附於水而迎敵. 視生處高, 無迎水流. 此處水上之軍也.

▬

절수(絕水) 강을 건너는 것.
원수(遠水) 강물을 멀리 떠나야 한다는 뜻.
제(濟) 물을 건너는 것.
부어수(附於水) 강물 가까이 진을 치는 것.
영수류(迎水流) 물의 흐름을 따라 상류에서 내려오는 적을 막아 싸우는 것.

3 _ 개펄이나 택지를 가로지를 때에는 속히 떠나 머물지 말아야 한다. 만일 개펄이나 택지 가운데에서 교전을 하게 되면 반드시 물풀이 있는 곳에 의지하여 진을 칠 것이며 많은 나무를 등지고 있어야 한다. 이것이 개펄이나 택지에서 군사행동을 하는 방법이다.

絕斥澤, 唯亟去莫留. 若交軍於斥澤之中, 必依水草而背衆樹.
此處斥澤之軍也.

▬

척택(斥澤) 개펄과 늪지.
극거(亟去) 속히 떠나다.
교군(交軍) 교전하는 것.

4 _ 평지나 언덕이 있는 땅에서는 편리한 곳을 택하여 진을 치고 오른편으로 높은 언덕을 등지며, 나무가 없는 땅을 앞에 두고 풀과 나무가 무성한 곳을 뒤

에 둔다. 이것이 평지나 언덕이 있는 곳에서 군대가 행동하는 방법이다. 이 네 가지 군사행동에 있어서 이용해야 할 점은 황제 때부터 사방의 제후들을 쳐 이긴 방법이었던 것이다.

平陵, 處易. 右背高, 前死後生. 此處平陵之軍也. 凡四軍之利,
黃帝之所以勝四帝也

평능(平陵) 평지와 언덕.

처이(處易) 교통이나 전술적인 면에서 편리한 곳에 진을 친다는 것.

전사(前死) 앞쪽은 나무나 풀이 없어야 한다는 뜻.

후생(後生) 뒤쪽에는 나무나 풀이 있어야 한다는 뜻.

4군지이(四軍之利) 앞에서 이야기 한 산지(山地), 강물, 개펄과 택지, 평지에서의 네 가지 군사 원칙의 이용.

황제(黃帝) 중국 태고의 3황 가운데 한 사람. 기원전 2600여 년경 치우(蚩尤), 염제(炎帝), 훈육(葷粥) 등의 여러 영웅들이 황하 유역에 일어나 서로 싸우는 것을 황제가 평정하였다 한다.

4제(四帝) 치우, 연제, 훈육 같은 사방의 제후들.

5 _ 모든 군대는 높은 곳을 좋아하고 낮은 곳을 싫어하며 동남의 양陽편을 귀 중히 여기고 서북의 음陰편을 천히 여긴다. 사람과 동물의 위생에 주의하여 생 기가 충실토록 하여 군대 안의 여러 가지 병이 없도록 하는데 이런 군대를 두 고 필승의 군대라고 말한다.

凡軍好高而惡下, 貴陽而賤陰. 養生處實, 軍無百疾, 是謂必勝.

양생(養生) 군대에서 쓰는 말, 돼지, 소의 위생에 주의하는 것.

처실(處實) 생기가 충실한 건강을 유지케 하는 것.

6 _ 언덕이나 제방은 반드시 그 남쪽에 군진을 치도록 하며 그것의 오른쪽을 등지고 있어야 한다. 이것이 군대의 이점이며 지형의 도움인 것이다.

丘陵堤防, 必處其陽, 而右背之. 此兵之利, 地之助也.

7 _ 상류 쪽에 비가 오면 물거품이 떠내려 올 것이니 이를 건너려 한다 하더라도 그 거품들이 안정되기를 기다려야 한다.

上雨, 水沫至, 欲涉者, 待其定.

수말(水沫) 물거품.
섭(涉) 물을 건너는 것.

8 _ 지형에는 절벽으로 둘러싸인 골짜기(절간絕澗), 땅이 움푹 파여진 분지(천정天井), 한 번 들어가면 나오기 힘든 험한 지형(천뢰天牢), 초목이 무성하여 들어가면 동서남북을 분간하기 어려운 곳(천라天羅), 빠지면 헤어나기 힘든 늪지(천함天陷), 좁은 골짜기(천극天隙) 같은 곳이 있는데. 반드시 빨리 그곳을 벗어나 가까이 가지 말아야 한다. 우리는 그곳을 멀리하고 적은 가까이 가도록 하며 우리는 그곳을 앞에 두고 적은 그곳을 등지도록 하여야 한다.

凡地有絕澗, 天井, 天牢, 天羅, 天陷, 天隙. 必亟去之, 勿近也. 吾遠之, 敵近之. 吾迎之, 敵背之.

9 _ 군대 근방에 험난한 곳(험조險阻), 연못이나 웅덩이(황정潢井) 갈대밭 숲(겸가蒹葭), 관목과 풀이 우거진 곳(임목林木)이 있으면 반드시 되풀이하여 수색하여야 한다. 이런 곳에는 간계姦計가 숨겨져 있는 장소인 것이다.

軍旁有險阻, 潢井, 蒹葭, 林木, 翳薈, 必覆索之. 此伏姦之所也.

복간(覆姦) 복병. 간사한 계략.

10 _ 가까이 가도 고요히 있는 적은 그들이 험요한 지형을 믿고 있기 때문이다. 먼 곳에서부터 도전해오는 적은 우리를 더 나오게 하고자 함이다. 공격하기 쉬운 곳에 진을 치고 있는 적은 이로움으로써 우리를 유인하려는 것이다.

近而靜者, 恃其險也. 遠而挑戰者, 欲人之進也. 其所居易者, 利也.

거이(居易) 수비하기 쉬운 험한 곳을 버리고 공격하기 쉬운 평탄한 곳에 진을 치고 있는 것.
이야(利也) 어떤 이익이 있기 때문이다. 이로움을 보임으로써 유인하는 것.

11 _ 많은 나무들이 움직이는 것은 적병이 이동해 오는 것이다. 풀 속에 장애물이 많은 것은 의심을 일으키기 위한 것이다. 새들이 날아오르는 것은 복병이 있기 때문이다. 짐승들이 놀라 달아나는 것은 기습병奇襲兵들이 숨어서 다가오기 때문이다.

衆樹動者, 來也. 衆草多障者, 疑也, 鳥起者, 伏也. 獸駭者, 覆也.

장(障) 장애물. 보통 양편의 풀을 묶어놓아 발에 걸려서 걷기 어렵도록 해놓은 것을 말함.
복(覆) 기습하려는 기병(奇兵)이 은밀히 다가오는 것을 말함.

12 _ 먼지가 높이 떠오르면서도 끝이 뾰족한 것은 적의 수레들이 오는 것이다. 먼지가 낮고 넓게 퍼지고 있는 것은 적의 보병들이 오고 있는 것이다. 먼지가 흩어져서 쭉 뻗고 있는 것은 적이 땔 나무를 하고 있는 것이다. 먼지가 적으면서 왔다 갔다 하는 것은 군영을 만들고 있기 때문이다.

塵高而銳者, 車來也. 塵卑而廣者, 徒來也. 散而條達者, 樵探也.
少而往來者, 營軍也.

진(塵) 흙먼지.
도(徒) 보병(步兵).
조달(條達) 먼지가 가늘게 뻗어 올라가는 것.
초(樵) 땔나무.
영군(營軍) 군인들이 머무를 군영을 짓는 것.

13 _ 적의 사자의 말씨가 겸손하면서도 더욱 방비를 하는 것은 침공할 뜻을 지녔기 때문이다. 적의 사자의 말씨가 강경하고 또 진군하려는 것처럼 보이는 것은 후퇴할 뜻을 지녔기 때문이다.

辭卑而益備者, 進也. 辭強而進驅者, 退也.

사비(辭卑) 적이 파견한 사자의 말씨가 겸손한 것.
익비(益備) 준비를 철저히 하는 것.
진구(進驅) 진격하다. 진격하여 달려들듯 하다는 말.

14 _ 가벼운 전차를 앞에 내놓고 그 곁에 군사들을 두고 있는 것은 적이 진을 치고 있는 것이다. 아무런 서약도 없이 화의를 청하는 것은 음모가 있는 것이다. 분주히 왔다 갔다 하면서 군사들을 배치하는 것은 어떤 목적이 있기 때문이다. 반쯤 진격하였다가 반쯤 후퇴하는 것은 유인하는 것이다.

輕車先出, 居其側者, 陣也. 無約而請和者, 謀也. 奔走陣兵者, 期也. 半進半退者, 誘也.

경거(輕車) 움직이기에 가벼운 전차(戰車).
기(期) 목적하는 바가 있는 것.

15 _ 물을 떠서 먼저 마시는 것은 목이 몹시 마르기 때문이다. 이로움을 보고서 나아가지 않는 것은 피로하였기 때문이다.

杖而後立者, 饑也. 汲而先飮者, 渴也. 見利不進者, 勞也.

장(杖) 지팡이. 여기서는 창이나 칼 같은 물건을 짚고서 일어나는 것.
급(汲) 물을 긷는 것.

16 _ 새들이 앉아있는 것은 군영이 비어있기 때문이다. 밤중에 큰소리를 치는
것은 두렵기 때문이다. 군대가 소란한 것은 장수의 권위가 가볍기 때문이다.
깃발들이 자꾸만 움직이는 것은 대오가 어지럽기 때문이다. 관리들이 노여움
을 띄고 있는 것은 지쳤기 때문이다.

鳥集者, 虛也. 夜呼者, 恐也. 軍擾者, 將不重也. 旌旗動者, 亂也.
吏怒者, 倦也.

━━━

집(集) 모이다. 여기서는 한 마리의 새가 앉아있는 것까지도 말한다. 새(隹)가 나무(木)위에 앉
아 있는 게 집(集)자이다.
중(重) 여기서는 권위가 무거운 것. 명령에 무게가 있는 것.

17 _ 말을 잡아 고기로 먹고 있는 자들은 군대에 양식이 없기 때문이다. 밥그
릇 같은 것을 나무가지 같은 것에 걸어 놓고 병사에 돌아가지 않는 자들은 궁
지에 몰려있기 때문이다.

殺馬肉食者, 軍無糧也. 懸缶不返其舍者, 窮寇也.

━━━

부(缶) 본시는 질그릇으로 된 장군. 여기서는 여러 가지 취사기구나 밥그릇을 가리킨다.

18 _ 공손하고 은근하게 장수가 부하들에게 말하는 것은 부하들의 신망을 잃
었기 때문이다. 자주 상을 내리는 것은 부하 통솔에 궁색하기 때문이다. 자주
벌을 내리는 것은 부하 통솔에 곤란을 받기 때문이다. 출전을 할 당시에 난폭
하게 굴다가 뒤에 가서는 부하들을 두려워하는 것은 지극하게 병법에 정통하
지 못한 장수인 것이다.

諄諄翕翕, 徐與人言者. 失衆也. 數賞者, 窘也. 數罰者, 困也.
先暴而後畏其衆者, 不精之至也.

━━━

순순(諄諄) 공손히 얘기하는 모양.

삭상(數賞) 부하들에게 자주 상을 내리는 것.

흡흡(翕翕) 여러 가지로 은근히 얘기하는 모양.

실중(失衆) 군사들의 신망을 잃은 것.

부정지지(不精之至) 병법에 정통하지 못한 졸렬한 장수라는 뜻.

19 _ 사자를 보내서 간곡히 사과하는 말을 하는 것은 쉴 틈을 얻고자 하는 것이다. 군대가 노기를 띠고 맞서서 오래 되도록 맞붙어 싸우지 않고 또 물러서지도 않는다면 반드시 그들을 잘 살펴야 할 것이다.

來委謝者, 欲休息也. 兵怒而相迎, 久而不合, 又不解去, 必謹察之.

래위사(來委謝) 사신을 보내서 간곡히 사과하는 것.

불합(不合) 맞붙어 싸우지 않음.

해거(解去) 길을 풀고 물러남.

20 _ 군대는 수가 많다고 좋은 것은 아니다. 비록 용감히 진격하는 용사가 없다 하더라도 충분히 힘을 합치어 적군을 헤아리고 적당한 인재를 쓰기만 하면 되는 것이다. 대체로 아무런 계책도 없이 적을 가볍게 여기는 장수는 적에게 사로잡히고 말 것이다.

兵非貴益多, 雖無武進, 足以併力, 料敵取人而已. 夫唯無慮而易敵者, 必擒於人.

익다(益多) 병력이 더욱 많은 것.

무진(武進) 용감하게 진격하는 용사.

족이(足以) 충분히.

병력(併力) 군사들이 장수와 힘을 합치는 것.

요적(料敵) 적의 동향을 알아내는 것.

취인(取人) 알맞은 인재를 쓰는 것.

무려(無慮) 충분한 검토나 계책이 없는 것.

이적(易敵) 적을 가볍게 여기는 것.

21 _ 졸병이 아직 신뢰하고 따르기도 전에 그들을 벌하면 곧 복종치 않게 될 것이며, 복종치 않게 된다면 곧 부리기 어려울 것이다. 졸병이 이미 신뢰하며 따르는데도 처벌을 행하지 않으면 곧 부릴 수가 없게 될 것이다

卒未親附而罰之, 則不服, 不服, 則難用也. 卒己親附而罰不行, 則不可用也.

━━

친부(親附) 친군하게 따르는 것. 신뢰하여 따르는 것.

난용(難用) 부리기 어렵다.

22 _ 그러므로 그들에게 영을 내리어 부림에 있어서는 문덕으로 하고, 그들을 정제하여 통솔함에 있어서는 무위로써 한다. 이것을 일컬어 반드시 승리를 얻는 군대라 한다.

故令之以文, 齊之以武, 是謂必取.

━━

영지(令之) 영을 내리어 개별적으로 부리는 것.

문(文) 문덕. 어짊과 덕 같은 문화적인 것.

제(齊) 전군을 질서 있게 통솔하는 것.

필취(必取) 반드시 승리를 얻는 것.

23 _ 명령이 평소부터 행해지고 그러므로 백성들을 가르쳐 왔다면 백성들은 곧 복종할 것이다. 그러나 명령이 평소에 잘 행하여 지지 않고 그런 상태에서 백성들을 가르쳐 왔다면 백성들은 복종하지 않을 것이다. 명령이 평소 때부터 행하여져 왔다는 것은 통솔자가 백성들과 뜻이 맞았기 때문이다.

令素行, 以教其民, 則民服. 令不素行, 以教其民, 則民不服. 令素行者,
與衆相得也.

소행(素行) 전쟁이 일어나기 전에 평소부터 행하여진 것.

여중(與衆) 통솔자와 백성들.

상득(相得) 서로 뜻이 맞는 것.

10

지형편 地形篇

전투에서 유리한 지형의 확보가 얼마나 중요한가는 앞에서도 여러 차례 언급한 바와 같이 무엇보다도 중요하다. 지형에도 여러 가지가 있다. 피아간에 절대 피해야할 지형이 있는가 하면 우선 다투어 차지해야할 지형도 있다. 장수는 여하한 지형도 파악을 하고 있어야 군대를 사지에 몰고 가지 않는다. 적의 정세를 정확히 헤아리지 못하고 군대를 이끌고 전장에 나가서는 안 된다. 적은 병력을 가지고도 지형을 이용하여 승리할 수도 있고 대군으로서도 함정에 빠지면 병사들의 생명을 헛되이 사지에 몰아넣는 것이다.

1 _ 손자가 말하였다. 지형에는 도형通形이 있고, 괘형掛形이 있고, 지형支形이 있고, 애형隘形이 있고, 험형險形이 있고, 원형遠形이 있다.

孫子曰, 地形有通者, 有掛者, 有支者, 有隘者, 有險者, 有遠者.

2 _ 우리 편에서도 갈 수 있고 저편에서도 올 수 있는 것을 통형通形이라 말한다. 통형에 있어서는 높은 양지쪽에 진을 치고 군량보급로를 편리하게 확보하고서 싸운다면 유리할 것이다.

我可以往, 彼可以來, 曰通. 通形者, 先居高陽, 利粮道以戰則利.

─

선거(先居) 적보다 먼저 그곳을 차지하고 진을 치는 것.
고양(高陽) 높은 양지 바른쪽.
량도(粮道) 식량보급로.

3 _ 나아갈 수는 있으되 돌아오기 어려운 지형을 괘형掛形이라고 한다. 괘형에

있어서는 적의 방비가 없을 적에만 나아가 싸워서 승리를 거두어야 한다. 적에게 만약 방비가 되어 있어서 나갔다가 승리하지 못하였는데도 되돌아오기 어렵게 된다면 불리할 것이다.

可以往, 難以返, 曰掛. 掛形者, 敵無備, 出而勝之. 敵若有備, 出而不勝, 難以返, 不利.

──

괘(掛) 중간에 걸려 있는 것.

4 _ 우리가 나아가도 불리하고 저편에서 나와도 불리한 지형을 지형支形이라 한다. 지형에 있어서는 적이 비록 우리에게 이익을 제시한다 하더라도 우리가 나가서는 안된다. 군사들을 이끌고 그곳을 떠남으로써 적군으로 하여금 반쯤 나오게 한 다음 이들을 공격하는 것이 유리할 것이다.

我出而不利, 彼出不利, 曰支. 支形者, 敵雖利我, 我無出也. 引而去之, 令敵半出而擊之, 利.

──

지(支) 버티는 것. 서로 버텨야 할 지형이라는 뜻.
이아(利我) 우리에게 이로운 조건이나 기회를 내보여주는 것.
인이거(引而去) 군사를 이끌고 후퇴하는 것.

5 _ 애형隘形인 곳에서는 우리가 먼저 그곳을 점령하여 반드시 군비를 충실히 하고서 적을 기다려야 한다. 만약 적이 그곳을 점령하여 군비를 충실히 하고 있으면 싸움을 걸지 말아야 한다. 군비가 충실치 않으면 싸워도 될 것이다.

隘形者, 我先居之, 必盈之以待敵. 若敵先居地, 盈而勿從, 不盈而從之.

──

애형(隘形) 안은 넓으면서도 들어오는 곳은 좁은 지형.

6 _ 험형險形에 있어서는 우리가 먼저 그곳을 차지하되 반드시 높은 양지쪽에 진을 치고서 적을 기다려야 한다. 만약 적이 먼저 그곳을 차지하였다면 군대를 이끌고 후퇴할 것이며 그들을 좇아 싸워서는 안 된다.

險形者, 我先居之, 必居高陽以待敵. 若敵先居之, 引而去之, 勿從也.

험형(險形) 군사 행동이 곤란한 지형.

7 _ 원형遠形일 경우에는 병세兵勢가 비슷하다면 싸움을 걸기가 어려울 것이니 싸워 보았자 이롭지 못할 것이다.

遠形者, 勢均難以挑戰, 戰而不利

원형(遠形) 싸울 상대방이 먼 거리에 있는 것.
세균(勢均) 적과 군 세력이 비슷한 것.

8 _ 이상과 같은 것은 지형의 도道이며 장수로서 지극한 책임이니 잘 살피지 않으면 안 된다.

凡此六者, 地之道也, 將之至任, 不可不察也.

지지도(地之道) 지형에 응하여 전투를 행하는 도리
지임(至任) 지극히 중대한 책임.

9 _ 그러므로 군대에는 달아나는 군대(주자走者), 느슨한 군대(의자弛者), 결함 있는 군대(함자陷者), 무너지는 군대(붕자崩者), 어지러운 군대(난자亂者), 패배할 군대(배자北者)가 있다. 이 여섯 가지 종류는 하늘과 땅에서 오는 재난이 아니며 장수의 잘못에서 오는 것이다.

故兵有走者, 有弛者, 有陷者, 有崩者, 有亂者, 有北者, 凡此六者, 非天地之災, 將之過也.

주(走) 달아나는 것.

이(弛) 느슨한 것. 군기가 이완한 것.

함(陷) 빠지다. 결함.

붕(崩) 무너지다. 부서지다.

배(北) 패배 또는 배반. 背자와 통한다.

10 _ 병세兵勢는 같으면서도 한 사람의 군사로서 열 명의 적을 치는 것은 〈달아나는 군대〉라 한다. 졸병들은 강한데 장교가 약한 것은 〈느슨한 군대〉라 한다. 장교들은 강한데 졸병이 약한 것은 〈결함 있는 군대〉라 한다.

夫勢均, 以一擊十, 曰走. 卒强吏弱, 曰弛. 吏强卒弱, 曰陷.

리(吏) 관리, 지금의 장교.

11 _ 부대장들이 노여움을 띄고서 장수에게 복종치 않으며, 적을 맞으면 원한을 품고 스스로 나아가 싸우고, 장수는 장교들의 능력을 알지 못하는 것을 〈무너지는 군대〉라 한다.

大吏怒而不服, 遇敵懟而自戰, 將不知其能, 曰崩.

대리(大吏) 장수 휘하의 각 부대장. 고급 장교들.

대(懟) 적에 대하여 원망을 품다. 적개심을 갖다.

기능(其能) 장교들의 능력.

12 _ 장수가 약하여 엄하지 아니하고 교련 방법이 분명하지 않으며 장교와 졸병들이 일정하지 않으며 군사들이 이리저리 문란하게 있는 것을 〈어지러운

군대(亂)라 한다.

將弱不嚴, 教道不明, 吏卒無常, 陣兵縱橫, 曰亂.

불엄(不嚴) 엄하지 않다. 위엄이 없다.
교도(敎道) 부하들을 가르치는 방법.
무상(無常) 행동이나 마음가짐이 일정하지 않고 언제나 동요하고 있는 것.
종횡(縱橫) 가로와 세로. 제멋대로 이리저리 어지러운 것.

13 _ 장수가 적의 정세를 헤아리지 못하고 적은 병력으로 큰 병력과 맞서 싸우며 약한 군대로서 강한 적을 공격하고 군대에 뽑혀진 선봉대가 없는 것을 〈패배北하는 군대〉라 한다.

將不能料敵, 以少合衆, 以弱擊强, 兵無選鋒, 曰北.

합중(合衆) 병력이 많은 적과 맞붙어 싸우는 것.

14 _ 이상 여섯 가지는 패배의 도(패도敗道)인 것이다. 장수의 지극한 책임이니 살피지 않을 수 없다.

凡此六者, 敗之道也, 將之至任, 不可不察也.

지임(至任) 지극히 중대한 책임.

15 _ 지형이라는 것은 병세를 돕는 것이니 적의 정세를 정확히 헤아려 승리를 거둠에 있어서는 험하고 막히고 멀고 가까운 지형을 잘 요량하여야 하는데 이것이 상장의 도리인 것이다. 이것을 알아서 전쟁에 임하는 사람은 반드시 승리할 것이며, 이것을 알지 못하고 전쟁에 응용하지 못하는 사람은 반드시 패배할 것이다.

夫地形者, 兵之助也. 料敵制勝, 計險阨遠近, 上將之道也. 知此而用戰者, 必勝, 不知此, 而用戰者, 必敗.

16 _ 그러므로 전쟁원리로 보아 반드시 이길 수 있다면 임금이 싸우지 말라고 말해도 기필코 싸워도 괜찮다. 전쟁원리로 보아 이길 수가 없다면 임금이 꼭 싸우라고 말한다 해도 싸우지 않아도 괜찮다. 그러므로 나아감에 있어 명성을 구하지 않으며 물러남에 있어서는 죄를 피하지 않고 오직 백성들만을 보호함으로써 임금을 이롭게 하는 사람이 나라의 보배인 것이다.

故戰道必勝, 主曰無戰, 必戰可也. 戰道不勝, 主曰必戰, 無戰可也. 故進不求名, 退不避罪, 惟民是保, 而利於主, 國之寶也.

─

전도(戰道) 전쟁의 도, 전쟁의 원리.

17 _ 졸병 보기를 어린아이처럼 하기 때문에 그들은 장수와 더불어 깊은 계곡이라도 뛰어들게 될 것이다. 졸병보기를 사랑하는 자식처럼 하기 때문에 그들은 장수와 더불어 죽음을 같이 하는 것이다. 사랑하기는 하면서도 명령하지 못하고 위해주기는 하면서도 부리지 못하며, 혼란한 것을 다스리지 못한다면 비유를 들면 마치 버릇없는 자식을 쓸 수 없는 것이나 같은 것이다.

視卒如嬰兒, 故可與之赴深谿, 視卒如愛子, 故可與之俱死. 愛而不能令, 厚而不能使, 亂而不能治, 譬如驕子不可用也.

─

영아(嬰兒) 어린아이.
부심계(赴深谿) 깊은 계곡이라도 뛰어든다.
교자(驕子) 교만한 자식. 버릇없는 아들.

18 _ 우리 군사들로서 적을 칠 수 있다는 것은 알면서도 적에게 공격을 가해서

는 안 됨을 알지 못한다면 반은 이기고 반은 질 것이다. 적을 쳐도 괜찮다는 것을 알면서도 우리 군사들로서 적을 공격해서는 안 됨을 알지 못한다면 반은 이기고 반은 질 것이다. 적을 쳐도 괜찮다는 것을 알고 또 우리 군사들로서 적을 쳐도 괜찮다는 것을 알면서도 지형이 싸워서는 안 될 곳임을 알지 못한다면 반은 이기고 반은 질 것이다.

知吾卒之可以擊, 而不知敵之不可擊, 勝之半也. 知敵之可擊,
而不之吾卒之不可以擊, 勝之半也, 知敵之可擊, 知吾卒之可以擊,
而不知地形之不可以戰, 勝之半也.

가이격(可以擊) 적에게 공격을 가하여도 좋을 만큼 대비가 잘 되어있는 것.
불가격(不可擊) 적이 이편의 공격에 대비가 완전하여 공격해서는 안 되는 것.
불가이격(不可以擊) 우리 군사들의 준비가 불충분하여 적을 공격할 수 없는 상태에 있는 것.

19 _ 그러므로 군대에 관하여 잘 아는 사람은 행동에 미혹됨이 없고 군사를 일으킴에 궁지에 몰리는 일이 없다. 그러므로 〈적을 알고 자기를 알면 승리가 곧 위태롭지가 않다.〉고 말하는 것이다. 하늘을 알고 땅을 알면 승리는 곧 완전할 수가 있는 것이다.

故知兵者, 動而不迷, 舉而不窮. 故曰 知彼知己 勝乃不殆. 知天知地,
勝乃可全.

지병(知兵) 병을 알다, 병법을 알다.
거(舉) 군대를 일으키다. 군대의 동원.

11

구지편 九地篇

여기서 구지라는 것은 산지散地, 경지輕地, 쟁지爭地, 교지交地, 구지衢地, 비지圮地, 위지圍地, 사지死地를 말한다. 이 아홉 가지 지형을 열거하고 피해야 할 지형을 논했다. 또 지형에 따라 용병하는 장수의 됨됨을 설명하고 장군의 위상은 어떠해야 하는가도 논하였다. 군사를 일으키는 날에는 국가의 기밀이 밖으로 나가지 못하게 통행을 막아야 함에도 지형이 중요하다. 전쟁에서 지형에 대하여서는 아무리 논하여도 그 중요성이 새로운 것이다. 손자는 병법에 있어서 태공이나 사마양저, 율료자 등과 같이 인仁, 의義를 중요시 하지 않는 것이 다르다.

1 _ 손자가 말하였다. 용병하는 방법에 있어서 산지散地가 있고 경지輕地가 있고 쟁지爭地가 있고 교지交地가 있고 구지衢地가 있고 중지重地가 있고 비지圮地가 있고 위지圍地가 있고 사지死地가 있다.

> 孫子曰, 凡用兵之法, 有散地, 有輕地, 有爭地, 有交地, 有衢地, 有重地,
> 有圮地, 有圍地, 有死地.

2 _ 제후 스스로가 나가서 자기 나라 안에서 싸우는 곳을 〈산지散地〉라 한다. 적의 영토로 침입 하였으되 깊이 들어가지 않고 있는 곳을 〈경지輕地〉라 한다. 우리가 차지하면 우리에게 유리하고 적이 차지하면 적이 유리한 곳이 〈쟁지爭地〉라 한다.

> 諸侯自戰其地者, 爲散地. 入人之而不深者, 爲輕地. 我得亦利,
> 彼得亦利者, 爲爭地.

기지(其地) 그의 나라 땅

3 _ 우리 편에서 갈 수도 있고 저쪽에서도 올 수 있는 곳을 〈교지交地〉라 한다. 제후의 땅이 우리와 제3국第三國에 연결되어 있어 먼저 가서 차지하기만 하면 천하의 백성들을 자기편으로 만들 수 있는 곳을 〈구지衢地〉라 한다. 적의 영토 안으로 깊숙이 들어가서 많은 성과 고을을 등지고 있는 곳을 〈중지重地〉라 한다.

我可以往, 彼可以來者, 爲交地. 諸侯之地三觸, 先至而得天下之衆者, 爲衢地. 入人地深, 背城邑多者, 爲重地.

삼촉(三觸) 적국과 자기 나라는 물론 제3국과 연결되어 있는 중심지방.
구(衢) 네거리. 사통팔달로.

4 _ 산림이나 험악한 땅 〈험조驗阻〉, 소택지 (저택지沮澤地)를 행군하는 것 같은 모든 행군하기 어려운 곳을 〈비지圮地〉라 한다. 들어오는 곳은 좁고 되돌아 가야할 길은 먼 곳으로 돌아가야 하고, 적이 적은少 수로도 우리의 많은 병력을 공격할 수 있는 곳이 〈위지圍地〉이다. 열심히 싸우면 생존하지만 그렇지 않으면 멸망할 곳이 〈사지死地〉이다.

山林, 險阻, 沮澤, 凡難行之道者, 爲圮地. 所由入者隘, 所從歸者迂, 彼寡可以擊吾之衆者, 爲圍地. 疾戰則存, 不疾戰則亡者, 爲死地.

소유입자(所有入者) 현 지형으로 들어온 통로.
소종귀자(所從歸者) 돌아갈 길.
우(迂) 멀리 돌아감.

5 _ 그러므로 산지散地에서 싸워서는 아니된다. 경지輕地에는 오래 머물면 안된다. 쟁지爭地에서는 뒤늦게 공격해서는 안 된다. 교지交地에서는 적의 교통을 단절하지 말 것이다. 구지衢地에서는 제3국과 외교를 잘 맺어야 한다. 중지重地에서는 약탈을 감행하여야 한다. 비지圮地에서는 속히 지나쳐버려야 한다.

위지圍地에서는 그곳을 벗어나도록 꾀해야 한다. 사지死地에서는 곧 열심히 싸워야 한다.

是故散地則無戰, 輕地則無止, 爭地則無功, 交地則無絶, 衢地則合交, 重地則掠, 圮地則行, 圍地則謀, 死地則戰

━

지(止) 멈추다. 머무르다.

합교(合交) 전쟁을 않는 제3국과 외교관계를 맺는 것.

모(謀) 위지를 무사하게 벗어날 수 있도록 계책을 쓰는 것.

6 _ 옛날의 용병을 잘 하는 사람은 적으로 하여금 전방과 후방이 서로 연락이 되지 못하도록 만들었다. 대부대와 소부대가 서로 의지할 수 없게 만들었으며, 장교와 졸병들이 서로 구해주지 못하도록 만들었다. 위 부대와 아래 부대가 서로 돕지 못하도록 만들었고, 졸병들이 서로 이산하여 모여들지 못하도록 하고, 군사들이 모여도 부대 편성을 할 여유를 주지 않았다. 자기편의 이익과 서로 합치되는 경우에만 움직이되 이익과 합치되지 않을 때는 그만 두었다.

古之善用兵者, 能使敵人前後不相及. 衆寡不相恃, 貴賤不相求.
上下不相救, 卒離而不集, 兵合而不齋. 合於利而動, 不合於利而止.

━

전후(前後) 적의 전방부대와 후방 부대. 전선과 후방.

불상급(不相及) 서로 연락이 안 되는 것.

불상시(不相恃) 서로 믿지 못하는 것.

귀천(貴賤) 계급의 높고 낮음.

상하(上下) 위 부대와 아래 부대.

불상수(不相收) 서로 연락하되 돕지 못하는 것.

부재(不齋) 군대의 편성을 정비하는 것.

7 _ 감히 여쭈어 보겠습니다. 적의 군사들이 대열을 정돈하고서 공격하여 오

려 할 적에는 그들을 어떻게 상대하면 좋겠습니까? 먼저 그들이 좋아하는 것을 뺏으면 곧 뜻대로 될 것이다.

敢問, 敵衆整而將來, 待之若何? 曰, 先奪其所愛, 則得矣.

정(整) 준비를 잘 갖추는 것.

장래(將來) 장차 우리를 공격하려는 것.

소애(所愛) 좋아하는 것.

득(得) 뜻대로 되다.

8 _ 군대의 정세는 빠른 것을 위주로 하는 것이니 적군이 미치지도 못할 틈을 타거나 적군이 생각지도 않는 길을 이용하여 그들이 경계하지 않는 곳을 공격하는 것이다.

兵之情主速, 乘人之不及, 由不虞之道, 攻其所不戒也.

정(情) 정세, 실정, 사정.

주속(主速) 신속함을 위주로 하다.

불우(不虞) 생각지도 않은, 뜻밖의.

9 _ 침략자가 되는 도리는 다음과 같다. 적지 깊숙이 들어가면 곧 군사들이 싸움에 전념하게 되어 적을 맞은 군사들은 싸워 이길 수 없게 된다. 풍부한 들판을 약탈하면 전군의 식량이 풍족해진다. 삼가 군사들을 잘 보양하면서 수고롭게 아니하면 사기가 합쳐지고 힘이 쌓이게 된다. 군사들을 움직이고 계책을 씀에 있어서는 남들이 추측할 수도 없게 한다. 군사들을 다른 갈 길이 없는 곳으로 몰아넣으면 죽는 한이 있어도 도망치지 않는다.

凡爲客之道, 深入則專, 主人不克, 掠於饒野, 三軍足食. 謹養而勿勞, 并氣積力. 運兵計謀, 爲不可測. 投之無所往, 死且不北.

위객(爲客) 남의 나라를 침략하는 것. 침략하는 자가 손님(客)이라면 침략 받는 자는 주인(主)이다.

전(專) 오로지 하다. 적과의 싸움에만 전념하다.

요야(饒野) 양식이 풍부한(饒) 들(野).

근양(謹養) 음식을 잘 먹여 영양을 풍부하게 공급함.

병기(幷氣) 사기가 오르다.

투지(投之) 군사들을 몰아넣는 것.

위불가측(爲不可測) 장수의 지휘하는 의도를 측량할 수가 없게 하는 것.

무소왕(無所往) 군사들이 싸우는 외에는 다른 갈 길이 없는 것.

10 _ 죽을 지경이 되면 어찌 군사들이 힘을 다하지 않겠는가. 병사들이란 심히 위태로운 지경에 빠지면 두려워하지 않는다. 다른 갈 곳이 없게 되면 투지가 굳어진다. 적지에 깊이 들어가면 서로 단결하게 된다. 어찌 할 수가 없으면 곧 싸우게 된다.

死焉不得士人盡力? 兵士諶陷則不懼, 無所往則固, 入深則拘,
不得已則鬪.

언부득(焉不得) 어찌... 안할 수가 있겠는가?

심함(甚陷) 위태로운 지경에 처하는 것.

고(固) 투지가 곧 굳어짐.

구(拘) 서로 마음이 엉키어 단결됨.

11 _ 그러므로 그 군대는 주의시켜 수련하지 않아도 경계를 하며, 요구를 하지 않아도 뜻대로 움직이게 되고, 규약으로 구속하지 않아도 서로 친하며, 명령을 내리지 않아도 지휘관을 신뢰한다. 그리하여 유언비어를 금하고 의구심을 없애주기만 하면 죽는 한이 있더라도 부대를 이탈하는 일이 없게 된다.

是故其兵不修而戒, 不求而得, 不約而親, 不令而信. 禁祥去疑,
至死無所之.

___

수(修) 수련을 통하여 주의시키는 것.

불구(不求) 군대에게 어떻게 움직이라 요구하지 않는 것.

득(得) 뜻대로 되어감.

상(祥) 길흉에 관한 예언, 요사한 유언비어.

무소지(無所之) 그 부대를 이탈하여 도망치는 자가 없다.

12 _ 우리 군사들이 여분의 재물을 모으지 않는 것은 재물을 싫어해서가 아닌
것이다. 생명에 여유를 두지 않는 것도 오래 살기 싫어서가 아니다. 출동 명령
이 내리는 날에는 앉아있는 사병들은 눈물이 옷깃을 적시고 누워 있는 자들은
눈물이 턱에까지 엇섞여 흐른다. 그러나 이들을 다른 갈 곳이 없는 처지로 몰
아넣으면 조귀와 같은 용기가 솟아오른다.

吾士無餘財, 非惡貨也. 無餘命, 非惡壽也. 令發之日, 士卒坐者,
涕霑襟, 偃臥者, 涕交頤. 投之無所往, 曹劌之勇也.

___

무여재(無餘財) 여분의 재물을 많이 모아두는 것.

오화(惡貨) 재물을 싫어하다.

무여명(無餘命) 생명에 여유가 없다. 목숨을 걸고 충성한다.

영발(令發) 전쟁터에 나가라는 명령을 내리는 것.

점금(霑襟) 옷깃을 적시다.

언와(偃臥) 누어있는 것.

교이(交頤) 턱에까지 눈물이 섞여 흐르는 것.

무소왕(無所往) 적과 싸우는 이외에는 다른 살아갈 길이 없음.

조귀(曹劌) 조말(曹沫)이라고도 부르며 힘이 장사였다. 노나라 장공을 섬기어 노나라 장수가 되
었다. 제(齊)나라와 전쟁이 일어나 세 번 싸웠으나 자기 힘으로는 어쩔 수 없어 세 번 모두 패
하였다. 노나라는 제나라에 땅을 떼어주고 화해하기로 하였는데 강화회의 석상에서 조말은 환
공에게 칼을 빼어들고 협박하여 노나라의 땅을 다시 빼앗았다는 용감한 자이다.

13 _ 그러므로 용병을 잘하는 사람은 비유를 들면 솔연과 같다. 〈솔연〉이란 상산에 사는 뱀이다. 그 머리를 치면 꼬리가 달려들고 그 꼬리를 치면 머리가 달려들며 그 가운데를 치면 그 머리와 꼬리가 한꺼번에 달려든다.

故善用兵者, 譬如率然. 率然者. 常山之蛇也. 擊其首則尾至,
擊其尾則首至, 擊其中則首尾共至.

___

비(譬) 비유하다.
연(率然) 뱀의 이름.
상산(常山) 절강성 상산현 동쪽에 있는 산 이름.
지(至) 달려드는 것.

14 _ 감히 여쭈어 보건데 군대를 솔연처럼 부릴 수가 있습니까? 그럴 수 있다. 오나라 사람과 월나라 사람은 서로 미워하지만 그들이 함께 배를 타고 물을 건너다가 풍랑을 만나면 서로 돕기를 왼손과 바른손처럼 할 것이다.

敢問, 兵可使如率然乎? 曰可矣. 夫吳人與越人相惡也, 當其同舟濟而遇
風, 其相求也, 如左右手.

___

오인여월인(吳人與越人) 오나라 사람과 월나라 사람. 오월(吳越)은 오랫동안 적대국으로 전쟁을 하였다.
재(濟) 강물을 건너는 것.

15 _ 그러므로 말을 나란히 세워놓고 재갈을 서로 묶어놓거나 수레바퀴를 묻어 후퇴를 못하게 한다 하더라도 믿을 것이 못된다. 모든 군사들을 한결같이 용감하게 만드는 것이 군정의 도이다. 강하게 버티거나 유연하게 물러나는 것 모두 합당한 것이 지형의 이치에 맞는 것이다. 그러므로 용병을 잘하는 사람은 마치 손을 한 사람을 부리듯이 잡고 군대를 지휘하는데 그렇게 움직일 수

없게 만들기 때문이다.

是故方馬埋輪, 未足恃. 齊用如一, 政之道也. 剛柔皆得, 地之利也.
故善用兵者, 若攜手使一人, 不得已也.

――

방마(方馬) 말을 나란히 세워놓고 여러 말의 재갈을 끈으로 연결시켜 놓는 것. 한 마리의 말이
멋대로 행동하지 못하게 하기 위해서이다.

매륜(埋輪) 수레바퀴를 땅에 묻는 것.

미족시(未足恃) 믿을 만하지 못함.

제용(齊勇) 겁이 많은 자들을 용감한 자들과 함께 행동하도록 만드는 것.

강유(剛柔) 강하고 약함. 강하게 버티는 것과 유연하게 양보하며 후퇴하는 것.

개득(皆得) 모든 것이 합당한 것.

휴수사일인(攜手使一人) 손을 잡고서 한 사람을 부리는 것.

16 _ 장군의 하는 일은 고요하면서도 유심하고 올바르면서도 다스려져야 한
다. 사졸들의 귀와 눈을 어리석게 만듦으로써 그들로 하여금 아는 게 없도록
만들어야 한다. 그가 하는 일이 바뀌어지고 그가 세운 계책이 바뀌어져도 다
른 사람들로 하여금 알아보지 못하도록 만들어야 한다. 그들이 머물던 곳을
옮기고 그가 가는 길이 우회하더라도 그것을 깨닫지 못하도록 만들어야 한다.

將帥之事, 靜以幽, 正以治. 能愚士卒之耳目, 使之無知. 易其事,
革其謀, 使人無識. 易其居, 迂其途, 使人不得慮.

――

이기사(易其事) 그가 하던 군사(軍事)를 변경시키는 것.

이기거(易其居) 군대가 주둔하던 곳을 옮기다.

우(迂) 우회, 멀리 돌아가는 것.

17 _ 장수가 부하들을 거느리고 어떤 목표를 정하여 행동할 적에는 높은 곳에
올려놓고서 그들이 내려올 사다리를 치운 것 같은 처지에 두어야 한다. 장수

가 부하들을 거느리고 제후들의 땅 안으로 깊이 들어가서는 쇠뇌의 화살을 쏘듯 재빨리 움직이며 진격하여야 한다. 양떼를 몰고 가듯 몰고 가기도 하고 몰고 오기도 하지만, 그들이 어디를 가는지 몰라야 한다.

帥與之期, 若登高而去其梯, 帥與之深入諸侯之地, 而發其機. 若驅群羊, 驅而往, 驅而來, 莫知所之.

―――

여지기(與之期) 부하들과 더불어 기약하는 게 있다. 부하들과 더불어 어떤 목표달성을 위하여 군사행동을 하다.

18 _ 삼군의 군사들을 몰아 험한 곳으로 그들을 몰아넣는 것. 이것이 바로 장군의 할 일인 것이다. 이때 장군은 여러 가지 지형의 변화와 굽히어 물러서고 뻗치며 진격하는 이점과 사람들의 감정 원리를 잘 살피지 않으면 안 되는 것이다.

聚三軍之衆, 投之於險, 此將軍之事也. 九地之變, 屈伸地利, 人情之理, 不可不察也.

―――

굴신(屈伸) 굽히는 것과 펴는 것. 즉 굽히어 후퇴하는 것과 뻗쳐 진격하는 것.

19 _ 무릇 적지에 침입하는 도리道理는 깊숙이 들어가면 군사들의 마음이 합쳐지지만, 얕게 들어가면 군사들의 마음이 분산된다. 자기 나라를 떠나 국경을 넘어서 남의 땅에서 전쟁을 한다는 것은 절지絶地에 놓이는 것을 뜻한다.

凡爲客之道, 深則專, 淺則敗, 去國越境而師者, 絶地也.

―――

위객(爲客) 남의 나라를 침략하는 군대가 되는 것.

20 _ 사방으로 통하는 곳은 구지衢地이다. 적지 깊숙이 들어가는 것은 중지重地이다. 적지로 얕게 들어간 것은 경지輕地이다. 험고險固한 지형을 등지고 좁은 길을 앞두고 있는 것은 위지圍地이다. 갈 곳이 따로 없는 것은 사지死地이다.

四通者, 衢地也. 入深者, 重地也. 入淺者, 輕地也. 背固前隘者,
圍地也, 無所往者, 死地也.

21 _ 그러므로 산지에서는 우리 군사들의 뜻을 통일시키도록 해야 한다. 경지에서는 우리 부대들의 연락을 긴밀히 해야 한다. 쟁지에서는 우리 부대를 적의 후방으로 돌려 공격해야 한다. 교지에서는 삼가 우리 부대들의 수비를 튼튼히 하여야 한다. 구지에서는 우리와 제삼국의 관계를 더욱 친밀히 하여야 한다. 중지에서는 어떤 방법으로든 우리 군사에게 식량보급이 계속되어야 한다. 비지에서는 우리 군사들로 하여금 가던 길을 계속 행군 하여야 한다. 위지에서는 적들이 마련해주는 빈틈을 막아버리도록 해야 한다. 사지에서는 우리 군사들에게 잘못하면 살 수 없음을 보여 주어야 한다.

是故散地, 吾將一其志, 輕地. 吾將使之屬. 爭地. 吾將趨其後. 交地,
吾將謹其守. 衢地, 吾將固其結. 重地, 吾將繼其食. 死地, 吾將進其途.
圍地, 吾將塞其闕. 死地, 吾將示之以不活.

___

일기지(一其志) 군사들의 뜻을 하나로 통일케 한다.
사지촉(使之屬) 자기네 부대 사이의 연락이나 긴밀히 하는 것.
추기후(趨其後) 적의 후방으로 돌아가 공격한다.
근기수(謹其守) 삼가하여 수비를 견고히 하다. 수비를 견고히 하다.
고기결(固其結) 다른 나라와의 외교 관계를 견고히 하다.
계기식(繼其食) 군사들의 식량보급을 끊기지 않게 하는 것.
진기도(進其途) 행군을 계속하다.
색기궐(塞其闕) 적을 포위 할 때는 반드시 적이 달아날 길을 터놓고 공격하는 것.

22 _ 그러므로 군사들의 마음은 포위당하면 전력을 다하게 되며, 어찌할 수가
없으면 용감히 싸우며, 절박하게 되면 명령을 따른다.

故兵之情, 圍則禦, 不得已則鬪, 逼則從.

■

어(禦) 방어. 적을 막는 것.
핍(逼) 닥치다.

23 _ 그러므로 여러 제후들의 계책을 알지 못하는 자는 미리 적절한 외교를 맺
을 수가 없다. 산과 숲, 험난한 곳, 늪과 못의 지형을 알지 못하는 자는 행군을
하지 못한다. 지형을 아는 향도를 쓰지 못하는 자는 지형의 이점을 응용할 수
없게 된다.

是故不知諸侯之謀者, 不能預交. 不知山林險阻沮澤地形者, 不能行軍.
不用鄉道者, 不能得地利.

■

예교(預交) 미리부터 자기 나라에 유리하도록 외교관계를 맺어놓는 것.

24 _ 이러한 아홉 가지 일 중에서 한 가지라도 알지 못하면 패왕의 군대가 될
수 없다.

此四五者, 一不知, 非霸王之兵也.

■

사오(四五) 사오를 합치면 아홉, 곧 구지(九地)를 가리킨다.
패(霸王) 세계를 차지하는 사람.

25 _ 패왕의군대란 자기보다 큰 나라를 치게 되면 곧 그 나라군사들은 모여들
수 없게 된다. 적에게 위압을 가하면 곧 그들과 외교관계를 맺지 못한다. 그러
므로 세상에서 외교를 맺으려고 다투지 아니하며 세상의 권세를 뺏으려 들지

않는다. 자기의 개인적인 능력을 믿고서 위압을 적에게 가하는 것이다. 그러므로 그들이 공격하는 성은 함락될 것이며 나라는 정복당할 것이다.

夫覇王之兵, 伐大國, 則其衆不得聚. 威加於敵, 則其交不得合. 是故不爭天下之交, 不奪天下之權. 信己之私, 威加於敵. 故其城可拔, 其國可隳.

기중(其衆) 적의 군사들.

기교(其交) 적의 동맹국.

부득합(不得合) 힘을 합쳐 돕지 못하는 것.

천하지권(天下之權) 국제적으로 유리한 군세.

기지사(其之私) 자기의 군사력.

발(拔) 뽑다. 함락시키다.

26 _ 법에 없는 상을 베풀어주고 정령에 없는 명령을 내걸고서 3군의 군사를 움직이기를 마치 한 사람을 부리듯이 한다.

施無法之賞, 懸無政之令, 汎三軍之衆, 若使一人.

무정지령(無政之令) 보통 정령(政令)에는 있을 수 없는 특별한 명령.

27 _ 군사들을 일로써 움직여야지 말로써 고하여서는 안 된다. 이로써 움직여야지 해로움을 고하여 주어서는 안된다.

犯之以事, 勿故以言. 犯之以利, 勿故以害.

고이언(故以言) 말로써 군사행동의 이유를 말하는 것.

고이해(故以害) 어떤 군사행동에 있어 자기편이 입게 될 피해라든가 불리한 입장을 말해주는 것.

28 _ 군사들을 멸망할 처지로 몰아넣으면 용감히 싸워서 살아남게 된다. 군사들을 죽게 될 처지에 몰아넣으면 힘을 다해 싸워서 살아난다. 군사들을 해로운 처지에 몰아넣은 뒤에야 승부를 결하게 되는 것이다.

投之亡地, 然後存. 陷地死地, 然後生. 夫衆陷於害, 然後能爲勝敗.

━━

위승패(爲勝敗) 승부를 결(決)하다. 실은 승리를 거둠을 뜻한다.

29 _ 그러므로 전쟁의 일을 지휘함에 있어서는 적의 뜻을 따르면서 자세히 파악하여 적과 함께 한 방향으로 움직이기만 하면 천 리 저편의 적장수를 죽일 수가 있는 것이다. 이것을 교묘히 용병을 하여 일을 성취시킨다고 말하는 것이다.

故爲兵之事, 在順詳敵之意, 幷敵一向, 千里殺將. 是謂巧能成事.

━━

순상(順詳) 적의 뜻을 순종하는 척 하면서 자세히 파악하는 것.
병적일향(幷敵一向) 적과 함께 한 방향으로 행동하는 것.

30 _ 그러므로 군사를 일으키는 날에는 국경의 관문들을 폐쇄하고 모든 부절을 파기하며 적국의 사신들을 통과시켜주지 않는다. 묘당 위에서는 대신들을 독려하며 그들이 분담한 일을 책임지운다.

是故政擧之日, 夷關折節, 無通其使, 厲於廊廟之上, 以誅其事.

━━

정거지일(政擧之日) 군사를 일으키는 날. 선전포고일.
이관(夷關) 외국으로부터 우리나라로 들어오는 여러 관문.
낭묘지상(廊廟之上) 나라의 정사를 의논하는 묘당. 묘당에 모인 사람들이란 임금이하 대신들이다.
주기사(誅其事) 대신들이 각자 자기 책임진 일을 잘 처리하는 것.

31 _ 적국에서 관문을 열면 반드시 재빨리 사람들을 들여보낸다. 그리고 먼저 그들이 좋아하는 것을 탈취하고 슬며시 그들에게 빈틈을 보여주며, 일정한 계획을 실천하면서 적을 따르는 척 하면서 전사戰事를 결정짓는 것이다.

敵人開闔, 必亟人之先奪其所愛, 微與之期, 踐墨隨敵, 以決戰事.

개합(開闔) 관문을 여는 것.

극입지(亟入之) 재빨리 우리 첩자를 적국으로 보낸다는 뜻.

여지기(與之期) 적에게도 약간의 기회를 준다는 뜻.

천묵(踐墨) 자기들은 묵순. 즉 자기들은 목수들의 먹줄처럼 일정한 계획을 실천하는 것.

32 _ 그러므로 처음에는 처녀처럼 얌전하다가 적군이 문을 연 후에는 튀어나오는 토끼처럼 재빨라짐으로써 적은 항거할 겨를조차 없게 되는 것이다.

是故始如處女, 敵人開戶, 後如脫兎, 敵不及拒.

여처녀(如處女) 처녀처럼 수줍고 얌전하게 보이는 것.

탈토(脫兎) 튀어나오는 토끼처럼 재빠른 행동으로 적에 공격을 가하는 것.

12

화공편 火攻篇

화공은 불로써 적을 공격하는 것이다. 그리고 적진을 살피는 시야의 확보도 불로써 한다. 적이 화공을 해오면 아군은 맞불로 대응하는 방법도 있다. 화공은 지형과 일기의 순환을 잘 알아야 한다. 공격을 하려는 불이 아군을 덮치는 수도 있고, 반대로 화공의 효과를 극대화 할 수도 있다. 적벽대전赤壁大戰에서 주유가 조조를 깨친 것은 바람의 방향을 읽었기 때문이다. 일기의 변화를 이용한 화공인 것이다. 손자는 여기서 장수는 이익이 없으면 용병하지 않는다고 했는데 그 시대적인 반영인 것 같다. 또 전쟁은 명철한 군주면 삼가고 훌륭한 장수는 전쟁을 경계함이 국가와 백성과 군대를 온전하게 하는 것이다. 공격은 최상의 방어책이라는 말은 무모無謀한 사고를 가진 자들의 변인 것이다.

1 _ 손자가 말하였다. 무릇 불에 의한 공격에는 다섯 가지가 있다. 첫째는 적병을 불태우는 것이요, 둘째는 적이 쌓아놓은 양곡과 말의 먹이를 불사르는 것이요, 셋째는 적의 장비와 무기 수레를 불사르는 것이요, 넷째는 적의 창고를 불사르는 것이요, 다섯째는 적의 대열을 불로 공격하는 것이다.

孫子曰, 凡火攻有五. 一曰, 火人, 二曰, 火積. 三曰, 火輜. 四曰, 火庫. 五曰, 火隊.

2 _ 화공을 행함에 있어서는 반드시 요인이 있어야 하며, 연기와 불을 내는 재료들은 반드시 평소부터 준비되어 있어야 한다. 불을 일으킴에는 적절한 때가 있고 불을 지르는 날에는 적절한 날이 있다. 적절한 때란 날씨가 건조한 날이다. 적절한 날이란 달이 기성, 벽성, 역성, 진성의 사수 안에 있는 날이다. 이 사수들은 바람이 일어날 날임을 뜻하는 것이다.

行火必有因, 煙火必索具, 發火有時, 起火有日. 時者, 天之燥也. 日者,
月在箕壁翼軫也. 凡此四宿者, 風起之日也.

―――

인(因) 화공을 행할만한 요인.

연화(煙火) 연기와 불을 내는 재료.

소구(素具) 평소에 준비하여야 한다는 뜻.

기벽익진(箕壁翼軫) 이십팔수 중의 사수. 달이 이 사수 안에 머물러 있는 날은 큰 바람이 있다
고 한다.

3 _ 화공을 함에 있어서는 반드시 다음 다섯 가지 불에 따른 변화에 의거하여
대응하여야 한다. 불이 적진에서 일어나면 곧 빨리 밖으로부터 이에 호응하여
야 한다. 불이 붙었는데도 그 군사들이 조용하면 공격하지 말고 대기하여야
한다. 그 화력이 극성해진 다음에는 이에 따라 공격하여도 되겠으면 공격을
가하고, 공격을 해서는 안 되겠으면 이를 그만둔다. 불을 밖으로부터 붙일 수
가 있다면 성안에서 불이 나기를 기다리지 말고 제때에 불을 질러야만 하고
그 변화에 따라 호응하여야 한다. 불을 바람 부는 위쪽에 질렀다면 바람을 받
는 아래쪽에서 공격해서는 안 된다. 낮에 바람이 오래 불었다면 밤에는 바람
이 멎을 것이다.

凡火攻, 必因五火之變而應之. 火發於內, 則早應之於外. 火發而其兵靜者,
恃而勿攻. 極其火力, 可從而從之, 不可從則止. 火可發於外, 無待於內,
以時發之, 因變應之. 火發上風, 無攻下風. 晝風久, 夜風止.

―――

오화지변(五火之變) 다섯 가지 불의 변화.

극기화력(極其火力) 적진에 화력이 최고일 때.

인변응지(因變應之) 불로 인하여 일어나는 변화에 호응함.

풍구(風久) 바람이 오랫동안 부는 것.

4 _ 군사들은 반드시 이상과 같은 다섯 가지 불에 따른 변화를 알아서 술수로써 수비를 하여야 할 것이다.

凡軍必知五火之變, 以數守之.

5 _ 그러므로 불로써 공격을 돕는 자는 명석明晳하여야 되고 물로써 공격을 돕는 자는 강하여야 한다. 물은 적의 교통이나 연락을 끊을 수는 있지만 적의 재물이나 생명을 빼앗을 수 없다.

故以火佐攻者明, 以水佐攻者强. 水可以絕, 不可以奪.

좌공(佐攻) 공격을 보좌하다.

명(明) 화공은 여러 가지 요건을 모두 이용하여야 함으로 그것을 이용하는 장수는 머리가 명석하여야만 한다. 화공은 결과가 명료하다, 또는 분명하다고 해석하기도 하나 잘못인 듯하다.

강(强) 물로 적을 공격하자면 강물을 막고 적에게로 물을 인도할만한 많은 병력이 필요하다. 그러므로 강인한 군대가 아니면 수공을 강행하지 못한다. 수공의 결과가 강인심각하다고 풀이하는 이도 있지만 잘못인 것이다.

탈(奪) 빼앗는 것. 곧 탈취가 아니라 빼앗아 없애버리는 것을 뜻한다.

6 _ 전쟁에 승리하거나 공격에 성공하고도 그 공로를 닦지 아니하는 자는 나쁜 결과가 오는 것이며, 그것에 이름을 붙이어 〈비류費留〉라 부른다. 그러므로 명철한 임금은 그것을 잘 생각하고 훌륭한 장수는 그것을 잘 닦는다.

夫戰勝攻取, 而不修其助者, 凶. 明曰費留. 故明主慮之, 良將修之.

공취(攻取) 공격하여 적지나 적의 성을 탈취하는 것.

수기공(修其攻) 전쟁에서 세운 부하들의 공로를 따져 상을 주는 것.

명(命) 명명, 이름을 붙이다.

비류(費留) 나라의 재물을 낭비하고 군사들의 시체를 전쟁터에 남겨두는 자라는 뜻.

여지(慮之) 전쟁을 승리로 이끌고 그 공로를 따져 부하들에게 상을 내리는 것을 잊지 않는 것.

수지(修之) 앞의 수기공과 같은 뜻임.

7 _ 이익이 없으면 움직이지 않으며, 소득이 없으면 용병하지 않으며, 위태롭지 않으면 싸우지 않는 법이다.

非利不動, 非得不用, 非危不戰.

8 _ 임금은 노여움 때문에 군사를 일으켜서는 안 되며, 장수는 성이난다고 하여 싸움을 걸어서는 안 된다. 이익에 합치되면 움직이고 이에 합치되지 않으면 그만둔다. 노여움은 기쁨으로 회복될 수가 있고 성남은 기꺼움으로 회복될수가 있지만 망한 나라는 다시 존속케 할 수가 없고 죽은 사람은 다시 살아나게 할 수가 없는 것이다.

主不可以怒而與師, 將不可以慍而致戰. 合於利而動, 不合於利而止. 怒可以復憙, 慍可以復悅, 亡國不可而復存, 死者不可而復生.

9 _ 그러므로 명철한 임금은 전쟁을 삼가고 훌륭한 장수는 전쟁을 경계하였다. 이것이 나라를 편안히 하고 군대를 온전히 하는 도리인 것이다.

故明主愼之, 良將警之, 此安國全軍之道也.

13

용간편 用間篇

여기서 간間은 간첩을 말한다. 간첩間諜은 틈을 엿보는 것이다. 아군이 적지에 파견하여 적을 공격할 틈을 엿보아 아군에게 그 정보를 알려주는 것이다. 그 것은 지형일 수도 있고 사람에 관한 것이나 무기에 관한 것 또는 국민 전체의 동향일 수도 있다. 군주 된 자나 장수는 각자 자기의 첩자를 후한 대우를 하며 사용했다. 첩자를 사용하는 방법은 치밀하고 은밀하여 그가 누구인지 아무도 몰라야 된다. 간첩은 전방을 탐지하는 자도 있고 후방에서 유언비어나 선동으로 백성을 교란시키는 자들도 있다. 춘추전국시대春秋戰國時代 중국에서는 대표적인 세작의 이름이 나타나 있지 않다. 고대 첩자의 활용은 전국시대 일본에서 닌자라는 은밀한 조직이 있어서 자신을 고용한 주인에게 목숨으로 충성하는 것이 대표적일 것이다.

1 _ 손자는 말하였다. 십만의 군사를 일으키어 천 리 길을 원정하자면 백성들이 대는 비용과 정부의 군사비는 하루에 천 금千金을 소비하게 된다. 그리고 나라 안팎이 소동을 일으키게 되고, 길거리에서 우물거리며 생업에 종사하지 못하게 되는 자는 칠십만 호에 이르게 된다.

孫子曰 凡與師十萬, 出征千里, 百姓之費, 公家之奉, 日費千金.
內外騷動, 怠於道路, 不得操事者, 七十萬家.

───

백성지비(百姓之費) 백성들이 지출하는 비용.
공가지봉(公家之奉) 정부에서 지출하는 군사비. 옛날의 정부는 제후의 집안이나 같았으므로 공가라 부른 것.
태어도로(怠於道路) 군용물자를 수송하느라 지쳐서 왔다 갔다 하는 것.
조사(操事) 자기의 생업에 종사하는 것.

칠십만가(七十萬家) 옛날 정전법(井田法)이 실행되던 때에는 여덟 집이 땅을 아홉으로 등분(等分)하여 한 부분씩 경작하는 한편 한 부분의 공전(公田)은 공동으로 경작하였다. 그러다가 그 중 한 사람이 징집이 되면 이 보부조법(隣保扶助法)에 의하여 나머지 일곱 집안에서 징집당한 사람의 집을 공동으로 도와준다. 그러므로 한 사람이 징집이 되면 일곱 집안이 덩달아 일이 많아져서, 십만 군사를 동원하면 칠십만 호의 가구가 제대로 생업에 종사하지 못하게 되는 것이다.

2 _ 서로 버티기를 몇 년 동안 한 끝에 하루의 승리를 다투는 마당에 얼마간의 벼슬과 봉록과 백금을 아끼어 적의 정세를 알지 못한다면 지극히 어질지 못한 것이다. 그런 사람은 사람들의 장수가 못될 사람이며 임금의 보필자가 못될 사람이며 승리를 거둘 주인이 못되는 사람이다.

相守數年, 以爭一日之勝, 而愛爵祿百金, 不知敵之情者, 不仁之至也. 非人之將也, 非主之佐也, 非勝之主也.

───

상수(相守) 서로 싸우며 버티는 것.
애작록백금(愛爵祿百金) 간첩에게 벼슬과 녹과 백금을 아끼어 첩보활동을 하지 않는 것.

3 _ 그러므로 명철한 임금과 현명한 장수가 군대를 동원하면 적을 쳐서 이기고, 보통사람보다 이루는 공로가 뛰어나는 까닭은 모든 실정을 먼저 알기 때문이다.

故明君賢將, 所以動而勝人, 成功出於衆者, 先知也.

───

동이승인(動而勝人) 군대를 동원하기만 하면 승리함.
출어중(出於衆) 남들보다 뛰어난 것.

4 _ 실정을 먼저 안다는 것은 귀신에게 물어서 될 일도 아니며, 일의 경험으로 추리될 수도 있는 것도 아니고, 법칙에 따라 헤아릴 수 있는 것도 아니며, 반드시 사람을 통하여 들음으로써 적의 실정을 알게 되는 것이다.

先知者, 不可取於鬼神, 不可象於事, 不可驗於度, 必取於人,
而知敵之情也.

――――

취어귀신(取於鬼神) 귀신에게 물어봐 실정을 아는 것.

상어사(象於事) 일의 경험을 통하여 그 모양을 아는 것.

5 _ 그러므로 사용하는 간첩에는 다섯 가지가 있다. 향간鄕間이 있고, 내간內間
이 있고 반간反間이 있고 사간死間이 있고 생간生間이 있다. 이 다섯 가지 간첩
을 한꺼번에 사용하는데 그 방법은 남이 알지 못하는 것이어서 신령神靈스런
기강紀綱이라 말하며 임금의 보배가 되는 것이다.

故用間有五, 有鄕間, 有內間, 有反間, 有死間, 有生間, 五間俱起,
莫知其道, 是謂神紀, 人君之寶也.

――――

구기(俱起) 한꺼번에 사용하는 것. 한꺼번에 일어나 활동하게 하는 것.

신기(神紀) 신묘한 알 수 없는 법칙.

6 _ 향간이라는 것은 적의 고을 사람들을 꾀어내어 사용하는 것이다. 내간이
라는 것은 적의 관리나 군사들을 꾀어내어 사용하는 것이다. 반간이라는 것은
적의 간첩을 잡아 꾀어 사용하는 것이다. 사간이라는 것은 적에게 맡기는 것
이다. 생간이라는 것은 되돌아 와 보고하는 것이다.

鄕間者, 因其鄕人, 而用之也. 內間者, 因其官人, 而用之也. 反間者, 因
其敵間, 而用之也. 死間者, 委敵也. 生間者, 反報也.

――――

향인(鄕人) 적국의 민간인.

관인(官人) 적국의 관리나 기관에서 일하는 사람.

위적(委敵) 그릇된 정보를 적의 간첩에 알게 한 다음 이를 역으로 우리 쪽이 유리하게 이용하
는 것.

반보(反報) 적지에서 적의 실정을 파악한 다음 살아 돌아와 그 실정을 보고함.

7 _ 그러므로 3군의 일을 처리함에 있어서 장수는 간첩과 가장 친하게 사귀어야 하며, 간첩에게 가장 후한 상을 주어야 하고, 간첩과 가장 기밀을 유지하여야 한다.

故三軍之事, 交莫親於間, 賞莫厚於間, 事莫密於間.

막친(莫親) 더 친한 이는 없다.

8 _ 뛰어난 지혜 있는 사람이 아니면 간첩을 사용하지 못한다. 어질고 의로운 사람이 아니면 간첩을 부리지 못한다. 미묘한 통찰력이 있는 사람이 아니면 간첩의 실적을 얻어 이를 이용하지 못한다. 미묘하고 미묘한 것이니 간첩이 사용되지 않는 곳이 없는 것이다,

非聖智, 不能用間. 非仁義, 不能使間. 非微妙, 不能得間實. 微哉微哉, 無所不用間也.

성지(聖智) 성인같은 슬기로운 사람. 뛰어난 지혜를 지닌 사람.
득간실(得間實) 간첩이 정탐해온 적의 정세를 보고 실전에 운용하는 것.

9 _ 간첩활동의 기밀이 사전에 미리 알려지면 그것을 들은 자나 얘기해준 자는 모두 죽인다.

間事未發而先聞, 間者與所告者皆死.

간사(間事) 간첩활동의 기밀사항.
미발이선문(未發而先聞) 간첩의 정보를 실제로 사용하기 전에 먼저 그 기밀을 다른 사람에게 알리는 것.

10 _ 모든 공격을 가하려는 부대나 공략을 하려는 성이나 죽이고자 하는 적이 있다면 반드시 그곳을 지키는 장수와 밑의 장군들, 당번, 문지기, 부리는 사람들의 성명을 먼저 알아야만 한다. 그것은 우리의 간첩으로 하여금 반드시 조사하여 알아내도록 하여야 하는 것이다.

凡軍之所欲擊, 城之所欲攻, 人之所欲殺, 必先知其守將, 左右, 謁者, 謁者, 舍人之姓名, 令吾間必索知之.

군지소욕격(軍之所欲擊) 이편에서 공격을 가하고자 하는 적의 부대.
좌오(左右) 장수 밑의 부관, 참모, 예하 부대장, 전령 같은 사람들.
알자(謁者) 방문객을 임금이나 장수에게 안내하는 사람.
문자(門者) 문지기, 위병.
사인(舍人) 장수의 개인적인 시중을 드는 수레몰이, 사환 같은 사람.
색지(索知) 찾아내다. 조사하여 안다.

11 _ 반드시 적국의 간첩으로서 우리나라에 와서 간첩활동을 하는 자를 찾아서 이익으로써 꾀어내어 잘 이용하여 붙들어 둔다. 그러므로 반간은 찾아내어 이용할 수가 있는 것이다.

必索敵人之間, 來間我者, 因而利之, 導而舍之. 故反間可得而用也.

래간아자(來間我者) 와서 우리 편의 기밀을 알아내려고 활동을 하는 자.
인이리지(因而利之) 그들을 찾아내어 물질적으로 이익을 줌으로써 꾀어내는 것
사지(舍之) 그들을 붙들어 두는 것. 붙잡아 두고 이용하는 것.

12 _ 이런 방법으로 인하여 적의 실정을 알게 됨으로 향간과 내간도 구하여 부릴 수가 있는 것이다.

因是而知之, 故鄕間內間, 可得而使也.

13 _ 이런 것으로 인하여 여러 가지 일을 알게 됨으로 〈사간〉에게 우리 일의 기밀을 속임으로써 적에게 고하도록 할 수 있는 것이다.

因是而知之, 故死間爲誑事, 可使告敵.

광사(誑事) 우리 일에 관한 거짓 기밀을 사간에게 진실인 것처럼 흘리는 것
고적(告敵) 사간으로 하여금 조작된 기밀을 적에게 고하도록 하는 것.

14 _ 이런 것으로 하여금 여러 가지 일을 알게 됨으로 〈생간〉을 예기했던 대로 부릴 수 있는 것이다.

因是而知之, 故生間可使如期.

여기(如其) 미리 정한 기일에 돌아와 탐지한 적의 정세를 보고하는 것.

15 _ 이 다섯 가지 간첩에 관한 일을 임금이 반드시 잘 알아야만 한다. 이런 것을 아는 것은 반드시 〈반간〉에게 달려 있다. 그러므로 〈반간〉에 대하여는 두터이 대우하지 않을 수 없는 것이다.

此五間之事, 主必知之. 知之, 必在於反間. 故反間不可不厚也.

지지(知之) 이러한 여러 가지 간첩활동에 대하여 안다는 뜻.

16 _ 옛날 은나라가 일어날 때 이유는 본시 하나라에 있었다. 주나라가 일어날 때에 여상은 은나라에 있었다.

昔殷之興也, 伊摯在夏, 周之興也, 呂牙在殷.

이지(伊摯) 보통 이윤(伊尹)이라 부르는 상(商)나라 탕(湯)임금의 재상. 처음엔 유신씨(有薪氏) 의 들에서 밭갈이를 하고 있었으나 탕 임금이 현명함을 알고 세 번이나 예를 갖추어 초빙한 끝

에 탕 임금을 위하여 일하게 되었다. 뒤에 탕 임금은 하(夏)나라 걸(傑)임금이 나라의 정치를 어지럽히는 것을 보고서 여러 번 이윤을 그에게 추천하였으나 쓰지 않았다. 마침내 탕 임금이 걸 임금을 치게 되자 이윤은 탕 임금을 도와 천하를 통일하는데 많은 공을 세웠다. 탕 임금 뒤 대갑(大甲) 옥정(沃丁)에 이르기까지 상나라의 기틀을 잡게하였다. 상나라는 뒤 반경(盤庚)임금 때 도읍을 은(殷)으로 옮겼으므로 후세엔 흔히 은나라라고 부른다.

여아(呂牙) 본성은 강 (姜)씨, 뒤에 여(呂)나라에 봉해져서 여상(呂尙)이라 부른다. 그의 자가 자아(子牙)여서 여아라 한 것이다. 처음엔 위 수(渭水)가에서 낚시질을 하고 있었는데 주(周)나라 문왕(文王)에게 발견되어 주나라의 재상이 되었다. 문왕은 그를 보자 〈우리 태공(太公)께서 당신을 바라고(望)계신지 오래 되었었다.〉고 말했다 하여 태공망(太公望)이라고도 부른다. 문왕의 아들 무왕(武王)은 그를 사상부(師尙父)라 존경하였고 무왕이 은나라 주(紂)임금을 멸할 적에는 무왕을 도와 많은 일을 하였다. 뒤에는 제(齊)나라에 봉해졌으며 그의 저서로는 유명한 병서인 육도(六韜) 여섯 권이 전한다.

17 _ 그러므로 명철한 임금과 현명한 장수로써 뛰어난 지혜 있는 사람을 골라 간첩으로 부릴 수 있는 사람은 반드시 공을 이룬다. 이것이 전쟁의 요결이며 3군이 믿고서 움직이는 근거가 되는 것이다.

故明君賢將, 能以上智爲間者, 必成大功. 此兵之要, 三軍之所恃而動也.

상지(上智) 상급의 지혜 있는 사람. 뛰어난 지혜가 있는 사람.

병지요(兵之要) 군대의 요점. 전쟁의 요결(要決), 군사행동의 요점.

소시이동(所恃而動) 믿고서 움직이는 근거. 의지해서 행동하는 근거.

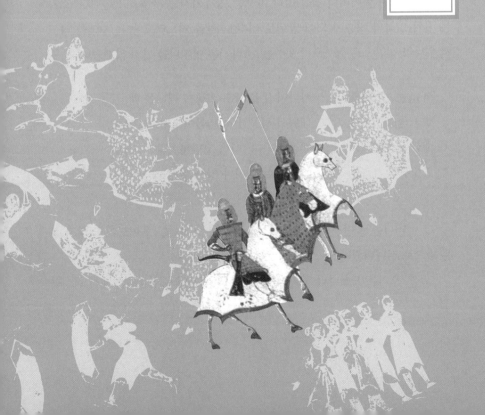

3 오자병법 吳子兵法

병법가兵法家
오자吳子

오기(吳起-吳子)는 본시 위衛나라 사람인데 젊었을 때는 툭하면 칼이나 휘두르는 깡패였다. 어느 날 그의 어머니는 오기의 난폭한 행동을 꾸짖었다. 오기는 자기 팔을 질근질근 씹고 그 피를 입술에 바르고 어머니 앞에 맹세했다.

"이제 소자는 어머니 곁을 떠나 마땅한 곳에 가서 공부를 하겠습니다. 소자는 장차 일국의 정승이 되어 앞뒤로 기수旗手들을 거느리고 높은 수레를 타고서 위나라 성안으로 돌아오지 못하는 한 다시는 어머니를 뵙지 않겠습니다."

男兒立志出鄕關	사나이 뜻을 품고 고향을 떠나올 때
學若無成死不還	배워서 성공 못하면 돌아오지 않으리
埋骨豈有墳墓地	백골 묻을 곳 어디 고향뿐이랴
人生到處有靑山	인생 가는 곳마다 청산 있거늘

그 어머니는 울면서 오기를 말렸다. 오기는 어머니를 돌아보지도 않고 북문 밖으로 떠나버렸다.

그 후 오기는 노魯나라에 가서 공자孔子의 제자인 증삼曾參 밑에서 학문을 배웠다. 그는 낮에는 학문을 하고, 밤이면 자지도 않고 책을 읽었다. 오기의 노력은 실로 놀라웠다.

한 번은 제齊나라 대부 전거田居가 노나라에 왔다. 전거는 열심히 공부하는 오기를 보자 기특히 생각하고 함께 여러 가지로 이야기를 해 봤다. 오기의 높은 식견과 해박한 지식은 끝이 없는 것 같았다. 이에 전거는 자기 딸을 오기에게 주고 사위로 삼았다.

증삼은 오기에게 늙은 어머니가 계시다는 것을 알고 있었다. 어느 날이었다. 증삼이 오기에게 물었다.

"그대가 학문을 배운 지도 6년이 지났다. 그런데 한 번도 어머니를 뵈오러 본국에 가보질 않았으니 그래도 자식된 도리로써 마음이 편안하느냐?"

오기가 대답한다.

"저는 지난날 어머니 슬하를 떠날 때 언제고 일국의 정승이 되기 전에는 위나라에 돌아오지 않겠습니다. 라고 맹세 했습니다."

증삼이 정색을 하고 말한다.

"물론 다른 사람하고는 맹세를 할 수 있겠지만 아들이 어찌 어머니 앞에서 맹세를 한단 말이냐."

이때부터 증삼은 오기를 좋아하지 않았다.

그런지 몇 달 후였다. 위나라에서 오기의 어머니가 죽었다는 소식이 왔다. 오기는 하늘을 우러러 한 번 통곡하고는 곧 눈물을 닦고 다시 책을 읽기 시작했다.

증삼은 오기를 괘씸하게 생각했다.

"오기는 어머니가 죽었건만 가보질 않으니 참으로 근본을 잊은 사람이다. 대저 물도 근원이 없으면 마르며, 나무도 근본이 없으면 시드는 법이다. 더구나 사람으로서 근본이 없다면 어찌 그 일생을 무사히 마칠 수 있으리오."

증삼은 오기를 불러 분부한다.

"나는 너 같은 사람을 제자로 둘 수 없다. 다시는 나를 보려고 하지 마라."

오기는 증삼을 떠나는 동시에 유학儒學을 버렸다. 그 후 그는 병법을 연구하여 3년 만에 일가를 이뤘다.

오기는 벼슬을 하려고 노나라로 갔다.

노나라 정승 공의휴는 찾아온 오기와 함께 누차 병법을 토론해 봤다. 과연 오기는 뛰어난 인재였다. 공의휴는 오기를 노나라 임금魯穆公에게 천거했다. 이리하여 오기는 노나라 대부가 됐다. 오기는 국록을 받고 생활이 넉넉해지자 많은 여자를 사서 첩으로 두고 즐겼다.

한편, 제나라 대장 전화(田和, 전씨의 조상은 陳씨다)는 장차 임금을 죽이고 제나라를 통째로 차지할 생각이었다. 그런데 제나라와 노나라는 대대로 혼인했기 때문에 서로 친한 사이였다.

전화는 속으로 생각했다.

"내가 제나라를 차지하기 위해서 반란을 일으키면 반드시 노나라는 군사를 보내어 나를 칠 것이다. 그러니 제나라를 차지하려면 먼저 노나라를 치는 수밖에 없다."

이에 전화는 군사를 일으켜서 노나라로 쳐들어갔다.

한편 노나라 정승 공의휴가 노 임금에게 아뢴다.

"지금 우리나라로 쳐들어오는 제나라 군사를 물리치려면 반드시 오기를 대장으로 삼아야 합니다."

노 임금의 대답은 탐탁치가 않았다.

"글쎄. 꼭 그러하다면 오기를 대장으로 삼는 수밖에 없소."

비록 대답은 했으나 노 임금은 오기를 대장으로 삼는 것을 주저했다. 이러는 동안에 제나라 군사는 노나라의 여러 고을을 점령했다.

정승 공의휴가 다시 임금에게 아뢴다.

"전번에 신이 오기를 대장으로 삼아야 한다고 했는데 상감께서는 왜 그에게 군사를 맡기지 않으십니까?"

"물론 나도 오기가 비범한 사람이 아니라는 것을 아오. 그러나 오기의 처는 제나라 전씨 집안에서 온 여자요. 대저 사람이란 부부간의 정이 으뜸인지라, 지금 우리나라를 치는 전화로 말할 것 같으면 바로 오기의 처갓집 사람이오. 과연 오기가 처갓집 사람을 맞이하여 힘껏 싸워줄지. 그래서 나는 오기를 대장으로 삼는 것을 주저하는 것이오."

공의휴는 궁에서 나와 자기 집으로 갔다. 어느새 오기가 와서 기다리고 있었다. 오기가 공의휴에게 묻는다.

"제나라 군사가 이미 우리나라 깊숙이 쳐들어왔는데 상감께선 좋은 장수를 구했는지요? 아직 장수를 구하지 못했다면 자랑은 아니나 승상은 나를 대장으로 천거해 주오. 만일 나에게 노나라 군사를 맡겨만 준다면 반드시 제나라 병거가 한 대도 빠져나가지 못하게 때려잡겠소."

공의휴가 대답한다.

"나는 누차 상감께 그대를 천거했소. 그러나 상감은 그대가 제나라 전씨 집안에 장가든 사람이라 해서 선뜻 결정을 짓지 않고 있소."

오기가 결연히 말한다.

"상감이 나를 의심한다면 그런 의심이야 풀어드리기 쉬운 노릇이오."

오기는 집으로 돌아갔다. 오기가 아내 전씨에게 묻는다.

"이 세상에서 아내가 소중하다는 것을 아는가?"

전씨가 대답한다.

"남편과 아내가 있어야 비로소 집안이 이루어집니다. 아내가 소중하다는 것은 가정을 이루어주기 때문입니다."

오기가 다시 묻는다.

"남편이 높은 지위에 올라 만석의 국록을 받고, 또 적군과 싸워 공을 세우고, 이름을 천추만세에 남긴다면 이 또한 집안을 크게 일으킨 것이다. 부인은 내가 그렇게 되기를 원하는가?"

전씨가 웃고 대답한다.

"남편이 그렇게 되기를 왜 원하지 않겠어요?"

"그러면 부인에게 한 가지 부탁이 있다. 부인은 내가 부귀공명을 누릴 수 있도록 도와다오."

"여자의 몸으로 어떻게 당신의 출세를 도울 수 있겠습니까?"

오기가 서슴지 않고 부탁한다.

"지금 제나라 군사가 이곳 노나라를 치고 있다. 노나라 임금은 나에게 대장을 시킬 생각이 있건만, 내가 제나라 전씨 집안에 장가들었다 하여 나를 의심하고 군사를 맡기지 않는 실정이다. 이럴 때 부인의 머리를 들고 가서 상감을 뵈옵기만 하면 나는 곧 대장이 될 수 있다. 뿐만 아니라 나는 크게 공을 세우고 이름을 천추에 남길 수 있다."

이 말에 전씨가 크게 놀라 대답을 하려고 입을 벌리던 순간이었다. 아내의 대답을 듣고 말고 할 것도 없이 오기는 칼을 뽑아 아내의 목을 쳤다. 처참한 광경이었다. 외마디 소리 한 번 못 지르고 전씨의 머리는 땅바닥에 굴러떨어졌다.

一夜夫妻百夜恩	하룻밤 부부는 백 년의 사랑인데
無辜忍使作冤魂	죄 없는 아내 원통한 귀신 만들었다
母喪不過人倫絶	어머니가 죽어도 가지 않고 인륜을 끊은 사람이
妻子區區何足論	어찌 처자식을 사랑하리요

오기는 즉시 비단으로 아내의 머리를 싸서 들고 노 임금에게 갔다.

"신은 나라를 위해 싸우려는 일념뿐입니다. 그런데 상감께서는 신의 처가가 제나라 전씨 집안이라고 해서 신을 의심하시는 모양이니 참으로 억울합니다. 이제 이렇게 아내의 목을 끊어 왔습니다. 이만하면 상감께서는 신의 충성을 믿으시겠습니까?"

임금이 이맛살을 찌푸리며 말한다.

"대부는 서둘지 말고 돌아가서 기다리시오."

잠시 후에 정승 공의휴가 들어왔다. 임금이 공의휴에게 말한다.

"오기는 제 아내를 죽이고 와서 대장을 시켜달라고 청하다 갔소. 그렇듯 잔인한 사람을 어찌 믿을 수 있겠소?"

공의휴가 아뢴다.

"오기는 자기 아내보다도 공명을 더 사랑하는 사람입니다. 상감께서 등용하지 않으시면 그는 반드시 우리 노나라를 버리고 제나라를 섬길 것입니다."

노나라 임금은 공의휴의 권고에 따라 오기를 대장으로 삼았다.

"장군은 설류泄柳, 신상申祥을 부장으로 삼고 군사 2만 명을 거느리고 가서 제나라 군사를 물리치시오."

군명君命을 받고 군중軍中생활을 하면서부터 오기의 태도는 놀라운 바가 있었다.

오기는 사졸이 입는 옷과 먹는 음식을 똑같이 입고 먹었다. 누워 잘 때도 특별히 자리를 마련하지 않았으며, 행군할 때도 말을 타지 않고 사졸들과 같이 걸었다. 그는 졸병이 무거운 무기나 군량을 지고 가는 것을 보면 친히 나눠졌고, 또 졸병이 병이 나거나 부상을 당하면 약을 지어 병사를 먹이고 친히 상처의 피고름을 빨아서 뱉었다. 그러므로 모든 군사는 다 오기의 은혜에 감격했다. 오기와 군사는 서로 아버지와 자식 같았다. 그래서 오기의 명령이라면 모든 군사는 목숨을 걸고 싸우기를 원했다.

한편, 제나라 정승 전화는 대장인 전기田忌와 단붕段朋 등을 거느리고 노나라 남비南鄙 땅을 공격하고 있었다. 전화는 오기가 노나라 대장이 됐다는 소리를 듣고 웃었다.

"오기는 바로 우리 제나라 전씨 집안에 장가든 자다. 호색하기로 유명한 그가 어찌 싸움을 알리오. 노나라는 망하기 위해서 오기를 대장으로 삼았구나."

급기야 노나라 군사와 제나라 군사가 서로 진을 치고 대결하게 됐다.

그런데 오기는 싸움을 걸지도 않고 밖에 나오지도 않았다. 이에 전화는 정탐꾼을 보내서 오기의 동정을 살피고 오도록 했다.

저녁 늦게 정탐꾼이 돌아와서 보고한다.

"오기는 졸병들과 함께 음식을 나눠먹고 있더이다."

전화가 껄껄 웃고 말한다.

"장수가 위엄이 있어야만 군사가 두려워하며, 군사가 장수를 두려워해야 만 목숨을 걸고 싸우는 것이다. 오기의 몸가짐이 그래서야 어찌 많은 군사를 거느릴 수 있으리오. 나는 이제야 모든 걱정을 놓겠다."

전화가 다시 사랑하는 장수 장축張丑을 불러 분부한다.

"장군은 노진魯陳에 가서 일부러 화평을 청해 보라. 그리고 오기의 대답을 들어보면 그들이 끝까지 싸울 작정인지 또는 적당히 타협하고 말 것인지 그 속뜻을 짐작할 수 있을 것이오."

이날 오기는 제나라 장수가 온다는 전통을 받자, 즉시 씩씩한 군사는 다 후군으로 감추고 늙고 병약한 군사만을 앞으로 내세웠다. 그리고 오기는 제나 라 장수 장축을 공손히 영접하고 극진히 대접했다.

장축이 오기에게 넌지시 묻는다.

"들리는 소문에 의하면 장군은 대장이 되기 위해서 아내를 죽였다더니 사 실이오?"

오기가 황송스런 태도를 보이며 대답한다.

"내가 비록 불초하지만 그래도 일찍이 공자의 제자인 증삼 선생 문하에서 성현의 길을 배운 적이 있습니다. 어찌 그런 몰인정한 짓을 할 리가 있겠습니 까. 실은 아내가 병으로 죽었을 때, 그때 마침 나라에서 나에게 대장 직을 주 었습니다. 그래서 그런 소문이 난 것 같습니다."

장축이 슬며시 청한다.

"장군이 만일 우리 제나라 전씨 집안과의 옛정을 잊지 않으셨다면 우리 함 께 서로 동맹하고 우호를 맺는 것이 어떻겠소?"

오기가 서슴지 않고 대답한다.

"나는 일개 서생書生에 불과합니다. 어찌 감히 제나라 전씨를 상대로 싸울 수가 있겠습니까. 귀국과 화평을 맺을 수 있다면 이 이상 바랄 것이 없습니다."

오기는 장축을 진중에 머물게 하면서 3일을 진창 술대접 하면서 서로 즐겼다. 3일 동안 서로 즐기면서도 오기는 싸움에 대해서는 아무 말도 하지 않았다. 장축이 돌아갈 때였다. 오기가 거듭거듭 부탁한다.

"장군의 힘을 빌어 화평이 성사되기를 바랍니다. 나를 위해 힘써 주십시오. 좋은 소식이 있기를 기다리겠습니다."

장축이 만족해서 떠나자, 오기는 즉시 군사를 세 갈래로 나눠 몰래 그를 뒤따라갔다.

장축이 돌아가서 전화에게 보고한다.

"노나라 군사는 매우 약합니다. 오기는 우리와 화평하기를 갈망할 뿐 전혀 싸울 의사가 없습니다."

이에 전화는 다시 호걸웃음을 웃고 안심했다.

바로 이때였다. 원문轅門 밖에서 난데없는 북소리가 요란스레 일어났다. 뜻밖에도 노나라 군사가 삼면에서 나타나 제나라 군사를 마구 무찌르며 쳐들어왔다. 너무 갑작스레 당한 기습이었다. 전화는 대경실색하고 군사들은 어쩔 줄을 몰랐다.

제나라 군사는 병거에다 말을 맬 여가도 없었다. 마침내 제나라 군사는 일대 혼란에 빠졌다. 제나라 장수 전기는 겨우 보병을 수습하고 단붕은 가까스로 병거를 준비시켰다. 그러나 노나라 장수 설유와 신상이 좌우로부터 일제히 협공해 들어오는 데야 견뎌낼 재간이 없었다.

제나라 군사는 대패하여 달아나는데 노나라 군사가 그 뒤를 추격했다. 이리하여 제나라 군사는 들판에 가득히 죽어 자빠졌다.

노나라 군사는 제나라 군사를 국경 밖까지 몰아내고서야 돌아갔다.

노나라 임금은 승전의 소식을 듣고 크게 기뻐했다. 그는 즉시 오기에게 상경上卿벼슬을 줬다.

한편 싸움에 크게 지고 제나라로 돌아간 전화가 수하 장수 장축을 책망한다.

"이번 싸움에 진 것은 다 그대 때문이다."

장축이 대답한다.

"소장이 노나라 진영에 갔을 때는 참으로 형편없었습니다. 그것이 다 오기의 속임수인 줄 어찌 알겠습니까?"

전화가 깊이 탄식하고 분부한다.

"오기는 옛 손무孫武나 양저穰苴처럼 무서운 장수구나. 오기가 노나라에 있는 한 우리 제나라는 불안해서 견딜 수가 없다. 내 장차 사람을 노나라로 보내서 비밀히 오기를 매수할 작정이다. 이 사명을 띠고 능히 네가 다녀오겠느냐?"

"바라건데 목숨을 걸고 노나라에 가서 성공하고 돌아와 이번 패전을 죄 갚음 하겠습니다."

전화는 비싼 값에 사들인 아름다운 여자들과 또 황금 천일(千鎰, 무게 단위)을 장축에게 내줬다. 장축은 두 여자와 황금을 수레에 싣고 장사꾼으로 변장하고서 노나라로 들어갔다.

한밤중이었다. 장축은 오기의 관사로 찾아가서 두 미인과 황금을 바쳤다. 오기는 원래 욕심이 많고 여색을 좋아하는지라, 바치는 것을 다 받고 장축에게 말한다.

"그대는 돌아가서 정승 전화에게 감사하다는 나의 뜻을 전해주시오. 그리고 제나라가 노나라를 침범하지 않는 한 노나라도 결코 제나라를 치지 않을 것이니 안심하라고 말하오."

이튿날이었다. 장축은 노나라로 떠나면서 길가는 행인들에게 외쳤다.

"오기는 제나라 밀사로부터 많은 뇌물을 받았다. 그리고 어떤 일이 있더라도 제나라를 치지 않겠다고 맹세했다."

노나라 사람들은 길을 가다 말고 이 말을 듣고서 크게 놀란다. 곧 이 말은 삽시간에 퍼져 노 임금의 귀에까지 들어갔다.

노 임금이 대로한다.

"내 본시부터 오기라는 놈은 측량할 수 없는 놈이라는 것을 알고 있었다.

이제 오기를 삭탈관직하고 죄를 물으리라."

그러나 호락호락 붙들려 갈 오기가 아니었다. 오기는 궁에서 자기를 잡으러 나온다는 소문을 듣자 집을 버리고 위나라로 갔다. 그는 위나라로 가서 책황의 집에서 기거하고 있었다.

이때 마침 위나라 문후가 책황에게 서하西河 땅 태수로 누구를 보냈으면 좋겠느냐고 상의했다. 그래서 책황은 문후에게 오기를 천거했다.

문후가 궁으로 오기를 불러 묻는다.

"장군은 지난 날에 노나라 장수로 공을 세웠는데, 어찌하여 우리나라에 왔소?"

오기가 대답한다.

"노나라 임금이 간신들의 참소를 곧이듣고 신을 잡으려고 하기에 죽음을 피해 이곳으로 왔습니다. 군후께서는 선비를 존경하고 천하 호걸들 또한 군후를 사모하고 있습니다. 만일 군후께서 신을 써 주신다면 신은 비록 싸움터에서 쓸어져 죽을지라도 여한이 없겠습니다."

이에 문후는 오기를 서하 땅 태수로 임명했다.

그 후 오기는 서하 땅으로 부임해서 성을 수축하고 해자를 깊이 파고 군사를 조련하고, 무도를 가르치며, 지극히 군사를 사랑했다. 그는 노나라에서 장수로 있을 때와 조금도 다름이 없었다. 그리고 그는 진秦나라가 쳐들어오지 못하도록 성을 높이 쌓고 그 성을 오성吳城이라고 명명했다. 그리고 진나라에 정변이 일어난 기회를 놓치지 않고 군사를 거느리고 쳐들어가서 하서 지방 가까이에 있는 진나라 성 5개를 빼앗았다.

위나라 임금 문후가 죽었다. 그의 뒤를 이어 태자 격擊이 임금 자리를 이어받았다. 그가 위나라 무후武侯이다.

무후는 오기를 신임하지 않았다. 그는 다른 신하에게 서하의 태수로 발령했다.

눈치 빠르고 지나치게 총명한 오기는 무후가 자기를 경계한다는 것을 알았다.

"이러다가는 내 신변이 위험하다."

오기는 우선 목숨부터 부지해야겠다고 생각했다. 마침내 오기는 초楚나라로 달아났다.

초나라의 도悼왕은 오기를 보자 첫눈에 혹했다. 그는 당장 오기를 정승으로 임명했다. 오기는 평생소원이던 정승이 되고 보니 감개무량했다. 또 그는 원래부터 자기가 정승이 되기만 하면 어떤 나라고 간에 부국강병을 만들겠다고 자부해오던 터였다.

오기가 도왕에 청한다.

"원래부터 초나라는 수 천리 넓은 지역을 가졌으며 항상 군사 100여만 명을 거느리고 있었기 때문에, 그래서 모든 나라 제후를 얕잡아보고 열국列國에 가입하지 않았던 것입니다. 그러나 애석하게도 초나라는 양병養兵하는 법을 몰랐던 것입니다. 군사 기르는 법을 말씀드리자면 먼저 재물부터 쌓아놓고 연후에 자유자제의 군사에 힘을 써야 합니다. 지금 초나라는 필요하지도 않은 관리들이 모든 부서와 조정에 가득 차있습니다. 그리고 대왕의 먼 친척들까지 왕족의 후예랍시고 뻔뻔스럽게 국록을 놀면서 먹고 있습니다. 그런가 하면 국가 운명을 맡고 있는 군사들은 겨우 몇 되 몇 말의 요식을 받고 있는 실정입니다. 이렇듯 푸대접을 받는 군사들이 국가 유사시에 어찌 목숨을 버리고 싸우려고 하겠습니까. 대왕께서 진실로 신을 신임하신다면 신이 아뢰는 말을 잘 들어 주십시오. 우선 필요하지 않은 관리부터 모두 정리하고, 모든 귀족 나부랭이의 국록을 몰수하고, 그럼으로써 국가 재정을 튼튼히 하고, 그 대신 모든 군사들에게 넉넉히 대하십시오. 이렇게 하고서도 국위가 선양되지 않는다면 그때엔 신을 마음대로 처리하십시오."

도왕은 오기가 시키는 대로 대개혁을 단행했다. 그러나 신하들이 들고 일어나,

"만고에 이런 법이 어디 있습니까?"

"오기의 일방적인 말만을 믿어서는 안 됩니다."

"이론과 현실은 다릅니다."

하고 극력 반대했다. 도왕은 신하들의 말을 듣지 않았다.

드디어 오기는 새로운 관제官制를 제정 선포했다.

一, 불필요한 관리는 계급과 고하를 막론하고 몇 백 명이든지 간에 다 해직
시킨다.

一, 비록 대신의 자제일지라도 권세에 등을 대고 국록을 먹는 자는 발각 즉
시로 엄벌에 처한다.

一, 비록 왕족이건 공족이건 간에 5대손 이하는 각기 자기 힘으로 벌어서
살아야 하며 일반 백성과 동등하게 대우한다.

一, 다만 왕족과 공족의 5대손까지는 촌수가 가깝고 먼 것에 따라 적당히
취급한다.

이 새로운 법령이 한 번 시행되자 수만 석의 국록이 조정에 반납됐다. 오
기는 전국적으로 씩씩하고 용맹한 자만 군사로 뽑고, 늘 훈련시키며 수시로
무기를 검사했다. 물론 상하 계급에 따라서 다르지만 모든 군인에 대한 급료
를 대폭 올렸다. 뿐만 아니라 실력만 인정되면 그 군인에게는 급료를 몇 배씩
올려 줬다.

이에 모든 군인은 서로 권하며 서로 다투듯 열심히 군무에 복무했다. 마침
내 초나라는 막강의 정예군을 거느리고 천하를 굽어보게 됐다. 그래서 도왕이
살아있을 때엔 위魏, 한韓, 조趙, 제齊, 진秦 등 모든 나라가 꼼짝을 못했다.

그러던 것이 도왕이 세상을 떠나자 사태는 급변했다.

도왕의 시체를 빈렴殯斂하기도 전이었다. 그간 국록을 몰수당했던 귀족들,
대신들과 그 자손들이 일제히 들고 일어나 국상國喪을 기회로 난을 일으켰다.
그들은 성군작당(成群作黨, 여럿이 모여 당을 이루고)하고 오기를 죽이러 왔다.

이에 오기는 달아나 궁중 침실로 갔다. 지난날 벼슬에서 쫓겨났던 사람들이 각기 활을 들고 오기를 뒤쫓았다. 총명한 오기는 힘으로는 그들을 당해내지 못할 것을 알았다. 오기는 침실 가운데 안치한 도왕의 시체를 끌어안고 엎드렸다. 화살이 무수히 날아들었다. 화살은 먼저 도왕의 시체에 꽂혔다.

오기가 도왕의 시체를 방패삼듯이 끌어안고 큰소리로 외친다.

"내가 죽는 것은 족히 아까울 것이 없다. 그러나 옛 신하들이 원한을 품고 대왕의 시체를 범했으니 이런 대역죄를 저지르고도 초나라 국법에서 벗어날 수 있을까?"

오기의 몸은 이미 피투성이었다. 무수한 화살을 맞은 오기는 겨우 말을 마치자 도왕의 시체 옆에 쓰러져 죽었다. 그제야 옛 신하들은 오기의 외치는 소리를 듣고 겁이 나서 흩어져 달아났다.

도왕의 뒤를 이어 태자 웅장熊臧이 왕위를 계승했다. 그가 초나라 숙왕肅王이다.

숙왕은 왕위에 오르자 동생 웅량부熊良夫에게 명령을 내렸다.

"그대는 선왕의 시체에 활을 쏜 옛 신하들을 모조리 잡아드려라."

웅량부는 군사를 거느리고 가서 난을 일으켰던 옛 신하들을 일일이 궁으로 잡아들였다.

숙왕은 난도亂徒들이 붙들려 들어오는 대로 쳐 죽였다.

이리하여 오기 한 사람을 죽이고서 초나라 귀족 70여 집안은 멸족을 당했다.

滿望終身作大臣	평생소원이던 정승이 되었으나
殺妻叛母絶人倫	어머니를 배반하고 아내를 죽였으니 인륜을 끊었다
誰知魯魏成流水	노나라 위나라 일은 흘러간 이야기지만
到底身軀喪楚人	초나라 사람에게 죽을 줄이야

야망을 위해서라면 아내까지 죽이고 성공하기 전에 돌아가지 않겠다고 어머니 장례마저 저버린 불효자 오기는 그야말로 야망의 달성을 향해 물도 불도

가리지 않고 달렸다. 그는 정승이 되고 초나라에서 개혁의 기치를 힘차게 펼럭였지만 끝내 비참한 죽음을 당했다.

오기는 오자병법吳子兵法에 보면 위나라 무후에게 지형地形이나 지세地勢의 험고險固 한 것이 덕德을 닦는 것만 못하다고 설명했다. 그러나 그 자신이 초나라에서 행한 정치는 각박하고, 포악하고, 은정恩情이 없었다. 그로 인하여 결국 자기의 몸을 망치고 말았다.

오자吳子,
문후文候를 만나다

오기吳起가 유학자儒學者의 차림으로 병략兵略을 이야기 하려고 위魏나라 임금 문후를 찾아가 만났다.

"나는 원래 전쟁을 별로 좋아 하지 않는데...."

하고 문후가 말하자 오기는 이렇게 입을 열었다.

"저는 겉만 보아도 그 속에 숨겨진 것을 능히 짐작할 수 있고, 지난 일을 미루어 그 앞일을 꿰뚫어 볼 줄 압니다. 임금께서는 어찌 마음에도 없는 말씀을 하십니까."

吳起儒服, 以兵機見魏文候. 文候曰, 寡人不好軍旅之事. 起曰,
臣以見占隱, 以往察來, 主君何言與心遠.

오기(吳起) 오자(吳子)의 본명.

유복(儒服) 유학자(儒學者)의 복장.

병기(兵機) 용병(用兵)의 기략(機略). 즉 병법(兵法).

위문후(魏文候) 위(魏)나라 제후(諸侯)의 이름. 원래는 진(晋)나라 대부(大夫)로, 대부(大夫)인 조적(趙籍), 한(韓)과 함께 진(晋)을 삼분(三分)하여 위(魏)를 세우고 문후(文候)가 됨(기원전369년, 在位50년).

과인(寡人) 덕이 적은 사람이란 뜻으로 제후(諸侯)의 일인칭. 겸양대명사(謙讓代名詞).

군려(軍旅) 당시의 군사제도(軍事制度)에 의하면 병사 2,500명을 군(軍), 500명을 여(旅)라 했다. 여기서는 전쟁의 뜻.

이현점은(以見占隱) 겉에 나타난 것을 보고 속에 숨겨진 것까지 추축하여 알다. 현(現)은 견(見)과 음훈(音訓)이 같음.

이왕찰래(以往察來) 과거의 일을 미루어 미래의 일을 관찰함.

언여심위(言與心違) 말과 마음이 다름.

가면이 벗겨진 문후文候

오자는 말을 계속하였다.

"왕은 이제 철을 가리지 않고 일 년 내내 백성들에게 사냥을 권장하여 그 잡은 짐승의 가죽을 벗겨서 여기에 주사와 옷을 칠하여 그 위에 붉고 푸른 색깔로 물소나 코끼리 같은 맹수의 그림을 그려 빛나게 하고 있습니다. 이렇게 하여 튼튼한 가죽으로 만든 옷은 백성들이 겨울에 입어도 따뜻하지 않고, 여름에 입어도 시원하지 않을 것입니다. 그리고 왕은 길이가 2장 4척이나 되는 장창과 1장 2척의 단창을 만들게 하고 있으며, 또 창문도 없는 큰 가죽수레를 만들어 무늬 없는 바퀴에 바퀴통까지 튼튼하게 싸고 있습니다. 이 창은 너무 커서 장신구로서는 보기에 아름답지 않고, 이 수레는 너무나 크고 튼튼하여 이것을 타고 사냥하기에는 경편 날렵하지 않을 것입니다. 왕은 도대체 이런 가죽옷, 장창, 수레 등을 어디에 쓰려고 만들게 하고 있습니까?"

今君四時, 使斬離皮革, 掩以朱漆, 畵以丹靑, 爍以犀象. 多日衣之則不溫, 夏日衣之則不凉, 爲長戟二丈四尺, 短戟一丈二尺, 革車掩戶, 縵輪籠轂, 觀之於目則不麗, 乘之以田則不輕. 不識, 主君安用此也.

사시(四時) 춘하추동(春夏秋冬).

참리피혁(斬離皮革) 짐승의 가죽을 벗겨냄.

주칠(朱漆) 주사와 옷.

엄(掩) 가림. 뒤엎어 보호함.

주칠(朱漆) 주사(朱砂)와 옻. 주사는 염료(染料)나 약품(藥品)에 쓰이며, 빛이 붉은 광택이 있는 결정체. 옻은 옻 나무의 진으로 빛이 검고 광택이 있어 예로부터 가구(家具), 목기(木記) 광택제나 방부제로 사용했음.

단청(丹靑) 붉고 푸른 염료.

삭(爍) 빛나는 모양.

서상(犀象) 물소와 코끼리. 삭이서상(爍以犀象)은 옛날 갑옷이나 투구에 물소나 코끼리 등 맹수의 형상을 그려 적의 군마(軍馬)를 위협(威脅)하고 무용(武勇)의 표상으로 삼던 일.

극(戟) 세 갈래 가지가 있는 창.

혁거(革車) 가죽으로 만든 수레. 즉 전용차(戰用車)

만륜(縵輪) 무늬나 장식이 없는 바퀴. 즉 사치성이 없는 실용적으로 튼튼한 바퀴.

농곡(籠轂) 바퀴 복판의 바퀴통을 튼튼히 쌈.

전(田) 사냥.

안(安) 어디에. 하(何)의 뜻.

명장名將은 이래서 필요하다

"왕은 전쟁을 싫어한다 하셨지만, 지금까지 내가 지적한 가죽옷, 창, 수레 등은 바로 왕이 전쟁 준비를 하고 있음을 증명하고 있습니다. 그러나 왕이 아무리 이와같이 날카로운 병기로써 많은 병사들로 하여금 나아가 적군을 공격하여 싸우게 하고, 물러나 침입한 적군을 방위케 하여 나라를 지키는 방비로 삼을지라도, 이 군대와 병기를 능히 지휘하고 유효적절하게 쓸 줄 아는 유능한 병법가를 구하지 못한다면 모두가 쓸모없게 되어버릴 것입니다. 그러므로 병법가 없는 군대란, 비유하여 말하자면 마치 알을 품고 있는 암탉이 살쾡이를 맞이하여 싸움과 같은 것이어서, 비록 그들에게 용감히 싸울 마음이 있을지라도, 그들은 곧 패하여 죽고 말 것입니다."

若而備進戰退守, 而不求能用者, 譬猶伏鷄之搏狸, 乳犬之犯虎,
雖有鬪心, 隨之死矣.

─

약이(若以) 만일. 앞에서 말한 것으로써.

진전퇴수(進戰退守) 나아가 적을 공격하여 싸우고 물러나와 적의 침입을 막아 지킴.

능용자(能用者) 용병을 잘하는 사람. 즉 무기를 잘 이용하고 군대를 잘 지휘하는 유능한 전략가. 여기서는 은연중 오자 자신을 가리킨 것임.

비유(譬猶) 새끼를 까기 위하여 알을 품고 엎드려 있는 어미닭.

박리(搏狸) 살쾡이를 침.

유견(乳犬) 젖먹이 새끼가 딸린 어미 개.

투심(鬪心) 용감히 싸우려는 마음.

수지(隨之) 곧. 결국.

오자吳子의 국가관國家觀

"옛날 승상이라는 임금은 문덕을 지나치게 숭상하고 무비를 소홀히 했기 때문에 그 나라가 멸망하였으며, 유호라는 임금은 이와 반대로 문덕을 멀리하고 무비가 많음만을 믿어 무용을 좋아했기 때문에 또한 그 사직을 잃고 말았습니다. 그러므로 현명한 군주는 이들의 실정失政을 거울삼아 반드시 대내적으로 문덕을 베풀어 국민을 안정시키며, 밖으로는 무비에 힘써 국방에 만전을 기하고 있는 것입니다."

昔承桑氏之君, 修德廢武, 以滅其國家, 有扈氏之君, 恃衆好武,
以喪其社稷. 明主鑑茲, 必內水文德, 外治武備.

─

승상씨(承桑氏) 중국 고대 제후의 이름.

수덕폐무(修德廢武) 문덕을 닦고 무비(武備)를 폐함. 즉 문치(文治)에만 힘을 기울이고 국방(國防)을 소홀히 함.

유호씨(有扈氏) 중국 고대 제후의 이름.

시중(恃衆) 주민과 병사가 많음을 믿음.

중호무(衆好武) 무용을 좋아함.

호용(好勇) 무용(武勇)을 좋아함. 즉 문덕(文德)을 돌보지 않고 무력(武力)만을 숭상함.

사직(社稷) 사(社)는 토지(土地)의 신(神), 직(稷)은 곡물(穀物)의 신으로, 옛날 군주들은 나라를 세우면 단(壇)을 만들고 이 두 신(神)에게 제사를 지냈음.

명주(明主) 현명한 군주.

감(鑑) 거울로 삼음. 교훈으로 삼음.

내수문덕(內修文德) 대내적(對內的)으로 문덕(文德)을 닦음.

외치무비(外治武備) 대외적(對外的)으로 무비를 다스림.

오자吳子의 인의仁義 사상思想

오자는 자기가 지니고 있는 인의仁義 사상을 문후에게 다음과 같이 말함으로써 그의 말을 끝맺고 있다.

"그러므로 적군의 침입을 받아 국가의 운명이 백척간두百尺竿頭에 놓여 있는 데도 국민이 용감히 나아가 싸우려 하지 않는다면 이는 국민으로서의 도리를 모르는 것이며, 적군에게 패하여 싸움터에서 쓰러져 죽은 국민의 시체를 바라보며 불쌍히 여긴다고 하여 이것을 어진 군주라 말 할 수 없는 것입니다."

故當敵而不進, 無逮於義矣. 僵屍而哀之, 無逮於仁矣.

▬

당적(當敵) 적의 침입을 당함.

부진(不進) 나아가지 않음. 즉 나아가 싸우지 않음.

무체어의(無逮於義) 의(義)에 미치지 못함. 즉 국민의 도리가 아님. 무체는 불급(不及)의 뜻.

강시(僵屍) 쓰러진 시체. 즉 싸우다 전사한 병사의 시체.

무체어인(無逮於仁) 인(仁)에 미치지 못함. 즉 어진 임금이 아님.

문후文候 오자吳子를 등용함

오자의 말을 듣고 난 문후는 오자가 과연 뛰어난 장수임을 알았다. 그리하여 문후는 스스로 일어나 자리를 펴고, 그 부인의 술잔을 받들어 종묘에 나아가 오자로 하여금 술잔을 드려 고하게 한 다음 그를 대장大將에 임명하였다. 대장에 임명된 오자는 그 뒤로 위나라의 요세要塞인 서하西河지방을 방위하여 이웃 여러 나라의 제후들과 76회에 걸친 싸움을 했다. 그중에서 64회는 승리를 거두고, 나머지 12회는 무승부로, 한 번도 패한 일이 없었다. 이와같이 연전연승連戰連勝을 거듭하여 영토를 사방으로 넓혀 위나라 국토가 사방 천 리로 확장 되었으니, 이는 모두 오자의 공훈에 의한 것이다.

> 於是文候身自布席, 夫人捧觴, 醮吳起於廟, 立爲大將. 守西河,
> 與諸侯大戰七十六, 全勝六十四, 餘則均解, 闢土四面, 拓地千里,
> 皆起之功也.

신자포석(身自布席) 몸소 일어나 자리를 깔음.

초(醮) 의식(儀式)에서 술을 따름. 제사를 지냄.

봉상(捧觴) 술잔을 받들음.

묘(廟) 사당. 종묘(宗廟).

입위(立爲) 세워서 삼음. 임명함.

서하(西河) 지금의 협서성으로 당시 진(秦). 한(韓)과 인접한 국방상 요충지대였음. 오자는 이 서하의 태수(太守)가 되어 많은 전공(戰功)을 세웠음.

전승(全勝) 압도적으로 이김.

균해(均解) 양군(兩軍)이 동시에 후퇴함.

벽토(闢土) 국토를 넓힘.

척지(拓地) 땅을 개척함.

01

도국 圖國

이 책의 본문本文은 주로 오기가 위魏나라 무후武候의 물음에 답하는 문답식問答式으로 서술敍述되어 있다. 도국圖國. 치병治兵. 논장論將. 응변應辯. 여사勵士의 6편六篇으로 이루어져 있고, 제1편 도국圖國은 국가를 도모圖謀함, 즉 경국經國의 원칙을 말한다. 오기(吳起-吳子)는 도국에서 국가를 다스리는 데는 인仁, 의義예禮가 중요한 지도자의 덕목인 것을 설명하고 있다. 전쟁은 폭정을 물리치고 국가와 백성을 혼란에서 구출하기 위해서이고 그 전쟁에 국민을 동원하려면 먼저 국민의 지지를 얻고 국민과의 친화를 우선으로 해야 하며, 그 다음에 온 국민의 단결로서 전쟁을 결행해야 한다고 했다. 또한 부국강병富國强兵을 이룩하기 위해서는 현명한 인재의 중용重用을 강조하였고 국민을 통솔하는 방법으로 예의를 가르치고 정의감을 북돋아야 한다고 한 것은 오자가 증삼의 문하에서 유교를 수학한 때문이었을 것이다. 또 통치의 기본적인 것과 전쟁의 본질을 설명하고 용병의 구체적인 원칙을 논했다.

❈ 내부의 불화를 먼저 없애라

오자는 이렇게 말했다. "옛날의 국가를 잘 다스린 현군賢君들은 반드시 먼저 국민을 교화敎化하여 그들과의 친화親和를 강화했습니다. 그것은 국민의 단결이 이루어지지 않으면 전쟁을 할 수 없기 때문입니다. 단결을 어지럽히는 불화不和에는 네 가지가 있으니 나라國의 불화, 군軍의 불화, 진陣의 불화, 전투戰鬪의 불화가 바로 그것입니다.

吳子曰, 昔之圖國家者, 必先敎百姓, 而親萬民. 有四不和, 不和於國, 不可以出軍, 不和於軍, 不和於陣, 不可以出陣,

첫째, 나라가 불화하여 온 국민이 단결하지 못하면, 결코 군대를 밖에 내보내어 전쟁을 일으켜서는 안 됩니다. 둘째, 군이 불화하여 단결을 이루지 못하면, 부대를 적 앞에 내 보내서는 안 됩니다. 셋째, 부대가 불화하여 단결을 이루지 못하면, 나아가 적과 싸워서는 안 됩니다. 넷째, 전투에 임하여 단결을 이루지 못하면, 승리를 거두지 못합니다.

不可以出陣, 不和於戰, 不可以進戰, 不可以決勝.

이런 까닭으로 도리에 밝은 왕은 그 국민에게 전쟁에 동원動員을 하려면 먼저 교화정책敎化政策으로 친화를 도모하여 온 국민을 일치단결시킨 다음에 나라의 대사大事인 전쟁戰爭을 결행決行합니다."

是以有道之主, 將用其民, 先和而後造大事.

도국가(圖國家) 나라를 잘 다스림.

필선교백성(必先敎百姓) 반드시 먼저 국민을 교화함.

친만민(親萬民) 모든 국민을 사랑하고 덕을 베풀어 그들이 따르게 함.

불화(不和) 화합하지 못함. 즉 상하가 일치단결하지 못함.

불화어국(不和於國) 나라의 왕과 국민이 화합하지 못하면.

불가이출군(不可以出軍) 군을 출동할 수 없다. 해서는 안 된다.

불가이진전(不可以進戰) 나아가서 싸우면 아니 됨.

선화이후(先和以後) 먼저 친화를 도모한 후.

결승(決勝) 승부를 가림. 결전(決戰)을 시도함.

불가이결승(不可以決勝) 승부를 가려서는 안 됨.

시이(是以) 이런 까닭으로.

유도지주(有道之主) 도리에 밝은 군주. 즉 현명한 군주.

용기민(用其民) 자기 국민을 전쟁에 씀.

조대사(造大事) 큰일을 일으킴.

✵ 민심을 결속시키는 길

"옛날의 어진 왕聖王들은 혼자서 세운 계략計略을 그대로 밀고 나가지 않고 신중을 기하였습니다. 반드시 종묘宗廟에 나아가 조정의 영전에 보고한 다음, 큰 거북의 껍질을 태워 그 길흉吉凶을 알아보고, 천시에 순응되는가를 참작하여 이 모든 것이 길조吉兆라고 판단되었을 때 비로소 전쟁을 일으켰습니다.

不敢信其私謀, 必告於祖廟, 啓於元龜, 參之天時, 吉乃後擧,

이렇게 하면 모든 국민은 군주가 자기들의 생명을 중히 여겨 국민의 희생을 최소한으로 줄이기 위해 신중을 기했다는 것을 알게 됩니다.

民知君之愛其命, 惜其死, 若此之至,

이와같이 한 다음에 군주君主가 몸소 국민들과 더불어 전쟁에 나아가면 장병들은 적진에 진격하여 목숨을 잃는 것을 오히려 영광으로 생각하고, 후퇴하여 살아남는 것을 수치로 생각하여 용감히 싸우는 것입니다."

而與之臨難, 則士以進死爲榮, 退生爲辱矣.

불감신(不敢信) 구태여 믿지 않음.

사모(私謀) 개인의 계략. 즉 한 사람의 지모로 세운 객관성 없는 계략.

조묘(祖廟) 선조를 모신 사당. 역대의 왕을 모신 종묘(宗廟).

계어원구(啓於元龜) 큰 거북을 꺼내 그 계시를 받음. 고대 중국에서는 거북등딱지를 종묘에 보장(保藏)해두었다가 국가의 대사를 결정할 때에는 이것을 꺼내어 불을 살라 그 근의 나타남(卜辭)을 보고 길흉을 점쳤음.(龜卜).

참지천시(參之天時) 천시에 맞는가를 참작함.

天時 하늘의 도움이 있을 때.

길내후거(吉乃後擧) 길함을 확인 후에 거사함. 전쟁을 일으킴.

약차지지(若此之至) 이와같이 되면.

애기명석기사(愛其命惜其死) 백성의 목숨을 사랑하여 그 희생을 아낌.

여지임난(與之臨難) 백성과 더불어 국난에 대처함.

진사위영(進死爲榮) 진격하여 용감히 싸우다 죽음을 영광으로 생각함.

퇴생위욕(退生爲辱) 후퇴하여 살아남음을 욕되게 생각함.

※ 사덕四德

오자는 이렇게 말했다. "원래 도리道란 천지자연의 근본 원칙으로 돌아가는 것을 말하고, 정의義란 마땅히 해야 할 일에 힘을 기울여 공을 세우는 것을 말하며, 예의禮란 모든 해로운 것을 피하고 이익을 성취하기 위한 것이며, 인정仁이란 업적을 보전하고 성과를 지킴을 뜻합니다. 만일 행함을 도리에 어긋나게 하고, 행동을 도리에 어긋나게 하면서 큰 지위나 귀한 자리에 있으면 반드시 화를 면하지 못할 것입니다. 그러므로 어진 국왕은 도리에 따라 천하 만민을 편안하게 하며, 정의에 따라 이를 다스리고, 예의에 따라 이를 행동하게 하고, 인덕으로써 이를 사랑했습니다. 이 네 가지 덕은 이것을 잘 닦으면 나라가 흥하고, 이것을 소홀히 하면 나라가 쇠망하게 됩니다. 그러므로 옛날 은殷나라 탕왕이 하夏나라 폭군인 걸傑왕을 쳤을 때, 하나라 백성은 오히려 이것을 기뻐했으며, 주나라 무왕武王이 은殷나라의 폭군 주紂왕을 쳤을 때, 은殷나라 백성들은 아무도 이것을 탓하지 않고 옳게 생각했습니다. 이는 모두 그들의 토벌이 천명天命과 인심에 순응順應해 있었기 때문입니다."

吳子曰, 夫道者, 所以反本復始. 義者, 所以行事立功. 禮者, 所以違害就利.
仁者, 所以保業守成. 苦行不合道, 擧不合義, 而處, 居貴, 患必及之.
是以聖人, 綏之以道, 理之以義, 動之以禮, 撫之以仁. 此四德者,
修之則與, 廢之則裏. 故成湯討傑, 而夏民喜說. 周武伐紂, 而殷人不非.
擧順天人, 故能然矣.

부(夫) 대저. 무릇. 원래. 발어부사(發語副詞)임.

소이(所以) 까닭. 말미암은 바.

반본복시(反本復始) 근본으로 돌아가고 기점(起點)으로 돌아감.

위해취리(違害就利) 해를 피하고 이를 가져오게 함.

보업수성(保業守成) 업적을 보전하고 이룬 바를 지킴.

처대거귀(處大居貴) 대관자리를 차지하고 귀한 자리에 있는 자.

수지이도(綏之以道) 백성을 도리로써 편안하게 함.

이지이의(理之以義) 나라 일을 정의로써 다스림.

동지이례(動之以禮) 백성을 예에 따라 행동하게 함.

무지이인(撫之以仁) 백성을 인으로써 사랑함.

성탕 토걸(成湯討傑) 은(殷)의 탕(湯)왕이 하(夏)의 걸(傑)왕을 토벌함.

하(夏)는 중국(中國)고대(古代)의 국가로 우왕(禹王) 이래 역대 임금은 나라를 잘 다스렸으나, 마지막 임금 걸왕(傑王)은 폭정으로 백성을 괴롭혀 은(殷)의 탕왕(湯王)이 이를 멸하고 어진 정치를 베풀었다 함.

열(說) 기쁨(悅)과 같음.

주무토벌(周武討伐) 주(周)의 무왕(武王)이 주왕(紂王)을 토벌함. 은(殷)은 역대 임금이 나라를 잘 다스렸으나 주왕(紂王, 38대)이 학정으로 백성을 괴롭혔다. 달기를 사랑하여 달기의 말이면 무엇이고 들어주었다. 포락지형이라는 형벌을 만들어 기름칠한 쇠기둥 밑에 불을 지르고 그 위를 사람이 걷게 하고, 성인의 심장에는 일곱 개의 구멍이 있다면서 학정을 말리는 간언(諫言)을 하자 숙부인 비간을 해부하여 심장을 꺼내보였다. 주지육림이라는 말의 기원을 만들었음.

은인불비(殷人不非) 은나라 백성들이 적국인 주(周)의 무왕(武王)이 쳐들어옴을 그르다 하지 않고 이를 환영 함.

5승五勝하면 망한다

오자는 이렇게 말하였다. "무릇 국가를 통치하고 군대를 통솔하기 위해서는 반드시 국민에게 예절을 가르치고 정의감을 북돋아주어 국민들이 염치를 알게 하여야 합니다.

吳子曰, 凡制國治軍, 必教之以禮, 勵之以義, 使有恥也.

국민들이 정의와 원칙을 알게 될 때 국력이 강하면 다른 나라를 족히 공격할 수 있으며, 국력이 약하더라도 능히 나라를 지킬 수 있는 것입니다.

夫人有恥, 在大足以戰, 在小足以守矣.

그러나 이쪽에서 공격하여 승리를 거두기는 쉬운 일이지만 수세에 서서 적을 막아내기는 매우 어려운 일입니다. 천하가 문란하여 전국의 양상을 띄우게 된 이후의 각국의 처지에 입각하여 보면 다섯 차례나 승리를 거두게 된 나라는 오히려 큰 재앙을 받을 것이며, 네 차례 승리를 거둔 나라는 피폐할 것입니다.

然戰勝易, 守勝難. 故曰, 天下戰國, 五勝者禍, 四勝者幣,

그러나 세 차례 승리한 나라는 겨우 주도권을 유지하며, 두 차례 승리로 그친 나라는 군주의 자리를 유지할 수 있을 것입니다. 그러나 단 한 번 싸워서 승리한 나라는 만민의 지지를 얻어 황제가 되어 천하를 통일할 수 있을 것입니다."

三勝者覇, 二勝者王, 一勝者帝.

이런 까닭으로 연전연승하여 천하를 손에 넣은 자는 드물고, 오히려 이로 말미암아 망한 자가 많습니다."

是以數勝得天下者稀, 以亡者衆.

———

제국(制國) 나라를 다스림.

교지이예(敎之以禮) 백성에게 예절을 가르치다.

사유치(使有恥) 백성으로 하여금 예의염치를 지니게 함.

대(大) 국력이 큰 나라.

소(小) 국력이 작은 나라의 뜻.

수(守) 적의 침략을 막아 나라를 지킴.

전승이(戰勝易) 적을 공격하여 이기기는 쉬움.

수승난(守勝難) 적의 침입을 방어하여 이기기는 어려움.

삭승(數勝) 자주 승리함.

✳ 전쟁戰爭의 다섯 가지

— 전쟁이 일어나는 원인

오자는 이렇게 말했다. "전쟁이 일어나는 원인은 다섯 가지가 있습니다.

吳子曰, 凡兵之所起者, 有五.

첫째는 공명심의 경쟁에서 일어납니다. 둘째는 이해관계의 투쟁에서 일어납니다. 셋째는 누적된 증오감정에서 일어납니다. 넷째는 나라 안이 어지러운 데서 일어납니다. 다섯째는 흉년이 들었을 때 일어납니다."

一曰爭名, 二曰爭利, 三曰積惡, 四曰內亂, 五曰因饑.

━━

병(兵) 전쟁의 뜻
쟁명(爭名) 공명을 다툼.
쟁리(爭利) 이권을 다툼.
적오(積惡) 증오심이 쌓임.
인기(因饑) 굶주림에 원인함. 즉 흉년이 들어 국민생활이 곤란할 때 일어남.

— 전쟁을 극복하는 방법

"그리고 전쟁의 이름에는 다섯 가지가 있습니다.

其名又有五,

첫째, 폭정을 물리치고 그 국가를 무질서한 혼란에서 구출하기 위하여 일으키는 전쟁을 의병義兵이라 합니다. 둘째, 강대한 병력으로써 힘이 약한 국가를 정벌하는 전쟁을 강병强兵이라 합니다. 셋째, 격분한 끝에 증오심에서 군대를 동원하여 일으키는 전쟁을 강병剛兵이라 합니다. 넷째, 나라 사이의 도의를 무시하고 이쪽의 이익만을 추구하여 일으키는 전쟁을 폭병暴兵이라 합니다. 다섯째, 자기 나라의 질서가 문란하고 국민의 생활이 곤경에 놓여 있는 데도 일으키는 전쟁을 역병逆兵이라 합니다.

一曰義兵, 二曰强兵, 三曰剛兵, 四曰暴兵, 五曰逆兵. 擧事動衆曰逆兵.

이 다섯 가지 전쟁을 극복하는 데는 다섯 가지 방법이 있습니다. 첫째, 의병에 대하여는 예禮의를 두터이 하여 강화를 청하면 상대국에서 명분이 없는 전쟁이 되기 때문에 스스로 싸움을 거둘 것입니다.

禁暴求曰義, 義必以禮服,

둘째, 강병에 대하여는 굳이 이에 대항하지 말고 겸양謙讓의 덕을 베풀어 휴전을 청하면 적은 이에 만족하고 싸움을 거둘 것입니다.

恃衆伐曰强, 强必以兼服,

셋째, 강병에 대하여는 외교사령으로써 상대방의 노여움을 풀게 하면 적은 물러갈 것입니다,

因怒與師曰剛, 剛必以辭服,

넷째, 폭병에 대하여는 싸우지 말고 거짓 패하는 체하여 적이 약탈에 도취해 있을 때 이를 역습하여 물리칩니다.

棄禮貪利曰暴, 暴必以詐服,

다섯째, 역병에 대하여는 권모술수權謀術數로써 적을 격파하면 됩니다."

五者之服, 逆必以權服.

기명유오(其名有五) 그 이름. 전쟁의 이름에 따라 다섯 가지 이름이 있음. 즉 의(義), 강(强), 강(剛), 폭(暴), 역병(逆兵)을 가리킴.

의병(義兵) 정의를 내세우고 일으키는 전쟁. 병(兵)은 전쟁이라는 뜻.

금폭구난(禁暴求亂) 폭정을 물리치고 백성을 도탄에서 구하려고 일으킨 전쟁.

시중(恃衆) 자기 병력이 많고 강대함을 의미함.

거사동중(擧事動衆) 대사(전쟁)를 일으켜 군대를 동원함.

복(伏) 극복함. 정복함.

사(辭) 사령(辭令). 외교사령(外交辭令).

사(詐) 거짓하는 체 함.

권(權) 권모와 술수.

폭이사복(暴詐以服) 폭병은 속여 굴복시킴.

❈ 인재등용의 원칙

무후가 오자에게 물었다. "군대를 다스리고 인재를 등용하여 국방을 튼튼히 하려면 어떻게 해야 하는가."

武候問日, 顧聞治兵料人固國之道.

그러자 오자는 이렇게 대답하였다. "옛날의 현명한 군주는 의례 군신君臣의 예절과 상하의 질서를 세우는 한편, 관민官民이 적재적소에서 각자 맡은 일에 열심히 종사하게 하고, 국민의 관습을 존중하면서 이를 올바로 가르쳤으며, 훌륭한 인재를 선발하여 만일의 사태에 충분히 대비하였습니다.

起對日, 古之明王, 必謹君臣之禮, 飾上下之儀, 安集吏民, 順俗而教, 簡募良材, 以備不虞.

옛날 제齊나라의 환공桓公은 오만五萬이나 되는 용사를 뽑아 그 힘으로 제후들 중에서 능히 패자覇者가 될 수 있었습니다. 그리고 진晋나라의 문공文公은 사만四萬 명의 선공대先攻隊를 모집하여 그 뜻을 이루어 패자가 되었습니다.

昔齊桓募士五萬, 以覇諸候, 晋文召爲前行四萬, 以護其志,

그리고 진秦나라의 목공穆公은 만 명의 돌격대를 조직하여 사방의 적을 모두 정복하여 역시 패자覇者가 되었습니다. 이와같이 옛날 강국의 군주들은 반드시 국민 가운데서 유능한 인재를 뽑아 국방력을 강화하였습니다.

秦穆置陷陣三萬, 以服隣敵. 故强國之君,

즉, 우선 담력과 용기가 있는 자를 모집하여 한 부대를 편성하고, 진격하고 싸우기를 즐겨 자기의 충성심을 남에게 보이기를 좋아하는 자를 모집하여 또 한 부대를 편성하며, 높은 성을 뛰어넘고 발이 빨라 달리기를 잘하는 자를 뽑아 다시 한 부대를 편성하고, 왕의 신하로 일하다가 과오를 범하여 관직을 떠났으나 앞으로 전공을 세워 임금의 인정을 받고 싶은 자를 모집하여 별도로 한 부대를 만들고, 전에 자기가 지키고 있던 성을 버리고 도망을 했지만 앞으로 전공을 세워 전날의 불명예를 보상하겠다고 생각하는 자를 모집하여 또 한 부대를 편성했던 것입니다.

必料其民, 民有膽勇氣力者, 聚爲一卒. 樂以進戰, 效力以顯其忠勇者, 聚爲一卒. 能踰高超遠, 輕足善走者, 聚爲一卒, 王臣失位, 而欲見功於上者, 聚爲一卒. 棄城去守, 欲除其醜者, 聚爲一卒,

이렇게 편성된 다섯 부대는 정예 중의 정예입니다. 이러한 정예가 3천 명만 있으면, 아무리 강력한 적에 포위되어 있을지라도 이를 능히 돌파할 수 있습니다. 또 아무리 견고한 적의 성세도 공략할 수 있는 것입니다."

此五者, 軍之練銳也. 有此三千人, 內出可以決圍, 外人可以屠城矣.

요인(料人) 사람의 재능을 알아봄. 즉 인재의 등용.

식상하지의(飾上下之義) 윗사람과 아랫사람의 예절을 바로잡음.

안집이민(安集吏民) 관리와 국민을 편안히 살게 함. 즉 국민을 각자 적재적소에 소임을 다 하며 편안히 살게 함.

순속이교(順俗而敎) 습관과 풍속에 따라 국민을 가르침.

간모(簡募) 골라서 뽑음.

불우(不虞) 의외 사변.

제환(齊桓) 제(齊)나라 환공(桓公). 성은 강(姜)이름은 소백(小白). 춘추시대(春秋時代) 5패(五覇)의 한 사람.

진문(晋文) 진(晋)나라 문공(文公). 성은 희(姬) 이름은 중이(重耳). 5패(五覇)의 한 사람.

전행(前行) 앞장서서 싸우는 선공대(先攻隊).

진목(秦穆) 진나라 목공(穆公). 5패(五覇)의 한 사람.

함진(陷陳) 적진을 용감히 무찔러 함락시키는 특공대.

1졸(一卒) 한 부대. 시대에 따라 그 편성이 다르나 대체로 600명을 1졸로 했음.

효력이현(效力以顯) 힘껏 싸워 그 용맹을 드날림.

유고초원(踰故超遠) 높은 성을 뛰어넘고 먼 경계를 넘음.

욕현공어상(欲見功於上) 임금에게 공을 세워 나타내고자 함. 견은 顯의 뜻.

추(醜) 추명(汚名)

연예(鍊銳) 잘 훈련된 정예부대.

※ 전승戰勝의 지름길

무후가 오자에게 말했다. "진을 치면 반드시 안정되고 방위태세를 취했을 때는 반드시 견고하여 적이 감히 침입을 못하며, 적진에 쳐들어가면 번번이 승리를 거두는 방법을 알려 주오."

武候問曰, 顧聞陣必定, 守必固, 戰必勝之道.

그러자 오자는 이렇게 대답하였다. "전하, 그 문제라면 들려드릴 수 있을 뿐 아니라, 당장 보여 드릴 수 있습니다.

起對日, 立見且可. 豈直聞乎,

전하가 만일 현자와 그렇지 않은 자를 가려 현자를 높은 지위에 등용하고, 불초한 자를 그 밑에 일하도록 하시면 진지는 이미 안정을 얻은 것과 마찬가지입니다.

君能使賢者居上, 不肖者處下, 則陣已定矣.

그리고 국민들이 안심하고 각자 자기 생업에 종사하고 위정자에 대해서도 친밀감을 갖게 되면, 적이 침입했을 때 반드시 그들은 국토를 굳게 지킬 터이므로 이미 방위태세는 확립된 셈입니다.

安民其田宅, 親其有司,

그리고 전하가 전쟁을 일으켰을 때 국민이 전하의 옳음을 지지하고 이웃나라가 잘못이라는 적개심을 갖게 되면, 그것으로 이미 전쟁은 이긴 것이나 마찬가지입니다."

則守已固矣. 百姓皆是吾君, 而非隣國, 則戰已勝矣.

───

입견차가(立見且可) 선 그 자리에서도 볼 수 있음.
기직문호(豈直聞乎) 어찌 곧 들을 수 있을 뿐이겠는가.
불초(不肖) 변변치 못한 사람.
이정(已定) 이미 정하여져 있음.
유사(有司) 관리. 정부의 위정자.
시(是) 옳음.
비(非) 그름.

※ 부끄러움을 당한 무후武候

하루는 무후가 많은 신하들을 한 자리에 모아 놓고 작전회의를 한 적이 있다. 그런데 그 신하들의 의견이 무후의 그것에 미치지 못하므로 회의를 마친 무후는 흐뭇한 미소를 띠고 있었다.

그때 오자가 자리에서 일어나 이렇게 말했다.

武候嘗謀事, 群臣莫能及, 罷朝而有喜色.

"옛날에 초나라 장공이 지금과 마찬가지의 회의를 열고 작전에 대한 논의를 하였는데, 그 많은 신하들 중에서 장왕보다 뛰어난 의견을 말하는 자가 없었습니다. 회의가 끝나자 장왕은 우울한 얼굴을 하고 있었습니다.

起進日, 昔楚莊王嘗謀事, 群臣莫能及, 罷朝而有憂色,

신하인 신공이 〈왕께서는 어찌하여 그와 같이 우울한 얼굴을 하고 계십니까.〉 그러자 장왕이 이렇게 말하는 것이었습니다.

申公問日, 君有憂色何也.

〈나는 일찍이 이런 말을 들은 적이 있소, 즉 세상에 성인이 없는 것이 아니고, 다만 그 성인을 알아보고 스승으로 모실 자라야 비로소 제왕이 될 자격이 있고, 또 그 현자를 알아보고 친구로 삼을 수 있는 자라야 패자가 될 수 있다는 것이었소. 그런데 나는 별로 재능도 없는 사람인데도 이 많은 신하들 중에서 생각이 나에게 미치는 자가 없으니 어찌된 일이오. 아마도 이 초나라가 위기에 처할 것 같소.〉

日, 寡人聞之, 世不絕聖, 國不乏賢, 能得其師者王, 能得其友者霸.
寡人不才, 而群臣莫及者,

이것이 초나라 장왕이 걱정하는 것이었습니다. 그런데 왕께서는 오히려 기뻐하시니, 저는 진실로 걱정하지 않을 수 없습니다.”

楚國其殆矣. 此楚莊王之所憂. 而君說之, 臣竊懼矣,

이 말을 들은 무후의 얼굴에는 부끄러운 빛이 완연히 들어나 보였다.

於是, 武候有慙色.

모사(謀事) 일을 꾀함. 국사를 모의함.

파조(罷朝) 조회를 끝냄. 조회는 조장의 어전회의(御前會議).

초장왕(楚莊王) 초나라 왕의 칭호. 춘추(春秋) 5패(覇)의 하나.

세불절성(世不絕聖) 세상에 성인이 끊기지 않음.

국불핍현(國不乏賢) 나라의 어디에나 현인이 있음.

부재(不才) 재능이 없음.

열지(說之) 이를 기뻐함. 설(說)은 열(悅)과 같음.

절구(竊懼) 은근히 걱정이 됨.

참색(慙色) 부끄러워하는 빛.

02

요적料敵

요적料敵이란 적의 강약强弱과 허실虛實을 헤아려 아는 것을 말한다. 이편에서는 손자孫子의 "적을 알고 나를 알면 백 번 싸워 백 번 위태하지 않다知彼知己百戰不殆-孫子 謀攻篇"는 말과 같이 전쟁의 기본요건基本要件이 되는 것을 논하였다.오자는 요적에서 적의 군대는 물론이고 지세地勢, 국민성國民性, 정치政治, 그 사회의 전반적인 장단점과 허실을 세밀하게 분석하여 이런 지식을 전쟁에 활용하여야 함을 역설했다. 오자는 전쟁에 있어 적의 허점은 곧 내가 갖고 있는 허점이라는 것을 강조하여 나의 허점을 보강하고 상대의 허점은 놓치지 말라고 말하고 있다. 전쟁의 수행에 있어서 장수가 기본적으로 알아야 할 지형지물地形地物의 활용과 천기天氣를 최대한으로 이용한 공격의 방법을 논하였다.

※ 경계심은 재앙을 쫓는다

"현재 진秦은 우리나라의 서쪽을 위협하고 있으며, 초楚는 우리나라 남방일대를 에워싸고 있고, 조趙는 우리나라 북방을 침범하고 있소. 그런가 하면 제齊는 우리나라 동쪽에서 노리고 있으며, 연燕은 우리나라 전방에 버티고 있소.

武王謂吳起曰, 今秦脅吾西, 楚帶吾南, 趙衝吾北齊臨吾東, 燕絕吾後, 韓據吾前.

이와같이 여섯 나라 군사가 우리나라를 사방으로 둘러싸고 있어 형세가 우리에게 매우 불리하므로 늘 걱정이오, 어떻게 하면 좋겠소."

六國之兵四守, 勢甚不便, 憂此奈何.

하고 무후가 묻자, 오자는 이렇게 답하였다.

"나라의 안전을 위하는 길은 무엇보다도 미리 적을 경계警戒하는 것이 상책上策입니다. 그런데 왕께서는 이미 적을 경계하고 계십니다. 이로써 전쟁의 화근은 멀리 사라질 것입니다."

起對曰, 夫安國家之道, 先戒爲寶, 今君其戒, 禍其遠矣.

대(帶) 둘러싸고 있음. 가로 놓여 있음.

사수(四守) 사방을 지키고 있음. 즉 사방에서 무장하고 있음.

불편(不便) 불리함.

화기원의(禍其遠矣) 그 재앙이 멀어질 것이다. 국난(國難)을 피할 수 있을 것이다.

적을 알고 싸우면 이긴다

오자는 이렇게 말을 계속하였다. "청컨대 제가 지금부터 여섯 나라의 실정을 말씀드리겠습니다. 저 제나라의 군대는 겉으로 보기엔 엄중하지만 견고하지 못하며, 진나라의 군대는 산만하여 규율이 없고 각자 공명심에 사로잡혀 서로 다투고 있으며, 초나라의 군대는 외관상으로는 정비되어 있으나 지구력이 없으며, 연나라의 군대는 방어에는 강하지만 공격하는 힘이 약합니다.

臣請論六國之俗. 夫齊陣重而不堅, 秦陣散而自鬪, 楚陣整而不久, 燕陣守而不走.

그리고 삼진三晋(한韓, 조趙, 위魏)의 나라들은 군대의 질서는 잡혀 있지만 용감하지 못하여 쓸모가 없습니다. 이 나라들의 실정에 대하여 더 자세히 말씀드리겠습니다.

三晉陣治而不用.

제나라 사람의 성품은 강직합니다. 이 나라의 국력은 풍부하지만 왕과 신하들이 모두 교만하고 사치를 즐기고 일반 백성들에게는 소홀이 하고 있습니다.

夫齊性强, 其國富, 君臣驕奢, 而簡於細民,

정치는 너그럽게 해 나가고 있지만 봉급은 매우 불공평합니다. 같은 군대도 마음이 일치하지 못하고 불균형을 이루어 일선부대는 훌륭하지만 후원부대는 보잘것없는 상태입니다. 그러므로 겉으로는 훌륭해 보이지만 실은 별로 강하지 못합니다.

其政寬而祿不均, 一陣兩心, 前重後輕, 故重而不堅,

이 적을 격파하는 방법은 세 방면으로 공격을 하면 적의 세력은 간단히 셋으로 분리되어 그만큼 힘이 약해지므로 이 약해진 적의 좌우를 위협하여 마치 짐승 사냥하듯이 한꺼번에 쳐들어가면 적진을 쉽사리 격파할 수 있을 것입니다.

擊此之道, 必三分之, 獵其左右, 脅而從之, 其陣可讓.

다음에 진나라의 경우를 살펴보면 국민들의 성격은 강하고 지세는 험합니다. 정치는 엄격하고 백성들에게 대한 상벌은 공정하게 베풀어지고 있습니다.

秦之性强, 其地驗,

따라서 국민들은 서로 양보하는 일이 없고, 공명을 다투어 용감히 싸우려고 합니다. 그러므로 하나로 뭉치지 못하고 각각 흩어져 제멋대로 싸움을 합니다.

其攻嚴. 其賞罰信, 其人不讓, 皆有鬪心,

이 군대와 싸워서 이기는 길은 그들이 탐낼 듯한 물건들을 일선에 많이 남겨놓고 일단 군대를 일부러 후퇴시킵니다. 그렇게 되면 전리품을 저마다 손에 넣으려는 생각에서 지휘관의 명령을 떠나 각자 멋대로 행동하게 될 것입니다.

故散而自戰. 擊此之道, 必先示之以利, 而引去之, 士貪於得, 而離其將,

이때를 틈타 적병들을 모조리 사냥하듯 무찌르고, 미리 숨겨놓은 아군으로 하여금 사방에서 공격하게 하면 능히 적장을 사로잡을 수 있을 것입니다.

乘乖獵散, 設伏投機, 其將可取.

초나라 국민은 성격이 매우 약합니다. 그 영토가 넓기 때문에 통치력이 고루 미치지 못하매 외적의 침입이 잦아 그때마다 정치가 어지럽고 국민들이 전란戰亂에 시달려 지쳐 있습니다. 그러므로 군대의 질서가 잡혀있는 듯이 보이지만 꾸준히 싸워나가는 힘이 부족합니다.

楚性弱, 其地廣, 其政騷, 其民疲, 故整而不久,

이들을 치려면 그들의 진지에 갑자기 쳐들어가 그들의 사기를 꺾어 재빨리 진격하였다가 속히 퇴각하는 전법을 반복하면 상대방은 심신이 아울러 지칠 대로 지치게 됩니다. 그들을 상대로 본격적으로 싸워서는 안 됩니다. 이렇게 하면 적을 손쉽게 패배시킬 수 있습니다.

擊此之道, 襲亂其屯, 先奪其氣, 輕進速退, 弊而勞之, 勿與爭戰, 其軍可敗.

그리고 연나라 사람들은 성격이 고지식합니다. 백성들은 조심성이 많고 용기와 의리를 존중하여 별로 책략을 쓰지 않습니다.

燕性愨, 其民慎, 好勇義, 寡詐謀.

그러므로 수비를 굳게 하지만 좀처럼 공격하는 일이 없습니다. 이 군대를 치려면 갑자기 쳐들어가 육박하고, 육박하였다가는 후퇴하며, 혹 추격하는 체하다가 후퇴하면 적장은 의혹을 느끼고 하졸들은 두려움을 느낄 것입니다.

故守而不走. 擊此之道, 觸而迫之, 陵而遠之, 馳而後之, 則上疑而下懼,

이때 아군의 병거兵車와 기병騎兵을 몰래 그들의 퇴로退路에 숨겨두면, 적장을 능히 사로잡을 수 있을 것입니다.

謹我車騎必避之路, 其將可虜.

삼진三晉은 중심부에 있는 나라들로 국민성이 온유합니다. 정치는 평온하지만 오랫동안 계속된 전쟁으로 지치고 만성이 되어 있습니다. 부하는 상관을 가볍게 알고, 봉급이 적은 데 불만이 있어 목숨을 내걸고 싸우려 하지 않습니다.

三晉者中國也. 其性和, 其政平, 其民疲於戰, 習於兵, 輕其將, 薄其祿, 士無死志,

그러므로 삼진의 진지는 평상시엔 질서가 잡혀있기는 하지만 일단 유사시에 거의 쓸모가 없습니다. 이들을 치려면 그들의 진지에 멀찌감치 떨어져 그들을 위압하고, 적이 쳐들어오면 이를 막고 적이 후퇴하면 이를 추격하여 적군을 피로하게 하는 것이 우리가 취해야 할 기본태세입니다."

故治而不用. 擊此之道, 阻陣而壓之, 衆來則拒之, 去則追之, 以倦其師, 此其勢也.

───

중(重) 든든함. 돈중함.
자투(自鬪) 서로 다툼.
불구(不久) 오래가지 못함. 즉 지구전(持久戰)을 못함.
불주(不走) 달리지 않음. 공격력이 없음.
삼진(三晉) 한(韓), 조(趙), 위(魏)의 삼국(三國).
불용(不用) 쓸모가 없음.

간(簡) 간략함. 소홀히 함.

일진양심(一陳兩心) 같은 부대에서 의견이 통일되지 않음.

전중후경(前重後輕) 전방에만 치주하여 후방의 방위를 소홀히 함.

엽(獵) 사냥함. 사냥하듯이 밀고 들어 감.

승괴엽산(乘乖獵散) 지휘관과 사병의 사이가 벌어져 있음을 틈타 분산 된 적을 쳐들어 감.

설복투기(設伏投機) 복병을 설치했다가 적당한 시기에 갑자기 쳐들어 감.

둔(屯) 진영. 주둔.

각(慤) 성실하고 거짓이 없음.

촉이박지(觸而迫之) 쳐들어 감. 육박함.

능이원지(陵而遠之) 적을 욕보이고 멀리 후퇴함. 능(陵)은 능(凌)과 같음.

치이후지(馳而後之) 쳐들어 가는 체 하다가 후퇴함.

근(謹) 삼가 숨겨둠.

습어병(習於兵) 전쟁에 익숙해짐. 전쟁에 관심이 없음.

※ 적재적소의 인사관리

오자는 다시 말을 이었다. "일군一軍 가운데는 맹호처럼 날랜 군사가 있을 것입니다. 힘이 장사라 큰 가마솥을 가볍게 들어올리는 자가 있는가 하면 걸음걸이가 말보다 빠른 자도 있을 것이고, 적진에 들어가 적의 군기軍旗를 빼앗고 적장의 목을 능히 베는 자도 있을 것입니다. 이와같이 유능한 자는 특히 대우해야 합니다. 전쟁의 승패는 이런 자들에게 달려있는 것입니다.

然則一軍之中, 必有虎賁之士, 力輕扛鼎, 足輕戎馬, 搴旗斬將, 必有能者, 苦此之等, 選而別之, 愛而貴之, 是謂軍命.

그리고 다섯 가지의 병기를 능란하게 사용하고 용감하고 민첩하여 적을 무찌르는 데 열중한 자는 반드시 계급을 올려주어 승리의 역군으로 삼아야 합니다.

其有工用五兵, 材力建疾, 志在吞敵者, 必加其爵列, 可以決勝.

또 이러한 용사들에 한해서는 본인뿐 아니라 그의 부모와 처자도 우대하여 상벌을 분명히 하면 그는 진지를 잘 지켜 지구전에서도 끝까지 잘 버텨나갈 것입니다. 이와같이 하면 갑절이나 되는 적이라도 능히 격파할 수 있습니다."

厚其父母妻子, 勸賞畏罰, 此堅陣士, 可與持久. 能審料此. 可以擊倍.

오기의 이 말을 듣고 난 무후는 말했다. "참 옳은 말입니다."

武候曰, 善.

연즉(然則) 그러고서. 이 경우 즉(則)은 이(而)의 뜻과 같음.

일군(一軍) 1만 2천500명을 1군이라 했음.

호분(虎賁) 호랑이 처럼 날랜 사람.

강정(扛鼎) 큰 가마솥을 드는 역사. 정(鼎)은 고대 발이 셋 달린 솥.

융마(戎馬) 군마(軍馬).

건기참장(搴其斬將) 적군의 군기를 빼앗고 적장의 목을 벰.

군령(軍令) 군명. 일군의 사명.

오병(五兵) 다섯 가지 무기. 활, 몽둥이, 칼, 창, 미늘창.

재력(材力) 재주와 힘.

능심(能心) 잘 살핌,

건질(建疾) 힘차고 빠름.

격배(擊倍) 이쪽 병력보다 배 이상 되는 적을 쳐 버림.

※ 적을 아는 법

━ 이런 적은 공격하라 1

오자는 이렇게 말하였다. "적을 앞에 두고 판단할 경우 거북점을 쳐 볼 필요도 없이 적을 공격하여 쳐들어가야 할 경우가 여덟 가지가 있습니다.

吳子曰, 凡料敵, 有不卜而與之者敵八.

첫째로 사나운 바람이 불어닥치는 엄동설한에 아침 일찍 일어나 행동을 개시하여 얼음을 깨며 강을 건너면서 부하의 고생을 조금도 돌보지 않는 무리를 감행하는 적군의 경우입니다.

一曰, 疾風大寒, 早興寤遷, 剖氷濟水, 不憚艱難,

둘째는 한여름 폭염에 목이 마른 군대를 무리하게 먼 거리를 행군시키는 경우입니다."

二曰, 盛夏炎熱, 晏興無間, 行驅飢渴, 務於取遠.

여지(與之) 적과 더불어.

오천(寤遷) 잠자리에서 일어나서 곧 이동함.

부빙제수(剖氷濟水) 얼음을 깨고 물을 건넘.

불탄간난(不憚艱難) 부하의 어려움을 돌보지 않음.

안흥(晏興) 늦게 일어남.

무간(無間) 쉴 사이가 없음.

행구(行驅) 급히 달려감.

━ 이런 적은 공격하라 2

"셋 째로 출병한 지 이미 오랜 시간이 경과했는데도 전과戰果는 부진하고 군량까지도 떨어지게 되었으며, 전쟁에 시달린 백성들의 원망과 분노가 높아져 갈뿐더러, 천재지변의 불길한 징조가 자주 일어나 장군이 이를 수습할 수 없는 지경에 처한 적군은 무조건 공격해야 할 일입니다.

三曰, 師旣淹久, 糧食無有, 百姓怨怒, 妖祥數起, 上不能止.

넷 째로 전쟁이 장기화되어 군용자재가 다 떨어진데다가 연료나 사료飼料도 얼마 남지 않고 설상가상으로 비가 많이 와서 약탈을 하러 나가려해도 갈만한 곳이 없는 군대는 공략할 일입니다."

四曰, 軍費旣竭, 薪芻旣寡, 天多陰雨, 欲掠無所.

엄구(淹久) 오래 머물음.

요상(妖祥) 불길한 징조.

삭기(數起) 자주 일어남.

기갈(飢渴) 이미 다 떨어짐.

신추(薪芻) 취사용 연료와 말먹일 사료.

음우(陰雨) 장마철의 궂은 비.

욕략무소(欲掠無所) 민가에 가서 약탈을 하려고 해도 갈만한 곳이 없음.

━ 이런 적은 공격하라 3

"다섯째로 병사의 수가 적에 비해 많지 못하고 수륙 아울러 지세가 불리하여 작전에 지장이 많을 뿐만 아니라, 장병과 군마는 건강을 해쳐 질병에 시달리고, 국외 어느 나라도 구원병을 보내주지 않는 군대도 서슴지 말고 공략해야 합니다.

五曰, 徒衆不多, 水地不利, 人馬疾疫, 四隣不至.

여섯째로 오랜 행군으로 장병들은 지칠 대로 지치고 두려움에 떠는데, 날은 이미 저물었으며 사기는 꺾이고 전투 의욕은 상실한데다가, 아직 저녁 식사도 하지 않은 채 무장을 풀고 휴식을 취하고 있는 군대는 지체없이 쳐야 합니다.

六曰, 道遠日暮, 士衆勞懼, 倦而未食, 解甲而息.

일곱째로 대장은 박덕하고, 장교는 위신이 없으며, 사병들은 단결이 되지 않아, 항상 공포심에 떨고 상관과 하졸 사이에 협조정신이 없는 군대는 지체 없이 쳐야 합니다.

七曰, 將薄吏輕, 士卒不固, 三軍數驚, 師徒無助.

여덟째로 진지가 아직 정돈되지 못하고 숙영의 병사가 아직 배치가 완료되지 못하였으며, 게다가 부근의 지형이 높고 험하여, 병사들의 일부는 보이지 않지만 일부는 밖으로 노출된 경우에도 지체없이 진격해서 무찔러야 됩니다."

八曰, 陣而未定, 舍而未畢, 行阪涉險, 半隱半出, 諸如此者, 擊之勿疑.

수지불리(水地不利) 물과 지리가 불리함.

사린부지(四隣不至) 이웃 나라의 원조가 없음.

로구(勞懼) 피로하고 적의 습격을 두려워 함.

권이미식(倦而未食) 지치고 시장한데도 먹지를 못함.

해갑(解甲) 무장을 풀음. 갑옷을 벗다.

장박이경(將薄吏輕) 장수는 덕이 없고, 장교는 권위가 없음.

삭경(數驚) 자주 놀람.

사도무조(師徒無助) 상관과 부하가 서로 협력하지 않음.

행판섭험(行阪涉險) 비탈을 가고 험한 지형을 넘음. 즉 지세가 불리함을 뜻함.

이런 적과는 싸우지 말라

오자는 다시 말을 이었다. "다음에, 점을 쳐 볼 것도 없이 적과 교전하는 것을 피해야 하는 경우가 여섯 가지 있습니다.

有不占而避之者六.

첫째, 국토가 광대하고 국민생활이 부유하며 인구가 많은 적. 둘째, 위정자에게 인덕이 있어 국민을 아끼고 그 선정의 혜택이 방방곡곡에 골고루 스며 있는 적입니다.

一曰, 土地廣大, 人民富衆. 二曰, 上愛其下, 惠施流布.

셋째, 시상을 공정히 하고 형벌을 잘 헤아려 신중히 하며, 그 상벌을 행하는 시기를 잃지 않는 적. 넷째, 전쟁에 공로가 큰 자를 후히 대접하여 관위에 세우고 현명하고 유능한 자가 각각 부서에 임명되어 있는 적입니다.

三曰, 賞信形察, 發必得時. 四曰, 陣功居列, 任賢使能.

다섯째, 병력이 많이 있고 군대와 무기가 정예한 적과 여섯째, 유사시에는 이웃 나라나 강국의 원조를 받을 수 있는 적이 모든 조건이 적군에 뒤떨어질 때에는 생각할 것도 없이 싸움을 피해야 합니다. 어디까지나 승리 할 수 있다는 가망이 섰을 때 진격하고, 승산이 없다고 생각되면 물러나야 합니다."

五曰, 師徒之衆, 兵甲之精. 六曰, 四隣之助, 大國之援. 凡此不如敵人, 避之勿疑. 所謂見可而進, 知難而退也.

혜시유포(惠施流布) 은혜를 베풀어 고루 미치게 함.

상신(賞信) 공 있는 자에게 거기 알맞은 상을 내림.

형찰(刑察) 죄를 지은 자에게 벌을 내림을 밝게함.

발필득시(發必得時) 발령하는 것을 알맞은 때에 함.

진공거열(陣功居列) 공 있는 자를 밝혀 조신의 자리에 앉힘.

임현사능(任賢使能) 현자와 유능한 자를 적재적소에 앉힘.

사도지중(師徒之衆) 병력이 많음.

병갑지정(兵甲之精) 군대와 무기가 정예함.

물의(勿疑) 의심할 것 없음. 주저할 것 없음.

외관外觀으로 적을 아는 법

무후가 오자에게 물었다. "나는 적의 외관을 보고 그 실력을 통찰하고, 그 행군하는 것을 보고 그 정지함을 헤아려 승부를 결정하려 하오. 이에 대해 이야기해주오."

武候問曰, 吾欲觀敵之外, 以知其內, 察其進, 以知其止,
以定勝負, 可得聞乎.

그러자 오자가 이렇게 대답하였다. "적이 진격해올 때, 침착하지 못하지 못하며 깃발이 난잡하게 펄럭이고 인마가 전후좌우를 힐끔힐끔 살피면, 이것은 적이 싸울 마련이 서지 않은 소치이므로 혼자서 열 명의 적을 무찌를 수 있을 것입니다.

起對曰, 敵人之來, 蕩蕩無慮, 旌旗煩亂, 人馬數顧, 一可擊十,

또 적이 아직 다른 나라와 동맹을 맺어 제휴하지 않았고, 군신이 화합되지 않고, 진지의 구축이 아직 완전히 되어있지 않으며, 전군이 두려움에 떨어 앞으로 용감히 진격해 나가지 못하고, 뒤로 신속하게 퇴각해가지도 못할 경우에는 절반의 병력으로 갑절이나 되는 적을 공격하여 백 번을 싸워도 위태로울 것이 없습니다."

必使無措. 諸候未會, 君臣未和, 溝壘未成, 禁令未施, 三軍洶洶,
欲前不能, 欲去不敢, 以半擊倍, 百戰不殆.

탕탕(蕩蕩) 동요하는 모양. 경솔하게 행동하는 모습.

번란(煩亂) 어지러이 흩날림.

삭고(數顧) 자주 좌우를 돌아봄.

필사무조(必死無措) 틀림없이 어찌 할 바를 모르게 할 수 있음.

미회(未會) 회합하지 않았음. 즉 동맹을 맺지 않았음.

군신미화(君臣未和) 군신간의 화합이 되어있지 않음.

구루(溝壘) 진지를 만들음.

흉흉(洶洶) 두려워 떠는 모양.

불태(不殆) 위태하지 않음.

❈ 적의 허를 찔러라

무후가 오자에게 물었다. "어떤 경우에 반드시 적을 공격해야 하는가."

武侯門, 敵必可擊之道.

오자는 이렇게 대답 하였다. "군사를 지휘할 때 무엇보다도 명심해야 할 것은 적의 전투태세가 충분한가, 또는 허점이 많은가를 상세히 알아본 연후에 약점을 공격해야 합니다.

起對日, 用兵必須審敵虛實, 而趨其危.

적이 먼 곳에서 방금 도착하여 대형隊形이 아직 안정되어 있지 않을 경우에 는 공격해야 합니다.

敵人遠來新至, 行列未定, 可擊.

식사를 마치고 나서 아직 전투 준비가 되어있지 않을 경우에 공격해야 합니다.

旣食未設備, 可擊.

적이 전속력으로 달음박질을 하여 숨이 차서 헐떡일 경우에는 공격해야 합니다.

奔走可擊.

어떤 작업에 전력을 다 하여 피로를 느낀 적은 공격해야 합니다.

勤勞可擊.

아직 지리적地理的으로 불리한 처지에 있는 적은 공격해야 합니다.

未得地利可擊.

좋은 기회를 놓친 적은 공격해야 합니다.

失時不從, 可擊.

먼 길을 행군하여 선착부대는 쉬고 있는데, 후속부대는 아직 휴식을 못한 적은 공격해야 합니다.

涉長道, 後行未食, 可擊.

강을 건너고 있는 적은 공격해야 합니다.

涉水半渡, 可擊.

험한 길과 비좁은 오솔길을 가는 적은 공격해야 합니다.

險道狹路, 可擊.

적의 군기軍旗가 난잡하게 흔들릴 때는 공격해야 합니다.

旌旗亂動, 可擊.

적의 진지陣地가 자주 이동될 때에는 공격해야 합니다.

陳數移動, 可擊.

장수와 병졸이 멀리 떨어져 연락이 잘되지 않는 적은 공격해야 합니다.

將離士卒, 可擊.

공포심에 떠는 적은 공격해야 합니다.

必怖可擊.

이 모든 적에 대해서는 우리의 정예부대를 선발하여 그 허점을 공격하되,
병력을 나눠서 계속 진격하여 지체없이 속공速攻을 가해야 합니다.”

凡若此者, 選銳衝之, 分兵繼之, 勿擊勿疑.

허실(虛實) 허술한 것과 충실한 것.

추기위(趨其危) 약점을 향해 공격 함.

설비(設備) 대비를 함. 전투태세를 갖춤.

지리(地利) 지리적으로 유리한 곳. 즉 적이 공격하기는 어렵고, 이쪽에서 공격이나 방어하기에
좋은 곳.

반도(半渡) 강을 반쯤 건넘.

삭(數) 자주.

선예(選銳) 정예를 선발 함.

충지(衝之) 이를 찌름.

계지(繼之) 잇달아 함.

물의(勿疑) 의심할 것 없이. 주저할 것 없음.

03

치병治兵

치병治兵은 군대를 다스리는 것을 말한다. 오자는 용병用兵의 근본은 치병에 있다고 주장하고 군을 다스림에 있어서는 합리적合理的인 방법이어야 한다고 말한다. 사졸의 훈련을 철저히 한다거나, 교육하는 방법에 대해서는 육도의六韜 내용에서 크게 벗어나지 않고 있다. 이편에서는 무엇보다도 장수將帥된 자의 결단력이 중요하다는 것을 역설했고, 사졸의 교육과 그리고 결속을 또 군을 다스림에 신상필벌信賞必罰을 분명히 하고 장병간의 긴밀한 협동, 절도 있는 진퇴進退와 적재적소에 군의 배치, 보급의 원활 등을 논하였다.

※ 부하를 다스리는 길

무후가 오자에게 물었다. "용병에 있어서 제일 먼저 할 일은 무엇이오?"

武候問曰, 用兵之道. 何先.

오자가 대답 하였다. "우선 사경과 이중과 일신을 분명히 해야 합니다."

起對曰, 先明四輕二重一信.

"그것은 무엇을 말함이요?" 하고 무후가 묻자,

曰, 何謂也.

"사경이란, 땅은 말을 가볍게 여기고, 말은 수레를 가볍게 여기며, 수레는 사람을 가볍게 여기고, 사람은 전쟁을 가볍게 여기도록 하는 것입니다.

對曰, 使地輕馬, 馬輕車, 車輕人, 人輕戰.

지세地勢의 평탄하고 험함을 잘 알고 험한 곳을 피해 간다면 말은 수월히 달리게 되므로 땅은 말이 달리는 것을 무겁게 여기지 않습니다.

明地險易, 則地輕馬,

제때에 말에게 먹이를 주면 말은 힘이 넘쳐 수레 끄는 것을 힘들게 여기지 않습니다. 수레의 축에 기름이 충분하면, 수레바퀴가 잘 돌아 수레는 사람을 태우는 것을 무겁게 여기지 않습니다.

芻秣以時, 則馬輕車, 膏鐗有餘, 則車輕人.

무기의 성능이 좋고 갑옷이 견고하면, 병사는 싸움을 두렵게 여기지를 않습니다. 그리고 용감하게 진격하여 잘 싸우는 자에게 상을 주고, 비겁하게 도망치는 자에게 무거운 형벌을 가할 일입니다.

鋒銳甲堅, 則人輕戰. 進有重賞, 退有重刑.

그리하여 이것을 어디까지나 믿음직스럽게 행해야 할 일입니다. 이 두 가지를 2중 1신이라고 합니다. 능히 이것을 살펴 이 이치에 통달하면 반드시 승리를 거둘 것입니다."

行之以信, 審能達此, 勝之主也.

사지경마(使地輕馬) 땅으로 하여금 말을 가볍게 여기게 함. 즉 수레가 잘 구름.
험이(險易) 지세가 험하고 평탄함.
추말(芻秣) 말의 먹이. 먹이로 주는 풀과 곡식.
고간(膏鐗) 고는 기름, 간은 차축.
봉예갑견(鋒銳甲堅) 무기가 예리하고 갑옷이 튼튼함.
진유중상(進有重賞) 용감하게 공격하여 공을 세운 자에게 상을 후하게 줌.
퇴유중형(退有重刑) 싸우지 않고 도망간 자에게 중형을 내림.
행지이신(行之以信) 이를 행함에 믿음으로써 함. 공정하게 함.

❖ 승리의 요건

무후가 오자에게, "전쟁은 무엇으로 승리를 얻을 수 있소?"하고 묻자,

武候問曰, 兵何以爲勝.

오자의 대답은, "군사를 잘 다스려야 승리를 얻을 수 있습니다."

起對曰, 以治爲勝.

무후가 다시, "그것은 병력의 다수에 달려있지 않을까?"하고 묻자,

又問曰, 不在衆乎.

오자는 "만일 법도와 명령계통이 분명히 서 있지 않고, 상벌을 엄정히 하지 않으면, 징을 쳐 멈추라는 명령에도 멈추지 않고, 북을 울려 전진하라는 명령을 내려도 앞으로 나아가지 않습니다.

起對曰, 若法令不明, 賞罰不信, 金之不止, 鼓之不進,

이러한 병사가 백만이 있은들 무슨 소용이 있겠습니까? 잘 다스려진 군사란 평소에 상하의 예절에 밝고, 유사시 위력을 발휘하며, 일단 진격을 시작하면 어떠한 적도 이에 대항할 수 없으며, 후퇴할 때는 어떠한 적도 그 뒤를 쫓을 수 없습니다.

雖有百萬, 何益於用. 所謂治者, 居則有禮, 動則有威, 進不可當, 退不可追,

이와같이 진격과 후퇴에 절도가 있고, 어디를 가거나 지휘에 잘 순응하며, 설사 대열의 사이가 벌어지는 한이 있더라도 진용이 흩어지지 않고, 또 산개되어도 대열을 그대로 유지합니다.

前却有節, 左右應麾, 雖絕成陣, 雖散成行, 與之安,

장군과 사졸이 안위를 함께 하고, 하나로 굳게 뭉쳐 흩어지지 않으며, 싸움에서 피로를 느끼지 않으며, 어떠한 처지에 놓이든지 천하에 이를 대항할 자가 없는 군사를 가리켜 〈부자의 병(父子의 兵)〉이라 할 수 있습니다."

與之危, 其衆可合, 而不可離, 可用不可疲, 投之所往, 天下莫當.
名曰父子之兵.

금지부지(金之不止) 징을 울려도 멈추지 않고 계속 전진함.

고지부진(鼓之不進) 북을 울려도 전진을 하지 않음. 고대 전법에서는 전진을 신호로 북을 울리고, 퇴각의 신호로 금속 타악기를 울렸음.

진불가당(進不可當) 진격해 들어가면 적이 당해내지를 못함.

전각(前却) 전진과 퇴각.

좌우응휘(左右應麾) 좌우 어느 쪽이나 지휘에 따라 움직임.

성행(成行) 행오를 이룸.

가합이불가리(可合而不可離) 하나로 합쳐서 이를 분리할 수 없음.

가용이불가피(可用而不可疲) 아무리 싸워도 피로하게 할 수 없음.

부자지병(父子之兵) 장교와 부하가 부자지간처럼 사랑과 존경으로 뭉침.

※ 행군의 3원칙

오자가 이렇게 말했다. "언제나 행군의 원칙은 무엇보다도 전진前進하고 정지停止하는 절도節度를 지켜야 하고, 음식飮食을 알맞게 보급補給해 주어야 하며, 병사兵와 말馬의 힘이 지치지 않게 해야 합니다. 이 세 가지는 장수의 지휘가 적절해야만 이루어지는 것입니다. 그러므로 장수의 지휘가 적절하면 군대가 잘 다스려지는 것입니다.

吳子曰, 凡行軍之道, 無犯進止之節, 無失飮食之適, 無節人馬之力.
此三者, 所以任其上令. 任其上令, 則治之所由生也.

이와 반대로 전진과 정지의 절도가 깨어지고 음식의 보급이 적당치 못하
며 말이 지치고 병사가 피로하여도 무장을 풀고 휴식을 취하게 하지 않는다면
이는 장수의 지휘가 적당치 못하다는 것입니다. 이와같이 장수의 지휘가 원칙
에 어긋나 있으면 평소에도 질서가 문란하고, 전투에 임하면 패하게 마련입
니다.”

若進止不度, 飮食不適, 馬疲人倦, 而不解舍, 所以不任其上令.
上令旣廢, 以居則難, 以戰則敗.

행군지도(行軍之道) 행군의 원칙.
진지지절(進止之節) 전진할 때 전진하고 정지할 때 정지하는 절도.
음식지적(飮食之適) 음식을 과하거나 부족하지 않게 줌.
임기상령(任其上令) 상관의 명령이 적절함.
부도(不度) 절도가 없음.
해사(解舍) 무장을 풀고 쉬게 함.
불임(不任) 적절하지 않음.
이거즉난(以居則難) 질서가 문란.
폐(廢) 폐지됨. 실시하지 않음.

❄ 죽음을 각오한 자는 산다

오자는 이렇게 말하였다. “무릇 싸움터란 시체가 사방에 뒹구는 곳입니다.
죽음을 각오하면 살고, 삶에 애착을 가지면 죽는 법입니다.

吳子曰, 凡兵戰之場, 止屍之地. 必死則生. 幸生則死.

자고로 유능한 장수는 물이 새어 들어오는 배에 앉아있는 것 같으며, 또는 불붙는 집안에 있는 것과 같아서, 언제나 죽음을 각오하고 있는 것입니다.

其善將者, 如坐漏船屋之中, 伏燒屋之下

그러므로 적의 아무리 뛰어난 전략가도 감히 대전하지 못하며, 또 적의 아무리 용감한 장수가 적개심에 불타더라도 능히 이를 당해내지 못하는 것입니다.

使智者不及謀, 勇者不及怒, 受敵可也.

용병에 있어서 가장 큰 폐단은 어찌할 바를 몰라 머뭇거리며 결단을 내리지 못하는 것입니다. 전군을 비극에 몰아넣는 재앙은 이와같이 의혹이 앞서 과단성이 결핍되는 것에서 비롯되는 것입니다."

故曰, 用兵之害, 猶豫最大, 三軍之災, 生於狐疑.

___

지시지지(止屍之地) 시체가 머무는 곳.
필사즉생(必死則生) 죽음을 각오하면 산다.
행생즉사(幸生則死) 살기를 바라면 죽음.
지자(知者) 지혜가 있는 사람. 여기서는 지모가 있는 전략가.
수적(受敵) 적을 막아냄.
유예(猶豫) 망설이고 결단을 내리지 못함.
호의(狐疑) 여우의 의혹. 여우는 의심이 많아 얼음판을 지날 때면 귀를 기울여 밑에서 흐르는 물소리가 들리지 않아야 건넌다고 함.

※ 훈련을 철저히 시켜라

오자는 이렇게 말하였다. "전사하거나 패배하는 것은 그 나름대로의 원인이 있습니다.

吳子曰, 夫人常死其所不能,

즉 슬기롭지 못하였기 때문에 전사하고, 병기조작이나 진퇴에 능하지 못하였기 때문에 패배합니다. 그러므로 용병에 있어서는 우선 교육과 훈련부터 충실히 해야 합니다.

敗其所不便. 故用兵之法, 敎戒爲先.

한 사람이 전법을 배우면 그가 열 명의 군사에게 가르치고, 열 명이 전법을 배웠으면, 백 명의 군사에게 가르치고, 백 명이 전법을 배웠으면 천 명에게 가르치고 그 천 명은 만 명의 군사에게 병법을 가르치도록 하면 전군은 무난히 교육시킬 수 있습니다.

一人學戰, 敎成十人. 十人學戰, 敎成百人. 百人學戰, 敎成千人.
千人學戰, 敎成萬人. 萬人學戰, 敎成三軍.

가까이 진을 치고, 멀리서 쳐들어오는 적을 기다리며, 여유있게 적의 피로할 때를 기다리고, 우군은 배불리 먹고 적이 배고파할 때를 기다릴 일입니다. 이러한 병법도 평소에 훈련이 되어 있어야 실시할 수 있습니다.

以近待遠, 以佚待勞, 以飽待饑.

둥글게 진을 치는가 하면 네모꼴로 진을 치기도 하고, 앉아있는가 하면 곧 일어나 있으며, 행진하는가 하면 정지하고, 왼쪽으로 도는가 하면 오른쪽으로 돌고, 진격하는가 하면 후퇴하고, 분산하는가 하면 집결하며, 집결하는가 하면 분산하는 모든 방법을 훈련시켜야 합니다. 이것을 충분하게 사병들에게 가르치는 것이 지휘관의 할 일입니다."

圓而方之, 坐而起之, 行而止之, 左而右之, 前而後之, 分而合之, 結而解之. 每變皆習, 乃授其兵, 是謂將事.

불능(不能) 능하지 못함. 슬기가 모자람.

불편(不便) 익숙하지 못함.

교계(敎誡) 가르쳐 깨우쳐 줌.

이근대원(以近待遠) 가까이에서 전투태세를 갖추고 멀리서 오는 적을 대기하고 있음.

이일대로(以佚待勞) 편안히 있으면서 적이 피로할 때를 기다림.

원이방지(圓而方之) 진을 원으로 했다가 다시 네모꼴로 만들음. 즉 지휘관의 명령에 따라 신속히 그 형태를 자유자재로 변형시킴을 말함.

장사(將事) 장수의 할 일.

적재적소에 배치하라

오자가 말하였다. "전투의 기술을 가르치는 방법은 반드시 군사의 지능에 따라 적합한 임무를 맡겨야 합니다.

吳子曰, 敎戰之令,

키가 작은 병사에게는 창을 갖게 하고, 키가 큰 군사에게는 활을 갖게 하며, 힘이 센 병사에겐 군기를 들게 하고. 용맹이 있는 병사에게는 신호용 징이나 북을 갖게 합니다.

短者持矛戟, 長者持弓弩, 强者持旌旗, 勇者持金鼓,

힘이 약한 병사에게는 잡역을 시켜야 하고, 지혜가 있는 병사는 참모를 시켜야 합니다. 그리고 동향 출신자에게는 서로 친하게 하고, 같은 부대의 병사들은 서로 협조하게 해야 합니다.

弱者給廝養, 智者爲謀主. 鄕里相比, 什伍相保,

한 번은 북을 울려 병기를 정돈하고, 두 번 북을 울려 대형을 훈련시키고, 세 번 북을 울려 식사를 시키고, 네 번 북을 울려 무장을 갖추게 하고, 다섯 번 북을 울려 대열을 정렬시켜야 합니다.

一鼓整兵, 二鼓習陣, 三鼓趨食, 四鼓嚴辨, 五鼓就行,

이와같이 하여 각 부대의 북소리가 일치된 연후에 아군의 군기를 들어야 합니다."

聞鼓聲合, 然後擧旗.

───

령(令) 법. 법칙.

모극(矛戟) 창.

궁노(弓弩) 활. 노는 쇠뇌, 여러 개의 화살이나 돌을 쏘는 큰 활.

금고(金鼓) 신호로 사용하는 징이나 북.

시양(廝養) 잡역부. 시는 나무를 해오는 자, 양은 밥 짓는 자.

이고습진(二鼓習陣) 북을 두 번 쳐서 진을 훈련함.

모주(謀主) 참모.

상비(相比) 서로 가까이 지냄.

십오(什伍) 열 명이나 다섯 명이 짝지은 조.

정병(整兵) 무기를 정돈함.

습진(習陣) 군사훈련을 익힘.

엄판(嚴辨) 행군의 장비를 갖춤.

취행(就行) 행군에 나아가 대열에 섬.

고성합(鼓聲合) 북소리가 일치함.

거기(擧旗) 군기를 들어 행군의 신호를 함.

✵ 진군進軍의 법칙

무후가 오자에게 물었다. "3군의 진군과 정지에 어떤 법칙이 있는가?"

武候問日, 三軍進止, 豈有道乎.

오자는 이렇게 대답하였다. "천조天竈와 용두龍頭라고 부르는 지형은 피해야 합니다. 천조란 큰 골짜기의 출입구를 말하며, 용두란 큰 산기슭을 말하는 것입니다. 이러한 곳에 대군을 주둔시키면 적의 기습을 당하기 쉽습니다.

起對日, 無當天竈, 無當龍頭. 天竈者, 大谷之口, 龍頭者, 大山之端

군기軍旗에도 여러 가지 규칙이 있습니다. 즉 청룡기는 왼쪽에, 백호기는 오른쪽에, 주작기는 정면에, 현무기는 후면에, 그리고 소요기는 위에 세우고, 대장은 그 아래서 명령을 내립니다. 바야흐로 싸우려고 할 때에는 바람의 방향을 치밀하게 살피어, 순풍일 때는 큰 소리를 내며 진군하고, 역풍일 때는 진지를 가다듬고 대기해야 합니다.

必左青龍, 右白虎, 前朱雀, 後玄武, 招搖在上, 從事於下,

바야흐로 싸우려고 할 때에는 바람의 방향을 치밀하게 살피어, 순풍일 때는 큰 소리를 내며 진군하고, 역풍일 때는 진지를 가다듬고 대기해야 합니다."

將戰之時, 審後風所從來. 風順, 致呼而從之. 風逆, 堅陣以待之.

━━━

청룡(青龍) 청룡기. 청룡은 동방의 성좌 이름. 청룡기에는 푸른 교룡이 그려져 있으며 진영의 왼쪽에 세움.

백호(白虎) 백호기. 백호는 서방(西方)의 성좌(星座)이름. 백호기에는 백호가 그려져 있으며 진영 오른쪽에 세움.

현무(玄武) 현무기. 현무는 북방(北方)의 성좌(星座)이름. 현무기에는 거북이 그려져 있으며 진영의 정문에 세움.

초요(招搖) 초요기. 초요는 북두칠성의 일곱 번째 별. 이 별을 그린 기는 진영 중앙에 세우고 장수가 그 밑에서 지휘명령을 했음.

심후(審後) 잘 살핌.

치호(治呼) 소리침. 함성을 지름.

대지(待之) 때가 오기를 기다림.

심후풍소종(審後風所從) 바람의 방향을 살핌.

※ 군마軍馬와 부하는 아껴라

무후가 오자에게 물었다. "군마를 사용하는 데 어떤 방법이 있는가?"

武候問曰, 凡畜卒騎, 豈有方乎.

이에 오자는 "말은 본래 잘 놀라는 동물이므로 주위를 조용히 하여 안심을 하게하고, 사료를 적당히 주어 포식하거나 굶주리는 일이 없도록 해야 합니다.

紀對曰, 夫馬必安其處所, 適其水草, 節其饑飽,

여름에는 서늘하게 해 줍니다. 털과 갈기는 자주 잘라서 짧게 하고, 조심스럽게 네 개의 발굽을 깎아주며, 눈과 귀를 보호하여 놀라지 않게 해야 합니다.

冬則溫廐, 夏則凉廡, 刻剔毛鬣, 謹落四下, 戢其耳目, 無令驚駭.

뛰고 달리고 정지하는 것을 훈련시켜 사람에게 잘 길들인 다음에 실전에 사용하도록 해야 합니다. 마구, 즉 안장이나 굴래, 재갈, 고삐 등은 튼튼한 것으로 만들어 둘 일입니다.

習其馳逐, 閑其進止, 人馬相親, 然後可使. 車騎之具, 鞍勒銜轡, 必令堅完.

말은 나중에 피로를 느끼는 것이 아니라, 처음 달릴 때 피로를 느끼고, 굶주렸을 때보다 포식했을 때 더 축이 가며, 더위를 더 타는 법입니다.

凡馬不傷於末, 必傷於始. 不傷於饑, 必傷於飽, 不傷於寒, 不傷於署,

날이 저물고 길이 먼 경우에는 때때로 말에서 내려 피로를 덜어주어야 합니다. 차라리 사람에게는 과로를 시키더라도 말에게 과로를 시켜서는 안 됩니다. 언제나 말에게 여력을 갖게 하여 우세한 적의 습격에 대비해야 합니다. 이 점에 대하여 분명히 알고 있는 자는 천하를 주름잡을 수 있을 것입니다."

日暮道遠, 必數上下. 寧勞於人, 慎勿勞馬. 常令有餘, 備敵覆我,
能明此者, 橫行天下.

———

축졸기(畜卒騎) 군마를 기름.

기포(饑飽) 굶주림과 지나치게 포식함.

구(廏) 마굿간.

무(廡) 처마. 우리.

각척모렵(刻剔毛鬣) 털과 갈기를 깎음.

사하(四下) 네 개의 말발굽.

즙(戢) 거둠. 보호함.

무령경해(無令驚駭) 놀라지 않게 함.

한(閑) 연습시킴.

안륵함비(鞍勒銜轡) 안장, 굴레, 고삐, 재갈 등의 마구.

필삭상하(必數上下) 반드시 자주 내렸다 탔다 해야 함.

상령유여(常令有餘) 항상 말로 하여금 여력이 있게 함.

비적복아(備敵覆我) 적이 나에게 공격해 옴을 대비함.

04

논장論將

〈논장論將〉이란 한 장군으로서의 자격과 도道를 논한 것이다. 장수는 국가를 지키는 막중한 임무를 부여받은 사람이다. 장수의 자질이 부족한 사람이 국가의 방위를 책임졌다면 그 국가는 위험에 처해 있다고 봐야 될 것이다. 용기만 있어도 안 되고 무모한 결단력의 소유자도 안 된다. 무모한 용기와 결단력은 군대를 위험에 빠뜨린다. 장수는 지모와 위엄과 덕망과 용기와 자애로운 기질을 가진 사람이 적격이라고 할 것이다. 충분한 자격의 장수가 내린 결단이나 용기는 병사들이 신뢰하고 목숨을 바쳐서라도 충성을 할 것이다. 현장賢將을 얻으면 국가는 부강해지고 졸장을 임명하면 국가는 위태로워진다. 이편은 이를테면 지도자론指導者論이라 하겠다.

※ 장군의 5계五戒

오자는 말했다. "문무文武를 아울러 지녀야만 일군一軍의 장將으로서의 자격이 있는 것입니다. 그리고 강유剛柔의 양면을 갖추어야만 훌륭한 용병用兵이라고 할 수 있습니다.

吳子曰, 夫總文武者, 軍之將也, 兼剛柔者, 兵之事也.

흔히 사람들이 한 장수에 대하여 논할 때, 용기라는 관점에서만 보기 쉽습니다. 그러나 용기는 장수로서 갖추어야 할 조건의 하나에 불과합니다. 용기 있는 자는 힘만 의지하고 경솔하게 적과 대결하려는 경향이 있습니다. 이와같이 경솔하게 대결하려는 까닭에 큰 이득을 간과하면 결코 훌륭한 장수라 할 수 없습니다. 그러므로 일군의 장수로서 명심해야 할 것이 다섯 가지 있습니다.

凡人論將, 常觀於勇, 勇之於將, 乃數分之一爾耳. 夫勇者必經合, 經合
而不知利, 未可也. 故將之所慎者五

첫째 관리理 둘째 준비備, 셋째 결의果, 넷째 경계심戒, 다섯째 간소화約가
그것입니다.

一曰理, 二曰備, 三曰果, 四曰戒, 五曰約.

〈리理〉란 많은 병사를 마치 적은 병사들 같이 철저히 하는 것입니다. 〈비備〉
란 문 밖에 한 발짝만 나가면 곳곳에 적이 있는 줄 알고 대처하는 것입니다.
〈과果〉란 적과 싸울 때 이미 살려는 생각을 버리는 것입니다. 〈계戒〉란 승리하
여도 서전緒戰 때처럼 긴장을 풀지 않는 것입니다. 〈약約〉이란 형식적인 규칙
이나 명령을 생략하여 간소화 하는 것입니다.

理者, 治衆如治寡. 備者, 出門如見敵. 果者, 臨敵不懷生.
戒者, 雖克如始戰. 約者, 法令省而不煩,

일단 출전 명령을 받으면 집에 들르지 않고 직접 출격出擊하여, 적을 이기
고 나서 돌아옴을 알리는 것이 장수로써 참된 예의입니다. 그러므로 출전할
경우에는 명예로운 죽음은 있어도 수치스런 삶이란 있을 수 없는 것입니다."

受命而不辭家, 敵破而後言返, 將之禮也. 故師出之日, 有死之榮,
無生之辱.

<hr>

총(總) 겸함.
병지사(兵之事) 용병하는 일.
이(耳) 뿐.
경합(經合) 경솔하게 대결함.
치중(治衆) 많은 군사를 다스림.

불회생(不懷生) 삶을 생각지 않음.

사가(辭家) 집에 들러 인사함.

언반(言返) 돌아옴을 알림.

사출지일(師出之日) 군대가 출정하는 날.

사지영(死之榮) 용감히 싸우다 죽는 명예의 전사.

생지욕(生之辱) 패주하여 사는 치욕.

✖ 양장良將의 자격

오자는 이렇게 말하였다. "전쟁에는 네 가지 요건이 갖추어져야 합니다.

吳子曰, 凡兵有四機,

첫째는 전투정신(기기氣機)이고, 둘째는 지세(지기地機)이고, 셋째는 적지교란(사기事機)이고, 넷째는 전투준비(역기力機)입니다.

一曰氣機, 二曰地機, 三曰事機, 四曰力氣.

3군의 백만대군이 움직이더라도 그 활동력이 강하고 약함은 오직 대장 한 사람에게 달려 있으며, 따라서 이것을 기기氣機라고 합니다.

三軍之衆, 百萬之師, 張設輕重, 在於一人, 是謂氣機,

길이 좁고 험하며 높은 산이 앞을 가로막는 좋은 지세를 이용하면, 설사 열 명의 군사라도 천 명의 적군을 격퇴시킬 수 있는 것입니다. 이것을 지기地氣라고 합니다.

路狹道險, 名山大塞, 十夫所守, 千夫不過, 是謂地機.

그리고 첩보활동을 교묘히 하고, 기동부대를 출동시켜 병력을 분산시키거나, 적의 내부대립을 조장하여 군신을 반목케 하고, 상하의 대립을 유도하는 것은 사기事氣라고 합니다.

善行間諜, 輕兵往來, 分散其衆. 使其君臣相怨, 上下相咎, 是謂事機.

또한 병거兵車를 잘 간수하고, 배는 노나 키를 잘 사용할 수 있게 하며, 병졸을 충분히 훈련시키고, 말을 잘 달리도록 길들게 하는 것을 역기力氣라고 합니다.

車堅管轄, 舟利櫓楫, 士習戰陣, 馬閑馳逐, 是謂力機.

그런데 이것만으로 부족합니다. 장수는 부하를 잘 통솔하여 우군을 안심시키며, 적을 불안에 떨게 하고 장병들의 의혹을 풀어주며, 일이 벌어졌을 때는 정확한 판단을 매릴 수 있는 위엄威과 덕망德과 사랑仁과 그리고 용기勇를 지니고 있어야 합니다.

知此四者, 乃可爲將. 然其威德仁勇, 必足以率下安衆, 怖敵決疑,

명령을 한 번 내리면 부하들이 감히 어기지 못하고, 그가 있으면 적이 감히 덤비지 못하며, 그를 등용하면 나라가 부강해지고, 그가 없으면 나라가 망하는 그러한 인물을 가리켜 훌륭한 장수라고 말하는 것입니다.”

施令而下不敢犯, 所在而寇不敢敵, 得之國强, 去之國亡, 是謂良將.

명산(名山) 유명한 큰 산.

사기(四氣) 네 가지 요건.

장설(張設) 활동의 발견.

대색(大塞) 사방이 둘러막힌 땅.

선행(善行) 잘 행함.

경병(輕兵) 경무장을 한 보병. 기동병력.

상구(相咎) 서로 헐뜯음.

관할(管轄) 수레 바퀴의 축.

노즙(櫓楫) 배 젓는 노와 키.

마한치축(馬閑馳逐) 말이 달리고 쫓고 함을 익힘.

포적(怖敵) 적으로 하여금 두려워하게 함.

결의(決疑) 판단하기 어려운 것에 결단을 내림.

시령(施令) 명령을 내림.

하불감범(下不敢犯) 부하 장졸들이 감히 명령을 어기지 못함.

재(所在) 장수가 있는 곳에는.

득지(得之) 이를 얻음. 즉 양장을 얻음.

거지(去之) 이를 잃음. 양장을 잃음.

❊ 명령은 분명해야 한다

오자가 말하였다. "용병에 있어서 북을 치고 방울을 울리는 것은 귀를 자극하기 위하여 명령에 따르게 하기 위해서입니다.

吳子曰, 夫鼙鼓金鐸, 所以威耳,

깃발은 눈을 자극하여 명령에 따르게 하기 위해서이고, 금령이나 형벌은 마음을 자극하여 명령에 따르게 하기 위해서 필요한 것입니다.

旌旗麾幟, 所以威目, 禁令刑罰, 所以威心.

이와같이 지휘하는 수단은 각각 그 작용에 따르는 목적을 갖고 있습니다. 귀를 자극하는 것은 소리이므로 그 소리는 맑고 분명해야 합니다.

耳威於聲, 不可不淸,

눈을 자극하는 것은 색깔이므로 그 색깔은 밝고, 분명해야 합니다.

目威於色, 不可不明,

마음을 자극하는 것은 형벌이므로 그 형벌은 엄해야 합니다.

心威於刑, 不可不嚴.

이 세 가지가 제대로 되어 있지 않으면 비록 한때는 나라가 지속되더라도 언젠가는 반드시 적에게 패배하고 마는 법입니다.

三者不立, 雖有其國, 必敗於敵.

그러므로 예로부터 이 세 가지가 분명해야 지휘관이 명령을 내리면 부하는 반드시 이에 복종하고, 또 죽음도 돌보지 않고 진격해 나간다고 일러지고 있습니다."

故曰, 將之所麾, 莫不從移. 將之所指, 莫不前死.

━━

비고금탁(鼙鼓金鐸) 비는 말 위에서 사용하는 북, 고(鼓)는 일반 북, 금(金)은 징, 탁(鐸)은 방울. 금탁(金鐸)은 큰 방울처럼 된 것으로, 당시 문사(文事)에는 목탁(木鐸)을 사용하고 군사(軍事)에는 금탁을 사용하였다. 모두 신호용으로 사용하였다.

정기휘치(旌旗麾幟) 정(旌)은 깃대 위에 장식이 붙은 기, 기(旗)는 장군의 표시로 세운 기(흔히 곰과 호랑이를 그렸음). 휘(麾)는 신호기, 치(幟)는 표식(標識)으로 계양하는 기.

위(威) 위복(威服) 즉 자극을 주어 명령에 복종하게 함.

휘(麾) 지휘함.

전사(前死) 용감히 진격하다 죽음.

※ 먼저 적장敵將을 알라

오자는 이렇게 말하였다. "전쟁에 긴요한 것은 우선 적군의 대장이 어떤 사람인가 알아보고, 그 재능을 상세히 관찰하는 동시에 적의 형세에 따라 적당히 대처해 나가는 일입니다. 이렇게 해야만 이쪽에서는 크게 힘들이지 않고도 공적을 올릴 수 있는 것입니다.

吳子曰, 凡戰之要, 必先占其將以察其才, 因其形而用其權. 則不勞而功擧.

적의 대장이 우매하고 남을 잘 믿는 사람일 경우에 는 속여서 유인해냅니다. 탐욕스러워 명예 같은 것을 돌보지 않는 자는 재화로 유인해냅니다. 고지식하여 용병의 변화를 경시하고, 전략이 부족한 자라면 피곤하게 하여 곤경에 이르게 합니다.

其將, 遇而信人, 可詐而誘. 貪而勿名, 可貨而賂. 輕變無謀, 可勞而因.

상관은 부유하고 교만하며, 부하는 가난하고 불평을 갖고 있으면 그 사이를 더욱 이간시키도록 조장합니다.

上富而驕, 下貪而怨, 可離而間.

적장이 우유부단하고, 진퇴에 결단력이 부족하고, 부하가 의지해야 할 중심을 상실하고 있으면 놀라게 하여 도망치도록 해야 합니다.

進退多疑, 其衆無依, 可震而走.

하졸이 대장을 무시하여 과감히 싸우려고 하지 않고, 귀향심에 젖어 있다면 포위하여 도망치기 쉬운 평탄한 장소를 봉쇄하는 동시에 험한 장소를 열어두었다가 섬멸해버립니다.

士輕其將, 而有歸志, 塞易開險, 可邀而取.

적의 진로가 평탄하고 퇴로가 험할 경우에는 전진을 계속하게 하였다가 공격해야 합니다.

進道易, 退道難, 可來而前.

반대로 적의 진로가 험하고 퇴로가 평탄할 경우에는 이쪽에서 공세를 취해야 합니다. 적군이 습한 장소에 있고, 물이 잘 빠지지 않는데 오랜 장마가 계속될 경우에는 홍수전술을 써서 적을 섬멸합니다.

進道險, 退道易, 可薄而擊. 居軍下濕, 水無所通, 霖雨數至, 可灌而沈.

적이 황야에 진을 치고, 잡초나 나무가 무성하고 바람이 잘 불어올 때에는 불을 놓아 섬멸합니다.

居軍荒澤, 草楚幽穢, 風飇數至, 可楚而滅.

적군이 한 곳에 오랫동안 주둔하여 이동하지 않고 장병들이 피로하여 경계를 게을리 할 때에는 불의의 습격을 합니다."

停久不移, 將士懈怠, 其軍不備, 可潛而襲.

――

점(占) 추측하여 헤아림.
형(形) 형세.
권(權) 적당한 임기응변의 조치.
변(變) 변화무쌍한 책략.
진(震) 놀라게 함.
사경기장(士輕其將) 병사들이 자기의 장수를 가볍게 생각함.
귀지(歸志) 귀향심. 향수.
박(薄) 접근하여 공격함.
하습(下濕) 낮은 습지.
림우(霖雨) 오랫동안 계속해서 내리는 비. 장마.
관(灌) 물을 흘려보냄.
황택(荒澤) 거친 평원.

초초(草楚) 잡초와 가시나무.

유예(幽穢) 어두컴컴하게 잡초가 우거짐.

풍표(風飇) 폭풍.

삭지(數至) 자주 이름. 폭풍이 자주 불어닥침.

해태(懈怠) 나태함. 해이해짐.

잠(潛) 잠입해 들어감.

🏵 적장을 아는 법

무후가 물었다. "양군이 서로 대치되어 있지만, 적장에 대해 전혀 모를 경우에 이를 외형으로 알아내는 좋은 방법은 없겠소?"

武候問曰, 兩軍相望, 不知其將, 我欲相之, 其術如何.

오자가 대답하였다. "신분이 낮더라도 용기가 있는 자에게 몇몇 정예의 부하를 딸려 탐색전을 전개하게 합니다.

起對曰, 令賤而勇者, 將輕銳以嘗之,

즉 적이 쳐들어오면 앞서 싸우지 말고 주로 도망을 치도록 일러둡니다. 그리하여 적의 태도를 살피는 것입니다.

務於北, 無務於得. 觀敵之來.

뒤쫓아오는 적이 질서정연하게 도망치는 우리 탐색대를 추격하면서도 일부러 힘에 부치는 듯한 시늉을 하고 싸움에 깊이 말려들지 않으며, 또한 적에게 전투에 유리한 듯이 보여주고 유인하려 해도 모르는 척하며 결코 그 미끼에 걸려들지 않으면, 그 대장은 반드시 지장임에 틀림없습니다. 그러므로 섣불리 상대하여 싸우지 않는 것이 안전합니다.

一坐一起, 其政以理, 其追北佯爲不及, 其見利佯爲不知. 如此將者, 名爲智將, 勿與戰也.

그런데 적병들이 와자지껄 떠들며, 깃발도 난잡하게 흔들며, 상부의 명령 계통이 서지 못하여 병사들이 각자 개인행동하기 일쑤이며, 일부러 쫓기는 우리 정찰대의 뒤를 무작정 추격하는 동시에 목전에 어떤 전리품이라도 눈에 뜨이면 앞을 다투어 뛰어들려고 한다면, 이들을 지휘하는 자는 우장임에 틀림이 없습니다. 적의 병력이 아무리 많아도 이런 적은 쉽사리 무찌를 수 있습니다."

若其衆讙譁, 旌旗煩難, 其卒自行自止, 其兵或從或橫, 其追北恐不及, 見利恐不得, 此爲愚將, 雖衆可獲.

상망(想望) 서로 마주보고 대치함.

상지(相之) 외형으로 실정을 판단함.

강경예이상지(將輕銳以嘗之) 동작이 빠른 정예병을 거느리고 가서 적을 시험함.

무어배(無於北) 도망치는 데 힘씀.

득(得) 이를 얻음. 싸움에 승리함.

일좌일기(一坐一起) 모든 움직임. 일거일동(一擧一動).

기정이리(其政以理) 그 군사의 질서가 정연함.

위양(爲佯) 거짓인 체 함.

훤화(讙譁) 떠들썩하여 시끄러움.

자행자지(自行自止) 마음대로 전진하고 멋대로 정지함.

공불급(恐不及) 쫓아가지 못할까 걱정함. 힘껏 쫓아감.

수중가득(雖衆可得) 비록 대군이라 할지라도 능히 승리할 수 있음.

05

응변應變

응변應變이란 임기응변臨機應變, 즉 조건의 변화에 따라 이에 적응한 대책을 세우는 것을 말한다. 오자는 이편에서 전투를 하는데 있어 지형과 지물 그리고 병기를 어떻게 유효적절하게 이용하여 승리를 거둘 수 있는가, 또 용병을 하는데 지형과 지물을 이용한 복병법과 갑자기 적의 돌병(突兵-갑자기 만난 군대)의 공격을 받았을 때 아군을 상하지 않고 임기응변의 전술로써 적을 무찌르는 지혜와 아군이 적을 기습공격하는 등 전투의 상황에 따라 적절하게 대응하는 방법을 설명하였다. 그리고 점령지에서의 군사적 행동은 어떠해야 하는가를 논하였다. 역시 육도의 내용을 복습하는 감이 없지 않다.

▨ 급습急襲을 받았을 때

무후가 오자에게 물었다. "전차戰車는 견고하고, 군마는 씩씩하며, 장수는 용감하고, 병사는 강한데, 갑자기 적과 부딪쳤기 때문에 혼란을 일으켜 전투 대열이 흩어지는 경우도 있을 텐데, 이럴 때에는 어떻게 하면 좋은가?"

武候問曰, 車堅馬良, 將勇兵强, 卒遇敵人, 亂而失行, 則如之何.

오자가 대답하였다. "무릇 어떤 전법에서나, 낮에는 여러 가지 깃발로 신호를 하고, 밤에는 여러 가지 북이나 징, 피리 등으로 신호를 하기 마련입니다.

吳起對曰, 凡戰之法, 晝以旌旗旛麾爲節, 夜以金鼓笳笛爲節.

깃발을 왼쪽으로 흔들면, 군사들은 왼쪽으로 진군하고, 오른쪽으로 흔들면 오른쪽으로 진군해 나갑니다. 또 북을 치면 진군하고 징을 두드리면 정지

합니다. 피리를 한 번 불면 흩어지고, 두 번 불면 집합하는 등, 각자 명령에 따라서 질서정연하게 하지 않으면 안 됩니다.

麾左而左, 鼓之則進, 金之則止. 一吹而行, 再吹而聚,

만일 명령에 복종하지 않는 자가 있으면 엄벌에 처하도록 합니다. 이렇게 하여 전군이 지시에 잘 복종하여 일선에 뛰는 병사들이 명령대로 움직여 주기만 하면, 적의 기습을 받아도 대열에 혼란이 일어나지 않고, 싸우면 당해낼 강자가 없고, 공격하면 무너지지 않는 적진이 없게 될 것입니다."

不從令者誅. 三軍服威, 士卒用命, 則戰無强敵, 攻無堅陣矣.

차견마량(車堅馬良) 전차는 견고하고 좋은 말.

장용강병(將勇强兵) 용감한 장수 용감한 병사.

졸우적(卒遇敵) 갑자기 만남. 적의 기습을 받음.

실행(失行) 대오(隊伍)를 잃어버림.

번휘(旛麾) 기(旗). 번(旛)은 기폭이 아래로 늘어졌고, 휘(麾)는 지휘용 기(旗).

금지즉지(金之則止) 징을 울리면 즉시 정지함.

절(節) 절도. 지휘의 신호.

가적(笳笛) 피리.

취(聚) 모임. 집합.

불종령자주(不從令者誅) 명령에 복종하지 않는 자는 목을 베어 죽임.

고지즉진(鼓之則進) 북을 치면 전진함.

삼군복위(三軍服威) 3군이 위엄에 복종함. 명령에 복종함.

사졸용명(士卒用命) 병사들이 명령대로 움직임.

무강적(無强敵) 강한 적(敵)공이 없음. 당해낼 강적이 없음.

공무견진(攻無堅陣) 공격함에 굳은 진이 없음. 즉 아무리 견고한 적진이라도 다 격파할 수 있음.

※ 적군의 수가 많을 때

무후가 오자에게 물었다. "만일 적의 병력이 많고 아군의 병력이 적으면 어떻게 하면 좋은가?"

武候問曰, 若敵衆我寡, 爲之奈何.

오자가 답하였다. "적의 상황과 지형을 잘 이용하도록 해야 합니다. 대체로 평탄한 장소는 적이 진격하기에 유리하므로 이런 곳에서는 싸우기를 피하고 험한 곳으로 유도하여 섬멸시켜야 합니다. 이런 곳에서는 적이 행동의 제약을 받아, 10명의 힘이 한 사람 몫의 힘밖에 발휘하지 못하게 될 것입니다.

起對曰, 避地於易, 邀地於阨. 故曰, 以一擊十, 莫善於阨,

10명의 병사로 100명을 격퇴시키는 최선의 방도는 험한 지형에 있다. 그리고 또 천 명의 병력으로써 만 명의 병력을 공략하는 최선의 방법은 높고 험난한 지형을 잘 이용하라는 것입니다.

以十擊百, 莫善於險. 以千擊萬, 莫善於阻.

가령 얼마 되지 않는 병력이 있는데, 갑자기 나타나 좁은 길목에서 징을 치고 북을 울리면, 아무리 적의 병력이 많아도 놀라 소동하지 않을 수 없습니다.

今有少卒, 卒起擊金鳴鼓於阨路, 雖有大衆, 莫不驚動.

그러므로 다수의 병력을 거느린 자는 되도록 평탄한 곳에서 싸우려고 하며 소수의 병력을 거느린 자는 될 수 있는 대로 비좁은 곳에서 적과 싸우려고 한다 라고 말하는 것입니다."

故曰, 用衆者務易, 用少者無隘.

적중아과(敵衆我寡) 적은 많고 아군은 소수임.

피지어이(避地於易) 이런 곳은 싸움을 피함.

요지어애(邀之於阨) 좁고 험한 곳에서 적과 싸움.

피지어이(避地於易) 평탄한 곳에서 적을 피함.

이십격백(以十擊百) 열 명이 백 명을 격파함.

조(阻) 소수의 병졸.

격금명고(擊金鳴鼓) 징과 북을 침.

경동(驚動) 놀라 소동을 일으킴.

중자무이(衆者務易) 많은 부대를 거느린 자는 평탄한 지형에서 싸우려고 함.

소자 무애(少者武隘) 소수는 비좁은 곳에서 싸우려함.

※ 강적强敵과의 대결

무후가 오자에게 물었다. "여기 적군이 있는데 그 수가 많고 용감할뿐더러 큰 산을 등지고 앞에는 험한 지형이 가로놓여 있으며, 바른쪽이 언덕, 왼쪽에는 강이 흐르는 이상적인 요지에 진을 치고 있는데다가 참호는 깊숙하고 보루는 높이 쌓고 강력한 무기로 지키고 있으며, 후퇴할 떼에는 산이 움직이는 것처럼 당당하고, 진군할 때에는 사나운 비바람이 몰아치듯 위세가 있으며, 군량도 넉넉한 듯한 이러한 적과 오래 대결하는 것은 불리하다고 생각되는데 이러한 경우에 어떻게 해야 하는가?"

武候問日, 有師甚衆, 既武且勇, 背大阻險, 右山左水, 深溝高壘,
守以强弩, 退如山移, 進如風雨, 糧食又多, 難與長守, 則如之何.

오자가 대답하였다. "매우 중대한 질문이십니다. 이 경우에는 단순한 전투에 관한 전술론에 의한 것이 아니라, 성인의 지모로써 비로소 승리를 거둘 수 있는 큰 전략문제입니다.

起對日, 大哉問乎. 此非車騎之力, 聖人之謀也.

그러한 적과 대결하려면 병거 천 량, 기마 만 명의 대군을 편성하여 여기에 보병이 가세하게 하여, 이것을 5군으로 나누어 각각 다른 길로 나아가게 합니다. 이렇게 하면 반드시 적은 어리둥절하여 어디서부터 공격해야할지 모를 것입니다. 만일 적이 공격해오지 않고 방위를 튼튼히 할 경우에는 급히 탐색대를 파견하여 그 전략을 탐지하는 동시에 우선 평화적으로 교섭을 합니다.

能備千乘萬騎, 兼之徒步, 分爲五軍, 各軍一衢, 夫五軍五衢, 敵人必惑, 莫之所加. 敵若堅守, 以固其兵, 急行間諜, 以觀其慮.

만일 적이 우리 측의 설득에 응하여 진영을 풀고 퇴거하면 그것으로 족합니다. 그러나 이에 응하지 않고 우리 측 사자의 목을 베고 친서를 불살라 버리면, 다섯 군에 배치한 우리 군사를 풀어 싸우게 합니다.

彼聽吾說, 解之而去, 不聽吾說, 斬使焚書, 分爲五戰.

이 경우에 설사 전투에 승리를 거두게 되더라도 적을 끝까지 추격해서는 안 됩니다. 또 만일 승리를 거두지 못하면 지체 말고 퇴각해야 합니다. 이와같이 짐짓 퇴각하면서 서서히 행진하다가 재빨리 싸우는 기동성이 있어야 합니다.

戰勝勿追, 不勝疾走. 如是佯北, 安行疾鬪,

싸울 때는 일부의 병력을 적의 전면을 저지하고, 다른 병력은 배후를 차단하여, 아군이 소리를 내지 않고 좌우로 적의 허점을 노려 기습합니다. 이와같이 하여 다섯 군대의 우리 군사가 번갈아가며 공격을 가하면 반드시 전투는 유리하게 전개될 것입니다. 이것이 강적을 격파할 수 있는 방법입니다."

一結其前, 一絶其後, 兩軍銜枚, 或左或右, 而襲其處, 五軍交至, 必有其利. 此擊强之道也

배대(背大) 큰 산을 등지고 있음.

조험(阻險) 앞에 험한 지형이 가로막혀 있음.

강노(強弩) 강한 무기. 노는 큰 화살이나 돌을 쏘는 큰 활.

장수(長守) 오래 수비함. 오랫동안 대결함.

거기지력(車騎之力) 병차(兵車) 기마(騎馬)의 힘.

성인지모(聖人之謀) 뛰어난 지략(智略).

천승만기(千乘萬騎) 천 대의 수레(兵車)와 만(萬)의 기병(旗兵).

도보(徒步) 보병.

각군일구(各軍一衢) 각각 다른 길에 진을 침.

막지소가(莫知所加) 가격(加擊)할 바를 모름.

간첩(間諜) 첩자. 사자(使者).

이관기려(以觀其慮) 적의 작전계획을 관찰함. 적의 의사를 타진함. 즉 평화적인 교섭을 함.

참사분서(斬使焚書) 사자를 목 베고 친서를 불사름.

오전(五戰) 다섯 갈래로 전투를 함.

양배(佯背) 거짓 패배함.

안행질투(安行疾鬪) 천천히 가다가 빨리 전투함.

함매(銜枚) 소리 내지 않음.

습기처(襲其處) 적의 허점을 급습함.

교지(交至) 번갈아가며 습격해 들어감.

격강지도(擊强之道) 강한 적을 공격하는 전법.

❋ 궁지에 몰렸을 때

무후가 물었다. "적이 가까이 진군하여 공세를 취하는데, 아군은 퇴각하려 해도 길이 막히고 병사들은 두려워 떨 때의 대책은 무엇인가?"

武候問曰, 敵近而薄我, 欲去無路, 我衆甚懼, 爲之奈荷.

오자가 대답하였다. "그럴 경우에는 이렇게 해야 합니다. 피차의 전력을 비교해보고 그 다과多寡에 따라 적절히 대처해야 합니다. 만일 아군이 수적으로 우세하고 적의 병력이 소수일 경우에는 아군을 적당히 분산시켜 여러 방면으로 진격함으로써 포위망을 뚫고 나가는 공세 전략을 취합니다. 만일 적이 수적으로 우세하고 아군의 병력이 적을 경우에는 4방형四方形으로 진을 치고, 소수의 병력을 유효적절히 활용하여 적과 싸우게 합니다. 이러한 전투태세를 그대로 유지하면서 계속 싸워나간다면, 적이 아무리 많아도 능히 승리를 거둘 수 있을 것입니다."

起對曰, 爲此之術, 若我衆彼寡, 分而乘之, 彼衆我寡, 以方從之, 從之無息, 雖衆可服.

적근이박아(敵近而薄我) 적군이 가까이 쳐들어와 아군을 위협함.
욕거(欲去) 후퇴하려 함.
아중심구(我衆甚懼) 아군 군사들이 몹시 두려워함.
아중피과(我衆彼寡) 아군의 수가 많고 적의 수가 적다.
피중아과(彼衆我寡) 적은 많고 아군은 적다.
분이승지(分而乘之) 여러 부대로 나누어 적을 공격함.
이방종지(以方從之) 방형으로 진을 만들어 대항하게 함.
수중가복(雖衆可服) 많은 수를 굴복시킬 수 있음.

❈ 음지에서 싸울 때

무후가 오자에게 물었다. "만일 계곡에서 적과 마주쳤는데, 부근의 지형은 험하고 적군의 병력은 많고, 아군의 수는 적을 때 어떻게 대처해야 하는가?"

武候問曰, 若遇敵於谿谷之間, 傍多險阻, 彼衆寡我, 爲之奈何.

오자가 말했다. "겹겹이 싸인 언덕, 나무가 우거진 골짜기, 깊은 산, 넓은 늪지에서 적과 마주쳤을 때에는 재빨리 퇴각해야 합니다. 결코 어물어물해서는 안 됩니다. 만일 높은 산이나 깊은 골짜기에서 갑자기 적과 마주쳤을 때에는 북을 치고 함성을 지르면서 적을 놀라게 하고, 이와 때를 같이하여 활을 쏘아 적을 죽이기도 하고 사로잡기도 하여야 합니다.

起對日, 遇諸丘陵林谷深山大澤, 疾行亟去, 勿得從容. 若高山深谷,
卒然相遇, 必先鼓譟而乘之, 進弓與弩, 且射且虜,

이때 질서있게 행동하는가 혹은 대열이 흩어져 있는가를 상세히 관찰하여, 만일 그 대열이 흩어져 있으면 즉시 격파해야 합니다. 조금도 주저해서는 안 됩니다. 그리고 만약 적이 질서있게 과감히 분전한다면 다시 책략을 써서 적진을 교란시킬 일입니다."

審察其政, 亂則擊之勿疑.

우적(遇敵) 적군을 만남.
방다험조(傍多險阻) 주변의 지세 모두 험준함.
제(諸) 무릇.
질행극거(疾行亟去) 빨리 행군하여 급히 후퇴함.
종용(從容) 어물어물 함.
졸연(卒然) 졸지에 갑자기.
고조(鼓譟) 북을 울리고 떠들썩함.
승지(乘之) 이 기회를 틈탐.
차사차로(且射且虜) 적군을 쏘기도 하고 잡기도 함.
심찰기정(審察其政) 적군이 정세를 살핌.
물의(勿疑) 주저할 것 없이.

✳ 골짜기에서 싸울 때

무후가 오자에게 물었다. "좌우에 높은 산이 있는 매우 협소한 곳에서 갑자기 적을 만나 이를 공격하려고 하여도 마음껏 공격할 수 없고, 퇴각하려고 하여도 뜻대로 되지 않을 때에는 어떻게 해야 하는가?"

武候問曰, 左右高山, 地甚狹迫, 卒遇敵人, 擊之不敢, 去之不得, 爲之奈何.

오자는 이렇게 대답하였다. "이것을 소위 곡전谷戰이라고 합니다. 곡전에서는 병력이 아무리 많더라도 쓸모가 없습니다. 그러므로 유능한 소수의 정예 병사를 골라 적과 싸우게 하는 것이 상책입니다.

起對曰, 此謂谷戰, 雖衆不用. 募吾材士與敵相當.

발이 빠른 정예에게 예리한 무기를 주어 선공대로 진격하게 하고, 병거兵車나 기병은 분산시켜 사방에 숨겨놓고 적당한 간격을 두어 적의 눈에 잘 띄지 않게 합니다.

輕足利兵, 以爲前行, 分車列騎, 隱於四旁, 相去數里, 無見其兵,

적은 이쪽의 전략을 모르기 때문에 진지를 견고히 하고 진격도 후퇴도 하려고 들지 않을 것입니다. 그렇게 되면 깃발을 들고 행진하여 산골짜기를 빠져나와 진을 칩니다. 적은 깜짝 놀랄 것입니다. 이때 숨겨 놓은 병거와 기병으로써 여유를 주지 않고 도전합니다. 이것이 곡전법谷戰法입니다."

敵必堅陣, 進退不敢. 於是出旌列, 行出山外營之, 敵人必懼, 車騎挑之, 勿令得休, 此谷戰之法也.

협박(狹迫) 비좁음.
졸우(卒遇) 갑자기 만남.

곡전(谷戰) 골짜기에서 하는 전투.

재사(材士) 유능한 병사.

상당(相當) 마주 싸움.

이병(利兵) 예리한 무기.

상거(相去) 서로 떨어진 사이.

무현(無見) 모습을 나타나지 않게 함.

출정열패(出旌列佩) 기를 들고 나와 죽 늘어섬. 패는 여러 가지 색의 기.

영지(營之) 진을 침.

도지(挑之) 적을 공격함. 도전함.

물령득휴(勿令得休) 적으로 하여금 시간적 여유를 갖지 못하게 함. 즉 적에게 여유를 주지 않음.

※ 강江에서 싸울 때

무후가 오자에게 물었다. "적과 수변에서 만나 병거 바퀴는 물속에 들어가서 멍에 채 끝까지 물속에 빠져, 병거도 기병도 물에 잠기게 생겼는데 타고 건너 갈 배는 마련되지 않아, 진퇴유곡에 빠져있을 때는 어떻게 해야 좋은가?"

武候問曰, 吾與敵相遇大水之澤, 傾輪沒轅水薄車騎, 舟楫不設進退不得, 爲之奈何.

오자가 답하였다. "이것을 수전이라고 합니다. 병거나 기병은 기동력이 그 성능을 발휘하지 못할 경우에는 이를 사용하려고 애써도 아무 소용이 없습니다.

起對曰, 此謂水戰無用車騎,

일단 그것을 옆에 대기시켜 놓습니다. 그리고 나서 대장 자신이 높은 곳에 올라가 사방을 살펴봅니다. 거기서 그는 수변에서는 알 수 없던 대국적인 지형을 알 수 있을 것입니다.

且留其傍登高四望, 必得水情.

물가의 어디가 넓고, 어디가 비좁으며, 어디가 얕고, 어디가 깊은지 충분히 살펴보고 확인한 연후에 기계를 써야 승리할 수 있을 것입니다. 적이 만일 물을 건너면 절반쯤 왔을 때 갑자기 이를 공격할 일입니다."

知其廣狹盡其淺深, 乃可爲奇以勝之. 敵若絶水半渡而薄之.

대수지택(大水之澤) 큰 강가의 늪지대.

경륜몰원(傾輪沒轅) 바퀴가 기울어지고 수레의 끌채가 물에 잠김.

수박거기(水薄車騎) 물이 수레와 말을 위협함.

주집불설(舟楫不設) 배와 노가 준비되어 있지 않음.

무용(無用) 쓸모가 없음.

차류(且留) 잠간 머물러 둠. 잠간 버려둠.

수정(水情) 물의 사정.

위기(爲奇) 기계를 씀

절수(絶水) 물을 건넘.

박지(薄之) 적을 공격함.

❈ 장마가 계속될 때

무후가 오자에게 물었다. "오랫동안 장마가 계속되어 말은 진창에 빠지고 병거는 앞으로 달릴수 가 없어 곤경에 놓여있는데, 사방에서 적의 습격을 받게 되어, 전군이 동요 하고 있을 때는 어떻게 하면 좋은가?"

武候問曰, 天久連雨, 馬陷車止, 四面受敵, 三軍驚駭, 爲之奈何.

오자가 대답하였다. "병거를 사용하려면 원칙을 따라야 합니다. 비가 와서 땅이 질퍽하여 자유롭게 행동할 수 없을 경우에는 정지하고, 날씨가 좋고 땅이 말라서 자유롭게 움직일 수 있을 때에 행동해야 합니다. 이 경우에 되도록 높은 지대를 택하고 낮은 지대는 피할 일입니다.

起對曰, 凡用車者, 陰濕則停, 陽燥則起, 貴高賤下,

강력한 병거를 몰고 전진할 때에는 반드시 이 원칙을 따라야 합니다. 어떤 병기는 반드시 유용할 때가 있고, 그렇지 못한 때가 있는 것입니다. 이것을 잘 알지 못하면 왕께서 말씀하신 사태가 벌어져, 모처럼 애써 만든 무기나 장비가 오히려 역효과를 내기도 합니다. 그리고 적의 병기가 움직이기 시작하면 반드시 그 뒤를 추격해야 합니다."

馳其强車, 若進若止, 必從其道. 敵人若起, 必逐其迹.

▬

천구연우(천구연우) 오랫동안 비가 계속됨.

경해(驚駭) 깜짝 놀라 혼란에 빠짐.

용지(用車) 병차를 사용함.

음습(陰濕) 비가 많이 와서 땅이 질퍽함.

양조(陽燥) 날씨가 개이고 땅이 마름.

귀천하(貴高賤下) 높은 지대를 택하고 낮은 지대를 꺼려함.

약진약지(若進若止) 진군하거나 정지함.

축기적(逐其迹) 적군의 뒤를 추격함.

※ 적이 약탈掠奪할 때

무후가 오자에게 물었다. "포악한 침략군이 갑자기 쳐들어와 우리 농작물을 약탈하고, 마소를 강탈해갈 경우 어떻게 해야 하는가?"

武候問曰, 暴寇卒來, 掠吾田野, 取吾牛羊, 則如之何.

오자가 이렇게 대답하였다. "침략군이 쳐들어 왔을 때는 대체로 전투력이 강하므로 정면으로 충돌하는 것은 현명한 처사가 되지 못합니다. 그러므로 신중하게 수비를 견고히 하는 것이 상책입니다.

起對曰, 暴寇之來, 必慮其強, 善守勿應.

그러면 약탈을 마친 적이 저물녘에 자기 진지로 돌아갈 것입니다. 약탈한 것은 무겁고 아군의 추격을 염려하기 때문에 열이 흩어지고 끊기는 경우가 틀림없이 있을 것입니다. 이쪽에서는 그때를 노려 맹렬히 추격을 개시하면 반드시 승리를 거둘 수 있습니다."

彼將暮去, 其裝必重, 其心必恐, 環退務速, 必有不屬, 追而擊之,
其兵可覆.

———

폭구(暴寇) 난폭한 침략자.

략오전야(掠吾田野) 우리의 농작물을 약탈하고.

취소우우마(取吾牛馬) 마소를 약탈함.

졸래(卒來) 갑자기 습격해 옴.

필려기강(必慮其強) 반드시 도적의 강함을 신중히 생각함.

선수(善守) 수비에 만전을 다 함.

물응(勿應) 대응하지 않아야 함.

무속(務速) 연속되지 않음.

가복(可覆) 능히 전복시킴.

※ 승리하고 나서

오자가 말하였다. "적을 공격하고 성을 포위하는 데는 방법이 있습니다. 거리나 마을을 점령하면, 각 부대는 질서정연하게 숙영하여 적국의 관리를 무마하고 적의 기물을 전리품으로 접수합니다.

吳子曰, 凡攻敵圍城之道, 城邑旣破, 各人其宮, 御其祿秩, 收其器物. 軍之所至,

진군할 때에는 함부로 나무를 베거나 건물을 허물어서는 안 됩니다. 또한 곡식을 약탈하고, 가축을 도살하며, 재물을 불살라버리는 것을 삼가해야 합니다.

無刊其木, 發其屋, 取其栗, 殺其六蓄, 燔其積聚,

주민들에게는 적의가 없음을 보여주고, 투항하기를 원하는 자가 있거든 너그럽게 용서해주고, 민심을 안정시킬 필요가 있는 것입니다."

示民無殘心, 其有請降, 許而安之.

궁(宮) 옛날에는 귀천의 구별이 있어 귀인의 주택을 궁이라 하였음. 그것이 귀족의 주거지로 된 것은 진(秦)나라 시황제(始皇帝) 이후의 일임.

어(御) 통어함. 무마함.

녹질(祿秩) 국가에서 봉급으로 주는 쌀. 여기서는 관리를 뜻함. 즉 녹질지인(祿秩之人)의 뜻.

간목(刊木) 나무를 벰.

발옥(發屋) 가옥을 파괴함.

육축(六畜) 소, 말, 돼지, 개, 닭, 양. 가축.

적취(積聚) 양식. 나무를 쌓아놓는 것.

잔심(殘心) 잔악한 마음.

청항(請降) 항복을 빎.

06

여사勵士

〈여사勵士〉는 병사들을 격려하여 그 사기士氣를 앙양昻揚시킴을 말한다. 오자는 싸움터에서 어떠한 악조건 속에서도 병사들과 똑같은 생활 즉 행군과 숙식宿食, 폭서暴暑와 혹한酷寒을 같이하고, 병사의 상처에서 고름을 빨아내는 등 사졸의 사랑을 실천한 장수였다. 어느 병사의 어머니가 "아! 내 아들도 이제 죽는구나. 그 아이의 아버지도 장군이 상처의 고름을 빨아내자 충성을 바쳐 싸우다 죽었는데 내 아들도 또한 장군에게 목숨을 바치겠구나." 라고 하며 울부짖었다는 일화가 있듯이 병사의 사기앙양에 있어서 오자는 그 방법을 누구보다 잘 알고 있었다. 오자는 여기에서 논공행상論功行賞에 있어서 공이 없는 자들의 사기진작의 방법도 논하고 있다.

※ 사기를 북돋는 길

무후가 오자에게 물었다. "잘못한 자를 엄중하게 형벌로 다스리고, 공 있는 자를 분명히 상주는 일이 전쟁을 이기는 데 도움이 있는가?"

武候問日, 儼刑明賞, 足以勝乎.

오자가 대답하였다. "상과 벌은 엄명히 하는 신상필벌信賞必罰에 관하여는 총명과 지혜가 뛰어난 군왕이 할 일이므로, 나 같은 사람으로서는 감히 이를 밝혀 말씀드릴 수 없습니다. 신상필벌 그 자체는 전승을 거두는 데 큰 도움이 된다고는 생각하지 않습니다. 전쟁에서 꼭 승리를 거두기 위해서는 다음 세 가지 조건이 있습니다.

起對曰, 儼明之事, 臣不能悉. 雖然, 非所恃也.

첫째, 국가가 한 번 호령을 선포하면 모든 백성은 기꺼이 그 호령에 따라야 합니다. 둘째, 국가가 전쟁을 일으켜 군대를 동원하면 모든 군사가 기꺼이 싸움터에 나아가야 합니다. 셋째, 적군과 대전하여 싸움이 시작되면 모든 군사가 죽음을 두려워하지 말아야 합니다. 이 세 가지야말로 한 나라의 왕이 전쟁에서 승리를 거둘 수 있는 요건이라 하겠습니다."

夫發號施令, 而人樂聞, 興師動衆, 而人樂戰, 交兵接刃, 而人樂死,
此三者, 人主之所恃也.

"그것을 이루려면 어떻게 해야 하오." 하고 무후가 물었다.

武候問曰, 治之奈何.

오자가 또 답하였다. "왕께서는 지금까지 공이 있었던 자를 모두 모아 마음에서 울어나는 잔치를 베푸십시오. 그리고 공을 세우지 못한 자에게는 이 자리에서 격려해 주십시오."

對曰, 君舉有功, 而進饗之, 無功而勵之.

이리하여 무후는 오자의 말을 받아들여, 종묘 앞뜰에 자리를 마련하고 신하들을 세 줄로 앉히고 잔치를 베풀었다.

於是武候設坐廟庭,

제일 앞줄에는 공이 많은 신하를 고급 그릇에 고급 음식을 대접하고, 가운데에는 공이 적은 신하를 앉혀 그만 못한 그릇과 요리로 대접하고, 맨 뒷줄에는 공이 없는 신하들을 가장 낮은 그릇과 음식으로 대접했다.

爲三行, 饗士大夫, 上功者前行,

잔치가 끝나고 그들이 물러갈 때, 공적이 있는 부모와 처자들에게는 선물을 주었는데, 이것도 공적의 정도에 의해 차별을 두었다. 그리고 나라를 위해 목숨을 바친 자는 해마다 사자를 보내어 그 부모를 위로하고, 언제나 마음에 잊지 않고 있음을 보여 주었다.

餚席兼重器上牢, 次功坐中行, 餚席器差減, 無功者後行, 餚席無重器, 饗畢而出, 又頒賜有功者夫母妻子, 於廟門外, 亦以功爲差. 有死事之家, 歲遣使者, 勞賜其父母, 著下忘於心.

능실(能悉) 능히 다 헤아림.

시(恃) 믿음. 의지하다.

흥사(興事) 군대를 일으킴.

동중(動衆) 많은 병사를 동원함.

교병접인(交兵接刃) 적과 싸움이 시작됨.

락사(樂死) 기꺼이 죽음을 각오하고 싸움.

인주(人主) 군주.

향지(饗之) 음식으로 대접함. 잔치를 베풀어 줌.

사대부(士大夫) 문무의 고관들.

효석(餚席) 안주와 좌석.

중기(重器) 귀중한 그릇.

상뢰(上牢) 소, 양, 돼지의 고기를 섞어 만든 요리.

차감(差減) 좀 떨어지게 함.

반사(頒賜) 왕이 신하에게 나누어 내려줌.

위차(爲差) 차등을 둠.

사사(事死) 국사를 위하여 죽음. 공을 세우고 죽음.

세견(歲遣) 해마다 보냄.

노사(勞賜) 위로하고 물건을 내려줌.

저(著) 나타냄.

✕ 여사勵士의 효과

이렇게 한 지 삼 년이 지났다. 마침 이웃의 진秦나라에서 군사를 일으켜 서하西河에 쳐들어왔다. 위魏나라의 신하들은 상부에서 명령도 내리기 전에 자발적으로 무장武裝을 하고 일어나서 격퇴시켰다. 그 수는 만 명 이상이나 되었다. 그래서 무후는 오자를 불러 그 지략을 칭찬하였다. "모든 일이 언젠가 경이 말한 대로 되었소."

行之三年, 秦人與師臨於西河, 魏士聞之, 不待吏之令, 介冑而奮擊之者, 以萬數. 武候召.

오자가 이렇게 대답하였다. "인간에게는 각자 단점과 장점이 있고, 기력도 왕성할 때와 쇠퇴할 때가 있는 줄로 압니다. 왕께서는 이제 공적이 전혀 없는 자를 5만 명을 동원하시기 바랍니다. 신臣이 지휘하여 적과 싸우렵니다. 만일 승리를 거두지 못하고 제후諸侯의 웃음꺼리가 되고, 세상에 위신을 떨어뜨리게 될 터이지만 신에게는 확신이 있습니다.

吳起而謂日, 子前日之校行矣. 臣聞, 人有短長, 氣者盛衰. 君試發無功者五萬人, 臣請率以當之. 脫其不勝, 取笑於諸侯, 失權於天下矣.

예컨대 목숨을 두려워하지 않는 도둑이 광야에 숨었다고 가정할 경우에, 천 명이 그를 잡으려고 한다고 할지라도 저마다 무서워 벌벌 떨 것입니다. 외냐하면 언제 어디서 그 도둑이 나타나 달려들지 모르기 때문입니다. 신이 이 5만 명의 군사를 이와같이 목숨을 두려워하지 않는 자로 만든다면 그들을 지휘하여 적과 싸울 경우에 아무리 강적이라도 당하지 못할 것입니다."

今使一死賊, 伏於曠野, 千人追之, 莫不梟視狼顧, 何者, 恐其暴起而害己也. 是以一人投命, 足懼千夫, 今臣以五萬之衆, 而爲一死賊, 率以討之, 固難敵矣.

무후는 오자의 이 말에 따라 오자로 하여금 병거兵車 5백 대, 기병 3천을 거느리고 출격하게 하여 5만의 군사로써 진나라의 50만 대군을 격파할 수 있었다.

於是武侯從之, 兼車五百乘, 騎三千匹, 而破秦五十萬衆.

이것은 오자가 군사들을 잘 격려했기 때문이다. 전투에 임하기 전, 어느 날 오자는 전군에게 이와같이 말했다.

此勵士之功也. 先戰一日, 吳起令三軍曰,

"전군의 각 장병들은 서로의 분야에 따라 적의 기병, 보병을 상대하여 싸우라. 즉 병거는 병거와 싸우고, 기병은 기병과 싸우며, 보병은 보병과 싸우도록 하라."

諸吏士, 當從受敵車騎與徒.

"만일 우리 병거가 적의 병거와 싸워서 이를 사로잡지 못하고, 우리 기병이 적의 기병과 싸워서 사로잡지 못하며, 우리 보병이 적의 보병과 싸워서 이를 사로잡지 못하면 설사 적군을 무찔렀다 하더라도 공적을 인정하지 않을 것이다."

若此不得車, 騎不得騎, 徒不得徒, 雖破軍皆無功,

이와같이 당부해두었기 때문에, 전투에서 일일이 명령을 내려 번거롭게 할 필요가 없어, 그 위세는 천하를 뒤흔들 수 있었다.

故戰之日, 其令不煩而威震天下.

———

개주(介冑) 갑옷과 투구.
재(子) 그대.
행의(行矣) 실행되었다.

당지(當之) 적과 싸움.

탈(脫) 만일에.

실권(失權) 권위를 잃음.

사적(死賊) 죽음을 각오하고 덤비는 도적.

효시낭고(梟視狼顧) 올빼미처럼 두리번거리고, 이리저리 자주 돌아봄. 두려워하는 모습을 말함.

폭기(暴起) 갑자기 일어남.

투명(投命) 목숨을 던짐.

고난적의(固難敵矣) 진실로 대적하기 어려움.

선전일일(先戰一日) 싸움을 앞둔 어느 날.

당종(當從) 마땅히 자기 임무에 따름.

도(徒) 보병.

거부득거(車不得車) 병차로 싸우는 자가 적의 병차를 빼앗지 못함.

불번(不煩) 번잡하지 않음.